U0930784

菲茨杰拉德

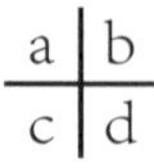

a 刚学会走路的菲茨杰拉德

b 菲茨杰拉德和父亲

c 菲茨杰拉德的母亲

d 菲茨杰拉德一家

a 菲茨杰拉德与妻子泽尔达　b 妻子泽尔达为菲氏画的肖像

c 妻子泽尔达的自画像　d 戈登·布莱恩特为菲氏夫妇画的肖像

菲氏好友海明威、出版社老板查尔斯·斯克里布纳、编辑帕金斯（从左至右）

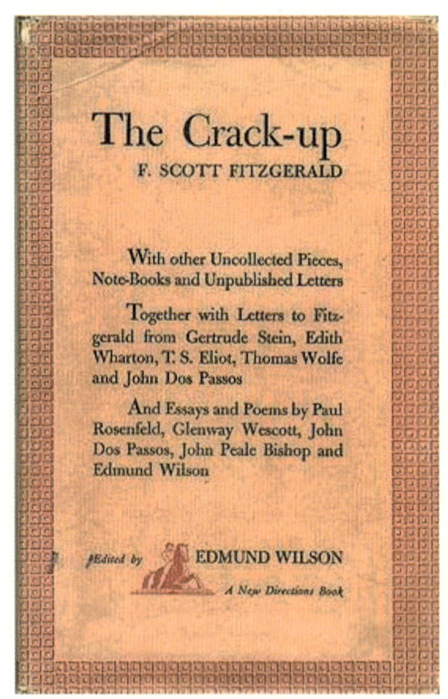

《崩溃》初版封面（1945），这部作品激起了人们对菲茨杰拉德作品的重新评价。

F.S.Fitzgerald

THE CRACK-UP

F. Scott Fitzgerald

崩溃

〔美〕F. S. 菲茨杰拉德 著　　李和庆　梁亚平　杨勇 译

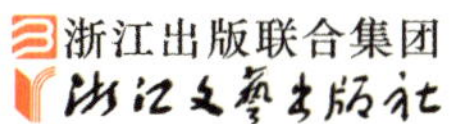

图书在版编目（CIP）数据

崩溃/（美）菲茨杰拉德著；李和庆，梁亚平，杨勇译. —
杭州：浙江文艺出版社，2016.3
（菲茨杰拉德作品全集）
ISBN 978-7-5339-4361-5

Ⅰ.①崩… Ⅱ.①菲… ②李… ③梁… ④杨… Ⅲ.①随笔—
作品集—美国—现代 Ⅳ.①I712.65

中国版本图书馆 CIP 数据核字（2015）第 281741 号

原书名： The Crack-up
作　者： F. S. Fitzgerald

崩　溃
作　　者：［美］F. S. 菲茨杰拉德
译　　者：李和庆　梁亚平　杨　勇
责任编辑：周晓云
特约编辑：邱小群

浙江文艺出版社　出版发行

地址：杭州市体育场路 347 号
网址：www. zjwycbs. cn
经销：浙江省新华书店集团有限公司
印刷：山东临沂新华印刷物流集团
版次：2016 年 3 月第 1 版　2016 年 3 月第 1 次印刷
开本：890 毫米×1240 毫米　1/32
字数：318 千字
印张：13.5
插页：8
书号：ISBN 978-7-5339-4361-5
定价：42.00 元（精）

对经典的呼唤

——《菲茨杰拉德全集》总序

吴建国

一 引 言

“经典”（canon）一词，源自希腊文 kanon，原为用于丈量的芦苇秆，后来其意义延伸，表示尺度，并逐渐演化为专指经书、典籍和律法的术语。随着人类文明的发展，经典开始进入文学、绘画、音乐等范畴，成为所有重要的著作和文艺作品的指称。如今人们所说的文学经典，一般指得到读者大众和批评家公认的重要作家和作品。

文学经典的形成（canonization），始于柏拉图和亚里士多德提出的对文学原理以及史诗和悲剧的界定。由于文学经典边界模糊，不确定因素颇多，随着时代的发展，会不断有新的优秀作家和作品纳入其中，已被认定为经典的作家和作品则永远会受到时代的挑战，有些会逐渐销声匿迹，有些则会被重新发现并正名为经典。二十世纪后半叶以来，尤其在文化多元化的氛围下，人们对文学经典和对“入典”标准的质疑，已成为批评界热衷讨论的重要话题。事实上，文学经典的形成往往会经历一个复杂而又漫长的过程，会受到特定时代的意识形态、文化模式、读者情感诉求等诸多因素的介入和影响，“一部作品或一个作家能否真正成为经典，需要经历起码一个世纪的时间考验”①。美国小说家F. 司各特·菲茨杰拉德（Francis Scott Key Fitzgerald，1896～1940）的批评接受史，便在一定程度上印证了这一界说。

“在美国现代小说家中，司各特·菲茨杰拉德是排在福克纳和海明威之后的第三号人物。”② 然而大半个世纪以来，菲茨杰拉德的文学声誉却经历了一个从当初蜚声文坛，到渐趋湮没，到东山再起，直至走向巅峰的演变过程。二十世纪五六十年代美国文坛掀起的“菲茨杰拉德复兴”（Fitzgerald Revival），终于将他稳稳推上了经典作家的高位。他的长篇小说《人间天堂》（*This Side of Paradise*，1920）、《漂亮冤家》（*The Beautiful and Damned*，1922）、《了不起的盖茨比》（*The Great Gatsby*，1925）、《夜色温柔》（*Tender Is the Night*，1934）和《末代大亨》（*The Last Tycoon*，1941），以及他的四部短篇小说集：《新潮女郎与哲学家》（*Flappers and Philosophers*，1920）、《爵士乐时代的故事》（*Tales of the Jazz Age*，1922）、《所有悲伤的年轻人》（*All the Sad Young Men*，1926）和《清晨起床号》（*Taps at Reveille*，1935），已被列入文学经典之列。如今，人们已不再怀疑，菲茨杰拉德是二十世纪

① 转引自《西方文论关键词》，赵一凡等主编，外语教学与研究出版社，2006年版，第282页。

② 董衡巽语，引自《菲茨杰拉德研究·序》，吴建国著，上海外语教育出版社，2006年版，第1页。

世界文坛上的一位杰出的社会编年史家和文学艺术家。

回望菲茨杰拉德在我国的批评接受史的发展走向，我们不难看出，这位在美国极负盛名的小说家，在我国却经历了一个从全盘否定，到谨慎接受，再到充分肯定的曲折过程，这其中所包含的诸多错综复杂的原因，值得我们认真分析和反思，从中找出经验或教训，供后人记取。

二 被“误读、曲解”的一代文豪

如果我们以美国文学评论家 M. H. 艾布拉姆斯所提出的“文学四要素”，即世界、作家、作品、读者，及其所构成的关系作为参照，来考量文学作品的接受状况，即可看出，实用主义文学观在中外文学史上长期占据着主导地位。实用主义文学观强调的是作品与读者之间的效用关系，即作品应当是达到某种目的的手段，从事某种事情的工具，并以作品能否达到既定目的作为判断其价值的标准，即所谓文学的功能应当是“寓教于乐，既劝谕读者，又使他喜欢，才能符合众望”①。各文化群体对外族文学作品的取舍和译介也概莫能外。

我国对美国现当代文学的译介已有百年历史。自“五四运动”以降，尤其在二十世纪三四十年代，就已有不少作品被翻译成中文出版，如杰克·伦敦、德莱塞、马尔兹、萨洛扬、刘易斯、海明威、斯坦贝克等作家，都是我国读者较熟悉的名字，他们的作品曾对我国新

---

① 亚里士多德、贺拉斯著，《诗学·诗艺》，杨周翰等译，人民文学出版社，1962 年版，第 155 页。

文化运动的开展和民族救亡斗争起过一定的促进作用。然而菲茨杰拉德却一直未能引起我国学人的注意，菲茨杰拉德的作品在那战火纷飞的岁月里也未能在中国找到合适的市场。从总体上说，在新中国成立以前，菲茨杰拉德的作品在我国几乎没有译介，这位作家的名字在我国读者中较为陌生。

五十年代初，刚刚摆脱了连年战祸的新中国百废待兴，恢复经济建设、重整社会秩序是这一年代的主调，对美国现代文学的译介和研究则相对较为迟缓。但是，在不少有识之士的努力下，我国在五十年代中、后期和六十年代初期在美国现代文学研究方面仍取得过突破性的成绩。然而受当时主流文化的影响和历史条件的制约，菲茨杰拉德在中国受到的依旧还是冷遇。虽有不少通晓美国文学的专家、教授开始关注这位作家，但尚无评介文章出现，他的作品也没有正式出版的中文译本，他的代表作《了不起的盖茨比》甚至被称为“下流的坏书”。著名学者巫宁坤由于将他从美国带回中国的英文版《了不起的盖茨比》借给学生，竟受到了严厉批判，并背上“腐蚀新中国青年”的黑锅近 30 年。菲茨杰拉德当年在我国的接受状况由此可见。

1966 年至 1977 年这 10 余年间，我国对美国现代文学的译介和研究基本处于停顿状态。1978 年后，美国文学中的一些重要作品开始重返我国学界。但及至七十年代末，菲茨杰拉德的作品在中国大陆仍无中文译本，他的文学声誉在我国仍很低迷。受“极左”思想的束缚，我国学术界对这位作家依然持批判、否定的态度，他的作品在一定程度上被误读、曲解了。例如，在一部颇具权威性的学术专著中，就有如下这段评述：

……二十年代文艺作品日趋商业化和市侩化，当时的畅销书有费茨杰拉德的小说《爵士乐时代的故事》(1922年出版)，内容是宣扬资本家的嗜酒、狂赌和色情生活，他的另一作品《伟大的盖茨比》(1925年出版)，把这个秘密酒贩投机商吹捧成英雄人物，加以颂扬。费茨杰拉德是二十年代垄断资本御用的文艺作者的典型代表，是美化美国“繁荣”时期大资本家罪恶勾当的吹鼓手。及至1929年严重经济危机爆发，使美国经济的“永久繁荣”落了空，也暴露了菲茨杰拉德的丑恶灵魂。①

这一评说在当时的中国学界具有一定的代表性。客观地说，在那个非常时期，人们或许也只能以这种方式来点明菲茨杰拉德“资产阶级文艺作者典型代表”的身份，姑且先简略介绍一下他的代表作和“畅销书”。至于这位作家本身以及他的作品所包含的思想性和艺术性，只好留待后人去分析和评说。这其中的缘由与苦衷是十分微妙的。在30多年以后的今天来看，这种现象自是荒诞无稽，但我们仍能感觉到当年意识形态领域里的“非常政治”对学术界的严重干预和影响。

三　对经典的呼唤

法国启蒙主义思想家德尼·狄德罗曾说：“任何一个民族总有些

① 黄绍湘著，《美国通史简编》，人民出版社，1979年版，第536—537页。

偏见有待抛弃，有些弊病有待革除，有些可笑的事情有待排斥，并且需要适合于他们的戏剧。假使政府在准备修改某项法律或者取缔某项习俗的时候善于利用戏剧，那将是多么有效的移风易俗的手段啊！”①

1978年后，在“洋为中用”思想的指导下，我国文艺理论界卓有见识的学者们认真审视了过去几十年我国在外国文学批评领域的得失，详细制定了今后的研究计划、路径和方法，使我国的外国文学研究得以迅速而健康地开展起来。在此同时，我国学界对菲茨杰拉德的评价也已有所转变。一些学者撇开仍很敏感的政治话题和过去已形成的定论，以新的视角对菲茨杰拉德的创作思想和艺术特色进行了实事求是的讨论和分析，其中最值得关注的是董衡巽的观点和研究方法。早在学术研究刚刚开始复苏的1979年初，董衡巽就指出：“外国现代资产阶级文学，像外国古典文学一样，有它的价值，有它的思想意义。不过，我认为除了这两条，还应该承认它在艺术上的成就。我们所说的思想是通过一定的艺术形式表现出来的思想；我们所说的艺术是指包含一定思想内容的艺术。它们难能分家。”“评价外国文学，最好两头都能照顾到，既分析思想内容，又顾及艺术特征……”②董衡巽分析了菲茨杰拉德的创作思想和文体风格，第一次为这位美国作家在中国大陆恢复了他应有的声誉和地位：

一位作家之所以不会被读者忘记，是因为他有自己的特色。

① 狄德罗著，《论戏剧艺术》，转引自童庆炳著《维纳斯的腰带》，中国人民大学出版社，2009年版，第7页。

② 董衡巽著，《艺术贵在独创》，《外国文学集刊》（第1辑），中国社会科学出版社，1979年版，第60—61页。

> 如果说他在思想上没有告诉我们新的东西，艺术形式沿用老一套，那么他凭了什么活在读者的记忆中呢？菲茨杰拉德的作品不多，可是当代美国人喜欢读，他的代表作《了不起的盖茨比》已经成了一部现代文学名著。人们通过他的作品重温美国绚丽奢侈的二十年代，那种千金一掷的挥霍、半文不值的爱情，那种渴望富裕生活却又幻灭的心情，清醒了又无路可走的悲哀……引起读者的共鸣。今天的美国，贫富的鸿沟依然存在，凡是存在贫富悬殊的地方，“富裕梦”总是有人做的，但是，幻灭恰似梦的影子，永远伴随着做梦的人们。菲茨杰拉德去世将近40年，他的作品在美国还是那么走红，除了这个思想上的原因，他那优美而奇特的文体也是美国读者不能忘怀的一个因素。①

可以这样说，在菲茨杰拉德研究中，我国最具权威的学者当数董衡巽。他是中国大陆研究和介绍这位美国作家的第一人。他的观点、研究思路，以及他的若干专论，对我国的菲茨杰拉德研究具有重要而深刻的影响。

1983年，由巫宁坤翻译的《了不起的盖茨比》正式出版，与菲茨杰拉德的八篇短篇小说一同收录在《菲茨杰拉德小说选》里。这是中国大陆首次正式出版的这位美国小说家的中文译本，是上海译文出版社推出的“二十世纪外国文学丛书”的一种，为我国的美国现代文学研究填补了一项空白，使我国读者对这位“迷惘的一代”的代表作

① 董衡巽著，《艺术贵在独创》，《外国文学集刊》（第1辑），中国社会科学出版社，1979年版，第72页。

家有了直接的感性认识。巫宁坤在译本“前言”里高度评价了菲茨杰拉德的艺术成就和他的作品所包含的思想意义，称他是“二十世纪最重要的美国小说家之一”。①

1986年出版的《美国文学简史》，是一部具有开创意义的史学著作。董衡巽在这部专著中第一次向我国读者全面评述了菲茨杰拉德的文学生涯、创作思想和艺术特色，同时也阐明了对这位作家展开研究的意义所在。从此，我国对菲茨杰拉德的译介和研究正式拉开了序幕。

在整个八十年代期间，我国正式发表的专题评论菲茨杰拉德的文章并不多，且大都集中在《了不起的盖茨比》上，但我国学者已从他的作品中发现了远比他所描绘的那个年代更为重要的价值，认为他既是战后美国年轻一代的典型代表，又是“喧腾的二十年代”的批判者。他的创作标志着十九世纪浪漫主义传统向二十世纪现代主义文学的过渡，他的《了不起的盖茨比》是为“美国梦想”和“爵士乐时代”奏起的一首无尽的挽歌。“他是美国小说家中最精湛的艺术家。他的最佳作品在内容上体现了高度的精确性，在语言上表现了高度的简练性。”② 在这一时期，我国出版的各类美国文学教材，也使菲茨杰拉德走进了高校课堂，并成为不少院校的学位课程。至八十年代后期，全国已有近10篇以菲茨杰拉德为研究对象的硕士学位论文，如刘欣的《菲茨杰拉德〈人间天堂〉及〈了不起的盖茨比〉中对幻想破

---

①《菲茨杰拉德小说选》，巫宁坤等译，上海译文出版社，1983年版，第1页。

② 秦小孟主编，《当代美国文学——概述及作品选读》(上册)，上海译文出版社，1986年版，第62页。

失与灭败的社会批评》(1986)、左晓岚的《论〈了不起的盖茨比〉中象征手法的作用》(1989)等。这充分表明，这位作家开始已引起我国学人的高度关注。

及至九十年代末，菲茨杰拉德在我国的接受状况已大有改观。最为明显的例证是,《了不起的盖茨比》在中国大陆出版了8种中文译本和两种中文注释或中英文对照本;《夜色温柔》有5种中文译本。除此之外，还有3本“菲茨杰拉德短篇小说选”译本问世。我国学者在这10余年间发表的专论菲茨杰拉德的文章在数目上也有明显增加。我国在这一时期出版的美国文学专著，如王长荣的《现代美国小说史》(1992)、常耀信的《美国文学史》(1995)、史志康的《美国文学背景概观》(1998)等，也都对菲茨杰拉德予以了高度的肯定。杨仁敬在《二十世纪美国文学史》中指出:“菲茨杰拉德的作品，作为‘荒原时代’的历史记录，今天已显得越来越重要了。”[①]这是我国学界在沉寂多年之后对这位经典作家的呼唤。

四　关于菲茨杰拉德作品的译介与研究

1. 关于《了不起的盖茨比》。至七十年代初，台湾已有4种中文译本。由于种种原因，这些译本很少为大陆读者所知。1982年，我国首次出版了这部小说的注释本《灯绿梦渺》。注释者在此书“前言”中说:“书名有译《伟大的盖茨比》者，似乎失之平淡；有译《大亨

① 杨仁敬著,《二十世纪美国文学史》，青岛出版社，2000年版，第247页。

小传》者，但实非传记体，盖茨比也算不得大亨。仔细读来，盖茨比的经历颇富传奇性，小说情节又类‘言情’，作者用意当在批判，注释者姑译为《灯绿梦渺》。”① 注释者还指出了作者独具匠心的象征手法的运用：“绿色实为盖茨比毕生梦想的象征。绿色代表生机，绿色使人欢快，绿色又是万能的美元钞票的颜色。出身农家的盖茨比抵抗不住财富和美色的诱惑，走上了一条典型的美国式的奋斗道路。黛西则象征着财富和美色的结合。此种象征手法书中屡见不鲜……但其着力点不在机械地比附，而在气氛的烘托……书尾处的安慰激励之词亦不能稍减其渺茫之感。盖茨比凄凉的下场是美国生活的悲剧。”② 在评价这部小说的语言特色时，注释者说：

> 作者遣词造句朴素真挚，极少十九世纪小说中的冗长繁缛，也没有当时已萌芽的现代主义的奇奥艰深。可是他行文并不单调平直。他时而后退三步，描绘中夹着若隐若出的讽刺和淡淡的幽默；他时而又置身其中，情不自禁地激昂动情；他时而又诗意盎然，不乏华丽之词，是浪漫气质的自然流露。③

注释者还将此书与中国古典名著《红楼梦》作了比较，认为：“这本书决不仅是‘负心女子痴情汉’的恋爱悲剧。从中读者可以触摸到美国社会生活的脉搏，可以看到美国一个历史阶段的文艺画

---

① 菲茨杰拉德著，《灯绿梦渺》，周敦仁注释，上海译文出版社，1982 年版，第 1 页。
② 周敦仁注释，《灯绿梦渺》，上海译文出版社，1982 年版，第 1 页。
③ 周敦仁注释，《灯绿梦渺》，上海译文出版社，1982 年版，第 2 页。

卷。”[①] 这些话语足见注释者的慧眼识金和对这部小说的喜爱。他的观点也代表着我国读者对这位美国作家的接受态度。

巫宁坤也在《了不起的盖茨比》“译后记”中指出：

> 菲氏并不是一个旁观的历史家。他纵情参与了“爵士乐时代”的酒食征逐，也完全融化在自己的作品之中。正因为如此，他才能栩栩如生地重现那个时代的社会风貌、生活气息和感情节奏。但更重要的是，在沉湎其中的同时，他又能冷眼旁观，体味“灯火阑珊，酒醒人散”的怅惘，用严峻的道德标准衡量一切，用凄婉的笔调抒写战后“迷惘的一代”对于“美国梦”感到幻灭的悲哀。不妨说，《了不起的盖茨比》是“爵士乐时代”的一曲挽歌，一个与德莱塞的代表作异曲同工的美国的悲剧。[②]

随着研究的不断深入，我国学者对这部经典之作的叙事艺术和文本结构的挖掘也在深化。例如，程爱民认为：“从叙述的角度看，叙述者尼克的故事似乎是条主线，从头至尾时隐时现地贯穿于整个小说；而盖茨比的故事只是尼克的故事的一部分。但从故事的内容和重心来看，盖茨比的故事实际上才是小说的主体。如果采用‘红花绿叶’比喻的话，那盖茨比的故事毫无疑问是红花，尼克的故事只是扶衬的绿叶。因此，小说的叙述主线只是作为一个背景，一个舞台，实

---

① 周敦仁注释，《灯绿梦渺》，上海译文出版社，1982 年版，第 2 页。

② 菲茨杰拉德著，《了不起的盖茨比 · 夜色温柔》，巫宁坤等译，译林出版社，1999 年版，第 125 页。

际上演的是盖茨比的‘戏’。这种叙述手法的安排及产生的艺术效果是颇具匠心的。”“这部作品并不局限在使用单一视角上……小说不时地变换叙述视角和叙述者，有时还采用视角越界等手段，使得叙述呈多元化展开。不同的侧面展示组合在一起，仿佛不同镜头的变换，构成了一幅反映盖茨比故事的立体图像。”① 程爱民还分析了菲茨杰拉德与亨利·詹姆斯之间在叙述者和人物设计上的相同和不同之处：“菲茨杰拉德的独特或高明之处，就在于他创造了尼克这个‘一半在故事里、一半在故事外’的存在，并利用这一人物的特殊位置把（作者自己的）两种不同的看法统一在了《大人物盖茨比》这部作品之中……起到了传统的第一人称叙述或第三人称全知叙述均不能起到的作用，产生了独特的艺术效果。”②

时至今日，我国已出版50余种《了不起的盖茨比》的中译本（包括台湾地区）。我国研究者在各类学术刊物上发表的专论《了不起的盖茨比》的文章已达130余篇；以这部作品为研究对象的硕士和博士学位论文有40余篇。由此可见我国读书界对这部经典作品的接受程度和研究的深度。

2．关于《夜色温柔》。《夜色温柔》是一部“令人越读越感到趣味无穷的小说”（海明威语）③，但中文译本1987年才在中国大陆首次出现，然而我国学者对这部曾经受到冷遇的作品的艺术构造和思想意

---

① 虞建华主编，《英美文学研究论丛》（第一辑），上海外语教育出版社，2000年版，第184—185页。

② 虞建华主编，《英美文学研究论丛》（第一辑），上海外语教育出版社，2000年版，第188页。

③ Carlos Baker，ed.，*Ernest Hemingway: Selected Letters，1917—1961*，New York，Scribners，1981，P.483.

义的解读却颇有独到之处。王宁等认为："若是将小说的结构与福克纳的《喧哗与骚动》以及乔伊斯的《尤利西斯》的结构相比，我们便不难发现，《夜色温柔》仍是一部以现实主义传统手法为主的小说，远没有前两位意识流大师那样走极端。因此，若想从结构上来贬低这部小说的重大价值，看来是难以令人接受的。"①

陈正发等在论及这部作品错综复杂的叙事结构时也指出："我们完全可以把它看作是作者颇具匠心的艺术处理……菲茨杰拉德善于在叙述中一而再、再而三地中断，或是场面骤然更替，而内中又有逻辑上的必然联系。这样读者便可渐渐不受作者的主观影响，化被动为主动，独自对作品做出自己的阐释。"②

不管这些评论是否准确，都足以表明，我国学者对这部作品已有自己的认识和理解，并在学术上开始逐渐走向了成熟。

继《了不起的盖茨比》后，《夜色温柔》也引起了我国读者浓厚的兴味。如今，《夜色温柔》在我国已有 16 种中文译本（包括台湾地区）；从不同角度探讨这部作品的专题研究论文有 30 余篇，以这部作品为研究对象的硕士和博士学位论文近 20 篇。目前，我国学者对这部作品的研究仍在不断深入。

3．关于菲茨杰拉德的短篇小说。九十年代后期是我国菲茨杰拉德译介和研究规模空前的时期。在这一时期，我国出版了 3 部《菲茨杰拉德短篇小说选》的中文译本，他的 160 多篇短篇小说中，有 23 篇被翻译成中文正式出版。不少研究者认为，他的短篇小说"情节生

① 菲茨杰拉德著，王宁等译《夜色温柔》，山东文艺出版社，1999 年版，第 7 页。
② 菲茨杰拉德著，陈正发等译，《夜色温柔》，安徽文艺出版社，1996 年版，第 3—4 页。

动，用词遣句流畅舒展，字里行间充满诗情画意，艺术感极强……塑造和记录了生活在已逝去的那个特定时间和特定空间里的一批特定的人物……弥漫着一种梦幻色彩，充满敏感和颖悟，令读者不得不紧张地同他一起去品味和感受人生与世界。”①他“是美国二十世纪二十年代最具代表性的作家”，②是“第二次世界大战前美国主要短篇小说家”，“他的作品在风格上与欧·亨利很接近”，“会使人想起克莱恩的嘲讽手法和藏而不露的用语技巧，”如“《重访巴比伦》的叙事技巧可说是天衣无缝，炉火纯青，思想上也很有深度。这使它成为传世之作。”③

时至今日，菲茨杰拉德的四部短篇小说集已有三部被译成中文，尽管受各种条件所限，目前的研究尚不够深入，评价的方法和观点仍可进一步商榷，我国学人对他的短篇小说的阅读和研究兴趣正在与日俱增。

五 “回声嘹亮”

“文学作品并不是对于每一个时代的每一个观察者都以同一种面貌出现的自在的客体，并不是一座自言自语地宣告其超时代性质的纪念碑，而像一部乐谱，时刻等待着阅读活动中产生的、不断变化的反映。只有阅读活动才能将作品从死的语言中拯救出来，并赋予它现实生

①《菲茨杰拉德短篇小说选》，曹合建译，湖南文艺出版社，1998 年版，第 4 页。

②《爵士乐时代的代言人——菲茨杰拉德短篇小说选》，吴樯译，外文出版社，2000 年版，第 3 页。

③ 王长荣著，《现代美国小说史》，上海外语教育出版社，1992 年版，第 306—307 页。

命。”“文学作品的历史生命力没有接受者能动的参与是不能想象的。”①

纵观我国对菲茨杰拉德的批评接受史，我们可以看出，我国对这位美国小说家的译介和研究相对较晚，真正意义上的研究高潮期出现在本世纪以来这10余年间，以《菲茨杰拉德研究》(2002)为标志。据文献检索，仅在近10年来，《了不起的盖茨比》在我国就有42种风格各异的中译本，《夜色温柔》有15种中译本，《人间天堂》有4种中译本，《漂亮冤家》有4种中译本，各类短篇小说集有18种；我国学者发表的各类学术论文有241篇，硕士和博士学位论文72篇。在近10年出版的美国文学论著中，如王守仁等的《新编美国文学史》(2002)、虞建华等的《美国文学的第二次繁荣》(2004)等，都以较大篇幅评述了菲茨杰拉德的文学生涯，分析了他的创作思想和艺术成就，并肯定了“菲茨杰拉德和海明威作为青年文化的文化英雄的历史地位”②。这位小说家如今已受到我国越来越多的读者的喜爱和评论家的广泛重视。虽然现有的译文质量参差不齐，某些论文或论著也有拾人牙慧之嫌，但目前在我国读书界出现的“菲茨杰拉德研究热”却足以表明，我国对这位经典作家的研究正方兴未艾。

就总体而论，我国对菲茨杰拉德的译介和研究远不及对海明威等同时代作家的研究那样有深度和体系化，譬如，我国学界对《人间天堂》和《漂亮冤家》以及《巴兹尔系列小说》等作品的评论文章，目前仍不多见，对这位作家复杂的文学生涯、创作思想、语言艺术、文

---

① (德)姚斯、(美)霍拉勃著，《接受美学与接受理论》，周宁等译，辽宁人民出版社，1987年版，第24、26页。

② 虞建华著，《美国文学的第二次繁荣》，上海外语教育出版社，2004年版，第202页。

学性等方面的深层特征，以及对他何以成为经典作家的文化和社会历史背景的剖析，也有待从理论上进一步深化。

作为“爵士乐时代”杰出的代言人和忠实的“编年史家，”菲茨杰拉德对他所处的那个特定历史时期原生状态社会生活和精神风貌的主要特征的准确把握、他独具匠心的叙事艺术、他那富有隐喻和象征意义的优美的语言风格，以及他隐埋在作品话语结构中的真切的感受、真挚的情感和真诚的理念，最大限度地拉近了作者——文本——读者之间的时空距离，使他作品中的那些人格被异化了的男女主人公的形象和虚幻的故事情节呈现出真实的人生历练和历史的可感性，能激发起读者对现实生活的联想和对人生意义的思考，在人们的心灵上产生共鸣。他的作品中所表现出的高度的艺术真实、所传达的精神价值取向和道德判断要素，具有一种令评论家难以还原到概念上来的持久的艺术张力。在大半个世纪已经过去的今天，在中国这个特定的文化语境下，我们发现，当今这个时代所出现的许多事物，当今这个世界所存在的诸多问题，早已在他那些优秀的作品里被生动形象地记录和描绘过了，因此，我们在重读经典时，依然能感到他的作品十分清新，具有历史理性与人文关怀之间的张力。他的作品的生命力已在中国这片大地上得到了延伸。

六 并未终结的结语

文学从来就是生活和时代的审美反映。一个作家以什么样的姿态来从事创作，他的作品究竟是否能真实地反映现实生活和时代精神，要看这位作家是否真正走进了现实生活，获得了真切的体会，发现了真正闪光的思想和真正有血有肉的人物形象。作家光凭着自己极高的天赋、满腔的热情、良好的愿望是远远不够的。他必须站在时代潮流的前列，以高度的使命感和强烈的忧患意识去贴近现实、观察社会、感受人生，以自己独特的写作姿态和艺术形式去如实反映人与社会、人与自然、人与自我的关系，去揭示和描绘时代的变迁对社会道德、文化习俗和人的个性发展所产生的深刻影响。唯有这样，才能写出“像样的”、有深度的、经得起时代考验的经典之作来。这是菲茨杰拉德留给我们的启示。

锐意进取，不断创新，羞于重复，格外重视个人的文体风格和独特的创作个性，这是名作家们之所以名不虚传的一个重要原因。“文体风格如同作家的专有印记，刻下了他独特的创作个性。”① 凡是严肃的、对艺术有所追求的作家，都会以十足的劲头去探索新的艺术表现形式和具有个性特点的写作风格，而决不会与他人雷同。菲茨杰拉德与海明威、福克纳、沃尔夫、多斯·帕索斯等作家生活在同一个历史时代，但菲茨杰拉德笔下的世界一眼望去，便知是菲茨杰拉德的，绝不会与其他作家所创造的世界相混淆。这是因为他一生都在执着地追求具有自己独特个性的写作技巧和文体风格，力求以自己的方式来描绘现实，表现人物的精神面貌和性格特征，“像奴隶一样对每句话都进行艰苦细致的推敲”，“在每一篇故事里都有一滴我在内——不是血，不是泪，不是精华，而是真实的自我，真正是挤出来的。”② 正因

① 董衡巽语，《外国文学集刊》第 1 辑，中国社会科学出版社，1979 年版，第 69 页。

② Matthew J. Bruccoli，ed. *F. Scott Fitzgerald On Authorship*，University of South Carolana Press，1996，P.178.

如此，他笔下的人物才那样栩栩如生，他创造的那个艺术世界才那样富有魅力，感人至深。这是他的作品之所以会引起历代读者和评论家兴趣的原因之一。

菲茨杰拉德在我国的批评接受史，恰好是对二十世纪文学史上出现的“菲茨杰拉德现象”的有力补充。在当前世界各地出现的“菲茨杰拉德研究热”中，相信我国学者对这位经典作家的研究将会有自己的声音，将会与国外学者的研究同步，得出更加深入、更加令人信服的成果来。“菲茨杰拉德有福了，他将以他不朽的诗篇彪炳千秋。”①

菲茨杰拉德和海明威都是我非常喜爱的美国作家，而主编、翻译、出版《菲茨杰拉德全集》，则是我多年的心愿。这套“菲茨杰拉德全集”，从最初的立意，到最后的正式出版，始终得到了上海海事大学领导、上海九久读书人文化实业有限公司领导、浙江文艺出版社领导方方面面的关心、鼓励和支持，得到了董衡巽教授的指点和勉励，尤其得益于邱小群女士的鼎力相助和精心策划。我谨借此机会，向他们致以深深的谢意。我衷心希望，“菲茨杰拉德全集”能够帮助我国读者更深入地了解这位二十世纪文学史上具有传奇色彩的重要作家，也希望我国学人能够在菲茨杰拉德研究方面出更多、更新的成果。

吴建国

于上海维多利书斋

2013年12月29日

① 巫宁坤语，见《了不起的盖茨比·夜色温柔》，译林出版社，1999 年版，第 128 页。

埃德蒙·威尔逊　主编

本文集收录了 F. S. 菲茨杰拉德的随笔、札记和信件，以及格特鲁德·斯泰因、伊迪丝·华顿、T. S. 艾略特、托马斯·沃尔夫、约翰·多斯·帕索斯写给菲茨杰拉德的信件，还有保罗·罗森菲尔德、格兰威·威斯考特、约翰·多斯·帕索斯、约翰·皮尔·毕肖普、埃德蒙·威尔逊的随笔与诗歌等不同体裁的作品。

目录

献　诗

司各特，今夜我整理着你最后的残稿，
修改着逗号，校正着重音，
如同当年在普林斯顿的那个春天——
对那二十多年该死岁月的记忆竟是那么朦胧！
你将大作《影子月桂》[1]放在我门前，让我
添加句读，校对拼写，润色文饰。
那是一场由梦编织成的戏：场景是——
巴黎一家灯红酒绿、肮脏不堪的酒馆；
忧伤的主人公是一个酷爱赞美却孑然一身的英雄；
数周来他嗜酒如命，废寝忘食地"疯狂工作"，
虽屡经挫败，却斗志昂扬，
将热情奔放的豪言传递给酒馆里
所有哑口无言的小混混、酒鬼和文盲。
一天深夜他被一个酒友刺杀——

---

①《影子月桂》(*Shadow Laurels*)：菲茨杰拉德于1915年发表于《拿骚文学杂志》(*Nassau Literary Magazine*)的剧本。在就读普林斯顿大学期间，他常为普林斯顿三角剧社(Princeton Triangle Club)和《普林斯顿老虎》(*Princeton Tiger*)杂志写剧本和短篇小说，并结识了1916级的埃德蒙·威尔逊和1917级的约翰·皮尔·毕肖普。

被背叛，被自己身上见不得人的罪过背叛——
在小提琴声中淡出舞台。

今夜，在这漫长黑暗的大西洋狂风中，
我写下这样一个故事：
阵阵狂风把世界当作战场，
摇撼着漆黑的大海，在那里，
强盗们在马萨诸塞州供人沐浴的蔚蓝海洋上寻找猎物；
海角在犹如深水炸弹掀起的沉鸣巨浪中摇晃；
隆隆的炮声打断我的思绪，
正是在这些房间里，我努力再次呼吸
来自流光溢彩的酒馆的浓郁芳香，
重寻那明亮的旅馆，重踏热切的步伐。
你曾说过……司各特，那明亮的旅馆业已荒凉，
步伐不是蹒跚便是踱步；酒已淡而无味；
今夜的号角和小提琴也已微弱难辨。
黑暗吞噬了光亮，
如同吞噬大地的火焰般肆虐，
鲜血、大脑和劳作倾入沙壤之中；
这里，在我们这一行的同仁中，
有人发出嘶哑的嗡嗡声；
有人诚惶诚恐得语无伦次；
有人犹如冲着弹跳的茴香袋狂吠的猎犬，
世故地狂吠着加入拘捕者的行列；
有人吞噬了黑暗，弓腰驼背、表情木讷地坐着，
犹如猴头中塞满了错愕野兽的木僵。

我耗费了二十多年，
爬上了大学的台阶，筋疲力尽地拨开门闩，
结果，在那儿找到了你，学院的异类；
苍白的肌肤，黄色的头发，冷酷坚毅的绿眼睛——
在一面镜子前聚精会神地挤捏
在拿骚①聚会上留下的几颗粉刺；
纵然我驻足注视着你，
你也没有窘迫地停手，而是瞪着眼睛又抠又挤。
今夜，在更加遥远的日子里，
比业已远去的法国度假更加遥远，
比毕业的春季距我们在市政厅下挥汗如雨的秋季更加遥远，
穿过暴风雨和黑暗，
我们发现，时光在倒流。
你那面镜子的光束令人欣喜地滑过——
让我看到静止不动、上了彩釉的镜中的你，
那双翡翠般的眼睛闪烁着坚毅的目光。
角膜坚韧，眼房冰冷，
那双剔透的眼球时而转动，时而凝视——
将自身的影像传递给它们创造的事物，
将自身的色泽与蓝冰或靓蕾调和，
留下我们在灼火中辗转反侧。
你渴望的不是里茨饭店的那颗大钻石，

① 指普林斯顿大学的拿骚大厅（Nassau Hall）。该楼建造于 1756 年，是一座三层建筑。1783 年曾作为国会大厦。

而是一小把零散的珠宝：
有些瑕疵的紫晶石，乳蓝色的月光石；
半透明的冷蓝色电气石；
有些许诡异黄色和橄榄绿的猫眼石，
其中一道朱红色岩脉时隐时现——
装着清淡的混合烈酒的紧口小瓶；
些许俗丽的锆石，普通的绿松石；
还有两颗碧绿清澈的翡翠，一颗切割了一半，
另一颗加工至臻——
都在文学，这最昂贵的卡蒂耶宝盒中
找到了各自的位置。

在此，我将它们做最后的展示，
临近结尾时却忐忑深知，
那些被击中而失明的眼睛，正在一个崩溃的
黑暗世界里渐渐隐去，才智之光
渗入旋律、味道、香气、色彩，
以及活生生的语言组成的频谱里，
不见了，消失了。
我们必须在参差的树桩间活下去，
与我们相伴的是：
吞食老鼠以养肥自己忧郁肌肤和贱骨的猫头鹰，
被响雷吓蒙的猴子，还有
俯冲而下捕捉猎物的秃鹰。
而我，在甄选你残存的碎片，可是，
不论我看得多么仔细，

不论夜车开得多么晚，
都无力让一颗蓝宝石重焕本色，
只能是校对拼写，修正标点。

埃德蒙·威尔逊

1942年2月

自传体随笔

本文集中所选的随笔均选自 F. S. 菲茨杰拉德 1931 年至 1937 年间写的文章。这些随笔以自传体的顺序生动地记录了作者创作晚期的思想状态和观点。标注的日期是这些随笔第一次发表的日期，但《我逝去的城市》例外。它是第一次发表，所标注的日期是菲茨杰拉德的文学代理人哈罗德·欧贝尔先生收到文章的日期。

爵士乐时代的回声

1931年10月

现在要全面描写爵士乐时代还为时尚早，有“早老年动脉硬化”之嫌。很多人偶然听到富有那个时代特色的某些词汇时，仍然会忍不住恶心反胃，但那个时代的词语，就生动性而言，已经让位给黑社会创造的新词了。就像“九十年代黄皮书”[1]于1902年归于死寂一样，爵士乐时代已经死寂。而您眼前的这位作家已经开始感怀那个时代。那是一个让他厌倦的时代，一个向他献媚的时代，一个给他的钱多得他连做梦也想不到的时代，这一切仅仅是因为他告诉大家，他的感受和他们的一样，因而需要来做点什么，来释放那些在大战中积聚起来却没能释放出去的过剩能量。

爵士乐时代的十年——这段似乎不甘心躺在温床上被弃而终，于是便于1929年10月一跃而起、英勇赴死的岁月——大约始于1919年的“‘五一’骚乱”。当时，一些来自乡村的退伍军人凝神静气地聆听着麦

① “九十年代黄皮书”(Yellow Nineties)：源于英国十九世纪九十年代一本著名的文学杂志《黄皮书》(*Yellow Book*)。

迪逊广场上演说家的演说时，遭到警察冲撞，引发骚乱，此事便成了用来衡量更有聪明才智的年轻人是否应该疏远主流社会的标准。要不是门肯①大肆宣传，我们都不记得有《人权法案》了，但我们都知道，这样的暴政只会发生在南欧一些神经过敏的弹丸小国。如果加工鹅肝的工人能对政府施加如此大的影响，没准儿我们早就要为J·P·摩根的贷款开战了。但是，由于我们都已经厌倦那场“崇高事业”，所以这十年只不过是我们短暂地发泄以多斯·帕索斯②的《三个士兵》为代表的道德愤怒而已。现在，由于我们都能在国家这块大蛋糕上分一杯羹，所以只有当报章将“哈丁总统和俄亥俄帮”③，“萨科和万泽提”④这样的大事炮制成情景闹剧时，我们的理想主义才会被点燃。尽管我们现在到处翻箱倒柜，琢磨着我们把自由帽——“我明明记得我有啊”——和农民衫放哪儿了，但1919年的那些重大事件，让我们变得愤世嫉俗，而不是去立志革新。爵士乐时代的一大特征就是：对政治没有丝毫的兴趣。

这是一个奇迹频出的时代，这是一个艺术绽放的时代，这是一个纵欲无度的时代，这是一个讽刺批判的时代。一个道貌岸然的家伙⑤坐在美国总统宝座上扭来扭去，人模狗样地敲诈勒索。另一位潇洒时

---

① H. L. 门肯（H. L. Mencken，1880—1956）：美国作家和编辑。他犀利地抨击那些他认为愚蠢、伪善的现象以及美国社会生活中文化的匮乏。在他的文章和著作里，他捍卫正义、抵制褊狭，但他的日记却表明他其实是个种族主义者和反犹太主义者。

② 约翰·多斯·帕索斯（John Dos Passos，1896—1970）：美国小说家。根据其亲身经历写成的《三个士兵》（*Three Soldiers*，1921）是他第一部有影响的小说，也是最早反映美国青年一代厌战和迷惘情绪的作品。

③ 沃伦·甘梅利尔·哈丁（Warren Gamaliel Harding，1865—1923）：美国第29位总统，在任期间，经常与多来自俄亥俄州的政治家及企业家组成的所谓“俄亥俄帮”在白宫喝酒玩牌，大部分决定均在这些场合做出，所以人们称哈丁的内阁为“扑克内阁”。

④ 两位意大利移民萨科（Sacco）和万泽提（Vanzetti）被指控为1920年马萨诸塞州持枪抢劫案的罪犯，虽证据不足，却被判处极刑，最后上诉至最高法院，依然维持原判，引发广泛的争议，成为著名案例，并被意大利导演拍成同名电影《萨科和万泽提》。

⑤ 指前文提到的美国总统哈丁。

髦的年轻人[①]匆匆跑来，向我们炫耀英国王室的荣光。满世界的女孩对这位年轻的英国人趋之若鹜，而那个老态龙钟的美国人却在梦中呻吟，对女版“拉斯普京[②]”决定国家大事言听计从，坐等老婆来毒死自己。不过，除此以外，我们终于有了自己的行为方式。由于美国人开始从伦敦成批成批地订购成品服装，邦德街的那些裁缝不得已改弦更张，一改他们的裁剪传统，来适应美国人长腰和追求宽松的品味。某种微妙的东西，即“男子做派”，也传到美国。文艺复兴时期，法国皇帝弗朗西斯一世效仿佛罗伦萨的习俗修剪自己的腿毛。十七世纪英格兰皇室极力模仿法国宫廷的做派，而五十年前，德国卫队的军官则跑到伦敦去买便装。绅士的装束成了“男人们不分种族都必须掌控的权力”的象征。

那时，我们是最强大的国家，还能有谁能告诉我们什么时髦，什么好玩？我们远离欧洲战场，开始在陌生的南方和西方搜罗有别于我们的民俗和消遣方式，至于信手拈来的玩法，那就更多了。

第一个社会启示所产生的轰动效应完全超出了其新鲜感所带来的效果。早在 1915 年，小城市里那些没有家长陪同参加社交活动的年轻男女就发现，父母为了让 16 岁的孩子“自食其力”而送给他们的汽车暗藏着“移动的私密”。早先，即便有这样的便利条件，男女间在车上亲热也是铤而走险，但现在，青年男女间的相互交流让他们信心倍增，传统的清规戒律终被打破。到了 1917 年，每一期《耶鲁档案》和《普林斯顿老虎》上，都能看到涉及此类甜蜜而随意调情的内容。

---

① 指后来的英国国王爱德华八世（Edward VIII，1894—1972）。

② 拉斯普京（Grigori Raspuin，1869—1916）：俄国尼古拉二世时的神秘主义者、俄国沙皇及皇后的宠臣。他运用本身所具有的特殊能力，治好了王子的病，顺利打入王室贵族的社交圈，但因沉溺于酗酒、女色，生活放荡荒淫，后来被保皇派所杀。

但更胆大妄为的亲热仅限于富人阶层。直到战争结束前，其他阶层的年轻人仍然恪守着传统的道德标准，一些异乡城市的年轻军官们沮丧地发现，有时候，一个吻就意味着接下来非得求婚不可。只有到了1920年，遮羞的面纱终于扯下，爵士乐时代便粉墨登场了。

合众国那些更加沉稳的公民还没来得及喘口气，我国历史上最狂野的一代，在一战的混乱中度过青春期的一代，粗暴地用肩膀撞开我们同时代的人，蹦蹦跳跳地来到聚光灯下。这一代人中，女孩们都将自己夸张地打扮成“飞女郎”①。这一代人中，年长者受到腐蚀，最后弄巧成拙。之所以会这样，与其说是因为道德的缺失，不如说是因为品味的匮乏。但愿他们到1922年还能拿出自己的货色来供人观赏！那一年是年轻一代的巅峰时代，因为，虽然此后爵士乐时代还在延续，但它已经不仅仅是年轻人的事了。

结局就像孩子们的一场派对被大人们接管，扔下孩子们一脸困惑，倍感冷落又惊讶不已。到1923年，年长者们带着掩饰不住的羡慕嫉妒恨，厌倦了对这场狂欢的观赏，发现年轻人的血性被酒精所取代。在一片尖叫声中，纵酒狂欢开始了。年轻一代已不再是这场狂欢的主角。

整个民族都开始寻欢作乐，追求享乐。不论有无禁令，年轻一代早尝禁果的事都将发生——他们悄悄地尝试着改变英国的传统风俗，以适应美国的国情。（比方说，美国的南方属热带气候，万物成熟的时间都要早——但南方人从没有学会法国人或西班牙人的一丁点儿智慧，让十六七岁的女孩子在没有成年女性的陪同下参加社交活动！）不过，从1921年鸡尾酒派对开始，人们普遍接受了“今日有酒今日

① 指的是二十世纪二十年代的新女性，她们着短裙、留短发、听爵士乐、化浓妆、吸烟、蔑视一切固有的社会行为规范，以一种随意的态度对待性，另译为“新潮女郎”或“摩登女郎”。

醉”的娱乐观念，究其原因是错综复杂的。

“爵士”一词，慢慢被人们接受并赢得尊重之前，最初意味着“性”，然后是“舞蹈”，再然后是“音乐”。与之相关联的是一种紧张焦虑的刺激状态，这和战争后方大城市差不多。对很多英国人来说，战争还在继续，因为所有威胁他们的力量依然存在——明天我们就会死去，所以才吃喝玩乐寻开心嘛。现在，诸多因素导致美国也出现了类似的状况——但有些阶层（比如五十多岁的人）在这整整十年中都不承认存在过这种状况。即便是那些不安分的脸凝视着他们的家人时，也不愿意承认。他们做梦也想不到，他们对这个时代还是有贡献的。每一个阶层中那些诚实的市民，尽管打心眼儿里认为应该恪守严格的社会公德，而且他们也有足够的能量去恪守，但他们不知道为他们服务的无疑都是些罪犯和江湖庸医，这一点他们至今也不会相信。一直以来，那些正派的有钱人总能买到既诚实又伶俐的用人，以便解放原有的奴隶或古巴人。但当这种尝试不再奏效时，我们的长辈们还在为诉讼案件中理亏的一方固执己见，宁愿失去孩子，也要坚持正义。那些满头银发、和蔼可亲的老年人一辈子没做过昧心事，现在纽约、波士顿和华盛顿的酒店式公寓里，人们彼此间仍然自豪地说：“现在还有那么一代人从小到大从来没尝过酒精的味道。”可是，此时此刻，他们的孙女们却在寄宿学校传阅已经翻旧了的《查泰莱夫人的情人》，而且这些孩子 16 岁时在自己的社交圈子中早就尝过杜松子酒或玉米酒的味道了。但在 1875 年到 1895 年间长大成人的那代人还抱定固有的信念。

就连中间的一代人也不相信。1920 年，著名记者海伍德·布鲁恩理直气壮地说，所有这些喧嚷都是胡说八道，年轻人并没有接吻，只不过说说而已。但没多久，25 岁以上的人就受到了强化教育。让我们一起回顾一下这十年来针对不同文化水平的群体而写作的十几部作品，看看它们带来了什么启发。最初，我们得到的启发是，唐璜式的日子过得有滋有味（《于尔根》，1919）。后来，我们得知，只要细心观察，我们身边到处都充满了性（《小镇畸人》，1920）；年轻人都喜欢谈情说爱（《人间天堂》，1920）；许多盎格鲁–撒克逊词汇已被废弃不用了（《尤利西斯》，1921）；年龄大的人也不是总能抵御突如其来的诱惑（《赛西莉亚》，1922）；有时候女孩子即便被诱奸，也未必就毁了一生（《燃烧的青春》，1922）；即便是强奸，结果也未必都是坏的（《沙漠情酋》，1922）；魅力四射的英国淑女常常都风流成性（《绿帽子》，1924）；实际上英国女人大部分时间都醉心于风流（《漩涡》，1926）；风流是件大快人心的美差（《查泰莱夫人的情人》，1928）。最后，我们得知，变态的风流可谓是不一而足（《孤独之井》，1928；《索多姆和戈摩尔》，1929）。①

我认为，这些作品中的性爱元素，哪怕是《沙漠情酋》用《彼得兔》（1902）的风格写给孩子们看，也没有什么害处。这些书中所描述的现象，时至今日，我们已经习以为常、司空见惯了。在这些方面，我们甚至有过之而无不及。这些作品的主题大部分既诚恳，又具阐释力，其效果在于恢复男性的尊严，以别于美国社会中的“男子汉”。（“什么是‘男子汉’？”有一天，格特鲁德·斯泰因问道。“不就是做一个足够大的订单，把过去‘男人’的所有内涵都填进去吗？这就是‘男子汉’！”）现在，已婚妇女已经能够发现自己是否上当受骗，或者性生活是否可以忍受，为了补偿，没准儿像她母亲曾经暗示过的那样，要建立一套精神暴政。没准儿，很多女人已经发现爱情就是找乐子。不管如何，异见者就连一点华而不实的理由也找不到，这也是我国文学在当前世界上最具活力的一个原因。

---

① 以上 12 本书，都是与性有关的作品。

与普遍的看法相反，爵士乐时代的电影并没有对当时的伦理道德产生什么影响。制片人对社会问题的态度比较胆怯，落后于时代，而且陈腐平庸。比如说，1923 年前，电影几乎没有什么画面真实地反映年轻的一代，而当时的杂志早就开始大唱青春赞歌，反映年轻一代的话题早就不是什么新闻了。在《燃烧的青春》里，我们听到了些许微弱的噼啪声，后来又蹦出来一个克拉拉·鲍①。很快，好莱坞的雇佣文人就将这个主题送进了电影艺术的坟墓。纵观整个爵士乐时代的电影，就其浅薄媚俗来说，能出“吉格斯夫人”其右者寥寥无几。毫无疑问，这一切都归咎为电影审查制度以及电影行业内在的实际情况。无论如何，此时此刻的爵士乐时代，在自我动力的推动下，在装载金钱的大型加油站的扶植下，飞速向前。

那些年过 30 的人，那些奔 50 的人，都加入到跳舞的行列。我们这些老人还记得，1912 年，当四十多岁的奶奶们扔掉拐杖，开始学习探戈和城堡舞时所引起的哗然。12 年后，当一个女子去欧洲或纽约时，可能会把《绿帽子》和她的风流事一起放入行囊，只不过，萨佛纳罗拉②正忙着在自己的奥吉亚斯牛棚③里鞭打死马，没有闲工夫注意到美国社会的这一变化。社交应酬的人，哪怕是小城市里社交应酬的人，现在都在包间里用餐，而清醒的那一桌，只能通过道听途说，了解隔壁放荡不羁的那一桌，不过，酒桌上清醒的人越来越少

① 克拉拉·鲍（Clara Bow，1905—1965）：二十世纪二十年代最当红的好莱坞性感女星，她因电影《它》（*It*）的卖座而被称为“它女郎（the It girl）”，是爵士乐时代中“飞女郎”的代表。

② 萨佛纳罗拉（Girolamo Savonarola，1452—1498）：一位意大利多明我会修士，从 1494 年到 1498 年担任佛罗伦萨的精神和世俗领袖。他以反对文艺复兴艺术和哲学，以及严厉的布道著称。1498 年 5 月 23 日，他和另外两名修士被同时处以火刑。

③ 源自古希腊神话中关于赫拉克勒斯的英雄传说。奥吉亚斯是古希腊西部厄利斯的国王。他有一个极大的牛棚，里面养了 2000 头牛（一说 3000 匹马），据说 30 年来从未清扫过，粪秽堆积如山，十分肮脏。

了。他们过去的荣耀之一，那些曾因少有人追求退而守善独身的女孩子，在寻求知识慰藉的道路上碰到了弗洛伊德和荣格，便拔腿往回跑，又回到尘世的喧闹中去了。

到1926年，人们普遍对性的执着到了令人厌恶的程度。（我记得一个家庭和睦、生活安逸的少妇问我夫人"怎样才能立马来一次艳遇"，不过，她说这话时，心里还没有具体目标，"因为，难道你不觉得，人过了30岁，日子过得平平淡淡，不是有点儿没面子吗？"）有那么一段时间，非法产销的黑人唱片，以及其中那些充斥着男性生殖崇拜的委婉歌词，让人对一切都产生性的联想。与此同时，色情戏也纷至沓来，甚嚣尘上，来自精修学校的女孩子们挤满过道，来聆听女同性恋的浪漫史，以至于著名戏剧评论家乔治·让·内森都提出了抗议。后来，一位年轻的制片人完全昏了头，喝下了一位美女用过的、充斥着酒味的洗澡水，最后被送往了监狱。不管怎么说，他那令人同情的浪漫尝试本来就属于爵士乐时代，而那位关在大牢里与他同时代的露丝·斯奈德则托低俗小报的福而名噪一时——就像《每日新闻》津津有味地向美食家暗示的那样，她将在电椅上"被**烹煮**、**煎炒**、**油炸**"。

社交场合中放荡不羁的那桌人已经分化为两大主流，一支流向棕榈海滩和多维尔海滩，另一支人数要少得多，流向夏日的里维埃拉。夏日的里维埃拉可以更加为所欲为，因为不管发生什么事都能和艺术扯上关系。从1926年到1929年，在昂蒂布[①]海角那些美好岁月里，占领这个法国海角的一群人与占领美国社会的欧洲人有很大的不同。

---

① 昂蒂布（Antibes）：位于法国东南角地中海沿岸，是法国著名的滨海旅游度假区。昂蒂布伸插入地中海部分为以风景秀丽、高贵富庶而著名的昂蒂布海岬（Cap d'Antibes），那里别墅豪宅林立，还有顶级奢华酒店。每年戛纳电影节期间，盛大的明星晚会选择在此地的酒店举办。

昂蒂布海角可谓是色彩缤纷——到1929年，在这个地中海上最令人享受的游泳天堂，除了中午有人习惯性地下水之外，已经没有人游泳了。海边有风景如画的梯级状陡峭岩石，大人物的贴身侍从和英国姑娘偶尔来这儿跳跳水，但美国人更热衷于在酒吧里谈天论地。由此可以看出美国本土的状况——美国人正变得越来越温柔。这种迹象随处可见：虽然我们在奥运会上仍然能拿奖牌，但是冠军名字里的元音几乎没几个了——参赛队伍由新鲜的海外血液构成，就像圣母大学英勇善战的爱尔兰人组合。倘若法国佬真正感起兴趣来，竞争激烈的戴维斯杯网球赛的天平自然而然会倾向他们一边。现在，中西部城市的空地上盖满了建筑物——毕竟，除了在学校的一小段时间以外，我们不像英国人那样爱好运动。好比龟兔赛跑。当然，只要我们想干，什么事都能很快干成。虽然我们依然拥有祖传的活力，但是，1926年的一天，我们往下一看，发现我们的胳膊肌肉松垂，肚子鼓鼓囊囊，已经不能再冲西西里岛人说“布—布—啊—杜[①]”。凡·比博[②]的幽灵！——上帝知道，乌托邦的理想已不复存在。就连曾被认为是缺乏男子汉味道的高尔夫球比赛，近来打起来也颇为费劲了，于是，美国人表现出一种被阉割的样子，而且事实证明，这一点是千真万确的。

到1927年，神经衰弱症明显地普遍蔓延起来，填字游戏广受欢迎便是这种现象的微弱信号，就像双脚的神经跳动一样。我记得，和我一样旅居海外的哥儿们打开我们共同的朋友发来的一封信，信中催促他回家，在故乡那坚韧而令人振奋的土地上获得新生。那是一封鼓

① 布—布—啊—杜（Boop-boop-a-doop）：拟声词，女子撒娇或表达轻蔑、不屑时的声音，西西里岛人身材矮胖，这里作者讽刺的是现在美国人的身材也好不到哪儿去。

② 语出美国著名小说家、戏剧家和战地记者理查德·哈丁·戴维斯（Richard Harding Davis）的《凡·比博传》（*Van Bibber's Life*）。1898年美西战争期间，他随美国海军前往古巴，在前线采访。他在第二次布尔战争（南非）期间的采访奠定了他作为战地记者的地位。第一次世界大战期间，他在萨洛尼卡前线采访，1916年死于纽约。

舞人心的信，我们俩被深深打动了，可是到后来我们才发现这封信是从宾夕法尼亚的一个精神病院寄来的。

到此时，和我同时代的人开始跌入充满暴力而又黑暗的无底深渊。我的一个同学在长岛杀死自己的老婆后自杀了，另一个同学从费城的一座摩天大楼上“意外”跌下，还有一个同学从纽约的一座摩天大楼“故意”跌下；一个同学在芝加哥一家地下酒吧里被杀，另一个则在纽约地下酒吧里被打了个半死，一路往家爬，爬到普林斯顿俱乐部便呜呼哀哉了；还有一个同学被关进了疯人院，在那里，一个疯子用斧头敲碎了他的脑壳。此种人间惨剧并不是我千方百计找来的，他们都是我的朋友，而且，这些惨剧并不是发生在大萧条时期，而是发生在繁荣时期！

1927年春，一道既靓丽又别样的闪电划过天际。明尼苏达的一个小伙子，一个与这个时代似乎格格不入的人，他的一次英雄壮举[①]，让乡村俱乐部和地下酒吧里的人们一度放下他们手中的酒杯，追忆起他们昔日的美梦。或许飞行可以帮助我们找到一条出路，或许澎湃的热血能让我们在无垠的天际找到未曾开发的疆界。不过，我们当时都满怀信心，爵士乐时代不会停滞不前，我们还会再次迎来这样一个时代！

然而，美国人漫游的范围比以往任何时候都广了——朋友们似乎永远都在动身前往俄国、波斯、阿比西尼亚[②]和中非。到1928年，巴黎已经变得令人窒息。经济的大繁荣使一船船美国人走出国门，但这些人的品行越来越差，到最后，船上的这些疯狂乘客都变成危险分

---

① 指的是美国特技飞行员查尔斯·奥古斯都·林德伯格（Charles Augustus Lindbergh）1927年5月20日至21日，单独完成横越大西洋不着陆飞行，成为首个进行单人不着陆的跨大西洋飞行的人。

② 阿比西尼亚（Abysinia）：即埃塞俄比亚。

子了。这些乘客已经不再简单地是父母拖儿带女（他们善良的品行和对欧洲同等阶层的好奇都是无与伦比的），而是些异想天开、凶暴粗鲁的野蛮人，这些野蛮人信奉的都是一些模棱两可的东西，就是你在廉价小说中看到的东西。我记得在汽船上有一位身着美国预备军官制服的意大利人，在汽船的甲板上散步时，专挑那些在酒吧里用蹩脚的英语批评自己国家体制的美国人吵架。我记得，一个浑身珠光宝气的犹太胖女人，在观看俄国芭蕾舞演出时，坐在我们后面，当大幕升起时，用不标准的英语说："真漂亮，他们应该将它画成一幅画。"① 这些虽然都是一些滑稽场面，但很明显，与那些手握金钱和权力的人相比，苏联的一个村长都堪称富有判断力和文化的摇钱树了。1928 年至 1929 年间，国人开始豪华出游，由于价值观在新的历史条件下发生扭曲，所以他们的表现简直就像哈巴狗、双壳贝、白痴、色鬼。我记得，纽约某个区的法官带着自己的女儿去看贝叶挂毯②，回来后便在报纸上撰文大肆抨击，说挂毯中的一个场景太伤风败俗，所以应该分层级参观。但在当时，生活就像《爱丽丝漫游奇境记》中的比赛，参赛选手人人有奖。

爵士乐时代意味着一个狂野的青年时期和一个顽固的中年时期。第一个时期充斥着贴面舞会，发生了利奥波德-洛布谋杀案③（我妻子

---

① 原文是 Thad's luffly, dey ought to baint a bicture of it. 应该是 That's lovely, they ought to paint a picture of it. 这个犹太胖女人说英语时有口音，发音不够标准。翻译时按标准英语翻译的。

② 贝叶挂毯可能制成于十二世纪，长 231 英尺（70 米），宽 20 英寸，现存 62 米。共出现 623 个人物、55 只狗、202 匹战马、49 棵树、41 艘船、500 多只鸟，以及龙等生物，此外还有约 2000 个拉丁文字。挂毯描述了整个黑斯廷斯战役的前后过程，现收藏于法国贝叶博物馆。

③ Nathan Freudenthal Leopold, Jr. 和 Richard Albert Loeb，一般被称为 "Leopold and Loeb"，是芝加哥大学法学专业的两个富家学生，1924 年，他们在芝加哥绑架并杀害了 14 岁的 Robert Bobby Franks，其犯罪动机纯粹是出于刺激，试图策划一个完美的罪行，后来被发现并被判终身监禁。

在皇后区大桥因被怀疑是“蘑菇头土匪”而被捕的情景，我至今还记忆犹新），还有约翰·黑尔德[1]式服装。在第二个时期，性和谋杀等现象更加成熟，也更司空见惯了。中年人的需要也不得不考虑，于是，睡衣取代连体泳衣，出现在海滩上，以遮盖肥胖的大腿和肌肉松垂的腿肚子。后来，干脆连裙子也放下来了，这样一来什么都遮盖住了。现在，人人都整装待发了。那我们就一起出发——

然而，事与愿违。有人冒冒失失地铸成大错，于是，历史上最昂贵的狂欢结束了！

爵士乐时代在两年前[2]结束了，因为构成它主要支撑的绝对自信受到了巨大打击，没多久，支撑它的脆弱框架也就轰然倒塌了。两年后，爵士乐时代就像一战前的日子那样遥远了。不管怎么说，那是段靠透支得来的时光，占整个国家十分之一人口的上层社会像大公爵一样过着逍遥自在的生活，像合唱队的少女一样率性而为。现在，从道德的角度对爵士乐时代评头论足固然是一件轻而易举的事，不过，二十多岁的年轻人如果能过上这么一段真实而无忧的日子，绝对是一件愉悦的事。即便是你一文不名，也不必担心钱的问题，因为你周围的人都在大肆挥霍。在这场派对结束的时候，要想为自己的消费埋单，就得和别人争抢，欣然接受陌生人的盛情款待，几乎算是帮别人的忙了。魅力四射、臭名昭著，或者仅仅懂点礼数，都是比金钱更重要的社交资本。这一点的确为众人所推崇，但当人类那些必备的、永恒的价值观试图延伸拓展的时候，事情就变得越来越浅薄了。作家凭借一本受人推崇的书或一部戏就可以成为天才，就好比在一战期间有4个月作战经验的军官指挥成百上千的士兵一样，所以，现在很多小

① 约翰·黑尔德（John Held Jr.，1889—1958）：美国二十世纪二十年代著名的漫画家和插图画家，他的作品充分反映了那个时代的特征，其笔下的“飞女郎”至今仍为人们所熟悉。

② 即1929年。

鱼在巨大的碗里称王称霸。在戏剧界，承担大制作任务的都是些二流影星；政界也一样，那些最重要、最受人敬重的职位很难让好人感兴趣。就其重要性和承担的职责而言，这些职位远超企业主管，但是每年拿到的薪水却只有区区五六千元。

此时此刻，裤腰带再次勒紧。当回首那荒废的青春时，我们会恰如其分地摆出一副恐怖的表情。但有时候，在鼓声中会夹杂着一丝可怕的隆隆声，长号声中会夹杂着气喘的低语声，将我带回到二十年代早期。那时候，我们喝着木醇，日子过得一天比一天好，人们第一次尝试把裙子剪短，但这次的尝试最终夭折了，穿着针织衫的女孩子们看上去都一样，你不想认识的人会对你说："哎呀，我们没有香蕉了！[①]"再有几年的工夫，年长者就会退到一边，把世界交给那些洞察事物本源的人去打理——对当时年轻的我们这代人来说，所有的一切都显得如此美好，如此浪漫，因为周围的环境再也不会让我们拥有如此强烈的感受了。

① 二十世纪二十年代百老汇戏剧中的一首流行歌曲的名字。

我逝去的城市
1932年7月

黎明时分，渡船从泽西海岸轻轻驶来——这一刻已经深深印在我的脑海里，构成了纽约的第一个符号。5年后，我15岁时，从学校跑到这个城市，就是为了来看《贵格会少女》中的爱娜·克莱尔以及《彷徨少年之谜》中的格特鲁德·布莱恩。我对她们的爱既无望又充满忧伤，爱得让我迷失了自我，根本不知道该喜欢她们中的哪一个，所以她们朦朦胧胧地组合成一个可爱的整体——女孩，这是纽约的第二个符号。渡船代表成功，女孩代表浪漫，等到这两者我都有所收获时，第三个符号却不知在哪里给弄丢了，而且再也找不回来了。

又过了5年，4月某一天幽暗的下午，我找到了它！

“喂，邦尼！”我大声叫道，“**邦尼！**”

他没有听见我的叫声，我搭乘的出租车把他给跟丢了，沿街开了半个街区才跟上他。人行道上有黑色的雨渍，我看见他步履轻盈地走在攒动的人群中，穿着永不离身的棕色衣服，外面罩着棕褐色雨衣。发现他拄着一根轻巧的手杖，我着实吃了一惊。

“**邦尼**！”我又喊了一声，然后停了下来。我当时还在普林斯顿大学读本科，而他已经是纽约人了。他这是在午后例行散步，由于雨越下越大，他这才拄着手杖匆匆而行。既然我没有和他提前约好，那么，如果他在忙于私事，我碰巧遇上他，要和他扯上一小时，就有点打扰他了。出租车跟着他的步伐走了一会儿，我一路看着他，那情形给我留下了深刻的印象：他不再是厚尔德球场那个害羞的小学究了——他满怀信心地走着，全神贯注地想着心事，目光直视前方。很明显，他对自己的新环境心满意足。我知道他和另外3个人合租一套公寓，从所有在读大学生的禁锢中解放出来，但滋养他的还有其他东西。而我也是第一次对那种东西有了新的认识，那就是：大都会精神。

之前，我只见识过供人观瞻的纽约——当时的我就是看到驯养的熊都目瞪口呆的乡巴佬狄克·惠廷顿①，吃惊得瞠目结舌，或者是来自法国南部米迪的毛头小子，被巴黎条条林荫大道搞得晕头转向。我以前只来纽约看过演出，但伍尔沃斯大楼和老爷车比赛会标的设计者，音乐喜剧和问题剧的制片人，都找不到比我更具鉴赏力的观众了，因为，在我眼里，纽约的风格和魅力已超越了其本身的价值。我从来没有接受过学生邮件中匿名邀请我参加初次社交舞会的邀请，这或许是因为，我认为没有任何社会现实能比得上我心目中纽约的流光溢彩。再说，那个被我愚昧地称为“我的女朋友”的人来自中西部——那个遥远的地方成了天地间的温暖中心，所以我觉得纽约本质上既愤世嫉俗又残酷无情。只有一个晚上除外，当时，她在一条短短

---

① 狄克·惠廷顿（Dick Whittington，1350—1423）：亦译为“理查德·惠廷顿”。英国商人，曾3次担任伦敦市长。

的走廊上绘声绘色地向我讲述了里茨饭店的楼顶多么绚丽多姿。

但最近，我已经把她丢得一干二净了，我需要一个男人的世界，这次见到邦尼，让我觉得纽约就是这样的世界。一周前，费大人带我去拉斐特餐馆，我们面前摆满了赏心悦目的所谓“餐前小吃”，一边就着这些菜，一边喝着犹如**邦尼**充满自信的手杖一样神勇的红酒。但这毕竟只是一家餐馆而已，吃过饭，我们还得开车过桥，回到我们的穷乡僻壤。这个大学生寻欢作乐的纽约，这个云集了斯特诺比、珊勒、杰克等餐馆和夜总会的纽约，已经变成了恐怖的地方。尽管我时不时跑回纽约来喝杯烈性酒，但每次我都觉得这是对矢志不渝的理想主义的背叛。我之所以参与，与其说是为了放荡淫乱，不如说是出于某种躁动和渴望，但那段时光几乎没有给我留下什么愉快的回忆。如欧内斯特·海明威所说，光棍男到有余兴表演的餐馆去的唯一目的就是找柔顺女人的。至于其他的，只不过是在污浊的空气里浪费时间而已。

可是，那天晚上，在邦尼的公寓里，日子过得既温馨又安逸，可谓是我在普林斯顿慢慢爱上的所有东西的大荟萃。室外大街上的噪音艰难地穿过由书籍构成的屏障渗透到屋子里面来，与室内轻柔的双簧管乐声交织在一起。唯一的不和谐音是一个人撕开邀请函时发出的清脆声。在这里，我找到了纽约的第三个符号，于是，开始打听租这样一个公寓需要花多少钱，并在想到哪儿去找与我合租的朋友。

机会很渺茫——因为接下来的两年，我对自己命运的掌控力就好比一个罪犯对自己裁剪衣服的决定权。1919 年，我回到纽约时，为生活所困，以至于对在华盛顿广场过上一段隐修生活连想都不敢想。现在的任务是要在广告业挣足够多的钱，在布朗克斯租一套不透气的双人公寓。我牵挂的姑娘从没来过纽约，但她非常聪明，就是不愿来。在焦虑和不快的阴霾中，我度过了我人生中最易受外界影响的 4

个月。

纽约具有创始之初所有的彩虹色。从战场上归来的军队昂首阔步地走在第五大道上，姑娘们本能地从东部和北部被他们吸引过来——这是最伟大的民族，空气中充满了节日的气息。每当在某个周六的下午，我像幽灵一样徘徊在红屋广场上时，每当我跑到东六十区参加流光溢彩的花园派对时，每当在巴尔的摩酒吧跟我在普林斯顿的校友畅饮美酒时，萦绕在我心头的是我生活的另一面——我在布朗克斯那冷冷清清的小屋，在地铁上立足的那一平方英尺，我对每天亚拉巴马来信的守望——信会来吗？信上会说些什么？——我那身寒酸的西装，我的穷困潦倒，我的爱！我的朋友们已经体面地踏上了生活的旅途，而我则可怜巴巴地打着赤膊挤进人生的洪流。纨绔子弟们在“二十人俱乐部”簇拥着年轻的演员康斯坦斯·贝内特，耶鲁–普林斯顿大学俱乐部的同学在我们一战后第一次同学聚会上大呼小叫，还有我经常光顾的百万富翁家庭的那种氛围，这一切对我来说都是空洞的浮云，虽然有时候我觉得有些场面也令人难忘，但遗憾的是，我总是心系着其他的浪漫之事。无论是最热闹的午宴，还是最迷醉的卡巴莱餐馆，对我来说，都没什么两样。我都是迫不及待地尽早脱身，好回到我在克莱蒙特大道的家——之所以说是“家”，只是因为门外可能有封信在等着我。日复一日，我那些关于纽约的远大梦想，一个接着一个地被玷污了。在我和格林威治村的一个邋遢女房东面谈时，记忆中邦尼公寓的魅力便与其他东西一道慢慢消失了。她说我可以把姑娘带回房间，她的这个点子让我很沮丧——为什么我非要把姑娘带回房间呢？——我已经有女朋友了！每当我漫不经心地走在第127大街的商业中心时，总对那里活力四射的生活憎恨不已，间或在格雷便利店买张廉价戏票，努力在接下来的几个小时里能沉浸在往日对百老汇的激情中。我一事无成——在广告界庸碌无为，当作家又入不了门。我憎恨这个城市，我咆哮怒骂，花光最后一分钱买醉，然后哭鼻子抹泪地回家……

……捉摸不定的城市。接下来发生的是那段华而不实的岁月里成千上万个成功故事里的一个，但它在我自己关于纽约的记忆里却很有分量。半年后，我回到纽约时，编辑和出版社的办公室向我敞开，剧团经理向我讨要剧本，电影圈也渴望从我这里得到素材。让我困惑的是，我之所以被认可，并不是因为我是中西部人，也不是因为我是超脱的旁观者，而是因为我属于纽约所需要的那种原型。要想搞懂这一点，必须先解释一下 1920 年的大都市是怎么回事儿。

当时的纽约已经有了今天的林立高楼，已经有了经济繁荣所带来的繁忙景象，但人们却变得笨口拙舌，不善辞令了。像其他人一样，专栏作家 F. P. A.[①] 揣度着个体和群体的脉搏，不过，他的专栏文章如隔窗观望般胆小羞怯。本土艺术还没有和社会融为一体——艾伦·麦凯也还没有和欧文·柏林喜结良缘。在 1920 年的人们眼里，漫画家彼得·阿诺笔下的很多人物还没有什么意义。除了 F. P. A. 的专栏之外，没有什么论坛谈论大都市风范。

然而，"年轻一代"这一概念转瞬间便成为纽约生活诸多因素的大融合。50 岁的人也许会违心地认为还存在一个上流社会，作家麦克斯维尔·博登海姆也许会违心地认为有一个值得他描摹的波西米亚圈子——但这些鲜亮、快乐、朝气蓬勃的元素的大融合那时就开始了，一个比艾米丽·普莱斯·普斯特实实在在的红木晚宴更生机勃勃的社交圈子也崭露头角。如果说这个圈子造就了鸡尾酒派对，那么，它也推动了公园大道商界精英智慧的发展。受过良好教育的欧洲人开

① 当时美国著名专栏作家富兰克林·皮尔斯·亚当斯（Franklin Pierce Adams）名字的首字母缩写。

始改变对纽约的看法，认为到纽约去旅行要比到千篇一律的澳大利亚灌木丛长途跋涉有意思多了，这还是有史以来第一次。

不久之后，还没证明我能不能担当那个角色，我，这个对纽约的了解还不如上任六个月的记者多，对纽约社交圈的了解还不如里茨酒店大堂侍应生多的家伙，就被推上了时代代言人的位置，不仅如此，而且还扮演了那个时代典型产物的角色。我，时至今日不如说是“我们”，根本吃不准纽约对我们有什么样的期许，所以感到非常困惑。在我们踏上纽约大都市冒险之旅的几个月后，我们甚至不知道我们是何许人，也对我们从事的职业知之甚少。在城市的喷泉里玩玩跳水，时不时撩拨一下法律，足以让我们荣登八卦专栏，在我们一无所知的很多话题上，我们的话常常被别人引用。其实，我们的“圈子”也就只有五六个打着光棍儿的大学朋友和几个结识不久的文学界熟人而已——我记得，有一年圣诞节过得孤孤单单，因为朋友们都不在城里，搞得我们连个去处都没有。既然找不到可以攀附的核心，我们自己干脆变成一个小小的核心，然后将我们那种唯恐天下不乱的性格融入纽约当时的场景。准确地说，纽约把我们给忘了，所以才让我们留下来了。

这里并不是要说明城市的变迁，而是要说明作者对这座城市感受的变化。在1920年的纷乱困惑之中，我记得在一个炎热的周日晚上坐在出租车上，驶过阒无人迹的第五大街；我记得在里茨饭店凉爽的日式花园里，与忧郁沉思的盖·劳瑞尔和乔治·让·内森一起用午餐；我记得为了赚取小小的公寓所需要的高昂房租，我整夜整夜地写作；我记得买下华而不实的汽车。第一批地下酒吧应运而生，闲情信步业已过时，蒙马特变成了时髦的舞场，演员莉莲·塔斯曼的金发飘荡在终日醉醺醺的大学男生身边。当时，剧院上演的剧目是《落魄者》和《神圣与亵渎的爱》，在“午夜狂欢”夜总会，你可以与演员玛丽恩·戴维斯摩肩跳舞，还可能会在小型合唱队里认出活泼可爱的玛丽·黑。[1] 我们认为自己已经远离这一切，或许每个人都觉得自己已经远离周围的环境。我们就像一群孩子，闯入一个明亮且没被人发现的大谷仓。受长岛格里菲斯电影制片厂的召唤，看到电影《一个国家的诞生》里那些熟悉的面孔，我们激动得禁不住瑟瑟发抖。后来，我意识到，在这些娱乐背后，这个城市给这个国家源源不断地输送的仅仅是一些失落且孤独的人。电影演员的世界与我们的世界别无二致，因为你虽然身处纽约，却不属于纽约，你多少能感受到纽约的气息，但却无法掌握纽约的实质。第一次见到多萝西·吉西时，我就有这种感觉：我们都站在北极，天上正在下雪。从那时起，他们找到了属于自己的家，但这个家注定不是在纽约。

无聊的时候，我们用法国小说家于斯曼[2]式的倔强眼光来看这座城市。一个下午，我们孤独地待在公寓里，吃着橄榄三明治，喝了一夸脱佐·阿特金赠送的“布什米尔”威士忌，然后走进这座令人心醉的城市，在温柔的夜色里，坐着出租车，断断续续地穿行在城市里，跨过一道道稀奇古怪的门，进入一套套稀奇古怪的公寓。最后，我们与纽约融为一体，将纽约带在我们身边，穿过一道道门。即便是现在，每当我走进很多公寓时，都有种我似曾来过的感觉，或者是来过上面或下面的某一间——我是在想“绯闻”夜总会上脱衣服的那个晚上，还是“菲茨杰拉德在人间天堂袭警”（这是我第二天早上在报纸上惊讶地看到的标题）的那个晚上？我可没有能耐去成功辟谣，只有徒劳地回忆事情的经过，究竟是什么把韦伯斯特夜总会的事搞成那个样子的。关于那段时光，我只记得一件事，那就是：一天下午，我乘

---

① 上述三人都是当时著名的女演员。

② 乔里·卡尔·于斯曼（Joris-Karl Huysman，1848—1907）：原名夏尔·马利-乔治·于斯曼，十九世纪法国伟大的小说家，西方现代主义文学转型中的重要作家，象征主义的先行者。

出租车穿行于纽约的摩天大楼之间，头顶上是淡紫和玫红的天空。我开始号啕大哭，因为我已经拥有了想要的一切，也知道自己再也不会这么快乐了！

我们在纽约可谓是风雨飘摇。一个典型的例子是，当我们的孩子即将出生时，为了保险起见，我们回到了圣保罗的老家——让孩子降生在纽约那个魅力和孤独共存的地方似乎不太合适。因此，一年后，我们又回到纽约，重新开始做同样的事情，但内心里却不怎么喜欢。虽然我们经历了很多事情，但仍保留着那种做作的天真，宁愿充当被观察者，也不愿做旁观者。但是，天真本身是没有尽头的，虽心有不甘，但我们的思想还是慢慢成熟了。我们开始把纽约看成一个整体，并尽量为今后必将恪守的自我保留那么一小块天地。

太晚了——或者说太快了。在我们看来，纽约必然与轻微的或疯狂的纵酒狂欢脱不了干系。我们并不是一直待在纽约，只有回到长岛才会清醒。我们找不到对这个城市妥协的理由。纽约给我的第一个符号已经成了记忆，因为我知道成功全靠自己，第二个符号也已经成了家常便饭——早在1913年就让我崇拜的两个女演员来我家吃过饭。就连第三个符号也已经模糊不清，这让我心生恐惧——在一个节奏越来越快的城市里，邦尼公寓里的那份宁静也将无处可寻。邦尼已为人夫，很快也会为人父，其他朋友都去了欧洲，而单身汉们业已成为比我们更大、更利于交往的房子里的新学员。时至今日，我们已“无人不识”——也就是说，那些出席管弦乐团首演的、被拉尔夫·巴顿①画上漫画的大多数人，我们都认识。

但是我们已经无足轻重。我的头几本书因描写“飞女郎”的所作所为而广受欢迎，但到了1923年，“飞女郎”已风光不再，至少在东

① 拉尔夫·巴顿（Ralph Barton，1891—1931）：当时以为名人画漫画为生的漫画家。

部是这样。于是，我决定写个剧本去刺激刺激百老汇，但百老汇却把自己的童子军派到了大西洋城，搞得我的计划胎死腹中，所以，我突然觉得，我和纽约已经没有什么可以相互给予的了。我要带着长岛自己所熟悉的空气，到陌生的天地间使它孵化成形。

我再次看到纽约，已经是3年后的事情了。当船沿河逆流而上时，城市在薄暮中朝我们轰然打开，纽约下城白色的冰河犹如拉索桥的拉索俯冲而下，然后直冲纽约上城，这画面犹如星星把光怪陆离的泡沫奇境悬挂在天上一样。甲板上，一支乐队开始演奏，城市的庄严肃穆让演奏的进行曲着实显得微不足道，听起来只不过是叮叮当当的噪音而已。从那一刻起，我心里清楚，纽约，无论我多频繁地离开它，已经是家了。

城市的节奏已骤然改变。1920年的种种不确定因素都淹没在沉着而又美好的喧嚣之中，我们的很多朋友都已经富了起来。但1927年纽约的躁动达到了歇斯底里的程度。派对的规模更大了——比如，康德奈斯特的那些派对堪比上世纪九十年代传说中的那些舞会；节奏更快了——追求花天酒地的生活方式给巴黎树立了榜样；表演更粗俗露骨了；房子盖得更高了；道德规范更宽松了；酒更便宜了；但是，所有这些好处并没有真正带来更多的快乐。年轻人过早耗尽了精力——他们在21岁时就已经生活艰难、疲惫不堪，除了彼得·阿诺，没有人作出什么新贡献。或许彼得·阿诺和他的合作者们道出了爵士乐队没能说出的纽约繁荣时期的一切。很多人虽然不酗酒，但一周中有4天，精神处于亢奋状态，绷紧的神经随处可见。人们因为具有同样的神经质而聚在一起；宿醉已经成为生活的一部分，就像西班牙人的午睡一样，普遍得到认可。我的大部分朋友都酗酒——他们越跟得上时代的步伐，酒喝得就越多。所以，当时，在纽约的慷慨大方面前，“努力”本质上没有任何尊严，可以用一个蔑视的词来形容：成功的说明书就是狂欢——我就身陷文学界的狂欢之中！

在纽约待上几个小时，我发现每次来到这个城市，都会被各种错综复杂的事情所纠缠，搞得我过不了几天就筋疲力尽，只好坐上火车去特拉华州。纽约的所有区域都已经道德败坏，只有我在傍晚坐车往南，途经中央公园，朝着光影婆娑的第59大街驶去时，才能找到片刻的宁静。我逝去的城市又找回来了，不过，在其神秘与希望之中裹着的是冷静。但这种超脱永远都不会持续太久——就像辛劳者住在城市的胃里，所以我是迫不得已住在城市错乱的思想里。

取而代之的是地下酒吧——由最初在耶鲁和普林斯顿校园出版物上做广告的奢华酒吧，演变为啤酒花园，在那里，温和的德国式娱乐中总有狰狞的黑社会面孔盯着你，再后来演变成诡异、甚至更加凶险的地方，在那里总是有表情冷漠得像花岗岩一样的小子们盯着你。在这种地方已毫无快乐可言，只剩下野蛮残忍，这种野蛮残忍足以把你刚刚度过的这一天糟蹋殆尽。回想起1920年，我曾在午饭前提议来杯鸡尾酒，却把一位行情看涨的年轻商人吓了一大跳。到了1929年，市中心有一半的商务楼都提供酒精饮料，一半的大厦里有了地下酒吧。

人们越来越了解地下酒吧和公园大道了。在过去的十年中，格林威治村、华盛顿广场、穆雷山、第五大道上的法式酒庄要么消失了，要么毫无生气。纽约已被蛋糕和马戏表演撑得肚皮发胀、愚不可及，每当纽约人听到某个新的摩天大楼刚刚建成时，一句新流行的“哦，是吗？”就可以概括所有的热情。我的理发师在赌场赢了50万美元后就提前退休了，我还知道那些服务生领班，无论是否对我点头哈腰，都比我有钱得多。这有什么好玩的？纽约再一次让我受够了，于是，我登上船，一路上泡在酒吧里，去我在法国温暖的家，这种感觉真好。

“纽约有什么新闻吗？”

“股市涨了。一个漂亮妞儿把一个流氓给弄死了。”

“还有吗？”

“没了。大街上的广播还在没完没了地叫唤呢！”

我一度认为美国生活没有第二幕，但纽约繁荣时期肯定有第二幕。我们在北非的某个地方，听到远处发出一声沉闷的巨响，那声音在最遥远的沙漠荒原上回响。

“那是什么声音？”

“你听见了吗？”

“没什么！”

“我们是不是该回家看看？”

“不——管它呢！”

两年后的深秋，我们又一次看到了纽约。我们从猎奇而又彬彬有礼的报关员身边走过，然后，手里拿着帽子，低着头，恭敬地走过传出回音的墓地。废墟中，几个童稚的幽灵在玩耍，装腔作势地告诉你他们还活着，不过，他们焦躁的嗓音和潮红的脸颊暴露出化装舞会的浅薄。鸡尾酒会上，嘉年华时代最后一位空虚的幸存者，附和着伤者的怨诉说：“毙了我吧，看在上帝的分上，谁来毙了我吧！”他附和着垂死之人的呻吟和哀号说：“你看到美国钢铁①又跌了三个点了吗？”我的理发师又回到店里上班了，服务生领班又点头哈腰地将客人领到餐桌旁了，如果还有客人光顾餐馆的话。从废墟中，帝国大厦②拔地

---

① 指的是股票。

② 帝国大厦始建于 1930 年，1931 年落成，只用了 410 天，共有 102 层，由 Shreeve，Lamb，and Harmon 建筑公司设计，是当时使用材料最轻的建筑，建成于西方经济危机时期，成为美国经济复苏的象征，曾为世界第一高楼和纽约的地标性建筑，是世界七大工程奇迹之一，如今仍与自由女神共称为纽约的地标。

而起，犹如孤独而费解的狮身人面像；我一直有个习惯：每逢向这座美丽的城市告别时，都要爬上购物中心的屋顶极目远眺。所以，这一次，我登上了最新，也是最美的帝国大厦的屋顶。随后，我明白了——一切都有了答案：我发现了这座城市的最大错误，它的潘多拉魔盒。夸夸其谈、傲慢十足的纽约人登上这样的高度，所看到的景象与他们所想象的完全不同，这座城市并不如他们所想象的那样高楼林立、绵延不绝，而是**有边界的**——从这个至高点上，他第一次看到，城市在四面的乡野里慢慢淡化，最后消失在广阔的绿色大地和蓝色天空里，而只有大地和蓝天才是真正无边无际的。这一发现让他们错愕不已，这才意识到纽约毕竟只是一个城市，而不是包罗万象的宇宙，于是乎，在想象中精心构建的、光彩夺目的大厦轰然倒塌。这就是阿尔弗雷德·史密斯[①]草率地送给纽约人民的礼物。

所以，我现在告别我逝去的城市。从凌晨的渡船望去，纽约不再轻声诉说着空前的成功和青春永驻的传奇。那些在空荡荡的剧院正厅里喧闹狂欢的妈妈们，再也无法让我想起 1914 年我梦中的那些妙龄少女。还有，在嘉年华中自信地舞动着手杖不问世事的邦尼，如今已成了共产主义者，正在为南方的磨坊工人和西部的农民操劳，而 15 年前，这些工人和农民的声音还没有穿透邦尼书房的墙壁。

除了回忆，一切都已不复存在。但有时候，我会想象自己饶有兴趣地看着 1945 年的某一期《每日新闻》：

五十岁男子在纽约恣意妄为

菲茨杰拉德因屡屡构筑爱巢

而遭愤怒的枪手枪杀

---

① 阿尔弗雷德·史密斯（Alfred E. Smith）是当时负责建筑帝国大厦的公司的总裁。

所以，也许我有朝一日注定要回来，在这座城市里找寻我迄今为止只在书上看过的新体验。但此时此刻，我只能大声疾呼：我失去了我那壮观的幻景。回来吧，回来吧，啊！光辉灿烂、洁白无瑕！

林[1]

1933年10月

有一年半的时间，笔者曾是林·拉德纳最亲密的朋友，但后来，由于天各一方，我们极少联系。我和妻子最后一次见到他是在1931年，他看上去已是垂死之人——看着原来那个身高6英尺3英寸、心地善良的人躺在医院的病床上，已然成了一个无用之人，真让人伤心。他的手指拿根火柴都发抖，原本英俊的头颅，如今已瘦得皮包骨头，就像戴着一副既痛苦又紧张的面具。

1921年，我们第一次见面时，他留给我的是一种截然不同的印象——他看上去浑身充满了宁静的活力，这种活力能让他比谁都长寿，能让他承受普通人难以承受的任何工作和娱乐。最近，他因轰动一时的“小貂与大衣”壮举震惊全国（此事与一个世界大赛的赌赛有关，赌注是将一些幼貂剥皮制成的毛皮

---

① 林·拉德纳（Ring Lardner，1885—1933）：二十世纪初美国著名体育新闻记者，美国至今无出其右的体育专栏作家、幽默作家。为拉德纳赢得文学声誉的主要是他的短篇小说，他共创作了130篇左右，刻画了众多逼真的美国生活场景及人物形象，被公认为是幽默讽刺小说的经典。他被认为是自乔纳森·斯威夫特以来下笔最一针见血的讽刺作家，也被认为是美国文学史上在马克·吐温之后最优秀的幽默作家。

大衣），而这场赌博的证据，一件漂亮的紫貂皮大衣，当时就穿在他妻子身上。当时，他对人、体育、桥牌、音乐、戏剧、报纸、杂志、书籍都有着浓厚的兴趣。尽管我当时并不知道，但他身上已经开始发生变化——那顽固不化的绝望纠缠了他十几年，一直到他离开人世。

他几乎放弃了睡眠，只是在一些短暂的假期才从事一些简单的娱乐活动，而这种时候也主要是和朋友格兰特兰德·莱斯或者约翰·维勒打高尔夫。很多个夜晚，我们就着一箱加拿大麦芽酒，一直谈到清晨，林站起来，边打哈欠边说："得了，这个时候，孩子们大概已经上学去了——我也该回家了。"

很多人的不幸都让他难以释怀——比如说，医生宣布了漫画家塔德的死刑（事实上，他差一点比林活得还长）——他似乎相信自己能够并且应该为别人的不幸做点什么。他一直在拼命履行合同，其中一部以二流棒球手为主角的连环漫画，对他来说真是个梦魇，他显然感觉到他的工作已迷失了方向，只能沦为"临摹"了。于是，他选择了将他那富有戏剧色彩的责任感，变成替别人解决问题的渠道，——把别人介绍给剧院经理，帮朋友找份工作，想方设法帮别人加入高尔夫球俱乐部。他所做的种种努力往往超出了实际需要，其背后的真相是林在慢慢淡出文学界——虽然他到死只是一个诚实、敬业的工匠，但早在他去世10年前，他在工作中就再也找不到乐趣了。

大约就在那个时候（1922年），一家出版社答应重新出版他的旧作，并将他最近写的短篇也结集出版，这让他在文学界和公众视野中有了存在感，门肯和F. P. A.多次在报纸上发表评论，肯定其作家的真正地位，这也让林有了一丝满足感。不过，我觉得他当时已经不在乎了——这一点虽然费解，但我认为，除了与几个朋友保持良好关系以外，没有什么事能让他在意了。他对模仿他的人的态度，便充分说明了这一点。除了他身上的衬衣以外，模仿者们扒光了他身上的一切——只有海明威曾被如此彻底地搜过身——这给模仿者带来的困扰要远超过给林带来的困扰。对此，他的态度是，如果模仿者在模仿过程中碰到了无法克服的困难，那么他会帮助他们克服。

这个时期，林收入颇丰，而且名气在稳步上升，但对林来说，除了作品被人铭记之外，他还有两样更重要的抱负。他想成为一名音乐家——有时候他自嘲地把自己说成是一个屡受挫败的作曲家——他还想写剧本。这期间有许多他与剧院经理们打交道的故事，比如：他们经常让林干活儿，不过他们很快便忘得一干二净；他们会接下林写的剧本，但从来没有把他的剧本搬上舞台。（林保留了一份齐格菲简短而又具有讽刺意味的录音。）只有脚踏实地的乔治·考夫曼帮助他实现了抱负，不过那时候，他已经病入膏肓，无法从中得到满足了。

上面几段文字的重点在于，林本该能够取得的成就要远大于他现实中所取得的成就，这是由他愤世嫉俗的工作态度决定的。这种态度最早应该追溯到什么时候呢？追溯到他在密歇根乡村里度过的青年时光吗？当然应该追溯到他在俱乐部里的日子。在那些日子里，大多数有前途的人都接受了成人教育，而林在战争学堂里，与十几个文盲为伍，整天玩男孩子们玩的游戏。男孩子玩的游戏不会超越男孩子可控的程度，是局限在围墙内的游戏，而正是这些围墙将新奇或危险、变化或历险挡在了外面。在这种环境下获得的素材以及对素材的洞察，是林在心智发育最重要的形成和成熟阶段所学习的教材。一个作家可以在 30 岁、40 岁，乃至 50 岁后，对自己的种种奇遇大肆渲染，但是衡量和评价这些奇遇的标准早在 25 岁就已经形成了，而且标准一旦形成，根本无法改变。无论林切得多么深，他那块蛋糕的直径和弗兰克·强斯[①]那颗钻石的直径一样大。

这里说的是他艺术方面的问题，也为他的将来埋下了隐患。只要他写的东西局限在某个范围，那么结果是壮美的。在这个范围之内，他聆听、记录的是大陆的声音。但当林的兴趣不可避免地超出了这个范围，他留给我们的会是什么呢？

他留给我们的是高超的语言技巧——他只能无助地守在那一亩三分地上。在造就他的那个世界里，他那令人捧腹的反讽得到了释放。他奋力前行，去了解人们的动机，以及人们为达目的而可能采取的手段。但现在，他碰到了新问题——如何处理这些材料的问题。他继续观察，所看到的景象虽回到视觉神经，但再也无法写进小说里，因为这些景象不能再用老的标准去衡量和评价了。他从来没有对高超的体育技艺推崇备至，但这并不是最要紧的，问题是他找不到更好的东西了。试想，如果把人生当成一桩由漂亮肌肉组织构成的买卖——一次奋起、一番努力、一次充分的休息、一身汗水、一次洗浴、一顿饭、一场恋爱、一次睡眠——试想如果这样的人生已经达到；再试想用这样的标准去衡量异常复杂的生活（在现实生活中，一切都是杂乱无章的、有瑕疵的、转弯抹角的，就连最伟大的概念、工作和成就也不例外）——那么，我们可以想象，走出棒球场的林所面对的混乱局面了！

他坚持记录，但已经不再产出，这样的积累虽然持续到他去世为止，但也严重摧残了他晚年的精神。束缚他的不是对密歇根州奈尔斯的恐惧，而是保持沉默的习惯，这种习惯是他在面对他赖以生活和工作的“象牙”[②]时形成的。别忘了，这可不是一块粗制滥造的象

---

① 弗兰克·强斯（Frank Chance，1876—1924）：二十世纪二址年代美国棒球明星，曾带领芝加哥孤儿队（后来的小熊队）4 次夺得联赛冠军。

② 从上下文来看，林的创作范围很窄，如同英国作家简·奥斯汀（Jane Austin）一样，描写的是“十八世纪三四户乡绅家庭女性的婚姻和生活”。有评论家称奥斯汀的创作是“在两寸象牙上雕刻”。

牙——这一点林已经向我们展示了——这是一块狂傲、专横、常常有点妄自尊大的象牙。林养成了沉默的习惯，后来又养成了压抑的习惯，到最后，他在《纽约客》上撰文，对色情歌曲发起一场奇怪的小小圣战，来发泄自己的这种压抑。他做了自我妥协，才表达出自己的一小部分想法。

笔者曾建议他应该以他能充分施展才华的领域为基础，建议他写些高度个性化的东西，一些他可以从容应对的东西，但他对我的建议淡然处之。他是一个幻想已经破灭的理想主义者，但他仍听从命运女神的安排，他不可能轻易听命于其他神灵的指使。“这种东西是可以印出来的。”他解释道，“但这属于根本写不出来的玩意儿。”

他纠结于这样的问题不能自拔，埋怨自己拿不出大部头的作品，这也就是自我谦虚而已，因为他生性孤傲，没有理由把自己的能力说得一钱不值。他不愿意“和盘托出”，因为在他人生的关键时期，他养成了不愿意“和盘托出”的习惯——而且还将这一点慢慢提升为彰显风雅的标准。他从来就不满足于具备一丁点儿洞察力。

所以，我们对林的英年早逝不但认为是一种个人损失，而且我们深信，林留下的作品比美国文学史上任何一流作家都要少。只有一本《阿尔，你了解我》和十来篇精彩的短篇小说（天哪，他甚至没有把这些短篇保留下来——《如何写短篇小说》中的素材都是从公共图书馆的过期期刊上翻拍下来的！），还有一些刘易斯·卡罗拉之后最令人捧腹、最有灵感的“无厘头”。其他大部分都是有些闪光点的平庸之作。我想帮林一个倒忙，建议将他的作品放到祭坛上，供人崇拜，就像我们对待马克·吐温不经意留给我们的宝贵财富一样。对不了解林的人来说，那3卷本似乎足够了。但我可以斗胆地说，熟悉他的人都会一致认可，他的人格只在一部分作品中得到了反映。自负、羞怯、严谨、敏锐、礼貌、勇敢、善良、慈悲、正直——他的这些品质让人对他既敬畏，又喜爱。他的意图，他的意志，一旦付诸行动，就成为与他打交道时令人敬畏的因素——他总是说到做到。他经常表现得像忧郁的贾克斯[①]，也的确算得上是一个悲伤的伙伴，但无论何时，他身上都洋溢着一种高贵的尊严，所以，与他在一起总是愉悦的。

此时此刻，我的书桌上还有林写给我们的几封信。有的一千字，有的两千字——戏剧界的闲聊、文学界的谈话（虽闪烁着智慧，但并不多，因为，要把精华储存起来放到自己的作品里，他深感乏力），还有一些他自己的趣事。我把能找到的最典型的，抄录如下：

> 上周五晚上，我们AA制去看演出，我和格兰特·莱斯订了张桌子，可以坐10人，不能再加位子的。哦，我已经邀请了杰瑞·克恩，但他在最后一刻打电话来说来不了了。我问格兰特·莱斯，他说他想不起有谁可以替补。因为戏票一票难求，如果这样浪费掉，实在太可惜了。于是，我打电话请琼斯来，琼斯说没问题，不过可不可以带个朋友一起来，他的朋友以前曾是参议员，在华盛顿时，待他很好。我说很抱歉，我们的桌子已经满了，再说，也没有额外的票了。琼斯说："没准儿我能从别的地方弄到一张票。"我说："我不相信。但问题是，我们桌子没有多余的位子了。"琼斯说："这样的话，我可以让参议员在别的地方吃，然后与我们一起看演出。"我说："可以，不过，我们没有票给他啊。"他说："我想别的办法。"唉，他想到的办法就是他和参议员一起来了，我费尽周折又弄到一张票，把参议员硬塞到并不欢迎他的另一桌上，最后，参议员对琼斯千恩万谢，说他是这个世界上最好的哥们儿，可是对我只说了句"晚安"。

---

① 莎士比亚喜剧《皆大欢喜》（*As You Like It*）中玩世不恭、愤世嫉俗的哲人。

好了，就写到这吧，我得去啃胡萝卜了。R. W. L.

即使在电报里，林也能将自己的风格浓缩进去。这里有一份：**“何时何故回，盼复　R.W.L”**。

此时此刻，我们还是不要追忆林喜欢寻欢作乐的那一面为好，因为，在他去世前，他早就不再从没有节操的放荡中寻找乐趣了，甚至不再涉足称得上娱乐的所有领域。但有一点例外，那就是他对音乐情有独钟。在他巨大魅力的感召下，很多音乐人前来病榻前看望他，承蒙电台和这些音乐人的眷顾，林在临终前的最后一段日子里得到了很大的安慰，他也充分利用这份安慰，兴高采烈地将科尔·波特的一首词改写并发表在《纽约客》上。但在十年前，笔者和林做邻居时，很多时日，我们一起吃住，高谈阔论时人时事。这一点笔者如果不提，那就是在逃避责任了。我一直以为我对他的了解不够深，也没有什么人了解他。这并不是说他身上还隐藏着更多的东西，应该挖掘出来，而是一种本质上的差异。这种差异似乎是，由于自身的先天不足，导致无法深入探究那些未解的、新奇的、未曾说出口的东西。正因为如此，人们才希望林能更多地写出他心里想的东西。那样的话，他会在我们心中活得更长久，作品本身也会更有意义。但我想知道那究竟是什么，直到现在我依然抱着这样的希望——林想要的是什么？他希望这个世界变成什么样子？他又是如何看待这个世界的？

一个伟大、善良的美国人走了。我们不应该用鲜花遮挡他的光环，而应该走上前去，看看那枚我们无法理解的由悲伤打磨而成的精美勋章。林没有敌人，因为他很善良，他把解脱和快乐给了千千万万的人。

“请带F夫妇去某号房间”

F. 司各特和珊尔达·菲茨杰拉德

1934年5月至6月

我们结婚了。在比特摩尔的豪华酒店，会学舌的鹦鹉晃动着毛茸茸的脑袋。酒店竭力彰显着古色古香的风味。

科莫多酒店那褪了色的玫瑰红走廊尽头通往地铁口和地下的都市——一个男士卖给我们一辆破旧的马蒙牌车，一群狂野的朋友花了半小时绕着旋转门转个没完。

在韦斯特波特的一间公寓里，我们彻夜未眠，写完一篇短篇，直至丁香花迎着黎明开放。我们在灰蒙蒙的露珠下因为小说的寓意发生了争吵，但到了晚上穿上红色的浴衣时便和好如初了。

尽管我们看上去既年轻又放荡，但曼哈顿的酒店还是让我们住了下来。我们毫不领情地将吃饭的勺子、电话本和一个四方形的大针线包塞进了衣柜。

特拉莫尔酒店的房间光线昏暗，躺椅大得足够交际花去折腾。海浪声吵得我们难以入眠。

华盛顿新威拉德酒店大厅里的电风扇吹来了桃子

和热饼干的味道，还有人在旅途的推销员身上煤渣的香味。

里士满的酒店铺着大理石的台阶，有着长长一排未开门的房间。在发出回声的小房间里，随处丢放着大理石神像。

在格林威尔的欧·亨利酒店，他们认为一对夫妻的穿着打扮不应该像十九世纪穿着白色灯笼裤一样招摇过市，而我们认为浴缸里的水也不应该是红色的泥浆。

第二天，留声机的夏日呜咽声鼓起雅典南方姑娘们的裙子。杂货店五味俱全，太多的蝉翼纱，太多的游人……我们天一亮就离开了。

1921年

伦敦塞西尔酒店的人恭敬有加，泰晤士河上漫长壮观的黎明与黄昏让一切都井然有序。尽管我们年幼无知，但印度人和皇家观礼给我们留下了深刻的印象。

在巴黎的圣詹姆斯-阿尔邦尼酒店，我们搞得房间里全是未加工的亚美利亚山羊皮的味道，还把不会融化的“冰激凌”放在窗外。还有色情贺年片，珊尔达怀上了我们的孩子。

威尼斯的皇家达湿利酒店有一台赌博机，窗台上堆放着几百年的石蜡，还有美国驱逐舰上帅气的军官。我们乘坐一只贡多拉小船，非常开心，感觉就像欣赏一首柔美的意大利歌曲。

在佛罗伦萨的意大利酒店露台上，竹帘，一个对绿色长毛绒怨声载道的哮喘病人，以及一架乌木钢琴，让人刻骨难忘。

不过，在罗马的大饭店，金碧辉煌的工艺品上有很多跳蚤，英国使馆的人躲到棕榈树后挠痒，店员们说当时正值跳蚤肆虐的季节。

伦敦的克拉里奇酒店用金盘子奉上草莓，但房间却是内景房，终日暗淡无光，服务生都不关心我们走没走，他是我们住那儿唯一能联系的人。

秋季，我们到了圣保罗的科莫多酒店，满大街秋叶飞舞，我们在等待孩子降生。

1922年—1923年

广场大酒店是一家历史悠久的酒店，优雅，却有些压抑，帅气的领班从不介意别人跟他借5块钱还是借他的劳斯莱斯车。在这段时间，我们不怎么出门旅行。

1924年

巴黎的德蒙德酒店连着我们窗外一家深不可测的蓝色庭院。我们一时疏忽，把女儿放进了坐浴盆里洗澡，她将杜松子酒当作柠檬水喝了，第二天又把午餐桌搞得一塌糊涂。

想吃山羊肉就得到耶尔的格里姆花园酒店，三角梅在火热的白色灰尘中和它的颜色一样显得弱不禁风。很多士兵在花园和妓院外闲逛，聆听自动点唱机播放的音乐。夜晚，散发着金银花和军服皮革的气味，跌跌撞撞地爬到山腰，在伊迪斯·沃顿太太的花园住了下来。

在尼斯的鲁尔酒店，我们决定不要海景房，因为我们觉得这里所有黑皮肤的都是些亲王，即便是旅游淡季也住不起这样的房间。在露台上晚餐时，星光洒落在餐盘上，我们想看看游船上有没有熟悉的面孔，好让我们与此时此景融为一体。但没人经过，我们孤零零地待在这深蓝色的富丽排场之中，一边就着“鲁尔的特色鲽鱼片”，一边畅饮第二瓶香槟。

蒙特卡洛的巴黎大酒店就像是侦探小说中的宫殿。官员们为我们准备了一切：车票和通行证、地图和新的身份牌。我们在程序化的阳光下等了很久，他们为我们填写身为赌场贵宾所需要的一切。最后，掌控大局之后，我们才摆出派头打发侍应生去拿把牙刷。

在阿维尼翁的欧洲大酒店，庭院里紫藤低垂。晨曦中，售货车辘辘前行。一位穿粗花呢的太太独自一人在一家肮脏的酒店喝着马提尼。在富贵酒馆，我们见到了法国朋友，聆听傍晚时分回荡在城墙间的钟声。透过宽阔寂静的罗纳河上落日的金色余晖，主教的宫殿神秘地高高耸立着，我们在河对岸的梧桐树下勤勉得无所事事。

就像亨利四世一样，一位法国爱国者在圣拉斐尔的大陆酒店喂他的宝宝们红酒。由于是夏季，地上没铺地毯，孩子的抗议声从楼上传来，与杯盘交错的声音相融合，听上去倒也生动活泼。这时，我们已经认得几个法语单词了，觉得自己已经融入了这个国家。

昂蒂布的杜卡普酒店几乎空无一人。白日的热气还萦回在阳台蓝白相间的地砖上，我们躺在朋友们先前铺好的巨大帆布垫子上，一边温暖日灼过的后背，一边调制鸡尾酒。

热那亚米拉麦尔酒店的流光溢彩装点着漆黑的海岸，而黑暗中山峦的轮廓被酒店窗户里射出的灯光勾勒了出来。一旦有人走过五光十色的游廊，我们就把他们当成尚待挖掘的卡鲁索[①]，但他们总是信誓旦旦地对我们说，跟米兰一样，热那亚也是一座商业城市。

我们在天黑时到达比萨，直至我们离开皇家维多利亚酒店出城时，才无意中经过斜塔。它光秃秃地矗立在一块地上。亚诺河的河水非常混浊，缓慢的流水毫无紧迫感可言，远不如填字游戏那么急切。

马利安·克劳福德[②]的母亲死在罗马的奎里纳勒酒店，所有的客

① 卡鲁索（Caruso）：全名为 Enrico Caruso（1873—1921），意大利歌剧高音歌唱家。

② 弗朗西斯·马利安·克劳福德（Francis Maricon Cranford，1854—1909）：美国小说家。

房服务员都记得这件事，她们会告诉房客事后是如何在房间里铺上报纸的。起居室密不透风，外面的棕榈树把窗户挡得死死的，根本打不开。一位英国中年男子一边在污浊的空气中打盹，一边就着酒店的名牌咖啡嚼着陈年腌花生。咖啡是从一个像汽笛风琴一样的设备里放出来的，里面全是渣滓，那样子就像是摇一摇就能暴雪纷飞的玻璃球。

在罗马的王子酒店，我们吃着湾仔奶酪，喝着科沃红酒，与一位柔弱的老处女交上了朋友，她打算待在酒店，等读完 3 卷册的波吉亚家史再走。床单是潮湿的，半夜常常被隔壁的打鼾声吵醒，但我们并不介意，我们可以下楼去西斯提那大道，那里一路上到处都是黄水仙和乞丐。当时我们高人一等，可以使用旅游指南，所以我们想自己挖掘点名胜古迹去看看。当我们厌倦了夜生活，逛遍了市场和坎帕尼亚平原之后，还真让我们做到了。我们喜欢圣安吉洛城堡，因为它那浑圆的整体感带着一丝神秘，还有城堡下面的河流以及断壁残垣。在罗马的黄昏中迷失于几个世纪之间，根据罗马斗兽场的方位辨认出自己的方向，真让人激动不已。

1925 年

在索伦托酒店，我们看到了塔兰泰拉舞，这可是原汁原味的塔兰泰拉舞，此前我们所看到的都是富有想象力的改编版……

南方的阳光照在奎西安纳院子里，令人昏昏欲睡。一些奇异的小鸟躲在巨大的柏树上不愿休息，而坎普顿·麦肯兹告诉我们他为什么住在卡普里岛，因为作为英国人，必须有一个岛。

蒂贝里奥是一家高大的白色酒店。卡普里式的圆形拱顶好像为它镶上了一道扇形的边，拱顶的作用是收集雨水——但这里从没下过雨。我们穿过迂回昏暗、满街都是伦勃朗肉铺和糕点房的小巷爬到这里，然后，我们重新下山，来到卡普里复活节那昏天黑地、歇斯底里的异教徒的狂欢之中，复活节代表的是人们精神的复苏。

当我们又折向北，回到马赛，临水的街道都被港口的烈日晒白了，行人们坐在街角的咖啡馆里愉快地讨论着时代的偏差。这一生动活泼的场面让我们由衷地高兴。

里昂的酒店充斥着一股陈腐的气息，没人听说过里昂式烧土豆，我们厌倦了旅行，于是便把雷诺小汽车丢在那儿，坐火车回巴黎。

佛罗里达饭店有斜三角线形状的房间，窗帘架上的镀金都脱落了。

几个月后，我们再次动身南下。在第戎（迪登饭店，一家膳宿店，两个法郎一晚，无抽水系统），我们六个人睡一个房间，因为找不到别的地方了。我们的朋友们虽然觉得自己受了连累，但仍然鼾声大作，一觉睡到天亮。

在比利牛斯山的萨利德贝阿恩酒店，我们染上了当年的流行病——结肠炎，一边接受治疗，一边在贝尔维旅馆的白色松木房里休养，比利牛斯山上的淡淡落日照得我们的脸红扑扑的。我们房间里的壁炉架上放着一尊亨利四世的铜像，因为他母亲就出生在那儿。赌场的木窗上落满了鸟粪——在雾蒙蒙的大街上，我们买了头上带有尖刺的藤杖，对一切事物我们都感到索然无味。我们的一出戏搬上百老汇，电影公司付了 6 万美金，但我们那时就像一碰就碎的瓷人，好像对此无所谓。

休养结束时，一辆租来的豪华轿车把我们带回到图卢兹，歪歪斜斜地绕过了灰蒙蒙的卡尔卡松街区，驶过人迹罕至的阿基海岸①。蒂沃利埃酒店虽然装饰华丽，却几乎被遗弃了。我们不停地按铃喊服务

---

① 法国西南部阿基坦地区的沿海地区。

生，以便确信在这个肮脏的土窖里还有点人气。他虽然露了面，但一脸的不高兴，最后我们连哄带骗地让他给我们多搞点啤酒，结果让他更皱眉蹙额。

在奥康纳酒店，衣服上镶着白蕾丝的老太太们伴随着酒店摇椅催眠的摇晃中，回忆着往日的岁月。但那里一杯波特酒花的钱足够让你在盎格鲁街上的咖啡店享受蓝色的黄昏。我们跳着探戈，看着姑娘们穿着与“蓝色海洋”相得益彰的薄薄衣衫冻得瑟瑟发抖。我们和朋友一起去了佩罗凯酒店，其中一位穿着深紫色衣服，另一位则是火暴性子，买了一车烤板栗，板栗的烤焦味，犹如寒冷春夜里的慷慨施舍，顿时散开。

在那年令人忧伤的 8 月，我们去芒通旅行。在与维多利亚酒店隔海相望、类似水族馆的小亭子里要了碗法式炖鱼汤。山上长满了银白色的橄榄树，呈现出天涯海角的本色。

在里维埃拉度过了第三个夏天后，我们到戛纳的欧陆饭店拜访了一位作家朋友。他独自收养了一只黑色杂种狗，并引以为豪。他有一栋漂亮的房子和一位漂亮的妻子。我们对他房子里温馨的摆设非常羡慕，因为这种摆设给人一种远离尘嚣的感觉，而他也真的以此为自己的意愿，泰然接受了。

回到美国后，我们便去华盛顿的罗斯福酒店看望各自的母亲。华盛顿那些“成套批发”、千篇一律的酒店，让我们觉得住在里面就是在亵渎神灵——我们离开了砖砌的人行道和榆树，离开了华盛顿特有的那种参差不齐，继续南下。

1927 年

到加利福尼亚所花费的时间是如此漫长，路上有很多镍制小把手和精制小玩意儿不能碰，要动形形色色的按钮需要先求助别人，各种各样的新鲜花样儿，还有“弗雷德–哈维铁路餐厅”①，以至于我们到达艾尔帕索时，其中一位以为自己得了阑尾炎。一座嘎吱作响的桥通向墨西哥，那里的酒店有整齐叠放的纸巾和走私香水——我们很钦佩得克萨斯州的巡逻兵，战后就没见过屁股上佩枪的男人。

我们到加州时正赶上地震。白天阳光明媚，夜里大雾弥漫，大使馆窗外的花架上，白玫瑰在薄雾中婀娜摇曳。一只伶俐而又爱炫耀的鹦鹉对着浅绿色池塘嚷嚷着，至于说的是什么，谁也听不懂——当然大家都觉得，那肯定是脏话。天竺葵凸现出加州花花草草的整齐划一和井然秩序。我们向戴安娜·麦纳斯②的纯朴美所蕴藏的娇弱、高贵、简洁致敬，在璧克馥③用餐时赞叹玛丽·璧克馥对生活的坚韧与克制。一辆体贴入微的豪华轿车载着我们度过了在加州的时光，我们也为莉莲·吉什④的娇柔脆弱所动。她对生活充满了太多的渴望，像葡萄藤一样与神秘主义纠结在一起。

我们从加州去了威尔明顿的杜邦酒店。一位朋友将我们带到一座类似封建领主庄园的地方，在桃花心木建造的憩园喝茶，阳光羞涩地在银茶具上闪烁。主人给我们上了四种茶点，四个身穿骑装，长相一模一样的姑娘，一位忙着保持往昔时代的魅力而无暇照顾孩子的女主人。我们在特拉华河边租了一栋很大的老房子。房间四四方方，柱子成排立着，这都给我们带来了清新的宁静。院子里长着一棵忧郁的七

---

① 弗雷德–哈维铁路餐厅（Fred Harvey）：俗称“哈维楼”（Harvey House），是美国西部铁路沿线经营餐饮、住宿等业务的连锁店。

② 戴安娜·麦纳斯（Diana Manners，1892—1986）：英国女演员，当时戴安娜在加州演出，菲茨杰拉德夫妇与其相识。

③ 璧克馥（Pickford）：英国电影明星道格拉斯·范朋克（Douglas Fairbanks）和玛丽·璧克馥（Mary Pickford）在加州的豪宅。

④ 莉莲·吉什（Lilian Gish，1983—1993）：美国无声电影时代的著名女演员。

叶树和一棵如日本书法般优雅弯曲的雪松。

我们直奔普林斯顿。那里新开了一家带有殖民地气息的酒馆，不过校园里依然保留着饱经风霜、长满青草的阅兵场，使人仿佛见到轻骑兵哈里和艾伦·伯那浪漫的幽灵。我们喜欢纳塞礼堂的老式砖块恰如其分的形状，喜欢它看上去仍然像承载早期美国理想的公堂，喜欢榆树小道和草坪，喜欢学院的窗户向着春天敞开——敞开，向着生命中的一切敞开——哪怕就一会儿呢。

在弗吉尼亚海滩上的骑士酒店里，黑人身穿七分裤。夸张地说，这地方南方味特别浓，也没什么新鲜玩意儿，不过这里有美国最好的海滩。那时，这些乡间别墅还没有，海边还有沙丘，月光跌跌绊绊地摔落进沙滩的波纹中。

之后的出游是前往北方魁北克的免费游，结果像其他时间一样，无一例外地驾车，中途迷了路。他们觉得没准儿我们会为这一次的奇遇写点什么。弗龙特纳克堡饭店是由玩具似的石拱搭建而成的，仿佛是一座锡兵城堡。我们说话的声音被大雪砍去了一半，低矮的屋顶下挂着钟乳石状的冰柱，将小镇变成了一个寒冬的洞穴。我们大半时间都待在一间产生回声的房间里，屋子里放着一排滑雪板，因为那儿的专业滑雪者让我们对这项我们本不熟悉的运动产生了好感。后来，他以同样的理由被杜邦家族重用，成了火药巨头之类的人物。

我们决定回法国的那天，在宾夕法尼亚酒店过夜，因为无所事事，便摆弄起新买的收音机和耳机来。那里天气寒冷，一件西装到了夜里能冻成冰块。让我们记忆犹新的是，居然还有流动的冰水、自给自足的房间——即使遇到突发事件，仍能正常运转。我们几乎与世隔绝，因此，房间让我们觉得就像在拥挤的地铁站。

巴黎的这家旅馆呈三角形布局，正对着日耳曼教堂区。每逢周日，我们坐在双偶咖啡店里，要么看着人们，要么看着法国人看报纸，要么虔诚得就像歌剧合唱队一样走进教堂古老的大门。在利普斯饭店，我们一边品尝德国泡菜，一边漫聊芭蕾。在阴冷潮湿的波拿巴街，我们会花上几个小时读读书、看看报，悠闲自在地恢复元气。

离开巴黎后的行程越来越没意思。下一站是去布列塔尼，中途在勒芒稍作停留。昏睡的小镇在夏季的炎热炙烤下，快要化为齑粉了。只有人在旅途的推销员才会在没铺地毯的餐厅里争先恐后地拖椅子。通往拉博尔的公路两边，梧桐树成荫。

在拉博尔的宫廷酒店，在时髦别致的种种约束之中，我们感受到吵闹和喧嚣。孩子们在光秃秃的蓝白相间的海滩上被晒成了古铜色，潮水退去，孩子们便在沙滩上挖螃蟹、捡海星。

1929年

我们去了美国，但没有住酒店。回到欧洲，我们头晚住进了热那亚贝托里尼的一家洒满阳光的客栈。客栈有绿瓷砖铺的浴室，一个热情的客房服务员，还能将房间黄铜做的床架当作横杠练芭蕾。看到靠山的露台边山花怒放，觉得自己又成了外国人，这种感觉挺好。

到了尼斯，我们出于经济上的考虑，住进了美岸酒店，酒店朝着地中海的那面窗户，都装上了彩色玻璃，以遮挡炫目的阳光。时值春日，安格莱斯大街仍然寒气袭人，但人潮流动的节奏如同夏日一般。我们喜欢甘必大街那些改建过的宫殿的彩绘窗户。漫步黄昏，暮色中飘来勾人魂魄的声音，仿佛在邀请我们观赏初亮的星辰，不过我们没有那种闲情逸致。我们去了船上的赌场观看廉价的芭蕾表演，然后驱车在快到维勒弗朗日的地方吃了尼斯色拉和一种风味奇特的鱼肉浓汤。

在巴黎，我们又厉行节约，住进了一家水泥还没全干的旅馆，至于这家旅馆的名字，我们早就忘了。我们的开销很大，因为，为了避免天天吃得千篇一律，我们每晚都出去吃饭。西尔维亚·比奇[1]邀请我们共进晚餐，话题围绕着所有发现了乔伊斯的人。我们去拜访住在更高档旅馆里的朋友：住在弗瓦约酒店的佐伊·艾金斯在玩味篝火的别致，住在皇家港口酒店的艾斯特带我们去参观罗梅思·布鲁克斯的画室，那是一间玻璃围成的天国，从高处俯瞰着巴黎。

然后，我们接着南下，花了一顿饭的工夫争论住哪家旅馆好。博讷[2]有一家，是欧内斯特·海明威曾住过的，他喜欢那儿的鲑鱼。最后，我们决定开夜车，在一间面临运河、破烂不堪的庭院里饱餐一顿——普罗旺斯绿白交织的强光已经搞得我们头晕目眩了，所以我们也不在乎是不是好吃了。那天晚上我们把车停在有着白色树干的树下，打开车窗，好让月光照进来，让南方的风吹拂着我们的脸，让我们更好地去闻白杨树丛散发出的阵阵香气。

在弗雷瑞斯海滩，新建了一家旅馆，一栋面向海滩的普通建筑，供水手们洗澡用。想起有幸成为第一批在夏季喜欢待在这儿的游客，我们就有高人一等的感觉。

在戛纳的游泳结束后，当年在石缝中出生的章鱼也长大了，我们便动身回巴黎。股市崩盘的那晚，我们住在圣拉菲尔的美岸酒店，所住的房间刚好是林·拉德纳有一年住过的那间。我们还是搬了出来，因为我们以前在那儿住过好多次了。物是人非时，这种感觉比让它从眼前消失，唯有在记忆中保留永恒的美好印记更令人伤感。

---

① 西尔维亚·比奇（Sylvia Beach，1887—1967）：在美国出生的图书出版商，两次世界大战期间她主要住在巴黎。

② 博讷（Beaune）：法国东部的小镇。

在阿尔勒的尤利乌斯·恺撒酒店，我们住进了一间由小教堂改建的房间。沿着一条淤积着死水的运河，我们来到一栋古罗马住宅的废墟前。富丽堂皇的柱子后面支起了一间铁匠铺，几头奶牛分散在草地上啃食金黄色的花。

接下来，不断地往上爬。塞文山谷将群山扯开，朦胧的天穹也在山谷中豁然展开，令人生畏的孤独笼罩着平坦的山顶。一路上我们嚼着板栗，山上的小屋里袅袅升起溢满香气的烟雾。小客栈看上去条件很差，地板上堆满了锯末，不过主人为我们端上来我们有生以来吃过的最好吃的野鸡和香肠，羽毛褥垫太舒服了。

在维希，木制的露天舞台周围的地上铺满了树叶。花园酒店的门上、茶桌上都印有健康指南，但沙龙里却挤满了喝香槟酒的人。我们喜爱维希的参天大树和这个宜人的小镇依偎在山谷中的样子。

还没到达图尔，我们就感觉到坐在小小的雷诺车里就像被关在笼子里的红衣主教巴吕[①]。环球大酒店也同样单调，不过晚饭后，我们找到了一家咖啡店，里面挤满了人，有的在下跳棋，有的在合唱，我们觉得我们终于该继续出发去巴黎了。

我们在巴黎住过的那家廉价旅馆变成了一所女子学校，所以我们只好去了巴克街上一家籍籍无名的旅馆，由于店里空气不好，盆栽的棕榈树都蔫了。透过薄薄的隔板，我们都能看到隔壁邻居的私人生活和性生活。晚上，我们走过奥德翁剧院浇铸的圆柱，发现卢森堡花园围墙后面破败的雕像就是卡特琳·德·美第奇[②]。

那是一个令人厌烦的冬天，为了忘记那些糟糕的日子，我们去了

---

① 红衣主教巴吕（Cardinal Bedue，1421—1491）：曾任路易十一时期红衣主教，传说曾被关在一个铁笼子里。

② 卡特琳·德·美第奇（Catherine de Médicis，1519—1589）：法兰西国王亨利二世的王后。

阿尔及尔。绿洲酒店的四周用摩尔式格栅围了起来；酒店就是文明的前哨，在这里人们尽可彰显自己的种种怪癖。乞丐们裹着白色床单，背靠着墙。咖啡馆里，身着殖民地制服的侍应生行色匆匆的样子给咖啡馆平添了一丝狐假虎威的气氛。柏柏尔人都有一双充满忧郁和信任的眼睛，不过他们真正信仰的是天命。

在布萨达，宽大的沙漠斗篷让满大街充满了阵阵琥珀香。我们看着月亮在煞白的光线里跌跌绊绊地从沙丘上掠过。导游告诉我们，他认识的一位牧师可以凭借自己的意念让火车脱轨，我们信以为真了。奥尔德奈尔人①皮肤呈棕色。凹凸有致的女孩子晃动着身上佩戴的金饰，和着回荡在远山里粗犷逼真的曲子，以她们特有的舞蹈形式，将自己变成恰如其分的性工具。不过，她们的面部表情却那么漠然、无情。

在比斯克拉，一切都散了架。街道就像炽热滚烫的白色岩溶一样穿过镇子。阿拉伯人在卖牛轧糖和蛋糕，蛋糕是在露天的煤气灶中烤成的，颜色难看极了。自从《真主的花园》和《教长》②放映以来，这里的女人便饱受磨难。走在陡峭的鹅卵石巷道中，看到肉铺里整只羊挂在那里格外刺眼，我们望而却步。

在坎塔拉，我们在一家杂乱无章、长满紫藤的小酒馆停了下来。紫色的黄昏从一条山谷深处氤氲升起。我们走进一位画家的家，在这荒山僻岭，他正忙着临摹梅索尼埃③的画作。

接下来是瑞士的另一种生活。格利昂酒店的花园里春意盎然，一个大千世界绽放在山区的空气中。太阳蒸干了娇嫩的花朵，使它随时会从岩石上飘落，在远处的山下，日内瓦湖波光粼粼、熠熠生辉。

---

① 奥尔德奈尔人（The Ouled Nails）：阿尔及利亚柏柏尔人的一个部落。

② 两部好莱坞电影，以阿拉伯为背景，挑战阿拉伯人的传统伦理。

③ 梅索尼埃（Meissonier，1815—1891）：法国著名画家。擅长风俗画和军事题材的创作。

洛桑宫的栏杆之外，帆船犹如鸟儿在打理羽毛，在微风中漂荡。柳树在砾石铺成的露台上编织出带花边的图案。在这里的都是在经济危机中亡命天涯的时髦人士，他们在砌得很高、私密性良好的阳台上，一边牢骚满腹，一边频频举杯。在瑞士，人们用花床和金链花拼出酒店的名字，就连街灯上也装点着马鞭草花冠。

1931年

在洛桑和平酒店的餐厅里，人们悠闲地下着跳棋。大萧条已见诸报端，所以我们想回家了。

不过，夏天我们去安锡待了两周，但在行程快要结束时，我们却说再也不会去那里了，因为那两周过得太好了，其他任何时候都无法与之相比。我们先是住在爬满了蔷薇的美岸酒店，在我们房间的窗户下方就有一个跳水台，位于天空与湖水之间。不过，筏子上苍蝇太多，于是我们搬到了湖对岸的芒通。那儿的湖水更绿，树荫很长，很凉爽，参差不齐的花园沿着陡峭的悬崖到达皇宫酒店。我们在炎热的红土球场上打网球，尝试着从一堵矮墙上钓鱼。夜晚，我们步行去挂满日式灯笼的咖啡店，白色的鞋子在黑暗潮湿的地方闪着像镭一样的白光。这就像已逝去的好时光，那时我们仍然相信夏日旅馆，相信流行歌曲所表达出来的哲理。后来又有一个晚上，我们还跳了一支维也纳华尔兹，说白了，也就是原地转转圈而已。

在海拔3000英尺高的考科斯宫酒店，我们在一个凉亭高低不平的木板上开了个茶会，就着山里的蜂蜜吃吐司。

我们途经慕尼黑时，发现雷吉哈宫酒店空荡荡的。酒店给我们安排了皇室出行时王子们住过的套间。那些在灯光昏暗的大街上大步流星的德国年轻人，神态都露出不祥之兆——露天啤酒店播放着华尔兹乐曲，但人们谈论的话题却是战争和世道的艰难。桑顿·怀尔德[1]带我们去了一家名气很响的餐馆，那里的啤酒确实配得上用来盛酒的银酒杯。我们去参观了那些珍藏的纪念品，这些东西见证了那是一场必定失败的“伟大事业”[2]。我们的声音在天文馆回荡，面对着深蓝色的宇宙，我们已经分不清东西南北了。

在维也纳，布里斯托尔是最好的酒店，他们很高兴接待我们，因为这里也是空荡荡的。从我们的窗户望出去，越过凄惨的榆树梢，便是巴洛克风格的古老歌剧院。我们到萨克[3]的遗孀家里吃饭——橡木壁炉台上挂着一幅印制的绘画，画的是多年前奥地利皇帝约瑟夫一世坐着马车出游找乐子；罗斯柴尔德[4]家族的一个成员则在一个皮制屏风后面用餐。这座城市已陷入贫困，或者说仍然没有摆脱贫困，周围的一张张面孔都疲惫不堪，时刻提防着别人。

我们在日内瓦湖畔的韦威宫酒店住了几天。酒店花园里的树，比我们以前见过的树都要高，孤苦伶仃的大鸟拍打着翅膀，从湖面上掠过。在远处，有一个小巧玲珑的河滩，还有一个颇具现代气息的酒吧。我们就坐在沙滩上，讨论如何填饱肚子的问题。

我们驱车回巴黎。也就是说，我们紧张兮兮地坐上我们那辆六马力的雷诺车。在第戎大名鼎鼎的拉克洛什酒店，我们搞到了一间不错的房间，浴缸的各种机关复杂得要命，服务员还自豪地说这套卫浴是美国货。

最后一次住巴黎，我们将安顿在风光不再的马热斯蒂克酒店。我们去了巴黎世博会，在金光闪闪的巴厘岛模型前浮想联翩。偏僻的海

---

① 桑顿·怀尔德（Thornton Wilder，1897—1975）：美国小说家，剧作家。

② 指第一次世界大战，德国是战败国之一。

③ 萨克-马索克（Sacher-Masoch，1836—1895）：奥地利小说家。

④ 罗斯柴尔德（Rothschild）：欧洲著名的银行世家。

岛上，那一片片被洪水淹没的寂寞稻田，向我们讲述了一个劳动和死亡的永恒故事。这么多人类文明的复制品排列在眼前，真是令人困惑、令人沮丧。

回到美国后，我们在纽约客酒店住了下来，原因是广告上说那儿便宜。昔日所到之处感受到的宁静，已被行色匆匆所取代。在蓝色的薄暮中，从屋顶上看去，纽约尽管还是那么绚丽多姿，但这个世界转瞬间已经遥不可及。

在亚拉巴马，街道昏昏欲睡、冷漠无情。游行队伍中的一架风琴呜呜咽咽地吹奏着我们年轻时的曲调。因为家里有病人，房间里总是挤满护士，所以我们便住进了新建的、装饰精美的大酒店——杰斐逊・戴维斯酒店。商业区附近的老房子全都被夷为平地。郊区栽着雪松的车道两旁是新盖的两层小楼，紫茉莉在铁铸的鹿脚下盛开，香柏将整齐的砖路镶上一圈花边，人行道上长满了生命力旺盛的杂草。内战之后，这里就没有发生过什么大事。大家早已忘记了为什么要建酒店，服务员给了我们一套三室四卫的房间，每天的房费是 9 美元。我们将其中一间当作起居室，这样，我们按铃叫服务生伺候时，他们也好有个地方睡觉。

1932 年

在比洛克西[①]最大的酒店里，我们时而读读《创世记》，时而看海水如何将荒无人烟的海岸打上黑色条纹的马赛克。

我们去了佛罗里达。经过《圣经》箴言的渲染，惨淡凄凉的沼泽地代表着一种更美好的生活，废弃的捕鱼船在阳光下业已瓦解。圣比

① 比洛克西（Biloxi）：美国密西西比州东南部商港，著名旅游地。

德海滩[1]的唐·西泽大酒店懒洋洋地躺在残败的荒野上，被海湾上炫目的阳光照得变了形。乳白色的贝壳托起海滩上的晨光，在潮湿的沙滩上留下一条流浪狗的脚印，表明它企图绕过海洋找到一条自由之路的野心。我们白天去钓鱼，到了夜晚，则一边散步一边讨论毕达哥拉斯的勾股定理。我们替深海鲈鱼难过——让它们咬钩真是太容易了，不费吹灰之力。在人迹罕至的海滩上，我们一边读《七将攻忒拜》[2]，一边晒日光浴，把自己晒成棕褐色。旅馆几乎空了，服务员都等着下班，搞得我们连饭都没法吃完。

1933年

阿尔冈昆的房间从高处俯瞰着纽约的镏金穹顶。报时的钟声响彻夹在高楼大厦中间、朦胧难辨的条条街道。房间里太热，不过地毯还算柔软，门外阴暗的走廊和窗外明亮的门面将室内与外界隔绝。我们花了大量的时间为去剧院做准备。我们看了乔治娅·奥基夫[3]的绘画。将所思所想恰如其分地融入精妙的抽象图形，置身于这样的崇高志向，该是多么深刻的情感体验啊。

多年来，我们一直想去百慕大，我们去了。艾尔波海滩酒店挤满了来这里度蜜月的人。他们深情对望的目光不停地碰撞出火花，搞得我们好不嫉妒，只好搬走了。圣乔治酒店很好。叶子花瀑布般地垂下树干，长长的楼梯对当地住家窗户里发生的隐秘之事充耳不闻。小猫睡在栏杆边，可爱的孩子们在成长。我们沿着阵风掠过的长堤骑自行

---

① 圣比德海滩（Pass-A-Grille）：美国佛罗里达州坦帕湾地区最好的旅游地。

② 古希腊悲剧作家埃斯库罗斯（Aeschylus）的著名悲剧。

③ 乔治娅·奥基夫（Georgia O'Keefe，1887—1986）：美国二十世纪二十年代现代艺术的代表画家。

车，盯着大公鸡在甜美的庭荠丛中抓挠，这一景象让我们如痴如醉。我们在阳台上喝着雪利酒，可以看到下面的广场上拴着的几匹瘦骨嶙峋的马的脊背。我们想，我们走过很多地方了。没准儿在今后很长一段时间里，这是最后一次了。作为这么多年旅行的最后一站，百慕大应该是个不错的地方。

拍卖——1934年模式

F. 司各特与珊尔达·菲茨杰拉德

1934年7月

当然，我们问朋友们感觉如何，他们说这栋房子还不错——即使加州的红葡萄酒也不能诱骗他们承认这是他们愿意住的地方。我们的想法是住到床单磨成碎片，弹簧床垫看上去像破表的内芯，这样的话，我们搬家时就不用再打包了——使用的时间将会把我们彻底解放。再旅行时，我们可以只带一只手提箱，不用为掏钱把东西寄存在某个仓库而烦恼。于是，我们到处搜罗东西，除了5年前在法国戛纳丢在美国运通公司的几把褪了色的沙滩遮阳伞以外，15年来购买的东西一件不剩。自己喜爱的东西又回到自己身边，总是有益无害的。可能是我们太喜欢这个新家了，所以不想再搬家了，只是坐在紫藤后面，看着杜鹃花在酷热的6、7、8月份渐渐销声匿迹，看着漫山遍野的山茱萸怒放。

接下来，我们打开了货箱。

第一件。第一个箱子是长方形的，很大。大小可以装得下巨大的全家福肖像画——里面装了一面镜子，那是好多年前为了在家练芭蕾买的。这面镜子一度装在妓院的墙上。有人出价吗？没有！把它拿到阁楼上的小房间里去吧。

第二件。与第一个形状相同但略微小一点儿的板条箱，里面装的是我们的50张照片和许多艺术家为我们画的画像，还有我们住过的房子的照片，七大姑八大姨的照片和他们出生和去世地方的照片。有一些照片拍的是我们打高尔夫球、游泳时的场景，有的是与别人养的动物一起装模作样摆的各种姿势，有的则是迎着初夏的浪花用借来的冲浪板冲浪的情景。很多令人过目难忘的照片上是我们的老朋友和非常亲密的朋友，可是我们连他们的名字都忘了。当时，那些面孔对我们来说弥足珍贵，虽时光荏苒，时至今日依然弥足珍贵，但现在已很难想象如何向梅·默里[①]请教她那颗头怎么搞得这么夸张了。那八成是在巴黎的某个夏日，我们看着孩子们顶着夏日的阳光在巴黎植物园的小路上玩滚球——可能是那天傍晚，我们请人帮我们照的。有一幅是宾卡斯[②]的画：当时我们坐在一张大理石桌旁看着淑女们绕着圆形广场目不转睛地盯着哈巴狗交媾——此时的宾卡斯，已经被不幸所困罩，追逐他的宿命是如此强大，他只能泰然承受，而他那忧郁的魅力也在于此。还有珀尔·怀特[③]的一幅画，这幅画是她在某年春天连续买下巴黎夜场时送给我们的。有人出价吗？没有？埃西，把它拿到阁楼上去吧。

第三件。12年前在佛罗伦萨费了九牛二虎之力才买到的一尊春宫雕塑。“**一尊打折促销的雕塑**——不，我们不是说**抛售**——我们是说**减价**。”有点破损——有人出价吗？那好吧，埃西，你上楼的时候，把这个也拿走。把玩这种表达春宫动作的玩意儿似乎是件丢脸的

---

① 梅·默里（Mea Murray，1885—1965）：美国著名的女演员、舞蹈家、电影制片人。
② 宾卡斯（Julius M. Pascin，1885—1930）：保加利亚出生的画家，在巴黎画家中很有名气。
③ 珀尔·怀特（Pearl White，1889—1938）：美国女演员，6岁就登台演出。

事儿。

第四件。两件莎士比亚和伽利略的半身铜像，一家人原本希望用这两件铜像把我们留住，能够永久安顿下来。可是，把它们放在壁炉里用了一段时间之后发现，这些玩意儿和柴架一样派不上什么用场。有出价的吗？——好吧，埃西。

第五件。一只桶。里面装的东西在年景好的时候可是花了我们一千多块呀。一套残缺的茶具值去威尼斯的一趟旅费——在白梧桐斑驳的树荫下是乱哄哄的集市，但没有在那个集市上买点什么，似乎太遗憾了。我们不知道自己想喝什么，光照下的乡村非常炎热，半山腰飘着茉莉花香，工人们在汗流浃背地挖路。

两件用来盛盐和胡椒的汽车形状玻璃瓶是从圣保罗（滨海阿尔卑斯省[①]）的咖啡馆偷来的。当时没人看到，因为伊莎多拉·邓肯[②]正在隔壁餐桌举办她的告别派对。当时，她红颜已老、身体发福，已经不在乎人们接不接受她的人生观和艺术高论，她风度翩翩地举杯，用微温的香槟为世界的健忘症干杯。村子里的狗对着 8 月过早惨淡而又疲惫的月亮狂吠，月亮照着圣保罗陡峭街道的台阶，留下一道像手风琴一样折叠的长长黑影。我们在留言簿上签上名字。

52 个烟灰缸——造型都很质朴，因为赫格斯海默曾警告过我们：没有钱，布置房间就别张扬。一套带公鸡图案的鸡尾酒玻璃杯，边都洗掉色了。卡尔·冯·维奇顿[③]给我们拿来一只调酒器，和这套酒杯配着用。之前他给我们写信说他要来，但没有人拆开过他的那封来信——就连信件放在哪儿都没人知道，因为房间多达二十一二间。两只好玩的花瓶，是我们在游乐场赢的。算命先生跟我们一起回来，因

---

① 法国东南部省份。

② 伊莎多拉·邓肯（Isadora Duncan，1878—1927）：美国舞蹈家。

③ 卡尔·冯·维奇顿（Carl van Vechten，1880—1964）：美国作家和摄影家。

为喝得太多了，所以嘴里不停念叨着维切尔·林赛[①]的诗句来驱赶家鬼。瓷器、瓷器、瓷器，4件套、5件套、9件套、13件套。有人出价吗？谢天谢地！埃西，拿到厨房去吧。

第六件。卡梅尔·迈尔斯[②]送给我们的格子花呢披肩。由于长期用作台布和包去年用口袋里的零钱买来的不值钱的瓷猪、瓷狗，已经破烂不堪。这件披肩曾代表的是威尼斯的一段风流佳话，是卡梅尔在罗马比现实更大、更宏伟的人造场景里拍摄电影《宾虚》时的纪念品。一件弄丢了。不知道我们为什么要买，做什么用。手杖找不到了。不过，看起来像中国的宝塔，给人以走遍天下的印象。几件铜器：歪歪扭扭的殖民地蜡烛台，烛台把柄上缠着小铃铛，比特里克斯·埃斯蒙或麦克白太太拿着它走动时就会发出声响；从一位考古学家那儿买来的两件象征着阳具的玩意儿；一副凡尔登战壕中找到的德军头盔；一副象棋。每天晚上我们开始争论各自的心智前，都会下一盘。从瑞士韦威买的两尊牧师瓷像。瓷像下面装有弹簧，一看到酒瓶和食篮便挑逗性地摇头晃脑。一大堆碎玻璃和瓷器只适合放在墙顶上防贼。埃西，拿走吧！继续——那儿有的是地方，随你怎么用吧。

第七件。一只旧军旅箱里的东西。没人说明卫生球放哪儿了。蛀虫最喜欢像旧军装之类不可恢复原状的东西。还有一条白色法兰绒长裤，那是我们用靠写作赚来的第一笔钱买的——花了30块钱从门肯与纳森旧“时装店”买的。蛀虫还啃食了一把蓝色的皮扇，买它花掉我在《星期六晚邮报》发表第一个短篇挣来的钱。这把扇子是件订婚礼物——此外，订婚礼物中还有南方姑娘佩戴的一枚兰花胸针。被啃掉一半的扇子已经无法拍卖了。埃西，拿走吧！

---

① 维切尔·林赛（Vachel Lindsay，1879—1931）：美国诗人。

② 卡梅尔·迈尔斯（Camel Myers，1899—1980）：美国无声电影时代女演员。

第八件。女儿的第一个橡皮娃娃，前后部粘在了一起，太黏了，等不到给孙子辈用了。磨牙圈完好无损——从未用过。有人出价吗？可要抓紧哟！

第九件。滑雪裤。肯定能让破产的旅行者想起雄伟的瑞士侏罗山上白雪皑皑的山坡，想起身穿天鹅绒背心的牧羊人端上来的巨大圆形奶酪，想起从雪山俱乐部飘出来的铃声和咖啡的味道，想起长号吹出的伤感乐曲，想起从孤零零的小屋屋顶上流下的融雪——所有这些，以及载着成捆滑雪用具和废弃的皮特巧克力包装纸，迎着冬季旭日行驶的小火车，都装在滑雪裤的口袋里。有出价的吗？嗨，埃西！

第十件。纯棉游泳裤。充分体现了地中海的靓丽火热，在戛纳的海员之家购买的。还有漂亮的防尘布，但在美国的海滩派不上用场。现在被用来包枪支。仔细看，你会发现模糊的数字“22”。一支骑兵用的卡宾枪，上面刻有“七松[①]”字样，还有一位大叔的名字和几处字迹不清的刻痕，一把老式的32型和警用38型手枪。总之，我们家里有枪，而且准备随时拿起一支老式轻机枪保护家人。一梭子把他们全干掉。

第十一件。还是一只桶，里面装得满满当当的：糖罐，空芥末瓶，还有一些彩色坛盖（以前肯定很漂亮）。比如，瞧瞧这个有玫瑰图案的碗盖，是用来盖盛玫瑰叶的碗用的。这个是盛巧克力用的精致蒂芙尼罐上的盖子，这套罐子是我们的第一份订婚礼物。在我们度蜜月期间，这套东西一直放在巴尔的摩酒店的梳妆台上，旁边是一枝退了色的百合花。每逢下雨的午后，我们便倚靠在砖铺的窗前，聆听如泣如诉的“午夜行船”回荡在旅馆上空。有人出价吗？一定是这位绅士——那好吧。埃西，扔垃圾堆吧。

---

① 一家1837年开的武器店。

第十二件。一套货真价实的巴度[①]套装。这是结婚后买的第一套衣服，裙子的下摆已经被虫蛀了。这玩意儿放在箱子里有15年了，因为我们的原则是没穿过的衣服绝不会扔掉。看到衣服终于彻底给毁了，我们很高兴——哦，如释重负。买这件衣服的那天，第55大道上阳光斑驳陆离。把东西卖给司各特·菲茨杰拉德还要钱，似乎很奇怪。这事当时看起来有点像贾斯廷·约翰逊，现在回想起来仍觉得很好玩。购物者两天前刚刚离开亚拉巴马。从商店出来，我们去购物中心的烧烤处喝茶。康斯坦斯·贝内特[②]当时还只是个"飞女郎"，曾经发明了一种新的舞蹈形式——甩头舞。我们去看《夫人请进》[③]，因为坐在前排，演员们要横穿舞台，我们一边看戏，一边调侃自己坐错了地方，也为自己闹出的笑话笑翻天。我们去看夜场，站着观看齐格菲舞蹈演员们的塔芙绸叠罗汉编舞。在演出中，那位穿得像学生一样的人拖拉散漫地掉了队，但又表现出非常自信的样子，我们还信以为真了。好了——谢谢啦，蛀虫们——这个你能用吗，埃西？

接下来是件白毛衣。虽然前有补丁，后面为了把破损处找块别的地方接上也扯开了，但真的不能扔掉。因为暖气停了以后，夜里房间会非常冷，我曾穿着它写了3本书。尽管毛衣的网眼都松垮了，但我还是穿着它写了65个短篇。要洗它需要耗时几年啊——这件毛衣，还有那些用英国加加图安羊毛织的袜子。我们经常正儿八经地想用它再另织几双袜子，我们实在舍不得扔。我们还清楚记得，那是一天傍晚，我们在邦德大街上一家看上去像狄更斯前额的商店里买的。当时买得很匆忙，因为我们在寻找麦肯泽[④]《阴险的街道》中所描述的

---

① 巴度（Patou，1887—1936）：全名为"让·巴度"（Jean Patou），法国著名时装设计师，以其名字命名的"巴度"服装为世界级名牌服装。

② 康斯坦斯·贝内特（Constance Bennett，1904—1965）：红极一时的美国女演员。

③ 1935年上演的3幕美国喜剧。

④ 麦肯泽（Compton Mackenzie，1883—1972）：英国作家。

“半个月牙”的过程中浪费了很多时间。为了买这双袜子，我们连与高尔斯华绥[①]共进晚餐都迟到了。这时的泰晤士河上晚霞都变成了紫色，恰似英国画家特纳的一幅风景画。这些袜子在伦道夫·丘吉尔夫人[②]伦敦家中的镶木地板上给弄皱了，后来，在气氛压抑的萨沃伊酒店，曾经陪着一位21岁就守寡的女人跳过华尔兹，因为许多男人跳得都忘记了回家。当然，这样的羊毛用来擦镜子是非常不错的——不过，你还可以考虑其他用途。不卖了。醒醒了，埃西！

第十三件。12本流水账，记录的是我们多么好、多么糟、多么平庸。看一看，瞧一瞧。什么？不，不要双份价，你是说4块？成交！

第十四件。这是一把壶，一把漂亮的黑色牛奶壶——是挤奶工多年前留下的，那时自己做冰激凌比现在便宜。不管怎样，以前拿它当花瓶用，放上蔷薇花还是很漂亮的，现在放上马蹄莲也很漂亮。很难说这玩意儿刚造出来时不是这么用的。在别人给我们那几个雕花玻璃碗以前，在举办派对的时候，我们用它来调酒。我们刚开始在加利福尼亚发酵葡萄汁的时候，用的就是这样的东西。我们在小杂货店买的那些盘子，夏天在户外用餐时，摆在餐桌上很好用。这玩意儿在美国从来是行不通的，但别忘了，克服了本该不可能的事是多么快乐呀。我们喜欢这些餐具。不卖了。

第十五件。被查理·麦克阿瑟[③]在艾勒斯利酒店的草坪上打靶时打爆的一套餐具的残片，就是我们用从一位农场主那里借来的几匹耕马发明槌球马球游戏的那天。还有，这只莱丽卡[④]海龟正趴在维蒂纳

---

① 高尔斯华绥（John Galsworthy，1867—1933）：英国批判现实主义作家。

② 伦道夫·丘吉尔夫人（Randolph Churchill，1854—1921）：英国首相丘吉尔的母亲。

③ 查理·麦克阿瑟（Charlie MacArthur，1895—1956）：美国电影导演。

④ 莱丽卡（Lalique）：法国著名装饰品牌。

商店（当时还有这个地方）对面的一家商店里做窝呢。这只龟不是什么人买的，却一直很值钱，直至最后它在现代橱窗展的踩踏事故中丢了一只脚。后来，**我们**买下它，找了个工匠又把它粘上了。在欧内斯特·海明威到我们家来的头一个晚上，盛白色紫罗兰的就是这只海龟，在整个节日期间存放圣诞树上烧坏了的灯泡的，也是这只海龟。这只海龟已经落伍了，已经不能盛水了，不过用来存放对不上号的旧钥匙应该没什么大碍。有人出价吗？埃西，放阁楼上吧。于是，莱丽卡海龟便束之高阁了。

第十六件。一只盛蛋糕用的银篮，一张弗朗西斯·司各特·凯伊[①]用过的桌子，一张床，它是我们按照《居家与园艺》[②]中的设计复制的——但总体上，我们决定永远保留这些东西，于是把它们都放到阁楼上去。房子虽满满当当，但很温馨。我们有 5 台留声机（包括一台袖珍的），但没有收音机；我们有 11 张床，但没有衣柜。这些东西我们都要留着——这些可都是 15 年来靠辛苦写作挣来的 40 万而后又轻而易举地花掉的真凭实据啊。不管怎么说，现在看来，这些收藏品如同我们与更勤俭持家的波兰和秘鲁朋友们之间的契约一样弥足珍贵啊。

---

① 弗朗西斯·司各特·凯伊（Francis Scott Key，1779—1843）：菲茨杰拉德的一位远房亲戚。

②《居家与园艺》（*House and Garden*）：美国家居杂志，主要刊登室内设计、娱乐和园艺等内容，创刊于 1901 年，1993 年美国版停止发行。2007 年虽努力复刊，但最终被迫关门。

睡与醒

1934年12月

几年前读到欧内斯特·海明威的一篇文章《现在，我将自己放倒》时，我还觉得，说到失眠，我没什么可说的。现在我认识到，那是因为我自己没怎么失过眠。每个人的失眠似乎都跟邻居不同，就如同他们白天的希望和抱负也不同一样。

可现在，如果失眠是人与生俱来的，那么人在快40岁的时候就开始了。过去那些美好的7小时睡眠突然被一分为二。也就是如果你幸运的话，一半是“夜里第一次甜美的睡眠”，而另一半是清晨最后一次的沉睡，但两者之间出现一次可恶而又不断扩大的间隔。关于这段间隔，其实《圣经·诗篇》中有记载：**“你叫他们如水冲去，他们如睡一觉。早晨，他们如生长的草，早晨发芽生长，晚上割下枯干。”**[①]

我认识一个人，他失眠的根源是一只老鼠；而我失眠的根源则是一只蚊子。

---

① 出自《圣经·诗篇》第90篇第5—6节，原文为拉丁语。此两节的意思是说：世人的“死”好像被突如其来的“洪水”冲击一样，又如生长的花草，睡一觉，早晨醒来，就凋谢了。早晨生，晚上就死了。

我的一个朋友正忙着自力更生开一家乡村旅馆，在劳累了一天之后，他发现唯一可睡的床是一张儿童床——长度虽够，但还不如婴儿床宽呢。他蓦地躺到床上，很快便进入了梦乡，但一只胳膊不由自主地伸出了小床。几个小时后，手指上仿佛被针扎了一样的疼痛感使他蓦然惊醒。他睡意蒙眬地动了动胳膊，又睡着了，之后又被同样的疼痛感弄醒了。

这次，他打开床头灯——在他流血的指端上挂着一只贪婪的小老鼠。用我朋友自己的话说，他“发出了一声惊叹”，不过，他八成是发出了一声尖叫。

老鼠松了口，如果他一直睡着不醒，这只老鼠可能就将他吃得一干二净了。从那之后，老鼠带来的威胁就不是短暂的了。受害者坐在那儿疲惫不堪地瑟瑟发抖。他在想，该如何做个笼子罩在床上，这样，自己的下半辈子就睡在笼子里。不过，那天晚上再做笼子已来不及了，最后他睡着了，却在断断续续的噩梦中醒来，梦见自己是身穿花衣的魔笛手①，老鼠们反过来对他穷追不舍。

此后，屋里不放一条狗或一只猫，他就无法入睡。

我自己深更半夜闹“鼠疫”的体验是发生在极度疲惫的时候——接的活儿太多，各种活儿又纠缠在一起使得工作压力倍增，可谓是内外交困——就是那句老话：“祸不单行”啊。哦，对了，我是多么渴望经过一番痛苦的挣扎，最后能带上睡眠的皇冠啊！我多么期望躺在柔软如云、永驻如坟的床上彻底放松啊！如果真的是这样，哪怕是请我去和葛丽泰·嘉宝②单独共进晚餐，我也会无动于衷。

---

① 出自德国民间传说，据说一个村庄里闹鼠害，身着花衣的男子吹着魔笛将老鼠引到大海里全淹死了，从而消灭了鼠害。

② 葛丽泰·嘉宝（Greta Garbo，1905—1990）：美国二十世纪著名电影女演员。生于瑞典斯德哥尔摩，逝世于美国纽约。她是电影史上最著名的女明星之一，被誉为“默片女皇”，曾获奥斯卡终身成就奖。

不过，如果真有这样的邀请，我还是接受为好，因为那样总比我独自一人用餐要好，或者说比喂一只孤独的蚊子要好。

令人惊讶的是，一只蚊子要比一群蚊子更糟糕。一群蚊子我们可以提前做准备，但**一只**蚊子却个性十足——一种可憎的个性，一种视死如归的险恶个性。这种个性十足的蚊子 9 月份居然只身出现在纽约一家旅馆的 20 层楼上，这就像 20 层楼上突然冒出一只穿山甲一样与环境格格不入。这是新泽西州削减沼泽排水经费的结果，削减经费使得这只蚊子及其子孙后代跑到邻州来觅食了。

夜里很温暖——第一次过招之后，空气中不停出现蚊子翅膀轻微的振动声，搜寻无果，只迟了一秒钟，我的耳朵就受到惩罚。我遵循古人的做法，用被单蒙上头。

结果，老掉牙的把戏故伎重演了：隔着床单叮咬，因扯拉床单而暴露在外的手臂遭了殃，往上拉床单又太闷——接下来便是心理的变化，意识越来越清醒，狂躁又徒劳的愤怒——最后是第二次中枪。

于是，疯狂的一幕开始了。我拿着台灯当火把爬到床下，找遍了整个房间，千方百计要找到这个小虫子，结果发现，它已逃到天花板上。我用打结的毛巾打它，结果弄伤了自己——天哪！

——之后，短暂的消停，我的对手似乎意识到了这一点，因为它张狂地落到我脑袋旁——可我还是没打中它。

最后，又过了半小时，我饱受摧残的神经到了疯狂的警觉状态，比鲁斯之捷[①]终于到来了。床板上留下小小的一斑血迹——**我的**血。

如我所说，我认为两年前的那个夜晚是我失眠的开始——因为它让我感知了睡眠是如何被一种微不足道、难以预测的因素所摧毁的。

---

① 古希腊典故，指国王比鲁斯（Pyrrhus）在公元前 280—前 279 年以巨大牺牲换来的打败罗马军队的战斗，今人常用 Pyrrhus victory 喻指“以沉重代价换来的胜利”。

用现在已过时的话说，它让我“有了睡眠意识”。我担心它是否还能让我拥有睡眠，我断断续续地大量喝酒，而在不喝酒的晚上，是否能睡着的念头在上床之前很久就开始萦绕心头。

一边吸烟一边伏案工作了一天之后，这样的夜晚已成常态（我多么希望这样的夜晚已成为过去）。工作结束后——可以说没有任何放松的间隙——就是该上床睡觉的时间。一切准备就绪：书、水杯、以备出汗醒来时穿的睡衣、安眠药、以备晚上灵感突现用的笔记本和铅笔。

我上床睡觉，没准儿还戴着睡帽上床——我在为一项学术性较强的工作阅读相关的书，所以我选了一本与此相关的薄本子来读，直到抽着最后一根烟有了困意开始打哈欠时，才夹上书签，将烟头扔进壁炉，关上了台灯。我先是侧身向左睡，因为我听说，这样会让心跳减速，接下来就是——昏睡。

到目前为止，一切还算顺利。从午夜到凌晨两点半，房间里一切平静。随后，我突然醒来，袭扰我的可能是某种疾病，没准儿是身体的某些机能，一个过于栩栩如生的梦，天气转暖或转凉的变化。

我迅速做出了调整，希望能继续睡觉，但徒劳无功——于是我只好叹声气，打开台灯，吃上一小片安眠药，重新打开书。**实实在在的**夜晚，最黑暗的时刻来临了。我太疲倦了，书根本看不下去，除非喝上一杯。可是，这样第二天会更糟糕——于是我起身走动。我从卧室穿过大厅走到书房，然后又走回来。如果是夏天，我会走到屋子外面的后门廊。巴尔的摩被薄雾笼罩，根本没法数尖塔的数量。再回到书房，目光落到一堆没完成的事务上：信件、校样、笔记等。我准备处理那堆事务，但是不！那样做会要了我的命。这时，安眠药开始起作用了，所以我又试着去睡觉。这次，我干脆把枕头折叠起来垫在脖子后面。

“有一次，”我告诉自己，“在普林斯顿，球队要找一个四分卫，可是怎么也找不着，大家一筹莫展。主教练看到我踢着球正从球场边上经过，于是喊道：‘那个人是谁呀——我们为什么以前没有注意到他？’助理教练回答道：‘他没上过场’。主教练说：‘把他叫过来。’”

“……到我们与耶鲁大学比赛的那一天，我的体重只有135磅，所以直到比赛进行到第三节，他们才让我上场，结果得分是——”

——但没有用——近20年来，我用这个被打败的梦来催眠入睡，但最后收效甚微。我不能再指望它了——虽然在无病无痛的晚上有一定的镇静效果——

那么，就用战争的梦来催眠吧。日本人所向披靡、战无不胜——我所在的部队在明尼苏达的某个地方进行防御，虽然我对那里的地形了如指掌，但部队还是被打得七零八落。派去谈判的司令部要员和军团战场指挥官当时被一颗炸弹炸死了。部队的指挥权交给了菲茨杰拉德上尉。结果，战功卓著……

——但是，够了，这办法用了多年也不管用了。印有我名字的那个角色已变得模糊不清。在死寂的夜里，我只是乘坐黑色公共汽车驰向未知的百万个黑影之一。

现在又回到了后门廊，大脑已极度疲惫，神经系统清醒到扭曲的程度——就像颤动的小提琴上断弦的弓——我看到真正的恐惧正愈演愈烈，在屋顶上，在夜晚出租车刺耳的鸣号声中，在对面路上狂欢人群发出的刺耳挽歌中。恐惧与荒废——

——荒废与恐惧——我本可以成为什么样的人，本可以成就什么伟业，现在都统统失去了，离开了，不见了，消散了，无法寻觅了。我本可以那么做，本可以不这么做，胆怯时本可以勇敢，鲁莽时本可以谨慎。

我本不必那样伤害她。

本不必对他说这些。

本不必为砸烂坚不可摧的东西而毁了自己。

现在，恐惧已像暴风雨一样袭来——假如今夜就是死后的那一夜，又该如何？——假如死后意味着站在深渊边沿上永远战栗，催促自己前行的就是卑鄙和邪恶，而卑鄙和邪恶就在前方，那又该怎么办？没有选择，没有道路，没有希望——只有利欲熏心和似是而非的悲剧在无休止地轮回。或是永远地站在生命的门槛上，既不能进，也不能退。时钟敲了四下，我已变成鬼了。

我脑袋枕在手上，躺在床边。接着便是寂静、寂静——突然——间或是回忆中——突然，我睡着了。

睡眠——真正的睡眠，亲爱的，宝贵的睡眠，摇篮曲。床和枕头裹着我，那么香甜，那么温暖，让我陷入平静安详、无知无觉之中——经过黑暗时刻的宣泄之后，我现在梦到的都是年轻、可爱的人做着年轻、可爱的事，以及我过去认识的、长着棕色大眼睛和货真价实的金发女郎。

1916年秋天，下午凉爽宜人，
在皎洁的月光下，我遇见卡罗琳。
一支管弦乐队——乐声飞扬，
为我们跳探戈伴奏捧场。
我们起身时，所有人都鼓掌
为她甜美的脸庞和我崭新的衣裳——

生活归根到底就是这样，我的精神在湮没的一刻骤然上升，然后下降，下降到枕头的深处……

“……对，埃西，对——哦，天啊！好吧，我自己去接电话。”

魅力无穷，虹彩四射——晨光女神降临了——新的一天又开始了。

崩　溃

1936年2月

一

诚然，人生就是逐渐崩溃的过程，但那些巨大的打击——那些来自，或者似乎来自外界突如其来的巨大打击——那些你永远记得，并让你推卸罪责的，在脆弱的时候会向朋友诉说的打击，其后果是不会立竿见影的。还有一种打击来自内心——等你意识到时，一切都已太晚，做什么都于事无补了。等你最后意识到时，你在某些方面永远都不再是那么优秀了。第一种情况似乎来得很快，而第二种情况发生时，你往往毫不知觉，只不过是冷不防意识到的。

在我继续讲述这段短暂的经历之前，请让我笼统地谈点看法——检验智商就是要看大脑在处理两种相反的思想时是否还能运转正常。比如说，一个人在看到事情无望时，应该能痛下决心扭转局面。我刚长大成人的时候，看到很多不太可能、甚至是不可能的事情变成了现实，于是，就抱定了这样的人生哲学。只要你有点是处，你就能掌控生活。只要高智商或努力，或者二者以一定比例结合，很轻易就能让生活屈服、投降。当一个功成名就的文人看上去是件很浪漫的事——你的名气永远都不会像电影明星那样大，但可能会更长久——你永远不会具备那些具有强大政治和宗教信念的人所拥有的能量，但你肯定会更独立。当然，干你这行，永远都不会满足——但对我来说，这是别无选择的。

二十多岁的青年时光业已逝去，我自己的那段时光要比其他人逝去得更早一点，留下的是我青少年时期的两大缺憾：一是身材不够高大（或者技术不够过硬），所以上大学时打不了橄榄球；二是在一战期间，没有去国外参战。这些缺憾最后消解成充满英雄主义幻想的、幼稚的白日梦，这些白日梦美好得足以让人在烦躁不安的夜晚安然入睡。人生的重大问题似乎能自我消解，如果问题迟迟不能解决，便会使人筋疲力尽，无法去思考更大的问题了。

10年前，人生主要是个人的事。我必须在“努力无用”和“必须奋斗”两种感觉之间维持平衡，在“失败不可避免”和“依然决心成功”之间维持平衡——不仅如此，还要在“过去的不散阴魂”和“未来的高远志向”之间维持平衡。要做到这一点，需要面对普通人的种种困扰——家庭的、职业的和个人的——那么，自我就会像箭一样，不停地从虚无射向虚无，力量如此之大，唯有地心引力才能最终将它带回大地。

17年来（其中一年是刻意虚度光阴、混天磨日的），日子就是这么过来的，对明天的美好期盼不过是一件从未有过的、繁琐无趣的杂务。所以，日子过得非常艰难，但我总是自我安慰：“等到了49岁，一切就会变好。我就指望这个啦。对像我这样生活的人来说，也就指望这些了。”

——不过，时至今日，距49岁还差10年，可我突然意识到，我已经提前开始崩溃了。

二

现在，一个人崩溃的表现方式有很多种。可能是大脑崩溃（此种情形下，自己的判断力被掳走！），可能是身体崩溃（此种情形下，只有向白色的医院投降了），也可能是神经崩溃。威廉·西布鲁克[1]在他那本冷漠无情的书中，以近乎傲慢的电影式结尾，讲述了他是如何沦为靠政府救济才能生活的经历。导致他酗酒或者说酒精依赖的原因，正是他的精神崩溃。笔者虽然不怎么贪杯——当时，我有六个月没碰过啤酒了——但神经的反应能力正在衰退——动不动就发怒，动不动就痛哭。

再回到我的话题，人生就是不断经受打击的过程。等意识到自己已经崩溃，这肯定不是一次打击造成的，而是打击的缓期执行。

不久前，我坐在一位神医的办公室里，倾听他对我庄严的宣判。怀着某种现在回想起来近乎是泰然的心情，我喋喋不休地聊起我在这座城市的一些生活琐事，对一切都不太在意，也不怎么去想还有多少事没处理，这样或那样的职责又是什么——就像书里的那些人一样。我有足够的保险，但不管怎么说，就处理手头大部分的事务而言，我一直就不是什么行家能手，就连运用自己的天赋也不例外。

但我突然间有一种强烈的直觉：我必须独处。我根本不想见任何人。在我一生中，见过太多的人——我的交际能力一般，不过，有一种能力却不一般，那就是能将我自己、我的思想、我的命运与那些我接触过的各色人群打成一片。我总是在帮扶别人，同时别人也在帮扶

---

① 威廉·比埃勒·西布鲁克（William Buehler Seabrook，1884—1945）：美国“迷惘一代”中的神秘学家、冒险家和新闻记者。

我——只需一个上午，我就能体会到威灵顿公爵①站在滑铁卢大桥上的感受。我所生活的这个世界，既有神秘莫测的敌人，也有难舍难分的朋友和支持者。

但现在，我只想要完全彻底的独处，远离尘嚣，与世隔绝。

独处的这段日子并不是不开心。我离开家门，到人少的地方去，结果发现，虽然身体疲惫，但心情舒畅。我乐意躺哪儿就躺哪儿，有时候一天睡觉、打盹达20个小时，清醒时，我下定决心不去思考——取而代之的是列清单，清单列好后，再撕掉。所列清单成百上千：骑兵首领、橄榄球员、城市、流行曲调、棒球投手、快乐时光、业余爱好、住过的房子，退伍后穿过多少套衣服、多少双鞋子。（我没算上在索伦托买的那套缩了水的衣服，也没算上我带在身边好几年却一直没穿过的轻便帆布鞋、西装衬衫和领子，因为帆布鞋弄湿了以后已变得疙疙瘩瘩，没法穿了。衬衫和领子已经泛黄，浆粉也已经发霉。）此外，还有我喜欢过的女人，还有被那些品行和能力都不如我的人冷落的次数。

——然后，突然间，我感觉好多了，真是出人意料。

——一听到新闻，我又像旧盘子一样崩溃了。

这就是故事的真实结局。该何去何从？这个问题只能放在昔日所谓的“时间子宫”②里。一言以蔽之，我孤独地抱着枕头发了约一个小时的呆，开始意识到，两年来，我一直在利用不属于我的资源，却将自己的身心彻底抵押出去了。相比之下，生活回馈给我的小礼物又是什么

---

① 威灵顿公爵（Duke of Wellington，1769—1852）：本名阿瑟·韦尔斯利（Arthur Wellesley），英国历史上最著名的军事家、政治家，曾任英国首相。最初于印度军中发迹，在西班牙半岛战争（1808—1814）时期建立战功，在滑铁卢战役（1815）中打败拿破仑，最终成为了英国陆军元帅，并获得法国、沙俄、普鲁士、西班牙、葡萄牙和荷兰六国授予的元帅军衔，是世界历史上唯一获得七国元帅军衔者。

② 时间子宫（womb of time）：“酝酿之中，尚不可知”的意思。

呢？想当初，我可是曾对承受独立自主充满自豪，也充满信心的啊。

我意识到，在这两年中，为了留住一些东西——一份内心的平静，也许是，也许不是——我放弃了我过去喜欢的所有东西——从早晨刷牙，到与朋友共进晚餐，生活的每一幕，都变成了一种投入。我发现，我已经很久不喜欢人和事了，仅仅是遵循那种因循守旧、弱不禁风的感觉，假装喜欢而已。我发现，就连我的那份对至亲之人的爱，在我眼里，也只是变成了爱的尝试，至于那些一般的关系——与编辑、烟店老板、朋友的孩子，只不过是鉴于往日的记忆，记得**必须**怎么应酬而已。就在同一个月里，广播里的声音、杂志上的广告、铁轨上的尖鸣、乡间的死寂等东西都让我痛苦不堪——鄙视人类的软弱，动辄（尽管是秘而不宣地）吵架，冷酷无情——因为睡不着，所以憎恨夜晚；因为白天过后是夜晚，所以憎恨白天。现如今，我睡觉时都是采取左侧卧，因为我知道我疲惫不堪得越早，哪怕是一点点疲惫，那个做噩梦的幸福时刻就会来得越快，噩梦就像一种宣泄，使我能更好地迎接新的一天。

有些地方、有些面孔是我能看见的。像大多数中西部人一样，我有那么一点点种族歧视——我总是对那些可爱的斯堪的纳维亚金发女郎暗中充满渴望，她们坐在圣保罗大酒店门廊上，但从经济的角度上讲，她们出现得有点不合时宜，进不了当时的社交圈。她们太过良善，不可能去做“鸡”，背井离乡得太过匆忙，所以在阳光下找不到立锥之地。我还记得，我总是在几个街区里转来转去，为的就是瞅上一眼她们那光亮的头发——一个我素不相识的女孩带来的光彩照人、悸动人心的魅力。这种都市话题是不受欢迎的，因为这种话题不符合实情。事实是，在近来一些日子里，我根本不想看到凯尔特人、英国人、政治家、陌生人、弗吉尼亚人、黑人（皮肤的深浅都一样）、猎人、零售店员、普遍意义上的中间人、所有的作家（我小心翼翼地避开作家，因为他们让麻烦永垂不朽的能力无人能敌）——所有能称得上阶层的阶层，以及大部分的阶层成员。

为了坚守住某些东西，我喜欢医生，喜欢13岁以下的女孩，喜欢8岁以上、家教良好的男孩。我只能和这区区几类人和睦而快乐地相处。忘了补充一点，我还喜欢老人——70岁以上的老人，有时候，假如脸看上去饱经风霜的话，60岁以上的也行。我喜欢银幕上凯瑟琳·赫本①的脸，不管别人怎么说她矫情，我还喜欢米利亚姆·霍普金斯②的脸，还有那些一年只见一次，却始终萦绕在记忆中的老朋友。

这一切有点惨无人道、萎靡不振，对不对？不过，孩子们，这就是崩溃的真正征兆呀！

这虽不是一幅美丽的图画，但难免被人装进画框，用车拉着到处展览，暴露在形形色色评论家的慧眼之下。其中一位评论家，是这样描述的：她活着就是为了让别人的生活看起来像死了一样——就连这一次，当她扮演起不受欢迎的“假安慰之名、行痛苦之实”的角色时，也不例外。尽管故事已经结束，我还是把我们之间的谈话放在这里，作为结束语吧。

“别自艾自怜啦！听我说——”她说（她总是把“听我说”挂在嘴边，因为她是边说边思考——**真的**在思考）。于是，她说道：“听我说，假如崩溃的不是你，假如崩溃的是大峡谷，那又会怎么样？”

“现在崩溃的是我。”我咬文嚼字地说。

---

① 凯瑟琳·赫本（Katharine Hepburn，1907—2003）：美国著名电影女演员、最具传奇色彩的电影巨星。在其60年的演艺生涯中，赫本共获得了12项奥斯卡大奖提名，4次获得奥斯卡最佳女主角奖。

② 艾伦·米利亚姆·霍普金斯（Ellen Miriam Hopkins，1902—1972）：生于佐治亚州朋勃里奇，曾就读于锡拉丘兹大学。二十世纪二十年代末百老汇相当有名气的演员。1930年进入电影界，出演过十几部影片。

"听我说，这个世界只存在于你的眼中——存在于你对它的理解之中。你可以随心所欲地把它放大或把它缩小，而你自己正变得渺小、卑微。苍天在上，如果我崩溃了，我要让世界跟我一起崩溃。听我说，这个世界仅仅因为你对它的领悟而存在，所以比较好的说法是：崩溃的不是你——是大峡谷。"

"宝贝儿，这不是斯宾诺莎[①]的那一套吗？"

"我对斯宾诺莎一无所知。我知道——"然后，她说起她自己过去的种种不幸，从她的讲述中，听起来她的不幸比我的更痛苦。她讲述了她是如何遭遇不幸，如何压倒不幸，最后又是如何战胜不幸的。

她的话对我产生了某种反应，但我生性反应迟钝。与此同时，我突然觉得，在所有的自然力中，只有活力是无法言传的。在你不费吹灰之力就能活力四射的日子里，你总想把活力传递给别人，但总是徒劳无功。再打比方说，活力永不能"拿来"。你要么有活力，要么没有，这与健康、棕色的眼睛、荣誉或者男中音没什么两样。我可以跟她要点活力，把它包装得漂漂亮亮，准备拿回家烹饪，然后吃到肚子里消化掉，但我没法得到它——哪怕我带着自哀自怜的锡杯，等上一千个小时，也得不到。我只能从她门前走开，小心翼翼地像手捧已经破裂的瓦罐一样揣着自己，走进那个悲苦的世界，然后就地取材，为自己建一个家——离开她家门时，我引用了下面这句话来安慰自己：

> 你是地上的盐。可是，如果盐失去了味道，拿什么再让它变咸呢？
>
> ——马太福音 5-13

---

① 巴鲁赫·斯宾诺莎（Baruch Spinoza，1632—1677）：西方近代哲学史上重要的理性主义者，与笛卡儿和莱布尼茨齐名。斯宾诺莎信奉一元论或泛神论，认为宇宙间只有一种实体，即作为整体的宇宙本身，而上帝和宇宙是一回事儿。

粘合碎片
1936年3月

在前文中谈到，我意识到摆在我面前的盘子并不是为庆祝自己40岁生日而订购的。事实上——由于我和盘子已经融为一体，我将自己描述成一只破裂的盘子，那种让人疑惑是否值得保留的盘子。你的编辑认为文章里有很多方面都没有经过认真考证，很多读者也可能会有这种感觉——在有些人眼里，自曝隐私都是贱骨头，除非在结尾为不可屈服的灵魂向众神加上一句郑重其事的致谢。

但长期以来，我一直在感谢众神，毫无缘故地感谢。我想在我的记录中插上一段挽歌，根本用不着拿尤根尼恩群山①来当背景为它增光添色。再说，我也看不到什么尤根尼恩群山。

不过，有时候，破裂的盘子还得留在餐具室里，作为家庭必需品静待使用。不过，它再也不能放在炉子上加热，也不能与其他盘子一起放在洗碟盆里，也不能随身带出家门，但它可以在深更半夜盛点饼干什么的，或者盛点残羹剩菜放在冰箱里……

所以，这是个续篇——一只破盘子的外史。

现在，针对沉沦之人的标准疗法是：想想那些穷困潦倒之人或者肢残体障之人——这是送给那些忧郁沮丧之人的全天候祝福，也是送给每个人在白天享用的苦药良针。然而，在凌晨3点，一包被遗忘的东西就和死刑判决一样具有悲剧性的分量，结果导致治疗失效——在灵魂隐藏的真正黑夜里，日复一日，永远都是凌晨3点。在这个时刻，你总是希望躲进婴儿般的睡梦中，拒绝面对现实，而且越久越

① 尤根尼恩群山（Euganean Hills）：意大利帕多瓦南部几公里附近的一座死火山群。

好——但你总是因为接触到世界上形形色色的人，而被反复惊醒。这时，你会尽可能顷刻间草草地应付好这些场合，再次回到梦中，希望凭借某些伟大的物质或精神宝藏，让一切能自我调节。但由于孤僻自闭仍然存在，所以精神宝藏出现的几率越来越小——你不单是在等待悲伤的消失，而且是在不情愿地目睹死刑的执行，目睹自己个性的瓦解和崩溃……

如果不发狂，如果没有毒品或酒精，这个过程最终会走进死胡同，被无所事事的平静所代替。这时，你可以估算一下，什么被剥夺了，什么留了下来。只有在这种平静降临到头上时，我才意识到类似的体验我已经历过两次。

第一次是20年前，当时我在普林斯顿读大三，因被诊断为疟疾而休学。十几年后，X光片显示，那是结核病——并不严重，休息几个月后，我又回到了学校。但我失去了几个职位，最主要的是“三角俱乐部”主席的职位，那是一个音乐喜剧俱乐部，而且，我也落在班级的后面。对我来说，大学再也不是以前那个样子了，毕竟，再也没有令人自豪的徽章、奖章之类的了。在3月的一个下午，我似乎失去了我想要的所有东西——那天晚上，我平生第一次对女人的妖性冥思苦想，顷刻间，其他的一切都显得不重要了。

数年之后，我意识到我在大学里没能出人头地倒是好事——虽然没有在各种委员会中任职，但我在英语诗歌方面无人能敌。当我意识到这一切意味着什么时，我开始学习写作。按照萧伯纳的理论，“假如得不到你喜欢的，最好喜欢你得到的。”真是时来运转——不过，当时意识到自己的领袖生涯画上了句号时，的确是一件既残酷又心酸的事。

自那以后，我再也没炒掉过一个糟糕的仆人，而对于能做到这一点的人，我总感到非常惊讶，而且觉得这样的人很了不起。以往那种支配别人的欲望也支离破碎、烟消云散了。我周围的生活俨然已成为一场梦，给住在另一个城市的一个姑娘写信，已成为我生活的全部。一个人是无法从这样的打击中恢复过来的——他会完全变了一个人，而这个焕然一新的人最终会找到值得他关注的焕然一新的事。

与我现状类似的另一段插曲发生在战后，当时我把自己的肋腹拉得太狠了。那是众多因为没钱而注定成悲剧的爱情中的一个。有一天，女友出于基本常识，结束了我们之间的这段感情。在绝望的漫漫长夏里，我不再写一封封情书，取而代之的是写了本小说，并顺利出版，不过分享小说顺利出版的喜悦的已经是另一个人了。一年后，口袋里钱叮当作响的那个男人与那个女孩子结了婚。不过，他对小资阶层始终怀有一种不信任和憎恨的感情——不是革命家的笃信，而是农民郁积的憎恨。自那以后，我一直怀疑朋友们的钱是从哪里来的，一直忍不住想，他们中的某一个没准儿什么时候已经对我的女朋友行使过某种意义上的“初夜权”。

16 年来，我一直像后一种人那样生活，不相信富人，但又为钱工作，因为有了钱，我就可以生活得像个富人，享受灵活机动和闲情逸致。这段岁月里，我胯下有很多习以为常的“马”被射死——其中一些，我还记忆犹新——**受伤的自尊**、**期望的挫败**、**背信弃义**、**卖弄炫耀**、**经济破产**、**永不再来**。不久，我已不是 25 岁，紧接着，连 35 岁也不是了，但一切都不尽如人意。不过，我至今还记得，在那段岁月中，我不曾有丝毫的气馁。我看到诚实的人笼罩在自杀的阴霾中不能自拔——他们中有的自暴自弃，选择了自杀；有的自我调整，取得了比我还大的成就。但，即便是我在人生舞台表现得不堪入目、有失观瞻，我的士气也从没有消沉到自怨自艾的程度。麻烦与沮丧没有必然的联系——沮丧有自身的缘由，沮丧与麻烦之间的差别，就如同关节炎与关节僵硬之间的差别一样。

去年春天，当一片崭新的天空遮蔽了太阳，我一开始还没有把它与15年或20年前发生的事联系起来。家族的某种相似性逐渐显现出来——肋腹肌肉的过度拉伸，两头燃烧的蜡烛，对不属我指挥的身体资源的号令，我就像是一个透支提取银行存款的人。就冲击力而言，这次打击比前两次更大，但其性质别无二致——那感觉就像在薄暮时分，我站在一个废弃的靶场，手上拿着一支没上膛的来福枪，可靶子却倒了。无缘无故——周围万籁俱寂，听到的只有自己的呼吸声。

在这片寂静之中，我对每项责任都有一种强烈的排斥感，所有的价值观都缩水了。笃信秩序，热衷于胡乱猜测而无视前因后果，认为技能和勤勉在任何社会都有一席之地——这样或那样的信念一个接一个被一扫而光。我发现，在我发育成熟的时候，小说是人与人之间交流思想和情感的最强大、最柔顺的工具，但现在却成为机械艺术和公共艺术的附庸，而这种艺术，无论是在好莱坞商人的手上，还是在俄罗斯理想主义者的手里，都只能反映最平庸老调的思想、最平淡无奇的感情。在此类艺术中，文字屈从于图像，为了迎合低效的合作，个性被消耗殆尽。早在1930年，我就预感到，有声电影将让最畅销的小说家变得像无声电影一样过时。不过，如果坎比教授[①]每月都推荐好书的话，人们还是会读书的——好奇的孩子们会站在杂货店图书柜台边去闻按照蒂凡尼·塞耶[②]先生的形象捏成的小泥人——但，眼看着书面文字的力量屈从于另一种力量，一种更光彩夺目、更庸俗肉麻的力量，一种让我痛心疾首的屈辱感几乎压得我喘不过气来……

---

① 坎比教授（Henry Seidel Canby，1878—1961）：耶鲁大学教授、文学评论家、编辑，《星期六文学评论》（*Saturday Review of Literature*）的创始人。

② 蒂凡尼·塞耶（Tiffany Thayer，1902—1959）：美国演员、作家以及“福特协会”（Fortean Society）的创始人之一。

我举这个例子是想说明，在漫漫长夜里困扰我的到底是什么——这种力量我既无法接受，也无法与之抗争。这种力量往往使我做出的种种努力付诸东流，就像连锁店拖垮小商贩一样，这是一种来自外部的力量，一种不可战胜的力量——

（我现在感觉就像在演说，看着摆在眼前桌子上的手表，看看还剩几分钟——）

得了，到了这种沉默阶段，我只好采取任何人都不会甘心情愿采取的措施：我必须思考。天啊，真麻烦！简直就是偷偷搬着几个大箱子到处跑。在我第一次筋疲力尽后停下来时，我心想我是否认真思考过。过了很久，我得出如下结论：

（1）在我技能范围之外的问题，我很少思考。20 年来，有一个人一直是我理智的良师益友。此人就是埃德蒙·威尔逊。

（2）另一个人则代表了我对“美好生活”的认识，虽然 10 年来我只见过他一次，自那以后，他八成是生气了。他在西北部做皮毛生意，不愿意让自己的名字出现在这里。不过，每当处境艰难的时候，我就努力去想，**他**会怎么想，**他**会怎么做。

（3）我的第三位同龄人是一位艺术上的良师益友——我没有模仿他那富有感染力的风格，因为在他发表任何东西之前，我的风格就已经形成，但每当我陷入困境时，我总会想起他。[①]

（4）当我人缘很广的时候，第四个人曾来手把手教我处理好与其他人的关系：教我做什么，说什么，教我怎样让别人哪怕是高兴一会儿呢（与之相对应的是，普斯特夫人那套如何用程序化的粗俗使人极端不舒服的理论）。这常常让我困惑不已，使我想出去买醉。不过，这哥们儿见识过这种把戏，于是帮我进行精辟分析，然后逐一解决。

---

① 此处应指海明威，有评论家认为，菲茨杰拉德在风格上模仿的就是海明威。

他的话总是让我受益匪浅。

（5）这10年我几乎没有什么政治上的良知，只不过有时会在我写的东西里夹带一点讽刺而已。当我又开始关注我所赖以生存的体制时，应该感谢一个比我年龄小得多的人，是他将体制，连同激情和新鲜空气，带给了我。

因此，“我”再也没有了——构成自尊的基础已不复存在——除了我无限的耕耘能力之外，我似乎一无所有了。失去自我的感觉真是奇怪——就像独自待在一个大房子里的小男孩，知道现在可以为所欲为，却发现没有事是他想做的了——

（手表显示已经过了一个小时，可我还基本上没有进入正题呢。我不知道大家对这些东西是否感兴趣，但如果有人想知道更多，我这儿还有很多。还是让编辑告诉我吧。如果你感觉已经够多了，那就直说——但不要太大声，因为我有种感觉，有人，我不敢确定是谁，睡得正香呢——这个人就是本可以帮我把店开下去的那个人。不是列宁，也不是上帝。）

小心轻放

1936年4月

在前面几页的文字中，我讲述了一个特别乐观的年轻人是怎样经历一场价值观的全面崩溃，一场他几乎没有意识到的崩溃，直到发生很久以后才意识到的。我讲到了随后的一段凄凉岁月，以及坚持的必要性。不过，我没有引用亨里[1]那句众所周知的豪言壮语：“我满头

① 威廉·欧内斯特·亨里（William Ernest Henley，1849—1903）：英国作家、编辑和文学评论家。主要以诗作《不可征服》闻名，“我满头鲜血淋漓，头颅却不肯屈低。”这一句就来自该诗。

鲜血淋漓，头颅却不肯屈低。”因为我查遍了自己的精神负债，也没有发现自己有什么特别的头可以昂起或屈低。我曾经拥有一颗心，我有把握的也只有这一点了。

这至少是让我挣扎着从沼泽地走出来的起点。“我感——故我在。”曾几何时，很多人依赖我，遇到困难时来找我，从很遥远的地方给我写信，毫无保留地相信我的建议，以及我的生活态度。最单调乏味的陈词滥调贩卖者，最寡廉鲜耻的“拉斯普京”，既然都能影响很多人的命运，那他们肯定有某些独到之处，所以，现在的问题是要找到下面的答案：我为什么会改变？做了什么样的改变？那个我自己都不知道、令我的激情和活力不断过早流失的裂缝又在哪里？

一个备受煎熬、深感绝望的晚上，我简单收拾了几件行李，便远行千里，准备自己认真思考这个问题。在一个单调乏味的小镇上，我开了个一美元一晚的房间，这里谁都不认识我，我将随身带的所有钱埋到一堆肉罐头、饼干和苹果里。不过，可别问我，从一个饱食终日的世界转换到一个相对禁欲的世界是什么“壮举”——我只想找个绝对安静的环境，认真思考我为什么对悲伤产生一种悲伤的态度，对忧郁产生一种忧郁的态度，对悲剧产生一种悲剧的态度——**我为什么对自己恐惧和同情的对象产生认同感。**

有没有细微的差异呢？没有。此类认同感意味着成就的沉寂，此类认同感让精神错乱者无法工作。列宁不会甘心情愿地去吃无产阶级的苦，华盛顿不会心甘情愿地去受麾下士兵的罪，狄更斯也不会心甘情愿地去遭伦敦穷人的殃。托尔斯泰曾尝试把自己和他关注的对象融为一体，但结果是：既不真实，又很失败。我之所以提到这些名字，是因为他们都是我们大家耳熟能详的人物。

这是一团危险的迷雾。当华兹华斯断定“尘世间的荣光已然泯亡[1]”时，他可没有与“荣光”一起“泯亡”的冲动；“火花[2]”济慈从来没有停止过与肺痨作斗争，而且直到临终也没有放弃跻身英国著名诗人的希望。

从某种程度上说，我的自我牺牲有点过于无知。很明显，这种自我牺牲没什么新鲜的——我在其他人身上就看到过，在战后许多任劳任怨的正人君子身上看到过。（我听到你说——这有什么稀奇的——这些人中有很多是马克思主义者。）我见证了一位与我同龄的名人与“出局”的念头纠缠了半年，还目睹另一位同样赫赫有名的人物，因为无法忍受与人打交道，在精神病院待了几个月。至于那些因失望而离开人世的，我能罗列出20个。

这让我想到，那些活下来的人已经做了某种决裂。“决裂”一词含义很广，它与一个人可能被送到新监狱或被押回旧监狱时的那种“越狱”不是一回事儿。举世闻名的“隐居”与“远离尘嚣”犹如掉在陷阱里的短途旅行，哪怕这个陷阱包括南方的海——这样的陷阱就是专门为那些想画海、想在海上航行的人准备的。“决裂”是指你无法再回来，无法挽回的，因为“决裂”让过去不复存在。因此，既然我再也无法履行生活赋予我的或者自己赋予自己的职责，那为什么不将这具4年来一直装模作样的空壳杀死呢？我必须继续当作家，因为这是我唯一的生活方式，但我不会再努力做一个正人君子了——一个善良、正派、宽厚的人。取而代之的是到处流通的大量假币，我知道从哪里能用5分钱弄到一块钱的假币。39年来，我这双敏锐的眼睛学会了洞察哪里的牛奶掺了水，哪里的食糖掺了沙子，哪里的人造钻石被当成了钻石，哪里的泥灰被当成了石头。我自己再也不会付

---

① 语出英国著名自然诗人华兹华斯的诗歌《永生颂》（*Ode: Intimations of Immortality*, 1807）。

② 火花（Fiery Particle）语出拜伦长诗《唐璜》。

出——从今以后，所有的付出都判为非法，都被扣上一个新名词，那就是“浪费”。

就像任何真实而又新奇的东西一样，这个决定让我顿时来了精气神儿。从现在开始，我一回家就将一大堆信件倒进了垃圾桶，都是些想不劳而获的信——看看别人的稿件、推销推销别人的诗歌、在电台免费做做演讲、写写序言、搞点访谈、帮别人修改修改剧情、分析分析国内形势、做点这样那样有意义的事情或行行善举。

魔术师的帽子空了。以前从帽子里掏出东西的不过是某种手上功夫而已。可是现在，还是换个比方吧，我已经永远不再是镇痛棒的喷药头了。

那种顽固不化的邪恶感仍然挥之不去。

我觉得自己像 15 年前经常在纽约长颈镇开出的通勤火车上见到的目光炯炯的那号人——他们根本不在乎明天世界是不是分崩离析、乱作一团，只要他们自己的房子安然无恙就行了。我现在也成了他们中的一员，一个下笔流畅的人，说起话来就像下面这样：

“不好意思，可生意归生意嘛。”或者：

“你惹上这样的麻烦之前就应该想到这个啊！”或者：

“我可不管那种闲事。”

还有，一个微笑——啊，我会摆出一副微笑的样子。我还会再继续摆出一副微笑的样子，这种微笑融合了下列众人微笑的优点：酒店经理、经验丰富的社交老滑头、家长接待日的校长、开电梯的黑鬼、故作娇态的男同性恋、只以半价就买到作品的制作人、刚到新岗位上班的训练有素的护士、第一次登上画册的皮肉贩子、在摄像机前露露脸就野心勃勃的临时演员、脚趾感染的芭蕾舞演员，当然，还有从华盛顿到贝弗利山、只能靠鞋拔子脸才能活下去的普通大众那种灿烂的笑颜。

还有嗓音——我现在正跟一个老师学发声。等我练就一副好嗓子之后，对我说话的对象表示首肯时，我的喉咙才会发出震动。由于这种首肯主要通过说“是”这个词来表达的，因此，我和我的老师（一位律师）正在全力以赴练好这个词，不过是在业余时间进行的。我正在学习如何彬彬有礼而又尖酸刻薄地去说“是”这个词，好让人觉得，他们不仅一点儿都不受欢迎，甚至到了让我无法忍受的地步，而且时时刻刻都要承受我连续不断的无情剖析。当然，这种时候不会伴以我的微笑。这是专门为那些让我榨不到一丁点儿油水的人、那些行将就木的老人和那些奋发图强的年轻人准备的。他们才不会在乎呢——管它呢！很多时候，他们都是罪有应得。

不过，够了。这不是率性而为的事儿。如果你很年轻，如果你写信给我，要求见我，想知道如何做一个忧郁的作家，写点作家在巅峰时期常常为情感枯竭所困的东西——如果你年轻、愚昧到这种地步的话，我就连告知你来信收到都不会做，除非你与哪个腰缠万贯、权倾天下的人物沾亲带故。如果你在我的窗外饿得快要死了，我会马上跑出去，送给你一个微笑，冲你动动嗓门（再不会施以援手）。此外，如果我觉得这种事能为我提供点写作素材的话，我会守候在你身边，等着有人掏出 5 分钱的硬币，去打电话叫救护车。

我现在只剩下当作家的份儿了。这个我曾经孜孜以求的名分现在反而成了负担，以至于我“和他一刀两断”的时候，就像一个黑人太太周六晚上和哪个冤家一刀两断一样无怨无悔。让好人继续做好人吧——让超负荷工作的医生殉职吧，反正他们一年只有一周的“假期”去处理家务事；让工作吊儿郎当的医生去争抢一美元一个的病号吧；让士兵们去送死吧，让他们马上踏进他们的瓦尔哈拉神殿①，那是他们与众神立下的契约。作家不需要这样的理想，除非他自找麻

① 瓦尔哈拉神殿（Valhalla）：北欧神话中死亡之神奥丁接待英灵的殿堂。

烦，反正本人已经绝了这种念想。那个按照歌德—拜伦—萧伯纳的传统，加之壮美的美国风格，成为某种集 J. P. 摩根[①]、托范姆·波克莱尔[②]以及圣方济各[③]于一身的“完人”旧梦，连同在普林斯顿新生橄榄球场上穿过一天的那副护肩和在国外从未戴过的那顶船形帽一起，已经扔进了垃圾堆。

那又怎么样呢？我现在的想法是：一个成年人但凡有感知能力，那他自然就会有郁郁寡欢的权利。我还想，在成年人的心目中，生性希望做得更加优秀，因而“不断奋斗”（就像人们常说的“谁会动动嘴就有面包吃呢”一样），最终只能使这种郁郁寡欢有增无减——这个“最终”也终结了你的青春、你的希望。过去，我的快乐常常接近得意忘形的程度，忘形到我根本无法与最亲近的人分享快乐，所以只好带着快乐走到安静的大街小巷，提炼出来的那点快乐被零零碎碎、只言片语地写进书里——现在想来，我当时的那份快乐，连同自欺欺人（随便你怎么叫）的才能，只不过是个例外而已。那种快乐并非发自人性的自然反应，而是矫揉造作、弄虚作假的结果，和“大繁荣”没什么两样。我最近感受到的与“大繁荣”过后席卷全国的那股绝望情绪可有一比。

虽然我花了几个月的时间才弄清这一点，但我会守住这份刚刚获得的天恩，想办法活下去。正如笑容可掬的斯多葛学派[④]虽然让美国

---

① 约翰·皮尔庞特·摩根（John Pierpont Morgan，1837—1913）：美国银行家，亦是一位艺术品收藏家。后人俗称其“老摩根”或“J. P. 摩根”。

② 托范姆·波克莱尔（Topham Beauclerk，1739—1780）：英国西德尼·波克莱尔勋爵的独生子，英王查理二世的曾外孙。

③ 圣方济各（St. San Francesco di Assissi，1182—1226）：天主教方济各会和方济女修会的创始人。方济会又称“小兄弟会”。

④ 斯多葛学派（the Stoics，或称“斯多亚哲学学派”，也被译为“斯多阿学派”）：塞浦路斯岛人芝诺（Zeno）于约公元前 300 年创立的学派，因在雅典集会广场的廊苑（stoic）聚众讲学而得名，是希腊化时代一个影响极大的思想派别。芝诺被认为是自然法理论的真正奠基者。

黑人学会忍受了无法忍受的生存状态，但也牺牲了对真理的感悟——我也一样，要付出代价。我不再喜欢邮递员，也不再喜欢杂货商、编辑、表妹夫，反过来，他们也不再喜欢我。于是，生活将再无舒心可言，“小心恶犬”的告示牌便永远挂在我家门口了。我会努力当一条板板正正的狗，如果你扔给我一根带肉的骨头，我没准儿会舔舔你的手。

早年成名
1937年10月

17年前的这个月，我辞掉了工作，或者，随你怎么说，我退出了商界。我已经了结——就让铁路广告公司自生自灭去吧。我之所以隐退，不是因为我挣了很多钱，而是因为债务、绝望、解除婚约等问题不堪重负，所以，只好连滚带爬地回到圣保罗的家，去“写完一部小说”。

这部在战争后期的训练营就已经动笔的小说可是深藏不露的王牌。当初在纽约找到工作后，我就把它搁置起来，但在整个寂寥的春天，我无时无刻不感觉到它的存在，就像感觉到那双垫着硬纸板的鞋一样。那种感觉就像背着狐狸、鹅、豆子过河的农夫[①]。如果我辞掉工作去写完这部小说，我女朋友就离我而去。

所以，我在自己憎恨的行业里苦苦挣扎，我在普林斯顿大学积累起来的、在桀骜不驯的军旅生涯里身

---

① 源于一个古老的智力游戏。相传，有一个农夫到集市买了一只狐狸、一只鹅和一袋豆子，回家时要渡过一条河。河中有一条船，但只能装一样东西。而且，如果没有人看管，狐狸会吃掉鹅，而鹅又会吃掉豆子。所以，按照怎样的顺序把这些东西带过河便成了难题。这里喻指难以取舍的处境。

为最差副官积累起来的所有自信，都被慢慢消磨殆尽。在倍感失落、被人遗忘的情绪中，我总是很快从某些地方走出来——从当铺（把一副双筒望远镜落在那里了）走出来，从行时走运的朋友（偶遇时我居然还穿着战前的衣服）家里走出来——从餐馆（身上最后一枚硬币也付了小费）走出来，从热火朝天的办公室（虽然有职位，但要留给从战场归来的年轻人）走出来。

就连第一个短篇被录用也不会让我兴奋不已。达齐·芒特和我面对面坐在一家街车广告标语办公室里，同一份杂志——老牌的《弄潮儿》①——给我们同时发来了录用通知。

“我的支票上是30——你的呢？”

“35。”

然而，让人彻底失望的是，这个短篇是两年前我在大学里写的，而一沓子新作却连一封回信也没有。这就是说，我才22岁就开始走下坡路了。我用这30美元为亚拉巴马的一个姑娘买了一把紫红色羽扇。

我的那些尚未坠入情网的朋友，或者等着安排与“通情达理”的姑娘相亲的朋友，耐心地鼓起勇气去打持久战。我不是——我爱上的是旋风，我必须结一张足够大的网，才能把它从我脑子里抓出来，我脑子里装满了慢慢移动的5分镍币和徐徐而行的10分铸币，那可是为穷人们永不停息演奏的音乐盒啊。不能再这样下去了，所以，那女孩前脚把我甩了，我后脚就回家去写小说去了。然后，突然之间，一切都变了，本文说的就是一举成名的第一阵狂风，以及随之而来的甜美迷雾。那是一段短暂而宝贵的时光——因为几个星期或几个月后迷

---

①《弄潮儿》(*Smart Set*)：美国文学刊物，创刊于1900年，鼎盛时期由H. L. 门肯和乔治·让·内森担任编辑，成就了一大批重量级作家，产生了很大影响。

雾升起时，我发现最美好的时光已经结束了。

故事始于1919年的秋天，当时我一无所有，一夏天的写作搞得我头昏脑涨，于是我在北太平洋铁路商店找了份工作，替人修理轿车顶盖。后来有一天，邮递员按响了门铃，我当天就辞掉了工作，高兴地沿着大街飞奔，拦下汽车，告诉亲朋好友这个好消息——我的小说《人间天堂》被录用了。那个星期，邮递员一次又一次按我的门铃，我还清了所有讨厌的小额债务，还买了一套西装，每天早晨醒来，觉得这个世界伟大得难以言表，前途似乎一片光明。

就在等待小说出版的那段时间，我实现了从业余作家到专业作家的蜕变——这是一个将整个人生缝合成一幅画卷的过程，所以一项工作的结束自然而然地成为另一项工作的开端。我以前只是个业余写手，但到了10月，当我与一个姑娘在南方某个墓园的墓碑间漫步时，我已经是一个职业作家了。她感受过的、说起过的事情让我着迷，随之而来的是将这些东西写进小说的渴望——小说后来出版时取名《冰宫》。同样，在圣保罗过圣诞周时，有一个晚上，为了待在家里写一个短篇，我婉拒了两场舞会。就在那天晚上，有3个朋友打电话给我，告诉我错过了一件稀罕事：一个出了名的花花太岁把自己装扮成一头骆驼，还找来一个出租车司机做骆驼的屁股，结果却跑错了派对。我为自己当时没能在场扼腕叹息，于是，第二天，我花了一整天的工夫去搜集这个故事的只言片语。

“哦，要我说，发生这种事，真是滑稽！”“不，我不知道他从哪儿找来的出租车司机。”“只有很了解他，你才能搞清楚当时的场面有多滑稽！”

我失望地说：“好吧，我好像没法搞清楚到底是怎么回事，不过，我会把它写出来，比你们讲的要滑稽十倍。”所以，我连续写了22个小时，写得“很滑稽”，因为别人一再告诉我这件事很滑稽。《骆驼的背》后来也出版了，现在有时还会收入幽默文集中。

这一年冬末，迎来了异常辛苦的快乐时光，当我抽出一点点时间放松一下时，一幅崭新的美国生活画卷便展现在眼前。1919 年面对的那种困惑已经没了踪影——接下来何去何从，似乎已不是什么问题——美国正演绎着历史上最宏大、最绚丽的狂欢，所以有很多题材可以写。整个繁荣的黄金时代眼看就要到来——处处表现得出类拔萃的宽宏大度、肆无忌惮的腐化堕落，以及在禁酒时期古老美国的垂死挣扎。所有浮现在我脑海的故事都多多少少蕴含着灾难与不幸——我长篇里那些可爱的年轻人都走向了毁灭，我短篇里那些钻石堆积成的山最后都灰飞烟灭，我书中的百万富翁都像托马斯·哈代[①]笔下的农民，虽然模样姣好，但命运多舛。虽然在现实生活中并没有这种事，但有一点我非常肯定，那就是：生活不像这些人——比我年轻的那一代——心目中想象的那样不计后果、不负责任。

我的优势在于我处于两代人的分界线上，我就坐在那儿——有些难为情地坐在那儿。我收到平生第一个大邮包——成百上千封信都在讨论那个描写波波头女孩的短篇——他们居然写信与我讨论这个，这多少有点荒唐。不过，对一个生性有些害羞的男人来说，变成别人，当“作家”，就像以前当“中尉”一样，从此不再是自己，倒是件好事。当然，与其说我是真正的作家，还不如说我曾经是个真正的军官呢，但似乎没有人能猜出隐藏在虚假面孔背后的到底是谁。

我用了 3 天的工夫就结了婚。当时媒体推介《人间天堂》的力度就像推介电影里的临时演员一样。

---

① 托马斯·哈代（Thomas Hardy，1840—1928）：横跨两个世纪的英国诗人、小说家。早期和中期的创作以小说为主，继承和发扬了维多利亚时代的文学传统，晚年以诗歌创作为主，开拓了英国二十世纪的文学。哈代一生共发表了近 20 部长篇小说，其中最著名的当推《德伯家的苔丝》、《无名的裘德》、《还乡》和《卡斯特桥市长》。诗 8 集，共 918 首，此外，还有许多以“威塞克斯故事”为总名的中短篇小说。

小说一出版，我便进入了一种既狂躁又压抑的疯癫状态。狂怒和狂喜时不时交替袭来。很多人认为这本小说是冒牌货，没准儿的确如此；还有很多人认为这本小说满篇谎话，其实并非如此。恍惚之中，我接受了一个采访——我说我是多么伟大的作家，还说我是怎样登上巅峰的。采访我的记者海伍德·布鲁恩紧跟着就引用了我那句话，还评论说我似乎是一个自鸣得意的年轻人，有时候特别难相处。我请他共进午餐，还和蔼可亲地告诉他，他这样碌碌无为地混日子，真是太糟糕了。当时，他刚 30 岁，也就是在那个时候，我写下了让我永远无法释怀的一句话："她是一个 27 岁的女人，虽然红颜已老，但依旧可爱。"

迷乱之中，我告诉斯克里布纳出版社，我并不指望小说能卖出两万本。听完之后，出版社的人哈哈大笑。笑声过后，他们告诉我，处女作能卖到 5000 本就已经不错了。现在回想起来，当时的情况是，小说出版一周后，销量就突破了两万册，可我当时太把自己当回事儿了，所以并没有觉得我的期望很好笑。

一周后，这种飘飘然的日子便戛然而止，因为普林斯顿大学开始把矛头对准了这本书——发难的不是普林斯顿大学的在校生，而是黑压压的全体教职工和校友。先是希本校长写了一封言辞温和的批评信，随后一屋子的同学突然开始向我发难。此前，我们曾在哈维·费尔斯通的蓝灰色汽车上大张旗鼓地搞过一个规模不大的派对。在派对上，有人打起来了，我因为想劝架，不小心被人打成了熊猫眼。这件事后来被放大成了纵酒狂欢，后来，尽管学生代表到校董事会去求情，但我还是背上了处分，几个月不让我参加俱乐部的活动。《校友周刊》也对我的书吹毛求疵，只有系主任高斯帮我说好话。这些做法所表现出来的那种腻腻歪歪和虚伪矫情让人气不打一处来，所以，在此后的 7 年中，我都没回过普林斯顿。后来，有家杂志请我就此事写篇文章，我一动笔，才发现其实我很爱那个地方，那一周的经历只不过是我整个预算中微不足道的一个项目而已。不过，1920 年的那一天，我的成功的确给我带来了莫大的喜悦。

我现在是一个职业作家了——不砸烂旧世界，新世界就不可能建立。面对褒奖和批判，我慢慢长就了一副自我保护的坚硬躯壳。情况往往是，有人喜欢你的东西，但理由却不敢恭维。有人喜欢你的东西，但你会觉得，如果他们不喜欢反倒是一种赞美。在这个世界上，没有哪种体面的职业是建立在公众认可的基础之上的，一个人要学会无所畏惧地突破藩篱。我数了数钱袋子，发现在 1919 年，我靠写作挣了 800 美元。1920 年，我靠写短篇、照片版权和书挣了 18000 美元。我写短篇的稿费从 30 美元涨到 1000 美元。这个价格与大繁荣时期得到的稿费相比虽然只是小儿科，但对当时的我来说，却是再实在不过的了。

梦想早早地实现，随之而来的有额外的惊喜，也有沉重的包袱。过早成名让一个人对命运，而不是意志，有一种近乎神秘的看法——最糟糕的就是拿破仑式的妄想症。早年功成名就的人都相信，他之所以能历练其意志，是因为他的幸运之星在闪烁。30 岁才崭露锋芒的人，对于意志和命运在成功中所扮演的角色，有着二五分成的理解。40 岁成功之人更倾向于把成功仅归功于意志上。当你的人生之舟面对疾风骤雨时，这种差别就会显现出来。

早年成功得到的报酬是坚信生活是浪漫的。从最积极的意义上说，早年成功可以让一个人青春永驻。爱情和金钱等主要目标都已触手可及，尚未稳固的显赫也失去了吸引力，这时，我把许多美好时光——许多无法老老实实去追悔的时光——浪费在追寻海边永恒的“嘉年华”上。二十年代中期的某一天，我顶着晨曦驱车沿着悬崖上的海滨公路行驶，整个法国里维埃拉蓝色海岸都在脚下的大海上时隐时现。极目望去，远处是蒙特卡洛，当时不是旅游旺季，也没有俄国大公在那豪赌，和我住在同一个宾馆的是勤勤勉勉的胖子 E. 菲利普斯·奥本海姆[①]，他整天穿着睡袍——他的怪名字总是把我搞得晕头转向，所以我拦他的车时只好像中国人那样低声说："哎，是我！哎，是我！"其实，我当时看到的并不是蒙特卡洛，而是那个脚穿硬底鞋走在纽约大街上的年轻人的内心世界。我又成了他——顷刻间，那个已经没有了梦想的我，有幸分享了他的梦想。在纽约某个秋天的早晨，或者在卡罗来纳州某个春天的夜晚，当四周静得连邻县的狗叫声都清晰可闻时，我会悄然降临到他身上，让他大吃一惊。但我和他合二为一的那一刻，踌躇满志的未来和依依不舍的过去水乳交融的那一刻——生活其实就是一场梦的那一刻，是那么短暂，短暂到转瞬即逝。

---

① E. 菲利普斯·奥本海姆（E. Phillips Oppenheim，1866—1946）：英国畅销作家。他被看作是惊悚类文学的开山鼻祖之一，他的小说涵盖惊险间谍故事、浪漫爱情故事等多种类型，但都具有描写阴谋诡计的特点。

读书札记

菲茨杰拉德从大学时代就非常崇拜塞缪尔·巴特勒[①]的《读书札记》，他在自己生命的后期也做起了类似费斯廷·琼斯[②]为巴特勒所做的工作。他对札记进行精心挑选并按照字母顺序进行排列，就像他编写一本书以方便阅读、合理布局仓库库存以方便自己查找一样，使札记具有一定的连贯性和整体感。

事实上，这些札记具有很强的可读性。其中很多篇章表达优美、准确，凸显了菲茨杰拉德上乘作品的特色。有些札记显然是原打算用于其晚年的短篇中的，但实际上他没有这么做。这或许是因为这些札记只是反映了他思维活动的一个层面，他的技艺远比三流杂志里的故事要高超得多，很难让他将这些札记置

① 塞缪尔·巴特勒（Samuel Butler，1835—1902）：英国反传统作家，也是基督教、进化思想史、意大利艺术、意大利文学史研究专家，活跃于维多利亚时代。其代表作有乌托邦式讽刺小说《埃瑞璜》（*Erewhon*）和半自传体小说《众生之路》（*The Way of All Flesh*）。他翻译的《伊利亚特》和《奥德赛》版本沿用至今。

② 费斯廷·琼斯（Henry Festing Jones，1851—1928）：塞缪尔·巴特勒的朋友。他为巴特勒所作的传记名为《〈埃瑞璜〉作者塞缪尔·巴特勒回忆录》（*Samuel Butler, Author of Erewhon-A Memoir*），于1919年荣膺“布莱克传记文学奖”。

于其中。只是在他试图用艺术的手法尝试——像在《末代大亨》中一样——写更严肃作品的时候，他才从本集札记中提取素材。所以，这些札记应与《夜色温柔》、《末代大亨》等作品一起读才行。本集的一些札记记录了菲茨杰拉德去世前最后几年的生活环境、情感、感情和思想。

这里展现在读者面前的手稿做了适当的简化。由于某些个人原因，编者不得不压缩一些材料，而这些材料本该是收录进来的。有些材料虽然对菲茨杰拉德是有价值的，因为这些材料为他的作品提供了许多暗示或线索，但另一方面，这些材料要么晦涩难懂，要么索然无味，所以编者绞尽脑汁地依据自己的判断将它们剔除了。与《末代大亨》手稿一起发表的札记在这里不再收录，与《末代大亨》一起找到，但与其故事情节无关的两则杂记则放在本文集的“文学”部分的末尾。

札记中提到的巴兹尔和约瑟芬是《早晨的起床号》系列故事中的两个核心人物；菲利普是中世纪一部小说的主人公，有关这个人物的 4 则轶事发表于《红皮书》杂志[①]（1924 年 10 月；1935 年 6 月和 8 月；1941 年 10 月）。小说出版市场的需求迫使菲茨杰拉德违背了初衷，最终对这个故事失去了兴趣。

① 《红皮书》(*Redbook*)：针对年轻的上班族妈妈发行的杂志，主要内容涵盖性、婚姻、母性、工作、女性健康、流行趋势等内容。

读书札记[①]

一、趣　闻

勒内以前从未到美国城市里的黑人居住区找过黑人。随着时间的推移，他越来越觉得他在追寻一个幻影，向别人打听阿奎拉兄弟的家这样幽灵般、吵闹而又无形的住处在哪儿，开始让他感到颜面尽失。

不过，他回来了，因为老百姓是我们的一切，我们不能离群索居，否则不久就会发现狼群会吃了我们。他专门为老百姓传播福音。老百姓（我们权当如此）喜欢这种福音，或者三心二意地装作喜欢，因为这种福音很灵验。

接下来是埃米莉。你知道她出了什么事儿：一天夜里，她丈夫回到家，告诉她说，既然她对他这么冷

① 原作中“读书札记”部分是按照标题的英文字母顺序编排的，如：A，B，C，…其中 A 部分的标题为 Anecdotes（趣闻），B 部分的标题为 Bright clippings，依次类推，译文遵循汉语习惯，改为“一、二、三……”顺序，标题内容则采用意译。

淡，那他就来做个了断。就这样，他找来鞋子之类的东西，堆在床底下，放了一把火。如果不是皮子烧焦的味道太难闻，她早就被烧死了。

火车上有个心不在焉的先生，火车还没到站，他就准备下车。回到座位上时，他郁闷地笑了笑，自言自语地大声说道："我还以为到大奈克[①]了呢。"

可是他无法掩饰自己的错误——我们都知道他出了洋相，于是都带着厌恶和鄙视的眼神抬头看了他一眼。

一位男士用从一块旧地毯剪下的一小块毯子把几只家鼠裹起来，免得老鼠传播细菌。几个月后，他把老鼠放了出来，发现家里的小老鼠皮毛上都带有毛毯的图案。

"太神奇了！"他惊呼，"包老鼠时根本没想到会这样。"

但事实确实如此。

相册中丑姨妈的故事。

吉米，95 磅，中锋。

姑娘从书架上摔了下来。

从前，有位作家抱养了一只鸡，结果搞得房间里全都是鸟食。谁也说不清他为什么养只鸡，更说不清他为什么买鸟食喂鸡。后来，鸡

---

① 大奈克（Great Neck）：美国纽约长岛北海岸的一个半岛地区。

变成了烧鸡，鸟食也就扔了，但养鸡者究竟是作家还是疯子，旅馆里负责处理善后的服务生对这个问题一直没搞清楚。服务生不但这个问题没搞懂，就连数月后那位作家如何因为这点小事而写出一个短篇小说都没搞懂，但他们还是买了刊登这个短篇小说的杂志。

二、精　剪

通往舞厅的楼道和门厅将装点上挂满雪花的常青树。在楼道和门厅的镜子前，将摆放一只船模，船中的海盗王子是在九世纪应俄罗斯人之邀，来统治俄罗斯的。船上巨大的金色帆上会印上帝国徽章双头鹰，船上会坐着身着俄罗斯服装的乔斯·莫斯和随行的管弦乐队。

“古代俄罗斯的旗帜会让人回想起帝国政权。六名身穿传统服装的俄罗斯姑娘站在舞厅入口的一张桌子前，为来宾献上蘸了盐的小块黑面包和小杯伏特加酒，这让人联想到古代俄罗斯人欢迎客人的习俗。

“在椭圆形餐厅举办午夜晚餐时，亚利克西·奥博连斯基王子[①]将为我们演唱，他还带了西伯利亚男子合唱队，到时会在纽约第一次亮相，演唱一组精选的俄罗斯民歌。几位舞蹈演员也将为演出增色。”

《花开之际》[②]——史上最伟大的音乐浪漫剧。克利夫兰评论道：**“它是当今最优秀的音乐作品之一。”**

“天才的伟大之处，犹如空气中的离子对悟性一般的大众产生的

① 亚利克西·奥博连斯基王子（Alexis Obolensky，1915—1986）：社会名流，也被称为“西洋双陆棋之父”，属于留里克王朝王侯家族奥博连斯基家族。二十世纪六七十年代，他到处推销“西洋双陆棋”，创建世界西洋双陆棋俱乐部，去世前一直担任该俱乐部的主席。

②《花开之际》是奥地利作曲家弗朗茨·舒伯特的维也纳轻歌剧《三个少女之屋》(*Das Dreimäderlhaus*）的英语改编本。

影响——虽没有个性，却决定了性格。”——济慈

埃及谚语：“最糟糕的事情莫过于：

躺到床上却睡不着觉，

想见的人却不来。

想要快乐却得不到。”

三、对话与道听途说

他说：“我正在帮别人做心理分析。我这里有一个从苏黎世来的家伙，他一天做一次。我从没见过这样愁眉苦脸的女人，不论在哪儿和她们搞，她们都嚷嚷肚子疼。一个熟人告诉我，他找人给妻子做过心理分析之后，和她相处更融洽了。”

“只要我听到有人吹嘘自己的社会地位、自己的身世等诸如此类的东西，我便悠闲地坐下来，哈哈大笑。因为我不巧是查理大帝的直系后裔。你怎么看？”约瑟芬为他感到脸红。

“我对诗歌和音乐的喜爱胜过世上的一切，”她说，“它们太美妙了。”

他相信了她的话，因为他知道，她是在说她喜欢他。

“没错，他挣扎在贫困线上，挣扎在贫困线上啊。”

“亲爱的，他整夜挠啊挠，挠啊挠，挠啊挠——”

“毫无疑问，我怕马。它们想咬我。”

“我以前从来没见过不想咬我的马——就是说，从社交层面上说。我给马套上笼头时，它们总是咬我。后来，我不再给马套笼头，但它们的脑袋总是乱拱，想咬我的小腿。”

“有一次，我去南安普顿时，我被——扔向他。”

“从马上扔下吗？”

“她真的魅力四射，”她说，“真的魅力四射。”

“你净让我恶心。”

“天啊！那是——船么？”

“完全令人尊敬的姑娘，只是那天喝醉了。不论她活多久，她心里都清楚她杀过人。”

“哦，难道不是事实吗？我告诉他，美国的教育是多么糟糕，你却认为我受的教育也好不到哪里去。”

“哦—哦—哦！那么，为了结束争吵，你扇了他耳光？”

“哦！我觉得，最好的办法是先变成美国人，再扇他。”

“说得太好了，”她戏弄他说，“如果你再这样，我就冲到出租车轮子下面去。”

“叫我米老鼠。”她突然说。

“为什么？”

“不知道——你叫我米老鼠会很好玩。”

“我愿意穿着靴子死——我只是想弄清楚，我穿的是我的靴子，而且都穿在脚上。”

“显摆。”

“得了，耶稣就是这么显摆的嘛。”

“到处在找货运列车。”——正擦着货运车厢呢。

短篇《屡教不改》的开头。

父亲：你最喜欢谁？

儿子：安迪·冈普[①]。你以为我最喜欢谁——乔治·华盛顿？我已经不是小孩子了！

“长着一副活泼可爱的面孔，占有世界上所有的时髦。这一方面是因为我是在巴黎受的教育，另一方面，有人偶然向我提及阿莱塔表姐，她有一个漂亮女儿，当时只有二十二三岁。我用了3片安眠药才封住了阿莱塔表姐的嘴，第二天我便动身前往圣心教堂的女修道院。”

凯蒂，不妨用我的口红在枕头上写写看！

人们的家——一个可爱的家。

“我是对还是错？”他问领班。回答很明显——他是对的——完完

---

① 安迪·冈普（Andy Gump）：1917年西德尼·史密斯（Sidney Smith）创作的喜剧连环画中的主人公，一个怕老婆的人物。

全全是对的。当然，也是有趣的。

“今晚我请客吃饭，宴请几个雅客。我想请你来。我已经把请柬送到您的寒舍了。”

“看在上帝的分上，”卢唧唧歪歪地说，“我不想去见任何人。有些人我了解。”

“到社交名人录上查查我去吧。”

“你恨别人，对吗？”

“没错，你也一样啊。”

“我像恨地狱一样恨他们。”

“你打算怎么办呢？”

“不知道。管它呢。虽然我冷对人生，但我并不总是趁别人疏于防范和脆弱的时候去窥视他们的秘密。我不会到处去说，我喜爱别人。我的意思是说，我他妈的已经习惯了人们对我个人魅力的反应，离开了它，我就没法活了，我会越来越空虚。爱是羞涩的。从一开始我就认为，像你一样看待爱情的人，才会拥有爱情。”

“哦，你同蒙特卡洛那个吸毒的朋友订婚了吗？”

他坐下，开始穿鞋子。

“我不应该告诉你这事儿。没准儿你会认为，他会拉我染上毒瘾的。”

“我真的认为这不是什么好事儿。”

“哦，没错。并不是所有人都会从一位著名导演那儿染上毒瘾的。事实上，我已经染上了。此时此刻，我浑身都是毒。他先是教我吸可卡因，后来我们慢慢吸上了海洛因。”

“这一点儿也不搞笑，弗朗西斯。”

“不好意思，我一直想搞笑，我知道你不喜欢我搞笑的方式。”

她怀着极大的冷静和耐心，以此来对抗他越演越烈的愤世嫉俗。

在弗吉尼亚，意大利孩子们说：

“林肯把黑人撵了出去，可现在他们回来了。”

“白人叫‘洋基’[①]比较合适。”

“‘洋基’**就是**白人。”

“我从没听说过。”

我真的爱他，但毫无疑问，这种爱像一段风流韵事一样慢慢耗尽了。都是小妖精们惹的祸。

“就是两个老酒鬼而已，就是马戏团的两个老……老……小丑而已。”

“我很匆忙”。

“我很匆忙——我很匆忙。”

“你忙什么呢？”

“说不上来——我很匆忙”。

“既然她是一个能吃苦耐劳的女孩，那我就把她带到需要吃苦耐

① 洋基（the Yankees）：最初指美国北部新英格兰地区的居民。其民俗意义则延伸为美国东北部地区的居民，以及美国内战期间与战后的美国北方人，甚至全体美国人。

劳的地方去”。

“在美国，一天有 300 人死于车祸。”

男子看着飞机说：“那玩意儿就是新型的陀螺。”

比如，盯着自己拿着烟的手指，说：“啊，特雷瓦！把浮石给我。”

大多数人的生活就像忘记上发条的钟，而他的生活只不过是一场梦。

突然，她的脸上一遍又一遍地出现了研究电影杂志后才有的那种表情，这种表情只能描述为对某种东西期待已久的美好希冀——希望与年轻秀美的秀兰·邓波儿①喜结良缘，希望像克拉克·盖博②一样大把大把捞钱，拥有跟克拉克·盖博一样的爱情，拥有跟查尔斯·劳顿③一样的天资——姑娘带着灿烂的笑容走了。

感觉很清醒——不，至少感觉像重生一样，这种感觉比我第一次

---

① 秀兰·邓波儿（Shirley Temple，1928—2014）：美国著名童星。儿童时期为美国著名童星之一，7 岁时便获得第 7 届奥斯卡金像奖特别奖，也是美国历史上第一位女礼宾司司长。

② 克拉克·盖博（Clark Gable，1901—1960）：美国电影演员。1934 年，凭借《一夜风流》获得第 7 届奥斯卡最佳男主角奖，1939 年与费雯丽联合主演电影《乱世佳人》，凭借饰演的白瑞德获得第 12 届奥斯卡最佳男主角提名。1995 年，在《帝国》杂志评选的“影史上 100 名最性感影星”排行榜中，他名列第 36 位。1999 年，他被美国电影协会选为“百年来最伟大的男演员”第 7 名。

③ 查尔斯·劳顿（Charles Laughton，1899—1962）：英国电影演员，其表演调色板异常丰富多彩，各种类型的角色和各种经历的人生他都能演得得心应手。他在表演方面最为成功的是《霍布森的选择》和《控方证人》，这两部影片分别获得 1954 年英国学院奖最佳英国片奖和奥斯卡金像奖最佳男主角奖的提名。

醒来时更强烈。

卡通猫舔着猫崽，我身后的一位小姑娘说：“多讨人喜欢呢！”

我们不能就这样眼睁睁看着我们的世界像到处都是摔碎的盘子一样在面前支离破碎。

问：“他怎么死的？”答：“死于司法不公。”

“喂，山姆。”如果你是个好客人，你会知道用人们、最小的婴儿和最年长的阿姨的名字，“邦尼在吗？”

“我喜欢作家。如果你跟一位作家说话，你八成会得到回应的。”

说起自己的丈夫，女人说他从待领场带回来一大窝狗。

“我们没有杜松子酒了。”他说，“你要安眠药吗？”他满怀期待地补充道。

漫长的婚约：要么结婚，要么争吵，此外，无事可做，于是，我选择了争吵。

“我没做。”他说，不过，“我”字已经变了味。

“别忘了，在肉体上，你是排斥我的。”

“从小就知道，要勤奋，要懂礼貌，但如果你连这都不知道，你过的日子就是既脏乱差，又惬意得毫无生气。”

现在一切都如同反复做同一场梦一样无济于事。

“你认为，美国女人只要见过布朗库西[①]，就能自然而然地变成天才，从此就能出人头地，走路也趾高气扬。我准备打破你头脑中这种顽固而愚蠢的想法。”

“在我眼里，你就像再普通不过的 3 件套。”

男的对女的说：“看样子，你需要刺激——对不对？”

“去跟一个铁公鸡睡吧——去啊——这对你有好处。这会让你的灵魂再次安睡，你会感觉更好、更舒服的。”

“弗朗西斯说他要离开，通过和陌生人打交道来磨炼自己的品格。”

“一位老淑女只不过对你表现出礼貌和关怀，你却煞费苦心地对她进行愚蠢的攻击。”

---

① 布朗库西（Brancusi，1876—1957）：二十世纪现代雕塑的先驱和最伟大的雕塑家之一。生于罗马尼亚，当过罗丹的助手，受毕加索立体主义绘画的启发开拓了雕塑领域。但与毕加索不同，他不是破坏重组而是保持第一视觉经验的完整和直觉的纯真，追求造型的极度单纯化以达到接近事物本质的目的。以简括和纯化的语言写意传情，表达内在的感觉和神韵。代表作有《吻》、《空中之鸟》等。

“我已决定，办公室再也容不下你和我。我们中的一个必须走——会是谁呢？”

“好吧，弗拉克姆先生，门上印着你的名字——我觉得，你留下的话，事情更好办些。”

“我的前任丈夫就是从马上摔下来的。你必须学会骑马。”他很不自在地环顾四周去找马。

“我们扔进去了一枝花。你知道小娘们的那种德行——如果一块石头大摇大摆地走进来，她们也会尖叫——如果是一束玫瑰，她们会认为威尔士亲王终于驾到了。”

“整天围着那 4 个姑娘转的梅格掉进兔子洞了。”

“他想把我打造成女神，而我只想做米老鼠。”

“必要时，是这样，女士。瞧，你带着一位姑娘，她走进一家咖啡店，而在那里她又无事可做。哦，那么，有她陪着，他喝得有点多了，于是便去睡觉。后来，有个家伙走过来，说：‘你好，甜妹子’，或在这种场合调戏妇女的人经常说的任何话。她怎么办呢？她不能尖叫，因为现如今没有哪个真正的淑女会尖叫的——不会——她只是把手伸进下面的口袋里，手指套上一副自卫用的鲍威尔牌铜指环，刚开始学习社交的少女用的那种尺寸，我将它叫社交钩。哦！那个大块头的家伙这下可摔惨了。”

“嗯，什么？——吉他是干啥用的？”阿曼蒂斯满怀敬畏地小声说，“人们用吉他打人吗？”

“不，女士！”吉姆吓了一跳，大声说道，“不，女士。我上课的时候，不会教哪个女孩子举起吉他去打人。我教她们弹吉他。哎呀！你应该听听。噢！我已经给她们上了两节课，其中几个女孩子还是黑人呢。”

“他们在干什么？”阿曼蒂斯小声对吉姆说。

“在上南方口音课。这里很多年轻人想学南方口音——所以我们就教——佐治亚州、佛罗里达州、亚拉巴马州、东海岸地区、弗吉尼亚州。有的人想要本分的黑人——用来唱歌。”

“有一次，我从壁橱架上摔了下来。”

“你什么？”

“我从架子上摔下来——他居然把这件事登报了。”

“哦，当时你在干什么？”

“我碰巧爬到架子上，所以摔了下来。”

“哦，别说了。”

“我不再做任何解释。总之，老爸说那真是天下奇闻。”

四、描写事物和氛围

风吹得树叶瑟瑟发抖，吹得白色的玻璃窗瑟瑟发抖——然后，风似乎无法承受美一样，跳出窗户，沿着墙角的飞檐溜了下去。

接着，风来到地面。只见风掠过绿色，又折了回来，停在原来的红墙上。此后，它便像一面绿色的旗帜，一面长满浓密胡须而从未刮过的旗帜一样，摇曳不定。就像你将花瓣丢进去的水，像女人的连衣裙，流连在玻璃窗周围——渐渐变弱，渐渐失去生气，无声无息了。

消停了一阵之后，风又吹动窗帘。你得批评那个乖戾的孩子。机会已经失去。机会又来了，但只停留了一分钟。网状花灯又摇晃起来——一曲谐谑曲，不，曾经大红大紫曲目的新序曲，他为自己曾经说过的话、曾经想过的事感到难过。

风又停了。只有一片树叶摇曳在白色的玻璃窗前。没准儿树叶后面正有人偷着乐呢。

宜人而又招摇的林荫道两旁每隔一段距离便是新英格兰地区殖民地时期的房子，但大厅里并没有船模。居民们搬到这儿的时候，船模最后都送给了孩子们。下一条街完全是西海岸西班牙式的平房，而再过去两条街是1897年的圆柱形窗户和圆塔。这些无精打采、老掉牙的玩意儿庇护着梵学大师、瑜珈修行者、算命先生、裁缝、舞蹈老师、艺术研究者、推背按摩师——俯视着繁忙的公交车和有轨电车。在这样的日子，如果你觉得自己老了，在街道散散步真是一件令人沮丧的事情。

在现代大道绿树成荫的那一边，膝盖上印有红汞时代红色彩料的孩子们在摆弄玩具，他们的目的只有一个：横梁用来教工程，士兵用来教男子汉气概，布娃娃用来教为母之道。布娃娃被弄得不成样子之后，看上去已不再像真的孩子，而是像玩具，不过，孩子们已经对它们有感情了。就像你以为城市的人口会在15年内增长两倍一样，附近的一切——就连3月的阳光也不例外——都是那么新鲜，那么充满希望，那么稀稀落落。

今年2月，白天阳光璀璨，活力四射；夜晚星光灿烂，晶莹透亮。小镇沐浴在冷冰冰的荣光之中。

被涂了色的西伯利亚马。

就像一场反复做的梦一样空洞肤浅。

海水以些许令人生畏的速度上涨。

在朦胧可辨的海平面曲线上，海岛漂了起来，一艘小船风平浪静地停泊在海面上。

就像空气上方的空气一样，消失在无垠的蓝色天空之中。

突然，一阵雨水掠过，接下来又是一阵——仿佛一片片小小的液体云沿着大地上弹跳。闪电一头栽进远方的大海，风伴随着噼噼啦啦的雷声呼啸着。

桌布被吹得绕柱子乱飘。飘啊，飘啊，飘。旗子像活体动物一样，缠绕在红色的椅子上，标语旗已破烂不堪，鼓噪作响、飘浮不定的桌布将桌角都扯掉了。帕特·奥马拉用他那任性的双手梳理着头发。吹吧，战旗，吹吧。你穿着貂皮大衣放慢了脚步，你，缓慢地抽打，没有“啪嗒”声，只有在桌子四角抽打风的声音。如果他们不要，可以给我一枝花吗？

在《蓝色多瑙河》的浪涌上，夏日的球在滚动。

一支马戏团摇铃呼唤乡舍里的矮种马。

一间充满阳光的房间，似乎对贝蒂来说，很浪漫，充斥着各种说不上来的气味，还有先验知识的淡淡芳香，玻璃电池里电流发出的嗞嗞声。

一幢在八十年代曾经有人居住的、随意搭建的房子，二十世纪头十年的乡村救济院现在也变成了宅邸。

破管道的呻吟声。

电话里传来一声银铃般的“喂”。

微妙的并置让他感受到变化的巨大浪潮正在冲击着这个国家——残酷的战争已经让种植园房屋废弃，工业化摧毁了聚集在旧庭院的悠闲生活。接下来，岁月最终催生出落后地区那些稀奇古怪的年轻一代，他们既不是农民，也不是资产阶级，也不是小流氓，而是三者的杂交品种，聚集在商店门前。

纽约神采奕奕、充满活力的帅气，大个子的飞快步伐。

此后，他们开车去兜风，找到夏夜的中心，停下车，一行人像被施了魔法一样，默不作声，犹如飘落在森林之子身上的树叶一般。

搬运工在明亮的货船舱口下一闪而过，很快就在看不见的斜坡下消失在视线之外。

月亮升起来了，四周罩着一道金色的玫瑰红晕。

呼哧呼哧、叮叮当当的艳舞表演。

夜晚第一束灯光射入苍穹。摩天轮在灯光的映衬下，在黄昏中优哉游哉地旋转；头顶上掠过的几辆空荡荡过山车发出“嘎拉”、“嘎啦”的声音。

大都市日日夜夜紧张得像振鸣线一样。

夕阳照在一英里外的密西西比公寓大楼上。

璀璨的星光敢与明亮的灯光斗艳。

豪华轿车咯咯吱吱地在石头路上爬着。

码头上3只微弱的灯昏暗地照在数不尽的渔船上。渔船沿着海滩像贝壳似的挤在一起。远处的水面上还有其他灯光，一队修长的游艇趾高气扬、慢悠悠地乘风破浪。更远处，一轮满月把海水变成了明亮的舞蹈地板。

一股银色溪流，犹如一大缕鬈发，蜿蜒飘向月亮。

俱乐部位于一个小山谷中，柳树几乎遮住了房顶，巨大的中秋之月，透过黑色的剪影照射下来，留下斑驳陆离的影子。他们停下车，巴兹尔的旋律《唐人街》从窗户中流出，犹如飞越林中空地来相聚的精灵，渐渐融入到主旋律中。

深秋到了，西风刺骨。

隔壁的人正站在一个点了灯的平台上擦洗建筑物。看到建筑物焕然一新真让人高兴。

我们选择的旅馆——“停尸房酒店”——不大，很安静，即使最高雅的人也能住在这里。

爱斯莱特山谷青蛙的鼓噪声盖过了我们大炮的呼啸声。

下午，他们来到湖畔。这个湖只有杯口一样大小，湖面上长满了睡莲枯叶，平静得像绿奶油一样。

你可以点大小不同的 4 种：**半升装的**（半升）、**高档装的**（1 升），**超值装的**（3 升）、**灾难装的**（5升）。

在地下衣帽间的深处。

后墙是一道宽阔的水帘，是从石天花板的一条缝里落下来的，落下来的水排进了后面的一个洞里。

从废品清理场看去。一条条狗、一只只谈不上有爪子的鸡、形形色色的黄铜管件、T 先生的胳膊肘，到处都锈迹斑斑，成捆成捆的金属 1800 磅，卫生洁具、浴缸、水槽、水泵、车轮、福特森牌拖拉机、拖拉机上的乙炔灯、缝纫机、小艇上的铃、一盒螺栓、（1 号）货车、炉子、汽车零件（2 号）、军用卡车、铸铁件、热狗架、小发动机、类似手表上的链齿、建筑物上的铰链、摩托车散热器、军用卡车上的自动操纵装置。

在北卡罗来纳州的亨德森维尔，我家对面的街上是一个电影海报栏，平时海报栏中间会挂几个灯泡。今晚海报的内容是：《十字军：两个营地摧残了一个女子燃烧的激情》。

这个主意不错，为了有助于在战斗中证明，在每次风暴中处于掌舵地位的是一个女子（请注意，不是**很多女子**——这一点很重要），我提出以下建议，还是借用较古老的小玩意儿及其象征：《哈克贝利·芬——一个女子是如何改变密苏里年轻人的生活的》。

一条绳子，编了一半，一直耷拉到另一张桌子上。

那一排排单调的公寓蕴藏着城市的真正含意——夜晚充满了黑暗的神秘，下午单调乏味。

记忆中来到华盛顿的那一幕。

突然，房间像钟一样叩响了。

有那么一会儿，在公海上，无可置疑且妄自尊大的大邮轮像无助的老妪一样，被拖船拉得“稀里哗啦”地乱晃。

曾几何时，戴着头盔、手持镀金盾牌、佩着明晃晃短剑的罗马军团，一位征服者站在六匹马拉的两轮战车上，随从都是些头戴闪闪发光羽毛的罗马骑士，还有用铁链拴着的被俘虏的高卢人，穿着高统靴的希腊人，身穿短上衣、束着蓝色束腰的爱奥尼亚人，身着印有爱西斯和奥西里斯[①]形象、光彩熠熠沙漠红服装的埃及黑人，一把石弩，还有汉尼拔[②]、恺撒、拉美西斯[③]和亚历山大。

纽约的夜场袖珍剧已经在窗外开演了。查理目不转睛地看着，觉得这玩意儿既俗艳，又不乏戏剧性。由于失去了现实意义，这种剧只剩下表面化的东西。每一座新塔只不过是竖立着的东西，却表现出一副对即将来临的灾难不屑一顾的样子。每一束灯光都是垂死挣扎的尝试，却装出一切安然无恙的样子。

“但它们有过美好的时光。曾几何时，它们代表着现实。这一切几乎不是人为捏造的。我们不相信，没有哪一代人见过这一切之后就死掉了。”

周末的节奏，以及周末的来历、有计划的庆祝活动、大张旗鼓的目的，都踏着生活的节奏，成了生活的替代品。

从旋转木马上看到的朦胧世界业已成形，可旋转木马突然停了下来。

大都市里那种爱、生与死的快节奏，向人们展示了毫无想象力的梦、毫无生气的露天表演和戏剧。

---

① 古埃及神话中，爱西斯（Isis）是智慧女神，也叫母亲女神；奥西里斯（Osiris）是死亡判官。

② 汉尼拔（Hannibal，公元前 247—前 183/182）：在第二次布匿战争中，率军与罗马共和国作战的迦太基军事统帅。

③ 拉美西斯（Ramses）：古埃及法老，其中包括拉美西斯一世、拉美西斯二世、拉美西斯三世等。但以拉美西斯二世最为有名。

春天悄然爬上山，给它披上了绿装。

多次的乘风破浪之后，他能抱着愉悦而又客观的海豚心态眺望弗吉尼亚州的棕绿色海岸了。婚姻失败的重负随着他的身体在巨浪中起伏，然后渐渐消去，接下来，他将开始在孩子的梦境中施展拳脚。有时，他还记得年轻时同他一起游泳的玩伴；有时，有两个儿子在身边，他好像沿着通向月亮的光明大道出发。他总喜欢说，美国人出生时应长鳍，也许美国人是长了鳍的——也许，金钱就是鳍。在英国，财产给人带来很强的地域感，但美国人，由于生性不安分，居无定所，所以需要鳍和翅膀。说到教育，在美国有一种周而复始的观点，认为人们应该忘记历史和过去，应该发明一种装备让我们到太空中去冒险，而不应被传统的偷渡客捆住手脚。

黑暗中，公交车上19只疯狂嫉妒的眼睛射出的目光一齐投向他们。

车道上银色线条和金色灯光相映成趣，光束掠过那条老路和桥上的路灯。雨已经停了，枫树叶的影子停留在尖桩篱栅上。

火车发出一阵咯咯声和一阵绝望的假声，随着一阵车钩碰撞的咔嗒声，向前开动了几百码。

货车停了下来，紧接着，星星出现了，出现得那么突然，克里斯眼都被照花了。火车起动了。在前面大约3英里的地方，他看到一束光，比星星更暗淡、更黄，他估摸着该到达拉斯了。

夏天，室内的音乐听上去很奇怪，不安地流淌在脉动的热浪之中，只有电扇吹出的呼呼声与音乐声交织在一起。

只有大学和乡村俱乐部。公园没有生气，没有啤酒，尤其是没有音乐。他们在猴舍或者效仿法国而建的某个风景点停了下来，好让孩子们去玩——对于大人来说，这种地方没什么好看的。

一包无伤大雅的明信片，有一半暴露在外，肯定非常脏。

一群招待员靠在吧台拍照，闪光灯在令人窒息的屋里闪烁着。

在舞厅的一角，搭起了几个像电影布景一样的屏风，订婚宴上，摄影师们正忙着拍照。在那些绕着半明半暗的舞厅跳舞的人眼里，订婚宴就像明亮灯光下的白蜡一样死气沉沉、苍白无力，看上去就像一个人在游乐园中的老磨坊碰到了一群群天性快活但阴险邪恶的家伙。

避开小山谷，经过一片粉红色的松林，经过一片撒满钻石的新雪。

服务生咔嚓咔嚓的脚步声。

音乐又开始了。树底下，木地板被太阳照得通红。

留声机里播放着一首新的德国探戈曲，与缭绕的烟雾和人群的嘈杂声交织在一起。

戛纳正处于旺季——他走进咖啡馆，灯光照着白色的杨树皮和绿叶，也照着他扬起的欢快尘埃。他穿着刚从巴黎买来的服装，四周散发出甜美而刺鼻的花香、黑咖啡和香烟味儿，以及其他各种混杂的气味，还有难以名状、令人兴奋的爱的味道。在白色桌子上，双手触摸着戴满珠宝的双手；色彩明亮的礼服以及衬衫硬衬胸一起摆动，手拿火柴颤颤巍巍、慢慢地点上烟。

如你所知，新泽西的一部分在水下，其他部分则在当权者的监管之下。不过，到处都是成片的乡间花园，点缀着老式的豪宅，这些房子都有宽大、阴凉的门廊，草地上还有一个红色的秋千。没准儿，在最宽、最阴凉的门廊上甚至有一个吊床时代留下来的吊床，迎着维多利亚时代的微风轻轻摇摆。

电瓶出租车在车站等着。白雪覆盖的校园，会馆里生起大堆大堆的篝火。

中午刚过——他是透过薄薄的百叶窗看出来的。

责任、荣誉、国家、西点军校——小教堂的墙上挂着褪了色的军旗。

没人看见过阿什维尔[①]附近的里奇雷，因为在你来到之前，窗户已经被烟雾笼罩了。

---

① 阿什维尔（Asheville）：美国北卡罗来纳州中西部的城市。

但是，人群就像火山口流出的熔浆一样，涌入明亮的体育馆——

×××酒店计划给劳累过度、疲惫不堪的男人和社交过度、兴奋过度的女人提供休息和安静之处。

打开时，鱼散发出的味道很像污浊的房间发出的味道。

破晓时分，有轨电车就已经在跑了。

一辆老式廉价的小汽车在坑坑洼洼的小路上颠簸。

这种重新改造的农舍，有钱人是不会喜欢的。这种农舍虽然古色古香，但没有电线，肯定也不会有各种管道。

偶尔，两个黄色的圆盘在他们前方浮现，其形状如同晚归的汽车。除此之外，只有我们在不断涌来的黑暗中独行。月亮早就落下去了。

码头灯火通明、永不止歇，但船头船尾都没于黑暗之中，所以，小船的轮廓还不如偶尔闪现的一簇星星。在一个孤独的晚上，弗朗西斯动身旅行。

有那么一个地方，人们过去称之为某个人干的“蠢事”。所有的一切都为许多当时不在场的人准备好了——野心勃勃的小商店改建成了旅馆，不过，有的现在还开着，有的则已经关门大吉了。

那座大山上依然亮着玫瑰色灯光，皮克的什么东西或邓特的什么东西，因为世界是圆的，或者诸如此类的原因。裹得严严实实的孩子们在扑腾着茶水玩，他们好像已经厌倦了户外活动，想安安静静、不失庄重地换换口味。山谷下的窗户已经发出亮光，镇上的房屋和旅馆发出朦朦胧胧的光亮。

维尔德施特鲁伯尔山[①]上太阳已经在摇动着它的七彩旗。

熟悉的灯光，熟悉的书本，头天晚上玩过的游戏器具总是掖在什么东西的底下，不让人看见，钢琴上仍然摆放着头天晚上用过的歌谱。

一轮不知疲倦、汗流浃背的太阳还在给头顶上的天空添加燃料。

外面真是好极了——鸦雀无声。

绿色的罐子，白色的木兰。

克莱尔蒙特大道。

白天的湖中浅滩。

俄勒冈的色彩：金色、深绿色，安全绳上的白色小浮标，白色的

① 维尔德施特鲁伯尔山（Wildstrubel）：瑞士的一座山。

背景数字，灰色的支柱——透过树叶，看上去都是深绿和浅绿色。

鸟叫：啾、啾、啾、啾，**吃吗**？

通过他们那些耳熟能详的双脚，约瑟芬现在就能把他们找出来——特拉维斯·德·考伯特[①]式那双灵巧、夸张的脚；埃德·比门特那双坚定不移、永不退缩的脚；某个虚构的女子那双高筒、带纽扣的鞋。

他经过一栋公寓房，打断了他的记忆。这栋公寓房在小镇的外面，一座粉红色的建筑代表着什么东西，在某个地方，廉价和简约得连建筑师都忘记了这栋建筑到底是从哪里抄袭来的。

两支管弦乐队在萤火虫照明的凉亭上低声演奏，七彩聚光灯掠过盛着熠熠发光的黑酒瓶的酒柜，洒在地板上。

突然间，盛夏到了。4 月的最后一次风暴过后，一天夜里，有人沿着街道走来，把树像气球一样吹起，将灯泡和灌木像五彩纸屑一样吹散开，打开一只装满知更鸟的笼子，瞅了一眼之后，示意把以夏日天空为背景的幕帘升起来。

白色的栗子树花，向下滑过桌子，放肆地掉进奶油和红酒中。朱莉亚·罗斯连同面包一起吃了几个。

---

① 特拉维斯·德·考伯特（Travis de Coppet）：1915 年芝加哥上演的美国剧作家萨莉·本森的戏剧《年轻与漂亮》中的人物。

小小的房屋里散发出雪茄烟的臭味。（记得在老磨房中就有这种味道。）

院子里和吊床上，珊尔达的那些破地方。

河流在公共洗澡处和对面数条小道之间的浅红色光芒中流淌。远方急速行驶的火车呼啸着朝他们开来。在展望公园[①]打网球的孩子们的嬉笑声从头顶轻轻飘过。

窗外，松树上的雪在初降的暮色之中变成粉红色和淡紫色，裹得严严实实的孩子们正一股脑儿涌进旅馆吃茶点。

上帝最白的胡须在轰鸣的、飞往科西嘉岛的飞机前融化了。

一百万条海豚的尸体。

布林莫尔床罩。

她的脸冻得通红，等等（不仅如此）。

这是一个清冷的夜晚，草地上挂满了霜。

---

① 展望公园（Prospect Park）：坐落在美国纽约布鲁克林区，占地 236 公顷。展望公园每年都会举办诸多活动，包括夏天举办的纽约爱乐乐团（Philharmonic）公园音乐会和大都会歌剧院（Metropolitan Opera）公园演出。展望公园的大军广场（Grand Army Plaza）每年都举行新年前夜庆典，活动结束时伴以壮观的焰火展。

黑人所熟悉而又难忘的气氛，沉着、悦耳的声音，把自己涂得像野蛮人一样鲜亮的姑娘们在热带夏日中是那样夺人眼球。

法国大杜克酒店在生意最惨淡的时候，开始缓慢地喘着粗气，苟延残喘。

许多战舰上的灯在漆黑的哈得孙河上摇曳着，恰似水中的宝石。

我们看着外面的港口，摇曳的船桅直冲繁星。

风在墙上搜寻陈年的尘埃。

一排昏暗的棕色门看上去一模一样、难以辨认，但从毗邻的漆黑小巷中似乎可以数出她的房门来。

百无聊赖的无序。

在蔚蓝的天空中，云很低地掠过草原，悬崖上高耸的建筑，像企鹅一样伸展着抚慰的双臂。

新栽的树，颤颤巍巍的新生命，让旧貌换新颜的新影子。

主要的房间，共和国还没能找到恰当的名字。

炎热的春天。在春季假日酒店，下雨的确不是什么好消息。宽大走廊上的落地窗将人们的目光引向户外的水杉树，这些水杉百无聊赖地对着空荡荡的棕色网球场和被灰蒙蒙天空笼罩的荒凉群山泣诉，根本“无事可做”，因为旅馆和度假休闲完全融为一体。留言板上说，在复活节后的星期一普林斯顿大学合唱团①演出之前，没有任何室内活动。身着骑马服来吃早饭的女人们匆匆走进美发厅；11点钟，在这个庞大的酒店里，顾客寥寥，唯一能听到的声音就是乒乓球发出的“乒乒”、“乓乓”声。

早饭后沿着长长的走廊走来一对身着白色裙子和黄色运动衫的男女，其中的年轻女子脸上的表情反映了对天气的不满，脸上阴沉沉的，一点也不高兴。德弗莱斯特·考尔曼看着她，心想：“又无聊又烦恼吧。”接下来，他的目光继续追随着她：“不对，是傲慢和不耐烦。不是其中一种，而是二者兼有。可瞧瞧那张脸——活力四射却束手无策——会把我带到哪儿呢？——肝和咸肉，达蒙和皮西厄斯②，劳莱与哈代③。”

科尼岛④枯瘦的脚手架滑过。

除两个正在下棋的俄罗斯牧师以外，一伙人都在吸烟室。

房间里所有人都激情似火，一股淡淡的淀粉味飘了出来，飘到漂亮的花园里。

---

① 普林斯顿大学合唱团（Princeton Glee Club）：创办于1874年，是普林斯顿大学最古老、最著名的合唱团。

② 达蒙和皮西厄斯（Damon and Pythias）：古希腊神话中的一对有着生死之交的朋友。

③ 劳莱与哈代（Laurel and Hardy）：美国早期戏剧节目名，也指该节目的两位滑稽演员斯坦·劳莱和奥立佛·哈代。

④ 科尼岛（Coney Island）：美国纽约市布鲁克林西南方向大西洋中的小岛。

首都满大街的那些大酒店，其中之一是为政客们建的，退休的官员们突然发现自己已经失去了故乡，磨刀霍霍的外国人，公使馆的员工和被官场光环搞得神魂颠倒的女人——每个人，即便没有心仪的参议员或者大使，至少也有自己心仪的议员或者部长。

火车起动的方式似乎是瞬间提速，太可怕了。

当他们迎着起风的黄昏驱车出发时，已经8点了。太阳早就在那不勒斯后面消失了，天空呈现出血红色。他们绕过海湾，缓慢地朝托雷安农齐亚塔爬去，地中海瞬间染上粉红色酒一样的余晖。头顶上，维苏威火山若隐若现，火山口执着地喷出一缕烟雾，让正在聚拢的夜更黑了。

“我们差不多12点到达目的地。”诺斯比说。没人应答。那不勒斯消失在一块高地的后面，就剩下他们了，黑手党会从混杂的草根阶层突然冒出来，让两块大陆都蒙上了不祥的影子。灰蒙蒙的群山上矗立着几个破败的城堡，风一吹过，听上去让人胆寒。哈利突然打了寒战。

摩托艇就像一只嘀嗒的钟。

天空就像查尔斯大街上的烟雾。

他听到他们在唱歌，于是朝下面的灯看去。他们经过时，听到树叶的一阵沙沙声。

夜晚的市场：眼睛在萌动。

三月：玉米秆下面的紫薇花。

“身为美国人，我很高兴，”她说，“身在意大利，我感觉所有的人都是死人。迦太基人、古罗马人、摩尔海盗，还有手上戴着毒戒指的中世纪亲王们。”

乡村的庄严肃穆本身就说明了一切。

风刮得更大了，在沿途漆黑的树林中呜咽着。

白色和漆黑的夜晚。

午夜，响起一阵轻柔的铃声。

在儿童读物中，森林有时候是由棒棒糖造出来的，鹅卵石是用薄荷糖造出来的，河流是由潺潺流淌的太妃糖造出来的。其实，此类读物听上去并没有那么奇妙，因为这样的地方的确存在。一天，一个姑娘，只比孩子稍大一点儿，灰心丧气地坐在这样一个地方。这个地方就是她的，她拥有它，拥有糖果镇。

红色的黄昏快要消失了，但她还是朝着最后一抹残痕前行。

她的双眼中充满了黄色和淡紫色，黄色代表阳光穿过淡紫色影子，而淡紫色代表被子，鼓胀如云，在床上柔软的波浪中漂动。突然，她想起了自己的约会，于是，脱掉上衣，扭动着换上紫罗兰便装，轻转脑袋，把头发撩在脑后，将自己融入到房间的色彩之中。

那天夜里，他躺在床上睡不着，听着外面马戏团长长的大篷车队没完没了地驶过街道，从巴黎的一个集市转移到另一个集市。当最后一辆车驶过的隆隆声消失之后，家具的四角被染上黎明的淡蓝色时，他还在思考。

道路两旁稀稀拉拉地排列着破旧的房屋，有些房屋被重新粉刷过，涂成一种脏兮兮的淡蓝色，但所有的房屋远离镇子，地处又脏又乱的地方。

这是一栋已经倒塌的房子，已经无人居住，而且远离马路，风吹日晒已经让古色古香的房子失去昔日的光彩。

他看了一眼就知道，这里已无人居住。百叶窗还在，但业已紧闭。从杂乱的藤蔓中，传来一百只鸟发出的既圆润又刺耳的叫声，犹如单指和弦。约翰·杰克逊离开马路，阔步踏进杂草齐膝的院子。

像窗帘上的灰尘一样令人窒息。

人行道越来越泥泞，水沟里的雪化成了脏兮兮的冰霜。

雨水掠过海面，给大海蒙上了一层污浊的灰色，散步甲板上所有露天的地方都支起了帐篷，乒乓球台也给淋湿了。

这就是欧罗巴——一个移动的光明岛。它每时每刻都在变大，伴随着甲板上飘来的音乐和射向远方的探照灯，膨胀成一个和谐的奇境。他们用望远镜看着靠在护栏上的人影，伊夫琳在绞尽脑汁地想，在船舱里熨裤子的那个男人过去的历史是什么样的。他们入迷地看着船以无与伦比的速度移动着。

“噢，老爸，给我买那个！”伊夫琳喊道。

她爬上一个由钢筋、混凝土和玻璃建成的网状结构，从一个高耸而又发出回声的穹顶下走过去，出来后便到了纽约。

吊床的颜色是特别令人生厌的黄色，可谓是吊床中的极品。

前面装饰着已经报废的巨大转速表，后面是一面污渍斑斑的锦旗，承载着“佐治亚州塔尔顿加”的传说。

在朦胧的过去，有人开始把钩子漆成黄色，不过，遗憾的是，活干到一半就被别人叫走了。

参差不齐的田野一直延伸到参差不齐、荒无人烟的天际。

4个海员，身穿一尘不染的白色衣服，手里拿着四支袖珍强光手电，借着手电射出的强光，看到一位绅士，身上只穿着运动内衣，站在沙滩上刮胡子，脸上还挂着刮胡膏。左右两边各有一个男仆，一位身穿晚礼服，裤子搭在手臂上；另一位穿着白色硬领衬衫，衣袖的纽扣在手电光的照射下熠熠发光。除了刮胡刀发出的嚓嚓声，以及间或从大海传来的呻吟声外，周围没有任何声息。

不过，在这里，温馨、友好的雨水从屋檐上滚落到熟悉的草坪上，除此以外——

第二天早上，她跟诺尔顿走在一个光秃秃的花园里，脚下是在星夜里挂满霜的灌木，心情异常轻松。

“舞厅”，需要一个更好的词来表达才行。就是那个房间，白天屋里塞满了柳条家具，总是带着“我们进去跳舞吧”的含意。实际上，“舞厅”一词是指“室内”或“楼下”。美国乡村俱乐部的大买卖就是在这样一个无名无姓的房间里成交的。

他们到了那儿。瑟堡[①]防波堤，一条白色的石头长蛇，在黎明的海边熠熠发光；再远处便是红色的屋顶和尘塔，然后是整齐优雅的小山，还有温馨、整洁的小农庄。“你喜欢这种法国风光吗？”这一切似乎在告诉我们，“一般人都觉得这种风景非常迷人，但如果你不认可，完全可以做一下改变——在这儿修条路，在那儿建座塔。过去有人这么干过，可最终还是风景如画。”

星期天早上，瑟堡荡漾在熠熠发光的衣领和高顶蕾丝礼帽之中。驴车和小汽车伴随着无休止的铃声行驶。

当时正是大热天。外面的湖面上，漂着一层薄薄的绿色浮沫；城市里，已呈强弩之末的热浪让柏油路变得松软，以至于人走在上面都

① 瑟堡（Cherbourg）：法国西北部重要的军港和商港。在科唐坦半岛北端，临英吉利海峡。有长达 3700 米的防波堤。

会留下阴森可怖的脚印。当时，每200个居民才有一辆汽车，所以到了晚上——

一家偌大的快餐馆。

风神之岛或风打造的岛。

他们走到游廊上，一边看着孩子们默不作声地倚靠在栏杆上的剪影，一边听着朦朦胧胧的人们走在尘土飞扬的暗街上时相互打招呼。

夜晚第一缕灯光苍白无力地蹦出来了。

凌晨3点钟，老态龙钟的老太太在擦纽约大酒店的地板。

美国人之所以生活平淡无奇就在于一切都是等价的。

跑到紫色的群山，然后再跑回来。

春天早早地来到了东海岸——枝头上成千上万个令人颇感意外的小黑莓信心饱满地闪闪发光，北方吹来的徐徐清风一天到晚吹得黑莓向南荡着。

还有什么比夏日下午剪草机安静的呼呼声更让人昏昏欲睡呢?

一阵维多利亚中期的风。

该旅馆一隅闹鬼。

月虹。

在新泽西的村庄，火车的轰鸣声让人们心烦意乱，只有到了星期日才会消停一些。

电梯看上去像两个巨大的文件柜。

在郊外，粉白色的窗户冷漠地俯瞰着走在令人昏睡的道路上的他们。

在我眼里，达特茅斯[①]的许多服务生都像喜剧中的人物——我并不是说他们是喜剧人物，而是说他们扮演的角色像喜剧人物。他们做事完全出了格，跟客人谈话的样子就像自己是老板一样。

在1855年（或1866年）的圣保罗：未开化的小镇就像是一条刚从密西西比河里拉上来的大鱼，在岸边依然活蹦乱跳。

安吉莱特皇家酒店的大堂冷清得就像放学后的教室。在尚未完工的巨大宫廷里，几个侍者像兔子一样跪着，几个客人悄悄走到看门人跟前，小声说了几句话，惊恐地环顾了一下空荡荡的宫廷，然后消失得无影无踪。这伙人大多数是女人，因忍受不了家里的郁闷而逃了出来，发现性虐密室要比坟墓好得多。

---

① 达特茅斯（Dartmouth）：美国马萨诸塞州东南部一城镇。

穿过黑人病房楼。病人们总是唱个没完。歌声中弥漫着在初夏之夜歌唱8月风时那种甜蜜的忧伤。欧文听出了杜夫斯那浑厚的男低音，他已在这儿住了两年了——病房的一位实习医生告诉他，杜夫斯快要死了，他在合唱团中的位置很难填补。

五、警句、妙语与笑话

一个人对另一个人说："我肯定想偷你的妞儿。"第二个人回答道："我愿意把她送给你，不过她是一窝中的一个啊。"

"D. P. [①] 伤着你了吗？""没有，不过你别提醒她。没准儿她今天还没来得及干坏事呢。"

电影院是法官去找律师征求意见的唯一法庭。

给我讲个英雄的故事，我就为你写一出悲剧。

赞加拉 [②] 说，他朝罗斯福开枪是因为他胃疼，但罗斯福的就职演说根本不如他说话富有逻辑性。

灵活机敏（朝气蓬勃）——会取悦你不该取悦、想取悦也够不着的人。

---

① D. P.：一作"药学博士（Doctor of Pharmacy）"解；二作"难民（Displaced Person）"解。此处应为前者。

② 赞加拉（Giuseppe Zangara，1900—1933）：1933年2月图谋刺杀罗斯福总统，在刺杀中，罗斯福总统受伤，但包括芝加哥市长安东·赛马克（Anton Cermak）在内的5人被刺身亡。

她的无私是通过包装精美的小包裹寄来的。

凡·高画的一幅只有一只旧鞋子的画挂在卢浮宫，那旧鞋子画的凡·高肖像画又在哪儿？

贝里·沃尔，他不敢回来。他被征入伍参加内战，但不知道内战已经结束了。

位高权重的小人追求的是乐观主义。

她害羞。她有天花。她走起路来跌跌撞撞，站都站不稳。

一个女孩子宁可要**他**的一半，也不愿要一个好腿好胳膊、头上抹满了头油的西班牙人，难道不是这样吗？生活质量太差了——宁可女人不要，也不要一个女人。

一栋已经荒废的双拼住宅只粉刷了一半，这种事儿真是悲催啊。

布赖恩对阵达罗。斯科普斯审判案中的猴子同胞。①

想方设法支撑人口不断增加的一个法国大家庭，这个大家庭将自

① 1925 年美国田纳西州颁布法令，禁止在课堂上讲授“人是从低级动物进化来的”的进化论思想。美国公民自由联盟唆使田纳西州的科学教师斯科普斯以身试法，制造了轰动整个美国乃至整个世界的历史性事件——“猴子审判案（Monkey trial）”。审判中，原告之一为布赖恩（William Jennings Bryan），被告之一为达罗（Clarence Darrow）。

己戏称为“我们的用人”。

在母亲节那天，给一位姑娘送了一束鲜花。

写作并不是因为想要说话，而是因为有话要说。

天才是将脑子里的所思所想付诸实践的能力。此外，无解。

人们呼喊道：为爱尔思帕瑟[1]找个男人，为爱尔思帕瑟找个男人。但因为爱尔思帕瑟曾经有过太多的男人，要做到这一点并不容易。恕我直言，被爱尔思帕瑟抛弃的坐骑，由她的两个姐妹骑着呢。

瑞士这个国家，刚开始一贫如洗，到后来却丰盈富足。

棉花加工厂之所以忧心忡忡，是因为非洲酋长要的是人造纤维。

开会不会产生宏伟的构想，但会让许多愚蠢的想法死亡。

你的老钩子商店。

天才在年轻时一边不停地抱怨自己的脚大，一边周游世界，但在晚年时惊喜的应该是见到傻瓜和惹人讨厌的人，脚能够抬得快。

① 爱尔思帕瑟（Elspeth）：女子教名，苏格兰语中“伊丽莎白（Elizabeth）”的变体，意为“神的选择”。

根本不存在人渴望真诚这回事儿——就像盲人渴望光明一样。

热情好客是一件美妙的事。如果别人真的需要你，即便是厨子刚刚得天花死了，他们也会招待你。

他突然在床上翻了个身，双臂搂着她的一只手臂。她的另一只手臂抚摸着他的头发。

“你真坏。”她说。

“我只是情不自禁而已。”

她默默地和他坐了半个钟头，然后换了个姿势，把手臂放在他头下。她屈身伏在他身上，亲吻他的眉毛。（见《两个错误》）

如果有一个公园穿越两排脏兮兮的树木，明目张胆地途经女厕所，那么，在这种公园里的步道无疑会被称为“情人小径”。

妇科医生在寻找自己的家谱。

女人们打算只用碎砖建。

名叫维克多[①]的男人败于害羞。

名叫格蕾丝[②]的姑娘败于笨拙。

名叫厄尔和塞西尔[③]的驾驶员败于高贵。

---

①②③ 此处的名字均有隐喻，其中“维克多”（Victor）意为“胜利者”，“格蕾丝”（Grace）意为“优雅”，“厄尔”（Earl）和“塞西尔”（Cecil）意为“出身高贵”。

有些女人会心甘情愿地跟一个男人饿死在阁楼上，她就是这样的女人。

比阿特丽斯·莉莉[①]以《朝着鼓声前进》颠覆了大英帝国。

门肯在很大程度上原谅了天主教会——没准儿是因为教会有一个禁书目录吧。

所有的人物都在第一幕中自相残杀了，因为我实在找不到什么冷硬的话题让他们说。

人们认为儿童应该可爱，因为儿童有幼儿园，而哈罗德·劳埃德[②]家族就有一个这样的幼儿园。

他们钱多。（欧内斯特的俏皮话。）[③]

如果她像婊子一样怂恿世上的每个人都那么做，那她就是一个忠诚的、直率的人。

在政治家的眼里——学龄儿童都知道，热气会上升到最高层。

自杀，妻子来到古巴。

---

① 比阿特丽斯·莉莉（Beatrice Lillie，1894—1989）：英国著名女喜剧演员。

② 哈罗德·劳埃德（Harold Lloyds，1893—1971）：美国电影演员和制片人，其出演或制作的无声喜剧电影最具影响力。

③ 菲茨杰拉德曾说过："富人跟我们不一样。"海明威答道："没错，他们钱多。"

处女秀：第一次看到一个年轻女子在大庭广众之下喝醉了。

他自言自语地重复着一句法国古语：他造就了那个早晨。

卧廊就是墙上没有挂画的密室。它至少应该有扇窗吧。

忘记意味着原谅。

如果你所有的衣服都一样破，就说明你外出的次数太多了。

现在美国的女演员都把欧洲的女修道院当成女马尔登[①]了。

这哥们儿在《罗密欧与朱丽叶》中饰演军曹库特。

3个人最好称之为“基督的指甲”。

那50年，中西部的女人没厕所可上，种族的精神之胃就这样给糟蹋了。

要想发动革命，就必须在共产党内部想办法。

人人都要当耶稣，而我只想当上帝，因为上帝的活儿更好干。

---

① 马尔登（Muldoon）：爱尔兰的一个世家，现在喻为“世界各地移民的后裔”。

对绝大多数女性来说，艺术是耻辱的一种形态。

同时模仿 46 位总统。

“他是哪种人呢?”
“哦，他是那种一进门就让女人内疚的男人。”

长大成人，绝不是一件容易的事。跳过成长期，只是从一个童年进入另一个童年，要相对容易些。

营养专家：过去几年，他们取得了很大进步。他们清楚地知道，一定剂量的水银氯化物或者砒霜就能把人杀死。食物必须要吃才行，而不能以空气的形态摄入或听着收音机摄入。

Honisoit qui Malibu.①

训练有素的护士们吃饭的样子，简直就像食物不是她们自己的，而是租来的。

她将悲观存放在阳光房里。

根本没有老来雅这回事儿。

---

① 这是挂在菲茨杰拉德住处的牌子上的一句话。这句法语可能是戏仿英国盾徽上的一句格言“心怀邪念者可耻”(Honi soit qui mal y pense)。

精力充沛，不仅表现在能够持之以恒，而且表现在能够从头再来。

借出去的钱装进了借钱人的腰包说明了什么？主动还钱的人说：“不过，我不愿意拿你的钱”，它又说明了什么？一个人千恩万谢地接受还钱又说明了什么？

一切都凭经验学习的人，肯定是肤浅的。

有个人的标本在去看医生的路上被劫了。

我们能够给人们的、让**我们**说话的最大诱惑就是大声对他们说：“说呀。”

这不是南方。这是我们国家的中心，我们只有一半时间讲礼数。

我正在像轨枕一样受生活危机的煎熬。

致埃丝特·M：为了怀念旧时的友谊和日积月累、满是泥淖、没完没了的争吵。

杰伊·奥布赖恩①夫妇就像人口的中心一样到处搬家。

① 杰伊·奥布赖恩（Jay O'Brien，1883—1940）：美国二十世纪二十年代末、三十年代初的雪橇运动员，曾于 1932 年纽约冬奥会获得两枚奖牌（其中一枚金牌），1928 年圣莫里茨冬奥会获得一枚银牌。

“我不能付你很多钱，”编辑对作者说，“不过，我可以把你好好宣传一下。”

“我不能付你很多钱，”广告商对编辑说，“不过，我可以把你的广告做得漂亮一点。”

他买领带时，不得不问，喝了杜松子酒之后，领带会不会跑。

非常糟糕的笑话应该叫做“雇主的笑话”或者“债主的笑话”。听者不得不笑，所以，把一个精彩的故事讲给他听似乎是一种浪费。

吻起源于第一只雄性爬行动物舔第一只雌性爬行动物，雄性用一种微妙、恭维的方式表示，雌性就像雄性头一天晚上当做晚餐吃掉的小爬行动物一样肉乎乎的。

你在思考如何实现 J. P. 摩根和皇后区大桥[①]的大合并。

提防他，他会把自己的最后一个苏[②]送给大街上的乞丐。他也会把最后一个苏送给你，但这是你无论如何也接受不了的。

时尚的祝福：想想看，除了波波头以外，有多少“飞女郎”本应像紫质病一样被消灭。

不要因为你能让许多中学生穿上运动服，能让他们为新闻纪录片

---

① 皇后区大桥（Queensboro Bridge）：也称第 59 街大桥，是一座横跨纽约东河流域的悬臂桥梁，1909 年竣工。它经过罗斯福岛，连接曼哈顿皇后区附近的长岛市。

② 苏（sou）：昔日法国的一种铜币，意为“无价值之物”。

拼写出“香蕉”，就认为这是一个名副其实的国家。

我过去总是鞭策你，让你达到一种适度紧张的兴奋，而这种兴奋与悟性有异曲同工之妙。

写作越来越难了，因为，现在已没有了我小时候的那种天气，尤其是没有了男人和女人。

六、（没有女友的）心情与情感

啊，放松的感觉太美妙了——感觉真美妙，根本没有像他以前所熟知的任何沉沦感。

“我有半个小时、1 个小时、2 个小时、10 个小时、100 个小时。万能的上帝啊！我甚至有时间从大厅的制冷机里喝口水。今天夜里，我可以往电话蜂音器里塞张纸，然后睡上整整 8 个小时。在明明知道办公室里每一个人这个星期、下个星期、下下个星期都能拿到薪水的情况下，我也能面对他们！”

但，最主要的是——他拥有了那半个小时。由于没人聊天，安德鲁·富尔顿开始弄出各种动静。其中一种听起来像咿咿呜呜声。这种动静虽然有那么一会儿很富有表现力，但很快就变了味。于是，他想轻轻打个哈欠，但打哈欠还不够味儿。他现在知道该怎么做了——他想喊。他想喝点什么，但没东西可喝。他想借助他在办公室的那股劲儿去乘飞机，或者把他已经亡故的父母从坟墓里唤醒，告诉他们：“你们瞧——我也能安歇啦。”

他可能会找到欣慰和苦恼，还有他想要的痴情。

会议上不时传出令人兴奋的欢笑。

“我感觉肚子里有颗炮弹。”

等什么？等他游泳离开，游进自己的苍穹，游得远到她只能看到他的羽毛在远方隐约闪现，只能清楚地听到战争的喧嚣，感受到他偶尔从太空掉落时所造成的真空。他终于带着战利品回来了，但在她看来，还有一次更漫长的等待——等待青春的结束，等待自己已风华不再。在闯过两次鬼门关之后，在她眼里，死亡和睡觉已经没什么两样了。

她表面上很可爱，但他想起他们刚结婚时她曾说过的一件可怕的事——如果他不在家，她可能会跟别的男人睡觉，这种事对她真的没什么影响，也不会让她觉得她对他不忠。想到这里，他又失眠了一个小时，但临近天亮时，他还是美美地睡了一小觉。

涉足这个行业完全是靠运气，他认识一些赌台管理员，在那家大赌场里大肆敛财。他还知道，这给欧洲人留下了深刻印象，与摩天大楼和缺乏人类节奏或运动的东西给他们留下了深刻印象一样。他们把节奏抛在了脑后，而他想要的正是这种节奏。他厌倦了自己的节奏和好莱坞人的节奏。他想窥视别人的更多秘密，而不必掩盖吸食吗啡的癖好。

两个梦：（1）跟霍华德·加里什和众多泳装美人去佛罗里达旅行。睡眼蒙眬地站在船头和海滩上，姑娘们在跳舞。一个人穿着像滑雪板一样的冰鞋。像瑞士一样，远处有城堡和宫殿。马术师在海上驰骋，大货车在沙滩上飞奔，马术师上了岸，主教上厕所时摔倒了，马救了他。我的房间，西装和领带，风景，天穹下穿着卡其布军装的士兵汗流浃背，现在出色的船工是汤姆·泰勒。我买了领带，在陌生的房间醒了。无意中碰到了母亲，对我唠叨个没完。我没好气地说了一通。

（2）黑人窃贼。在旅馆里找到了一些衣服——内衣、外套。我找到了笔记本，埃希纳尔饭店的门牌，我的控告状。

到了第二天早晨，她才意识到，她是唯一在意的人，唯一有时间和青春去追求非常在意的人。万幸的是，她舅妈和表哥们对死亡都已经麻木了——哥哥已经回西弗吉尼亚照料妻儿去了，就剩下她和父亲。自从葬礼因为她推迟之后，别人也就看她的脸色来表达自己的悲伤了。他们属于那种形容枯瘦、疲惫不堪的盎格鲁-撒克逊血统，他们生命力中保留下来的所有品质，似乎都通过某种特别神秘的精馏法流进了她的血液。他们主要对她感兴趣，他们想知道 ××× 王子的事是否属实，真是胆大包天。

奴隶们可能喜爱套在自己身上的枷锁，但受奴役的并都不是奴隶。围绕在我们周围坚实无比的墙正在分崩离析——周一早晨就有人交头接耳，说校园里正流行麻疹；还有人说，主管伙食的官员带着伙食费逃之夭夭了；还有谣传说，楼层经理得了阑尾炎，两周内不会回到镇上来，面对此种威胁是何等快乐！“砸了它！拆了它！”无裤党[1]喊道，我的嗓门明显高过其他人。明天就穿上囚衣，缺吃少喝了，不

---

① 无裤党（sans-culottes）：culottes 一词指十八世纪法国大革命时期贵族和资产阶级穿的一种丝质时尚齐膝短裤。“无裤党”主要指身着长裤的工人和农民，他们因不满“旧制度”的压迫，奋而拿起武器参加革命，构成了法国大革命的主要动力。

过，看在上帝的分上，今天我们就尽情发泄吧。

受够了——他想再一次打发无聊，从人类伟大的气态世界中送去一滴真材实料，再也不想浪费自己宝贵的时间，去观察虚无，虚无的虚无。

到头来，她还是孤身一人。多年来，留下同她一起游荡的，连个鬼都没有。她可能会力所能及地伸出双臂，伸向黑夜，而不必担心手臂会碰到令人愉悦的布。

喜欢疲惫不堪的男人。

感觉被环境折腾得完全绝望，一败涂地，活不了多久了。

她想爬进他的口袋里，此后便永远安全了。

她面对的是骇人听闻的现实。她永远不会爱他，只要他有一口气，就不会爱他。他好像在指责她的反应太消极，只要这股潮流还在涌动，她就别无选择。她心潮澎湃，思绪又回到几分钟前，那会儿的这个世界既充满了悲剧，又充满了荣光，不过那一刻已不复存在。他还活着，就在她听到他的脚步声追上来的时候，她思绪的翅膀正准备振翼扬翚呢。

七、描写女子

有那么一会儿，她的微笑转而落到卢身上，接着朝旁边望了望，就像担心手电筒的光会闪到他的眼似的。

她曾是个皮肤黝黑的巩特尔[①]——黝黑、靓丽、有进取心。

他以前没有意识到那种光鲜亮丽能一直维持到二十多岁。

然而，她脸颊上明亮的小酒窝，须德海[②]般湛蓝的双眼，宽阔的前额上编着玉米穗式的小辫儿，都表明了她血统的纯正。她曾是校花。

她的美犹如开在一根结实枝头上的一朵鲜花，端庄稳健；她的声音冷静而沉着，听不出沉溺于他感情之中的任性。

她还不到 18 岁——一颗小小的黑珍珠，浅黑色的皮肤之下闪烁着水晶般的光泽，胜过了金发女郎的靓丽。

贝姬芳龄 19，一位迷人的小美人，脑袋与身体的比例刚刚好，就好像它们是分开打造之后再极其精确地拼装起来的。她的身材强壮得像运动员，曲线、阴影以及鲜亮的色彩组成了她明亮、快乐的头部轮廓，伴随着最后充满活力的摇动——最终带来性感视觉效果的元素——让陌生人盯着她看。（先是从远处打量如此漂亮的美人儿，过了一会儿，看着她开始走动起来；接着，注视着这个美人儿一点点消失在视线当中，就像是看到一尊装有纸娃娃般脆弱关节的可爱塑像突

---

① 巩特尔（Gunther）：公元五世纪初富有传奇色彩的勃艮第国王的德语称呼。

② 须德海（Zuyderzee）：原北海的海湾，位于荷兰西北部。

然开始走起路来一样让人兴奋，这样的体验谁没有过？）贝姬的美正好相反，她的面部肌肉做出各种表情：可爱的笑容、皱眉，以及鄙视、喜悦和鼓舞的神情。无论她想如何表达，她的美总是恰到好处，鲜活生动。

任何人看到她，看到她的嘴，都想走上前去亲一下，看到她的头，就仿佛在审视油画中没被注意到的一个小角落，但是艳丽非常的一处细节。这不仅是形式上的美，而且是欣赏之人独特的发现，它会唤起每个男人心中形成他第一个美人印象的梦中之人——母亲、护士、早已失联的孩提时代的心上人——只要看上她一眼，任何人都会为她最后的话奉上一份浓汤。

她是一株成熟的玉米，但包装又不像其他谷物，而像稀有的初版作品。她可爱、高贵，年方 19。

一件漂亮的裙子，剪裁得轻柔而高雅，呈现坚硬明亮的金属粉蓝色。

一位精致、浪漫的小芭蕾舞演员。

他想象凯和亚瑟·布施在下午一起前行。凯会频频地哭闹，这起初的情形看来对他们很残酷，有点意想不到。但柔和的夜色会把他们聚拢在一起。他们会不可避免地面对面相向，而他会逐渐站到外边敌人的立场上。

她的脸先是冻得通红，跳了一会儿舞后暖和起来。她的脸透着可爱、雅致的粉红色，就像是一片康乃馨，错落有致，从鼻子白色部分一直开到她脸颊的高处。当她走近他时，吐气若兰，呼吸间充盈着青春与渴望，让人兴奋不已。

汽车里的亲密空间将他们拉近，车的四壁包围着他们，朝着新的历险之旅飞奔而去。

美居然到了这种程度：美本身就有成长的秘密，好像要永远生长下去似的。

她的身材一定特匀称，有人说，她看上去裙子里面一定什么也没穿，但这是不可能的。

她阳光般温暖的秀发中未连在一起的几缕吹到后面，轻抚他的耳垂，似乎表明她在洗耳恭听。

一位做事果断的方下巴女子，还有她那白白胖胖的手臂和白色的裙子让巴兹尔想起了家中院子里晾挂的衣服间吹起的花边裤子。

他看出她在说谎，不过，这样的撒谎是需要勇气的。他们都发自内心地说话——对这个不以精确著称的器官来说，一半是真话，一半是回避。

“我看上去像个‘蛇蝎美人’。”

除了美的程度不同，漂亮姑娘的美没有什么差别。

化装舞会的不真实性是显而易见的。

人们称之为“死亡之光”。她是一位怪异的小美人，长着一张骷髅似的脸，头发是天然的金绿色——就是日落时分铜像的发色。

他在走廊上休息了一会儿——将目光停在一轮低沉弯月映衬下的大金银花上——然后，他走下台阶，心不在焉地瞥了一眼在月光下沉睡的蔓生植物。

她是外地来的姑娘，她睡得很沉，从她微微抬起的额头，你可以看到她梦到的地方。他轻轻拍打着她眉宇间的皱纹，顷刻间，女人眉宇间的仙境不见了。

他金黄色的鬓发轻拂着她的脸颊，一根细长的金色线头触到了他的眼角。

她穿着一件普通的洗碗小围裙。

她个子不高，走起路来蹦蹦跳跳的，这种举止如果说少些优雅的话，那就只能算是活力四射了。

她的樱桃小口一抿，露出妩媚的微笑。

女子独自一人坐在小船上准备干什么——钓鱼？

姑娘徜徉在粉红色的天空下，等待什么事情的发生。树上有一些奇怪的线条，一些奇怪的小虫子，一些奇怪的小动物开始在夜晚叫唤起来。

她觉得那些是青蛙，哦，不是，是“可利翁”——英语怎么说来着？——它们是池塘里跳上岸的蟋蟀。——不是小燕子，就是蝙蝠，她想。接着是各种各样的树——然后又回到爱情，以及诸如此类的实际问题。再回到不同的树木和影子、天空和噪音——比如汽车喇叭以及费城公路边狗的狂吠声……

一张略带男子汉气质的脸，戴着一顶惊艳的贝尔萨格里帽，飘逸地来到这个世界。她们在酒店下榻后，她出现在一大堆女人和姑娘的视线之下，引起了一阵好奇的赞叹声。她们是挤在路边专门等着看她一眼的。比尔意识到，她的地位，她的成就，虽然是短暂和意外，但既不是微不足道，也不是继承来的。她是一种日久天长的美人，是数以百万计香消玉殒生命的化身。这种美给人印象深刻，让人惊叹不已，近乎高贵华丽。

半小时后，坐在离裁判台几尺远的地方，他看见一群姑娘 3 人一组向裁判台走去，而一个姑娘则离群索居——她身穿白色晚礼服，头发呈金红色，金发下的面孔透着勇气，同时又让人生怜，好像这拥挤大厅中的每双眼睛都聚焦在这激动人心的活动上，聚焦在她最朦胧的勇气上。

女人的角色只有一个——自己的魅力——其余的都是模仿秀。

如果你总让人们的血待在他们的头里，那它一定流不到做爱时需要它的地方。

男人所熟识的女人身上各种富有魅力的矫情造就了男人。

她说："这是我学习的机会。"说这话时的神气表明，女人的自大心理开始作怪了。

她的眉间出现了一根头发粗细的阴影，这说明她在皱眉了。

"流浪者队伍"里有个14岁的小仙女。

她身穿蓝色大月亮图案的和服，坐在枕头堆里，对着放大镜在抹口红。

他曾把她当作一个气泡，而且还告诉过她——一个闪光的棕色肥皂泡，精美的薄膜包裹着斑斓的彩虹。说到这儿，他戛然而止，但他也意识到阳光将她清澈溪水般的头发染成了金色，意识到她黄褐色的皮肤——见鬼！他干吗要想这个！

她芳龄18，皮肤就像意大利颓废派画家画在角落里的天使，世界上所有的希望都在她灰色的双眸中闪烁。

无论她走到哪儿，那地方都会变得既美丽又销魂，但巴兹尔他并不这么看，他认为美丽与销魂是那个地方本来就有的，而且在以后的很长时间里，一条普通的街道或者一个城市的名字都会发出一种独特的光，发出持久的声音，刺激着他的灵魂，给他带来愉悦。只不过她的出现吸引他的注意力，使他没有去留意他身边的环境而已。虽说没有她的存在，这些东西并没有消失，但还是让他穿过自己经常光顾却熟视无睹的房间和花园，搜寻她的踪迹。

玻璃门像落地窗一样装有铰链，把他们围了起来。天气炎热，再走过 3 个房间，他又看到两个人——一位姑娘和她的弟弟，米尼说——他们一边走动，一边无声地打着手势，就像桌上瓶里的纸花，在这些小小暖房里看起来一点也不真实。巴兹尔紧张地走来走去。

两个人都火急火燎；轮船和船上的人都已经走远，消失在黑夜之中了。

他们说的是什么？你听到了吗？你还记得吗？

她是一团脆弱、燃烧的火焰，虽然无色但新鲜。她的笑容刚开始来得很慢，又羞涩又大胆，仿佛那小小身体所承载的所有生命都在一瞬间聚集到嘴上，而其余的部分只是一只毛掸，一阵微风都能把它吹走。她是个又丑又怪的婴儿，双唇是她唯一接触现实的物件儿。

她走上前去，拉住他的手，似乎要走进他的怀抱中。

她鼻子的斜影投在脸颊上，眼睛中闪现出朦胧的火光。

在战争残酷而又昏暗的背景下，梅苍白的面容、干裂的双唇慢慢退去，最后消失得无影无踪。

铜绿色的眼睛，比周围的棕绿色树叶还要绿。

她侧身朝他微微一笑，露出她的半边脸，犹如一面白色的小峭壁。

紧张不安的约翰娜支支吾吾地道了歉。内尔跳起来，突然来到窗口，一阵疾风吹过，一道金色的闪电闪过之后，叶影婆娑。约翰娜虽然诚惶诚恐，但仍注意到，她搬来时也心怀女人对整个未来的梦想。这个梦想她从过去一直带到现在，就好像这个梦想是她举手投足间无比珍贵的秘密武器。

一位姑娘能发出泪痕斑斑的电报。

小姐很恼火，她的个性太强，这一点从她眼神就可以看出。她是位黑黑的漂亮姑娘，身材比她希望的要成熟得早，她才 18 岁吧。

哈利·布什米尔年轻、活泼、敏捷，留着年轻人的短发，眉骨像婴儿一样略微突起。

一位金色和乳白色混搭的小美人坐在那儿，她有一双黑黝黝的眼睛，笑起来像孩子一样撩人，仿佛这个世界上所有的青春都已逝去一样。

他俯身吻了吻她留着发辫的前额。

海伦·埃弗里说完话后，她的声音和低垂的双眸就像刻意控制的一样，让他着迷。他感到他们俩都在忍耐着什么，两人都对人和人生的秘密一知半解。他觉得，如果他们都朝对方冲过去，肯定会有一场强度难以想象的罗曼蒂克式交流。两周来，萦绕着他的正是这种希冀，但这种希冀现在越来越渺茫了。

黛娜站在大门口，身后是淡淡的光，她本人就是花园最后的前哨，是花园里最有代表性的花朵。

洛拉·希斯比这辈子从未破坏过铁路。不过，她年仅 16 岁。只要看她一眼，你就知道，现在她搞破坏的年龄段随时随地可能到来。

他用手臂夹住她的脸，盯着看。她长得像凯·菲力普斯，或者说她俩同属一个类型。硬硬的小下巴，小鼻子，苍白而紧绷的脸蛋儿——就像为了饰演失足女、患结核病的女人而专门化妆的一样：既要有造型，又要有阴影，这样才能让脸蛋儿形象鲜活，轮廓清晰。此外，黛娜天生就结实丰满、棱角分明——不过，凯棱角分明的线条则只有美学上的欣赏价值。

你的双眸总是像发烧似的闪着亮光。

在姑娘散发的芳香半径中穿过。

在接下来的一瞬间，他们深深陷入甜蜜的黑暗里，深到使他们比黑暗还要黑暗，以至于有那么一会儿，他们比黑暗的树林还要黑暗——黑暗到当她试图抬头看他时，她只能看到他身后宇宙的狂浪。她说道："是的，八成我也爱你。"

丰收美少女。

她是让炉火熊熊燃烧的火舌。

“有时我愿从远处看着你，像金色战车一样前行”。此番赞美后20分钟，阿莉达开始觉得自己特别有魅力。虽然很累，但很快乐，最后说道：“好吧，如果你愿意，可以吻我，但你吻我并没有什么实际意义。我没有那种心情。”

长长的白手套从她的小臂垂下。

她的目光友善而饶有兴趣地投向比尔，然后就在汽车疾驰而去之前，她的眼睛还干了点儿别的事儿——她先是眯起来一点儿，然后再睁大，通过做这样的表示，承认他们之间独特的关系。“我明白你的心思，”眼睛似乎在说话，“你已经流露出来了，凡事皆有可能。”

埃米莉25岁，随时在自己身边留有空间，以便让他走过来，享受二人世界。

在卡罗斯·莫罗斯身旁，她就是一捆毛皮。他看到卡罗斯先是用手臂搂住她，然后两人变成一大团毛皮。

他一只手拉一个，就像音乐喜剧中的人物一样，亲吻她们脸上的胭脂。

她低声向他随意示好，但这种示好本身并没有感情色彩。

听诺拉说她从不往后看，真是太好了。

一个女子开怀大笑时，就像一个孩子——只有一个音节，充满期待与赞许，犹如公鸡快乐地报晓和引吭高歌。

她抱着它走到摇椅旁，坐下后便很快像晕船一样摇动晃起来，觉得这样太舒服了。

她的声音似乎在发完辅音后犹豫起来，然后发出洪亮、清楚的元音——a、o 以及欢快的 i：音在空中回荡。

她的头发柔软如丝，略呈卷曲。她的头发是硬硬的绒发，她的头发是潮湿、铿亮、浓密的河岸。她的头发既不属于此类，也不属于彼类。头发就是头发而已。

她的嘴是与众不同的，与别人完全相背的，不可调和的——而且一直如此。她的嘴既不属于此类，也不属于彼类。嘴就是嘴而已。

说到她的鼻子、眼睛、腿，也无不如此。

她的双眸总是射出乳白色的冷光，唇上总是发出湿润的胭脂红光。

此时此刻，格丽塞尔达异常平静，就像一个女人在男人身上完成了她本能的角色，正把问题交给男人时所有的那种感觉。

她漂亮的散发。

在湖里泡了一下，她感觉非常爽快。她摸了摸贴在身上的粉红色裙子，就像粉红色苏打水起着泡泡。一阵风吹来，一切都是那么清新。如果罗杰露面，她一定让他为自己过去24小时的自以为是追悔莫及。

他曾爱过一个长蛀牙的女孩，每次看到让她情绪波动的事情——无论是笑还是哭——她都会将上唇往下抿，笑时会轻微地低着头——确保蛀牙没有暴露在外，然后才开始逐渐笑开并将蛀牙暴露出来。这种举止，他已经习以为常了。

××× 是欢快、勇敢、令人兴奋的。“系好安全带，亲爱的，我们出发吧，无论是天涯海角！”有时候，女人们的无所畏惧让我震惊，像 ×××、×××、××× 一样不计后果。无论如何，部分是因为她们3个都是被宠坏了的孩子，从没感受到肩上承受的经济负担。这种不顾后果的态度的确让人兴奋。无论如何，我不得不打破原来的平衡，来寻求一种新的平衡，再变身成为一个小心翼翼的小资。想想 ×××，她是位牧师的女儿——跟别人一样，同样会失去一切，经济上一无所获。她也是那种不计后果的态度。在很大程度上，这是一个年龄和时间的问题……

××× 看上去就像一件小饰物。

狂欢节的一些印象。是什么让人们穿行整个火车车厢才下车；男孩子们在车站上砸行李；车站两边高高的雪堆；车窗里姑娘的脸幽灵般地掠过那些接站的人；他在人群中因为看到她高兴地叫了起来，就像是最后一位接站的人终于看到了要接的女朋友一样；黑暗中，几个身影经过兄弟会朝嘉年华赶去。嘉年华人气不足，但还是选出了嘉年华皇后。姑娘们是怎么来到这儿的呢——有些一定是偶然或者至少是被强拉硬拽弄来的，或是压根儿就选错了——她们根本不是这地方前20名最漂亮的女子。漂亮女子八成都躲起来了。

一位年轻女子走出电梯，摇摇晃晃、神色不安地穿过大厅。

梅隆·塞尔兹尼克①说："太漂亮了——这种像婴儿一样肥肥短短的样子，她会丢掉的吧。"

乞丐的嘴是不会白张的。

×××仍然是"飞女郎"。时尚、名声、举止、习惯以及道德变化，但在×××眼里，时间仍然是1920年。这让我担心，因为，毫无疑问，她原本将自己融入我的某种不成熟和不成功的作品之中，所以我特别迁就×××，就像一个军人在服役中弄丢了一只胳膊或一条腿一样。

她是一枚熟透了的葡萄，只要晃一晃葡萄藤，随时就能落下来。

阳光躲躲闪闪地穿过明亮的红枫落到她的秀发上，赤褐色的树叶弯腰对年轻人说："瞧，在她的脸颊和红褐色秀发旁我们一无

---

① 梅隆·塞尔兹尼克（Myron Selznick，1898—1944）：美国著名的电影制片商。

是处。”

如果有位姑娘去整理你的领带，就说明她具备母性的品质。

一位姑娘认为，整件事被大大高估了。

那位姑娘，她陷入困境了。

给美添加任何东西都会付出代价——也就是说，作为替代品传递出去的品质，如果依附于美貌，就会成为累赘。

车上的姑娘们欢歌笑语，她们兴奋的谈话声像烟雾一样弥漫在潮湿而富有弹性的空气中。

女人就是这么脆弱。有时候，就算你为她们做点什么，也于事无补。

你的声音可爱又可怜，结结巴巴地逐渐增强。

×××见到人，就会走到跟前，直勾勾地盯着对方的眼睛，那样子就像要亲对方的嘴，或者干脆从对方的身体中穿过去一样——然后停下脚步，带着一种让对方放松警惕的口气说声“你好”。这种方式是她最接近珊尔达个性的地方，但珊尔达的个性总是让人大跌眼镜。

她亲吻了他好几次，然后又亲他的唇。在她靠近他时，她的脸渐渐变大，她的双手抓住他的肩膀，可他仍垂着双臂，无动于衷。

在为数不多的家庭当中，早晨一般都是一位年轻貌美的女佣清扫沿街最大房子的台阶。她是一个身材高大而又纯朴的墨西哥姑娘，此时此地怀着纯朴而远大的理想。她熟知享受奢华是什么感觉——她每月挣一百美元，以换取个人的自由。

是谁每时每刻都跟卡罗斯·莫罗斯跳着舞步，迈向青春的西班牙美梦呢?

听到（她）沙哑的笑声，他的胃都凝固了。

约瑟芬那可爱的脸上展露出把孩子们领出熊熊燃烧的孤儿院后才有的表情。

她很佩服他，过去总是他鼓掌，她就跟着鼓掌；他唉声叹气，她也跟着唉声叹气。

她穿了件蓝色的中国丝裙，裙子上点缀着柔软的棕色树叶，而这也是她双眸的颜色。

相反，她总是给予他爱的鼓励，让他感受到爱的柔情蜜意，把他从遥远的特立独行中拉了回来。

那是一个丰收的夜晚，天光明亮得可以看书。约瑟芬坐在走廊的台阶上，聆听不眠的小鸟在扑腾，厨房里最后一只盘子的咔嗒声，还有芝加哥到密尔沃基[1]的火车发出的凄惨汽笛声。

她看透了他内心深处的伤痕，她的心在颤抖，但嘴唇上和双眸中却没有表现出来。

从某种意义上说，他们的心已经触及巴黎的两英尺阳光。

在最后几个令人伤感的月份里，一个令人绝望的下午，在第 48 大街的一家地下酒吧里。

松脆的黄头发。

一个女子穿着一件鲜亮的红裙子，弧光灯下，一条狗友好地朝她扑了过来。

她的脸就是她的肉身与剪影的反差：她的肉身正看着远方，而她的剪影则是从某个角度看到的轮廓，某种成形的东西——白皙、斯文、不修边幅——这是天命，战争初期留下的一点伤痕，同时又被白人老掉牙的信仰所困扰……双眸蓝得像磷光大理石，蓝得像脸上刚刚干了的粉一样没有一点儿生气。

她眼中隐约闪烁的白光划破天穹，犹如钻石划碎玻璃，让光线穿过他从未见过的一道更白的光一样，照在一张漂亮、凝重、惊恐的大嘴上。

---

① 密尔沃基（Milwaukee）：美国威斯康星州最大的城市。

最后一次看着她那双冰冷而又神秘的眼睛。

把一缕凌乱的头发从她眼前拨开。

突然，他们像孩子一样一起摇晃起来。

梅·普尔雷的睫毛并非不情愿地眨动，把年轻人融进了她现在的梦想中。

几年来，布普丝是不是该有个鼻子，一直就是个大问题。她那双黑色的大眼睛（眼睛的下边呈弧形，形成了两个半月，似乎在告诉别人后面还藏着半个人）之间有个像纽扣一样的东西。可是，到了11岁那年，这颗纽扣还没有要长全的意思，看去上还是那么不起眼。一到冬天，这颗纽扣动不动就呜呜哝哝，汩汩有声，嗞吸作响，搞得大人们都快疯了。每当这时候，大人们总会说：“往外擤！”

他把电线递给她，在时空边缘上有一根横杆，横杆的头上有一株白玫瑰无缘无故地怒放，看上去就像一棵刚刚创造出来的树。

她不顾一切地去适应，不顾一切地去体贴。

她的脸蛋呈心形，再加上蜜色后翘的发型，让她的两圈太阳穴更显得可爱了。

她是能产生共鸣、闪闪发光的键盘。

他理了理她朴素的棕发，心里非常清楚，她是不会对他施展黑暗魔法的。没有她，他连六个小时也活不下去。

她那幼稚的美是对财富和妙龄心怀渴望，同时又深感痛切。

这一点很像开拓西部的铁路大王将他们的女佣心肝儿送去修道院，为的是帮她们找个好归宿一样。

巴兹尔身穿粉红色丝裙，在舞厅里一边跳舞，一边心怦怦直跳。

八、描述（自然）人

5 年间，他们开着敞篷汽车，头顶骄阳，长发飘飘，四处兜风。他们向认识的人招手，但很少停下来询问方向，或者检查油量，因为每天清晨都是一个崭新而又灿烂的地平线，他们一定会在黄昏时找到对方，这让他们很高兴。他们总是要么差点儿就撞车，要么差点儿掉下悬崖，要么听到报警声后来个急刹车，在地上留下深深的刹车印。朋友们已经厌倦了这种险些撞车的行径，不过，后来慢慢搞懂了，他们一直就是这样，迈克尔的主意一直是花样百出，阿曼达的秀发一直光彩照人。我们几乎能说出，汽车在哪一天发出爆响声后开始慢下来；在哪一刻发现他们坐在华盛顿的一家水上海鲜餐厅里；在哪一刻迈克尔一边拆信一边将自己的长腿伸到桌下面当作脚凳，好让阿曼达放拖鞋。时间才 5 月份，他们的肤色已经是油光发亮的亮棕色了。虽然他们穿衣不多，但总体看来，衣服就像冬季巡游的广告牌一样，是粉红色系的。

单细胞儿童的效应——短裙。

科德尔·赫尔[①]——唐老鸭的眼睛?

他35岁就有白头发了，但大家说这很正常——这会让他更帅，他并不怎么在意，尽管他们家并没有少白头的遗传基因。

最后，吉尔带着满腔的愤恨和困惑离开了人世，卡斯·厄斯金关上了自家的房门，辞掉了工作，搭乘一艘小船周游世界去了，最远跑到了康斯坦丁堡。之后，再没有向前走，因为他和吉尔曾到过希腊，地中海有大量关于她的记忆。他返了回来，在太平洋岛国徘徊了一阵子之后，揣着对未来岁月诚惶诚恐的心情回到家里。

有魅力的人，要么都是匆匆忙忙上车，要么是像雕塑一样站着一动不动，要么总是神龙见首不见尾。

看 ××× 的表情，那样子就好像你要不搞点什么好玩的动静，他就待不下去了——就连我点汤的时候，也不例外。

他的行为举止完全是女孩子的那一套，既有从（×××）姑娘那儿学来的些许温柔体贴，又有压抑、做作的男子汉性格，这种远非娘娘腔的性格赋予了他一种奥林匹亚的精神特质，而这种特质，就亲和

---

① 科德尔·赫尔（Cordell Hull，1871—1955）：二战时期美国罗斯福政府的国务卿（1933—1944），是迄今为止在任时间最长的美国国务卿。赫尔因其在组建联合国中发挥了巨大作用而获得1945年诺贝尔和平奖，被罗斯福总统誉为“联合国之父”。

与体贴而言，既有男子汉气概，又有女性柔情的一面。

索尔顿维尔船长——他左鬓的头发在飞扬。

不论是好还是坏，未成熟的青春期已经越来越短，年轻人似乎完全避开了这一阶段，因为他说起话来，口气既不轻浮，也不忸怩作态。

欧内斯特——直到我们开始脚蹬防滑鞋从对方身上踏过去为止。

虽然他的脸像画布一样扁平，但他的体形还是非常好的。

××× 博士讲述世界皇帝的故事。

马克思·伊斯门——像所有走路摇摆的人一样，好像有什么秘密。

浪漫主义的实质是一种对极度孤独所怀有的幼稚而又返祖的恐惧——这才是真正的恐惧。

透过薄雾拍照。

因为女人无所事事，才去看看书，赏赏画。之后，她们便对你说，她们比你强多了，为了证明这一点，她们往往会一意孤行、我行我素，敏感得像匹拉消防车的马一样。

在罗马，有个长头皮屑的美眉。

一副滑稽的长下巴，上面长满了疙瘩。

一顶巴拿马帽，下面是南方人凶狠、不可战胜的眼睛。

他的心在他的胸口里天旋地转起来。

阿根廷人特有的头发油光发亮。

女子的双唇始终把龅牙遮挡起来，这反而给她增添了一种极具诱惑力的愉悦表情。

年轻人个子很高，而且出身名门。

他的旧衣服上有股淡淡的旧衣服味道。

在洛桑宫廷酒店，男孩子在为他母亲的清白辩解。他母亲跟领事的儿子睡了。

简单的模仿秀：扩张鼻孔，左右摇摇头，用鼻腔说话。

弗朗西斯的兴奋、紧张，以及他的眼神都与冷静的氛围格格不入。

他们在别人的痛苦之上安然入睡。

空气似乎将苹果白兰地的气味吹到他身上荒疏、闲置的每个部位。

虽然他那瘦长的肉身坐在浴室窗台上，但他那小小的灵魂早已迷失在宇宙中了。

年轻人长着一副克鲁马努亚人的面孔。

她没有什么路数，只是在随心所欲地发泄，剩下的就交给她那来势汹汹的生活了。只有当青春逝去，经验给了我们某种廉价的勇气时，我们大多数人才意识到事情就是这么简单。

杂货铺里出力流汗的体力活如同电影中的战争和打斗场面。

他鼓起前额的肌肉，而腿上和臂上完美的肌肉却总是安安分分地一动不动。

她的裙子把她裹起来的样子，就像一条皱巴巴的毛巾不小心没挡住她的屁股一样。

总觉得在我住的房间里有个聋哑人。

迎宾队伍——姑娘们脚尖立地旋转，男人们则一只脚换到另一只脚。和蔼可亲的男人握手的样子就像是在自由泳。

业余歌手不停地说“不记得”，真让人心烦。

一双小小的黑眼睛就像两颗纽扣一样安放在她脸上。

×××[①]，打扮得像格利佛，在脚踏车上吐了，等等，1932年。

格斯先学会了笑，不是因为他有幽默感，而是因为他懂得了笑很有趣——想想社会上的其他人——比如，姑娘懂得漂亮一样。

H. L. M[②] 捧腹大笑。

他并不是大战后经常看到的身穿礼服、给人深刻印象的那种百万富翁。他是 1910 年的那种类型——亨利八世和“我们的琼斯先生周五将到明尼苏达”兼而有之的那种百万富翁。

他属于那种运气不佳的人，这种人总是为了弥补起初的胆大妄为，现在不得不放弃某种更重要的东西。

一张白皙、帅气、惊呆的面孔——一双被人遗忘和践踏的无奈双眸，一张愤怒的嘴。

她的牙齿长在嘴的前面，好像随时被娇弱地吐出来一样。

---

① 好莱坞的一位作家。[原注]
② 亨利·路易·门肯的姓名首字母缩写。

戴眼镜的阿尔洛。

南方——航空帽，南方新闻业，一张张男人的脸。

玻璃鸟眼。

一条锯齿状蓝色血管爬上了指关节脊背，然后又沿着手指散成许多小支流延伸下去。

在电影中，姑娘们被人们推来搡去。

在玫瑰色的光线下，桑顿·怀尔德就像玻璃人一样。

他穿着一件满是灰尘的紧身成品西装，一眼看上去，给人一种避之而后快的感觉，一排六颗可笑的纽扣牢牢地钉在他的身体上。

外衣袖子上也有多余的扣子，阿曼蒂斯忍不住瞅了一眼，看看裤腿上还有没有扣子。

他就像不经意地从一部描写南海的电影中逛荡出来的海边拾荒者。

年轻人长得很帅，脸上有些粉刺，双眸明亮而湛蓝，此时此刻正躺在几码远的充气袋上睡觉。这个年轻人就是她丈夫——

舞剧杂耍表演或电影里的胖女人都一边扯着嗓子没完没了地说些老掉牙的俏皮话，一边冲着他们吼。

蒸汽催开了阿奎拉的花。

犹太人已经失去了清醒的头脑，看上去就像融化了的旧蜡烛，身体仿佛随时都会摇摆一样。爱尔兰人既邋遢又肮脏，盎格鲁-撒克逊人则穿得破烂不堪。

他那温馨的长脸上看不出有什么放荡不羁的样子。

她手持权杖，头戴当地制帽师制作的小皇冠。不过，由于天气寒冷，皇冠的色泽发生了奇特的化学变化，褪成了一种不起眼的灰白色。

在影印版中，爱迪生、福特和费尔斯通[1]的画像变得既可怕又阴险。

甜蜜微笑的圆嘴巴就像大饼盘的边。

她照了张相，看上去挺吓人的，像只狨猴。

除了两只灯泡以外，其余的发出昏暗的光，正准备睡觉的旅客几乎无一例外地变成了黄脸婆。

他看到，他们设计了一个图案，脸的轮廓压着轮廓，金色和黑色的头都面对斯科菲尔德先生，笔直而又略微闲散的身体一点也不矜

---

① 费尔斯通（H. S. Firestone，1868—1938）：美国橡胶大王，橡胶和轮胎制造商。

持，而是一副惬意的样子，身穿法兰绒和安哥拉羊毛衫，手放在其他人的肩上，那样子就好像要彼此相携走进殷实的互济会。突然，为雕塑家摆好姿势的一群模特儿似乎被解散了，作品毁了，大家朝门口走去。

他那不知疲倦的躯体，无论是在体育活动中还是身处危险之中，都是从不吝惜力气的，这就注定了他会非常勇敢地做最后的冲刺。

他像轻信别人的孩子一样，倚靠在冰冷的胸脯上，顿时有一种钻石在脸上使劲儿划所带来的奇怪愉悦感。在一个比黑社会好不到哪儿去的环境中，他抱定了孩子般的幼稚态度，根本不知道要小心翼翼地照顾自己。

阿奎拉的兄弟——一个黑人小伙子，前不久取代了一位四处流浪的男仆，但在这个家他一直没有什么名分。

她的虎牙总是让她看上去既温柔羞涩，又讨人喜欢。

他就像战后的年轻人会查询“乔治·华盛顿简明商务课教程”一样，坐在桌边，开始慢慢地翻阅《成功之旅》①。

他们太穷了，根本不敢用自己的名字给孩子起名，不过他们总是用眼下有钱的资助人的名字给他们起名。

---

① 美国儿童小说家霍雷肖·阿尔杰（Horatio Alger，Jr.）的作品。

下巴就像塞满石蜡、改装过的一样摇晃着——这是一张既表达厌恶，又启发人厌恶的脸。

男人们嘴里奇形怪状地叼着烟。

一个漂亮妞儿，脖子脏兮兮的，眼睛鬼鬼祟祟的。

他是个屡教不改的手淫者，而且常常悲观厌世。不过，最后他还是挺过来了，如此等等。

请来的海因斯博士有生以来第一次面对这样的问题，因为理解不透，太阳穴上隐约挂着同情的汗珠。

那些看上去没准儿会开车的人好像不会打字，而那些看上去会打字的人又好像不会安全驾驶——这两类人的绝大多数，就算喜欢孩子，孩子也未必会做出回应。

“德国王子长着一张马脸，还有一双白眼珠。这位——”他从口袋里掏出一份乘客名单，“——要么是乔治·艾夫斯先生，要么是朱巴尔·厄尔利·罗宾斯先生和男仆，要么是约瑟夫·维德尔夫妇和六个孩子。”

一个皮肤鲜红的年轻人，身上有些白色斑痕，仿佛大冷天被人抽了一巴掌。

家人就像盘子里最后剩下的糖果。

她瘦得已经没有女孩子样了，连人样都没了——所以，只能将她当作“贵夫人”对待了。

他那被衣领遮住了的脸就像从罐头里跳出一半的哥伦比亚鲑鱼。

一个身穿蓝大衣、身材消瘦的年轻人，走起路来就像一根管子。

跑起来像个老运动员。

她让我想起了变了味儿的莫利纽克斯家族[1]裙。

他们是不是看上去像兄妹？所不同的是，她的头发黄中带红，而他的头发黄中带绿。

他在车里坐得太低，以至于他的圆头看上去就像飞机螺旋桨之间的机枪。

九、思　想

大场景中革命家的表演——“杀了我吧”，诸如此类——表现所有迄今为止一直被强调的资产阶级才能，用他的优越性麻痹他们，然后，把他们给毙了。

---

① 莫利纽克斯家族（Molyneux）：主要分布在英国兰开夏郡的名门望族，其历史可追溯到征服者威廉成为英国国王的 1066 年。

洛伊丝和熊躲在黄石公园。

关于戏剧。

个人魅力。

埃尔莎·麦克斯韦尔[①]。

伯特。

酒店。

往事——人物成熟的程度。

孩子们——他们的性以及对他人的不解。

认真工作以及涉及的人。对懒汉不再有耐心，除非戏是**谈**懒汉的。

助手：参加议员竞选的男人在履行其他职责时受了伤。他不知道妻子听信了别人的馊主意，准备代他去竞选。结果，她大出洋相，他挽救了她的面子。

家庭破碎了，结果给 3 个孩子留下了阴影。其中两个为了让全家人聚在一起毁了自己，第三个没有那么做。

一个男人破产了，由年轻的女收账员负责帮他收账。结果证明，收账员既品行端正，又很懂得账目。

---

① 埃尔莎·麦克斯韦尔（Elsa Maxwell，1883—1963）：美国八卦专栏作家、词作者、职业主持人。

×××逃离了这个家庭，发现新的家庭没什么两样。

虽然这个家已经完全离散了，但因为继承了一栋房子，所以只好一起住在那儿。

迷恋蜡仿制品的美眉。

3个人陷入绝望的三角恋中。既然不能从地理的层面上解决这个问题，那么这个问题已经很明确了，他们只能这样稀里糊涂地继续过下去了。

安德鲁·富尔顿为人随和，什么都会干，娶了一位不会表达自己想法的女子。她越来越嫉妒他的才能。一天晚上，她为青年女子联合会演奏音乐，结果演砸了，是他硬撑着挽救了演出。可是，他搞不懂她为什么因此恨他。她背地里让一个商人对她的画（设计或雕塑）产生了兴趣，于是，打算另立门户。可是，那个商人只买了一件作品。他看到其他作品后摇头了。安德鲁只用了几分钟就用油料画了样东西，那位商人顿时昂首翘尾，说道："这正是我们想要的"。于是，她火冒三丈。

葬礼：他自己的骨灰径直吹到自己的眼睛里。到了六点，一切都结束了，什么都没留下，只有一个小个子在做记号。没人要花，也没人送花。整个晚上尸体轻轻抖动，不然的话，整个场景真是静如止水。

故事讲的是，一个人想改邪归正，让人忘掉他疯狂的过去，可是无论走到哪里，人们还是用过去的眼光看他。

一棵树，为了找水，结果穿破了屋顶，解开了一个谜团。

父亲教儿子固定在一个机器上赌博，后来儿子不知不觉地在机器上把自己的女朋友给弄丢了。

一个罪犯对一个管教坦白了自己的犯罪手段，管教当晚就派上用场了。

姑娘与长颈鹿。

提线木偶在晚餐期间相遇，亲吻。

舞台上，男人跑来跑去，戏开场了。

一部戏说的是老年人——虽然经历了很多可怕的事，但他们并不在乎。

那个人扼杀了在英格兰造坦克的想法——他的来世。

戏剧：《办公室》——大繁荣时期工作之余的狂欢。

疯狂的追逐。几个濒临绝境的年轻人在坎普[1]找工作。虽然对木材一无所知，但大家都装得很懂似的。

---

① 坎普（Camp）：美国城市名。

“暴君只好让他的臣民随心所欲地过上一天。”

舞者发现她能飞。

从前，有个影业大腕儿乘坐的船在一座荒岛上触礁了，结果除了二十几盒电影胶片外，什么都没留下。

第一百次退稿单让他很恼火，于是他写了一篇特别好的短篇，悄悄寄给了20家杂志社。结果，不到半个月，小说就被20次推给公众。这个里程碑应归功于“作家联盟”。

为了打赌，开车飞越屋顶。

女子的耳朵非常敏感，可以听到无线电波。男子为了利用她，把她弄出了精神病院。

厌倦不是制成品，而是生活与艺术相对较早的阶段。在清晰的产品出现之前，你要么绕过厌倦，要么与厌倦擦肩而过，要么像经过滤网一样过滤厌倦。

一个男人不愿意去当王子，于是去了好莱坞，可是除了演王子，别的根本不会演。或者演将军——都一样。

一个女子嫁给了一个浪子，让他与世隔绝地健康生活。其间，她开始浮躁起来，结果搞得鸡犬不宁。

十、诗与歌

南方姑娘

闲坐在时光边缘，
日复一日，花朵业已打蔫，
长日漫漫，如闲散的节律，
夜色茫茫，伴月亮和苜蓿，
梦是夏日之梦，
多姿薄暮即为情人意浓——
谁为丑角？谁为优伶？
你，时光，还是茫茫人海？

你的金发是否还能照亮大地，
使盲人目眩，直至灵魂再现？
然后，你找到了想要找的，
对饥渴的双眸你能否仁慈？
支离的曲段，荣光的回忆——
说有一朵玫瑰在生长，
低声述说我们的故事。
亲吻，一条懒散的街道——还有夜晚。

致久病

我们把恋之夏藏于何处？
来吧，帮我找到它。
找啊找，空无一物，

只剩下布满灰尘的陈年旧历。
耳畔已听不到你的呼吸。
你的光芒令我失明，
犹如黑暗中，伸手不见五指。
啊！温柔，是你触摸春天，
是你赤脚的声音——
八月，要找到庄严乐曲伴我们欢歌。

我们看到漫长的普罗旺斯时光
为到终点——一起前行
穿过茫茫尘埃。
老天气、老墙根边上的小树林里，
葡萄酒虽未酿造——
可我们依然要喝。
在战斗的第一个黎明受伤的两个人，
第一个已成为永恒。
如果战争偃旗了，席卷天下了……
来吧！我们将躺在“荣军院”的树荫下，
躺在只有三叶草的草地上。

第一千零一只船

十六岁的秋季，
在凉爽的下午，
我看见海伦娜，
在白色月光下——
我听见海伦娜，

不停地打瞌睡，说：
“我知道一个快乐的地方，
无人知晓。”

她的声音答应我，
她要同我在那生活，
她会带来一切——
我不必担心：
衣服破了，
没有补补丁。
在我的故乡马里兰
明媚阳光仍然让人心胸舒畅。

我心目中的天气，
如狂野般狂野，
孩提时就想得到的
一本有趣的书；
我曾经拥有
糖果，你知道，
理智与节奏，
像水一样。

宾戈！邦戈！
会有一支管弦乐队
为我们伴奏，
伴我们跳舞。

当我们站起，
人们会拍手。
她那甜蜜的笑脸，
还有我那新衣裳。

但，不仅如此，
是她做出的承诺，
没有什么，没有什么，
会失去光泽——
秋去冬来，
没有什么会失去光泽，
没有什么会失去光泽，
根本不会失去光泽。

海伦娜走了，
嫁给了别人，
她可能已上了天堂，
或已成为另一个男子的母亲。
我没有悲伤，
可我想知道，
如果她投入别人的怀抱，
那又将给予我的承诺弃之何方？

泥 脚

明媚清晨我有时看到：
人、神和幽灵，姑娘的苗条雅姿——

随后光线增强，午时的燃烧，时光很快到来，
我看到苍白蹂躏的地方，
很久以前仰慕的荣光。——看到
犹如病人经常喝彩，
我的整个灵魂蹒跚，
他们存在的价值是否像我一样弃之远去？

人、神和幽灵，被年轻的咒骂抛弃，
你没有应答，但我听到你说：
“噢，我们是弱者。我连伪装都不会。”
——于是，我自由了！
在我心里，自由是不是重要砝码？
捣毁你的缺陷！将你给我的呵护打碎！
从大高度跌至大瑕疵吧！
不过，我必须哭泣。——我可以恨你吗？

初　恋[1]

在我的一路上，她编织着光，
编得生机勃勃，
编得温馨、美丽、敞亮……
采珍珠的渔夫潜入水中，
于是，周围颤抖的空气
给水披上金色的霓裳。

---

① 早期版本的《初恋》、《忏悔中的主教》和《走在大街上》曾被收入普林斯顿大学出版社出版的《普林斯顿诗歌集》（第 2 册，1909）。《初恋》当时的版本叫《我的初恋》。［原注］

她哭泣着恳求一吻，
我紧紧地拥着她，
深知这份记忆中，
美好又狂热的欢欣，
虽然比我大一万岁，
但仍像我一样年轻。

她曾在门外踮着脚，
长时间吻我，然后
离我而去，带走了光，
如同乐曲，慢慢消失……
我看到了婆娑的树影，
从此不再是色盲。

忏悔中的主教

宏伟的梵蒂冈耸立在夜色中，
管风琴已不再震颤我心。
伴随映入我视野的一缕彩光，
我漫步在阴森的回廊。
突然我听到帘子后面，
传来微弱的祈祷声。
我环顾四周，继而从旁边走过，看到
灯光昏暗的寂静房间里有两个人。
一位衣衫褴褛的男修士仍在半梦中，
全神贯注地斜着身子，仿佛要抓住

即将融化的最后灰色罪恶之冰。
他跪在地上，嘴里发出支吾声，
另一个双膝跪地、略显驼背的老人，
神圣的面庞上带着痛苦和悔恨。

走在大街上

死亡覆盖了月亮，长夜越来越黑，
快步走向城里，走向巨石堆，
遮暗所有目光，逗留在角落，
低语祈祷最后的灵魂安睡。

欢快业已在街道成长，路灯业已点亮，
迈着稳重的步伐迈向各个方向。
在无精打采的城市里，人们四处游荡，
窗户犹如脸色苍白的死人在咯咯作响。

耳脉在颤动，婴儿被吓醒，
给安静、漆黑的厄运一点啜泣声。
母亲的双臂轻柔地抱紧它，
对人们阴郁的行进声充耳不闻。

古老街道因逝者的脚步而苍老，
辉煌古代的车轮使它布满创伤。
新建的街道，像沙一样白；新鲜的水泥，没有生气，
处女像刚裁剪的书页般面色苍白。

黑色的马车房和小巷，鬼鬼祟祟的眼睛，无泪，
修补过的鞋，破旧的大衣，又破又脏又旧，
泥泞、蜿蜒、沧桑、令人生厌的街道，
嘴里谩骂着，迎着刺骨寒风，艰难行进。

白色小巷，粉色小巷，装点着紫玫瑰，
草坪上的舞蹈，山丘上的编织，
带着散落的笑容召唤大街上淘气的男孩，
装点着黎明会冻杀的紫玫瑰。

他们不久就会见面，在各个角落踮着脚，
在树叶遮挡的黑暗中亲吻。
林荫道、大道、马道和公园小道，
沿着街灯标明的样式延伸。

脚步突然止住！一阵喧哗，一阵奔跑！
灯光照在街角，犹如黎明的晨光。
眼下灯光变暗，周围一片静寂，
像燕子一样落在挂满露珠的草坪上。

窗　灯[①]

你是否记得，钥匙在锁中转动之前，
生活是特写而非偶尔写的信之时，

---

① 该诗发表在 1935 年 3 月 23 日《纽约客》杂志上，这首诗引自该杂志。菲茨杰拉德没有将其收在他的札记中，但表示他想修改该诗第 2 节的第 3 行。[原注]

我痛恨在岩石上跳下去裸泳，
而你无比喜欢这一场面？

你是否还记得，很多旅馆的柜子
只有三个抽屉？但唯一的麻烦
是我们每个人都至圣至洁，然后变疯，
设法把第三个给予对方。

汽车左冲右突，结果还是错了方向，
上错了阿尔卑斯山峰，地图上找不到的萨瓦河。
我们互相指责，言语野蛮、言辞激烈，
一小时过后，又开怀大笑说，这样才有滋有味。

虽然结局凄凉、冷酷，
将日历翻到六月，找到下一页的十二月。
我忧伤而又愚蠢地发现，
这是我唯一能记住的争吵。

令人悲痛的灾难

我们不想有人来访，我们说：
他们来了一坐就是数小时；
他们来时我们已经上床；
阵雨把他们困在这里；
他们来时情绪低落而无聊——
从你心的酒瓶中倒酒狂饮。
一旦喝光，一伙人又快乐地，

高声吟诵着《鲁拜集》[1] 离去。

我推诿：我在工作，我咆哮；
一副未修边幅的样子，
喝光了金酒，厨师死于天花，
说得头头是道，侃得天花乱坠。
对粗人和朋友，我同样给予
迟钝的目光，同样不耐烦的口气——
对貌美之人、理智之人、有名望之人，
我都希望与之独处。

但那些不敢闯入的
愚钝之人、沉闷之人、粗鲁之人——
喋喋不休的健谈者、孤独的灵魂、不懂装懂之人——
看到我们独处，群起攻之，
以为无声就是专注；
愤怒即是自己家庭战争的回声——
让人欣喜的是我们已不再“傲视群雄”。
——可是，好人已不再登门。

四月来信

又是四月。压路机在雨中的街道上缓慢碾过。

---

①《鲁拜集》(*Rubaiyat*)：波斯大诗人奥玛·海亚姆（Omar Khayyam）的四行诗集。“鲁拜集”也称为“柔巴依”，阿拉伯语的意思是“四行”、“四行诗”。这种古典抒情诗的基本特征是：每首四行，独立成篇，第一、二、四行押韵，第三行大抵不押韵，类似汉语的绝句。内容多感慨人生如寄、盛衰无常，以及时行乐、纵酒放歌为宽解。

电话里传来你遥远的声音。

曾几何时，我像小丑穿越铁环一样，鱼跃去接——但是。

“那么，传染的区域扩散了吗？……哦……我到底在等什么——无论如何，我曾经受过更大的打击，我**知道**，肯定发生了什么。”（犹如地狱，但这就是你对拍 X 光医生讲的话）。

后来，有一次打电话，那种耳语声现在已经非常微弱：

“有什么变化吗？”

“基本没有或没有。”

“我懂了。”

压路机在雨中的街道上碾过，

黑色的轿车在树影间闪烁，

远方传来你的声音：

“我要和女儿去乡下。我丈夫今天走了……不，他什么都不知道。”

“好。”

我自问很多情感——120 个故事。价格高的可以跟吉卜林[1]相媲美，因为有一小滴什么东西——不是血，不是泪，不是我的精液，而是比这些更亲密的我。在每一个故事里，我都有意外的收获。现在没有了，我跟你也就没什么差别。

一旦小药瓶满了——还会有别的瓶子送来。

坚持，还剩一滴……不，灯掉下就是这样。

但你在电话中的声音。假如我不这样滥用词汇，你的话或许有点意义。可 120 个故事……

---

① 吉卜林（Kipling，1865—1936）：英国小说家、诗人。主要作品有诗集《营房谣》、《七海》，小说集《生命的阻力》和动物故事《丛林之书》等。1907 年，他因“作品以观察入微、想象独特、气概雄浑、叙述卓越见长”获诺贝尔文学奖。

四月的夜晚覆盖了一切，包括一个孩子用一整盒油漆留下的紫色污点。

片　断

每次擤鼻涕，我都会想起你，
还有那发出的圆润声，
告诉我说，我说的没错——
有了啤酒和红酒，
有了格特鲁德·斯泰因①，
有了这一切，
我终于挺了过来——
因为我每次擤鼻涕……
都—会—想—起——你。

十一、人　物

一幅肖像画：她永远建不成房子。她希望走出自己那种间歇性的疯狂傲慢，到树林中闲逛，把看上去像树一样的东西统统砍掉（请看：去年16或20篇短篇故事，**所有的故事**都像普通的高中作业一样有趣，不过全都是“有才华的”）。当她走过去开垦一块空地时，那儿与她见过的空地没什么不同，所以她把那儿倒满了垃圾和废弃物，此后再羞于启齿提起那儿。在外部力量的驱使、命令和组织下，她是个

① 格特鲁德·斯泰因（Gertrude Stein，1874—1946）：旅居法国的美国女作家、艺术品收藏家，犹太人。她在巴黎创立了一个有名的沙龙，她喜欢收集“印象派”、“后印象派”以及“立体派”的艺术作品，经常鼓励年轻作家和艺术家，并成为亨利·马蒂斯、帕布罗·毕加索和乔治·布拉克等艺术家以及安德森、海明威和F. S. 菲茨杰拉德等作家的朋友，对二十世纪西方文学产生过重要的影响。

有用的个体——不过她主要的思想和目标是不承担任何责任的自由，犹如没有金属属性的黄金、没有冬天的春天、不老的青春。身为狂人，充满了天真的幻想，这使她成为我们这一代人的典型。她一点都不懒，然而当她砍倒一棵树时，她把这称之为“工作”——不论是否在这片空地上。她不去区分什么是**工作**，什么是流汗——最近这几年更不去区分了，因为导引或驱使她的是随性。

一个躺在棺材里的人，心脏和大脑仿佛都被拿掉了。

朗斯代尔：你不想喝太多，因为你会犯太多的错误，会变得多愁善感，可这是商人才有的坏习惯。

他曾是个鸡奸者，对描写自己的那些风流韵事，可谓是技术精湛，仿佛他的那些男性朋友以前都是女性，借此取得某种貌似独具创意的女性气质。

表面上非常从容、认真掩饰的自尊，但痛苦和无聊让它露了馅。

比如，有位珀西·雷克汉姆先生，分公司经理，把时间花在列出普林斯顿橄榄球队名单上，以及二队和三队的名单；一个繁忙的早上，他列出了30年来普林斯顿所有四分卫的名单。他完全无法集中精力。他的抽屉里总是塞满这样的名单。

他抛弃了曾经待他很糟糕的年轻一代，利用他的关系，成长为名人。他的学徒生活很苦，但他尽职尽责，如今他在充满危险的势利环境中闲庭信步。人们突然忘记了他的过去，只记得喜欢他，记得他总离身边不远。所以，就像经常看到的那样，他获得的地位不是得益于善举，而是他忍气吞声的能力。

他是位勇士。对他来说，和平仅仅是战争的间隙喘息。和平正在摧残着他。

“这有违我更好的判断力”，他虽然这么说，但其实并没有什么判断力，也不可能有什么“很显然”和“准确地说”之类的话。

一个20岁的小伙子，迷人的目光凝视着想象中远方的格里菲斯·威斯顿，从这一刻起，他的观众一直看着一个坦诚、思维缓慢、浪漫的人走过一种意想不到的美丽人生。

“画中”的一位年轻女士，在1919年繁荣时期差不多已经是大明星了。电影杂志宣称，她想办“自己的公司”，但公司没能出现。第二位姑娘的确与“电影人”接触过——采访是这样开始的，当我们想到洛蒂·贾维斯，我们就会想起一个肥胖而又凶悍的女人。

他前景黯淡，恨透了一切。

但如果他们没有错过，一切都将一如既往。只有当他们克制了自己，忘记了情感，他们才会想到他们什么都未错过。

“不要有塞思什么都不问的想法。他一辈子都靠更美好的想法生活。”

妮可儿对待病人的态度，要么是同情疲惫或处于康复期的病人（这种同情因此仅仅是伤感），要么是担心他们会面临死亡的威胁。对真正的病人——肮脏、厌倦、毫无同情心——她控制不住态度——她是在自私中长大的，正因如此，她才对迪克既愤怒又鄙视。

说妮科尔（说她）所有的活儿都会干，除了对人之外，凡事样样都行。所以，大地、鲜花、图画、声音、比喻。（她）似乎很纠结——左冲右突，都不得安宁，像手鼓的拍子一样。于是，她摆脱了生活的钓线，在梦幻中独自找到了安宁。

在维多利亚时代的业余喜剧中，没有哪一个老人在日常生活中比 ××× 受到的刺痛和刺激更多。

罗杰斯夫人在一个模糊音上走调了。在她的一生中，只有在反复练习耳熟能详之后，她才明白，这种现象是普遍存在的。

佩吉·乔伊斯具备收集珠宝而不是证券的天资。

一系列烦恼：
胃痛；
湿疹；
痔疮；
流感；
盗汗；
酗酒；
鼻炎；

失眠；

神经损伤；

慢性咳嗽；

牙痛；

哮喘；

脱发；

脚抽筋；

脚疼；

便秘；

肝硬化；

胃溃疡；

萎靡不振和抑郁症。

他穿了一条泛了白的外翻式西班牙粗布裤，几枚奇特的硬币在裤缝处晃来晃去，一件格子里维埃拉[①]毛衣，一双巴哈马草鞋，一顶仿古墨西哥帽。戴安娜认为，对他来说，这是一种典型的打扮。她总是在圣诞节的时候，从远离劳登县[②]的地方给他带些异域奇货。

当我喜欢男人时，我就想像他们一样——我想像他们一样，失去赋予我个性的外部特质。我不想要那个人，我想把他吸引人的一切特质都吸收到我身上，然后把他扔到一边去。我坚守自己的内涵。当我喜欢女人时，我想拥有她们，主导她们，让她们崇拜我。

---

① 指地中海沿岸地区，包括意大利的波嫩泰、勒万特和法国的蓝岸地区。

② 劳登县（Loudon County）：美国弗吉尼亚州地名。

像众多“男人的女人”一样，一有机会她就躲到姑娘们后面，仿佛在向男人发出挑战，希望男人冲破障碍来拯救她。她所在的任何群体都会自发地形成一个小团体，用她像精美细线一样脆弱而有张力的力量——近乎优雅的力量——去保护它。

此老妪怕飞机。

当别人鄙视他时，他不是一般烦人——我是说，恨不得一脚把他踢出去。你干点儿什么事，他马上就知道了，甚至比你知道得还快。

美的命运：与自己喜欢的人在一起时，男人会本能地转过左半边脸，即丑的那面，这是受大脑、脊椎等支配做出的反应，而且很有魅力。

右半边脸则完全相反，完美——让他产生自我意识，麻痹大脑和神经等。

这一点有待证实。

夫妻间的激烈争吵已经让来餐馆吃饭的那些敏感顾客换了座位。

他掌握骷髅会[①]的秘密。

“你待人的方式很勇敢，乔治。不论是谁，你都会直接走上去把他扯到一边，好像他挡住了你的去路，接着开始逐步了解他。我试着

① 骷髅会（Skull and Bones）：美国一个秘密精英社团，每年吸收 15 名耶鲁大学三年级学生入会，成员包括许多日后成为美国政界、商界、教育界的重要人物。

向你表达爱意，就像其他人一样，但这很难，你把人直接拉到你身边，将他们固定在那儿，左右动弹不得。”

他口袋里的地址——都是酒贩子和精神病学家的。

不可避免的种族幼稚病。在享受事物的过程中，一直想要说出来。桑迪、安娜贝尔等，第一次见面就想把一切搞清楚。

他很少沾酒了，因为现在他得了肺结核，呼吸都很困难。

正当有人提到他，对他大惊小怪的时候，他却把汤倒在了女主人背上，吻着女用人，在狗窝里昏了过去。他经常那么做，他在每个人身上都试过，一个不落。

“你不该那么做，亚伯。”玛丽不满地说。亚伯就算再忙，也花一半的时间来信守诺言。在巴黎的这个春天里，他每天早晨总是从口袋里拿出数十张卡片和一些碎纸，上面都写有日期和欠款数。他总是坐在那沉思个把小时，然后才敢告诉我谁会来吃午饭。

“我常举办让印度王侯们都十分羡慕妒忌恨的聚会。我会让首席女歌手毁掉薪酬一万美元的预约来参加我这规模最小的晚宴。当你还在俄亥俄州家里摆弄纽扣玩的时候，我却坐着游轮享受航行的乐趣，大家玩得太开心了，我不得不将游艇弄沉，才能让客人回家。”

妈妈向塞思说明了他的缺点，发现塞思特别善解人意。

有一段时间，她想当马戏团领班。在别人的马戏团里——一个父亲的马戏团。“瞧这儿，这个马戏团是我父亲的。给我鞭子。我不知道为什么或如何抽鞭子，但这个马戏团是我父亲的。把你的面具给我，小丑——杂技演员，还有你的吊杠什么的。”

××× 是位能力很强的社会经理人，可她的野心驱使她去取悦众多一钱不值的人，结果自己也成了一钱不值的人。可以说，她变成了她所有客户中公分母最低的那种人。

说起杰拉德身上的爱尔兰特征，珊尔达的脸先动了一下。

痛恨旧东西、过去、普罗旺斯。一个溜须拍马的人。

我用中产阶级的势利眼去看康斯坦斯·塔尔梅奇①。还有范妮·布赖斯②。

宁愿做一个淘金工，也不当太太，这无疑很有意思。你会像 ××× 和 ××× 一样开怀大笑。

曾试图赶上一艘渡船上举行的派对。

你需要来一棵莴苣和蛋黄酱，她隐隐约约记得，蛋黄酱很难找到原味的。因为是在公寓式酒店长大的，而且是在刚开始流行熟食的年

---

① 康斯坦斯·塔尔梅奇（Constance Talmadge，1898—1973）：美国无声电影时代的著名女影星。

② 范妮·布赖斯（Fanny Brice，1891—1951）：美国电影明星。

代结婚的，所以维维安没有学会做饭，万不得已只会从咖啡豆中煮出一种奇怪流质。她最熟悉像“三合一三明治”之类来自土壤的高度进化了的产品。农场对她来说是一只疲惫的蝴蝶，电影放完后跟情人幽会的地方。

维维安·巴纳比正是她丈夫造就的那种女人，但不是举世无双的女人。她有种凄美，孩子也是，在你见到他们的一瞬间，你就会因为他们的某种无知，一种飘浮的不成熟感，而喜欢上他们——只是一瞬间，仅此而已。

也许一个醉汉突然感到伤感、不满，酒后痛哭流涕。

他总是用敏锐的目光看人，他总是用小人的目光看人，但他并不总是很开心——显然他时而干巴的幽默只溅到满载货物的船舷上。弗朗西斯的第一反应就是像顺从长者一样顺从他，这是他自己摆脱烦恼的一种方法，但他看到赫基默厌恶美食的程度比厌恶他已习以为常的平庸感要深得多。

罗斯科的手势越做越大，但表达也越来越不到位。他还是“痛恨旧东西”。

最大的活力变成不快和不满。

欧文——50岁破产了。

他说不论发生什么，他总是带着自己的橄榄油罐。他有许多套铅制的士兵，认为鲁登道夫的回忆录是有史以来最伟大的著作。当麦基斯考说历史已经被太多的战争毁了的时候，布吕热罗先生鹰钩鼻下面的嘴撇了撇，他回答说历史是有花纹的帘子，把我们所有人都必须穿过的恐怖之门挡于往事中。

充满想象力的粗俗。

母亲总是在一小时前就在客厅里等着，如此这般，似乎总有一股难以扼制的冲动在推着她。

××× 说起话来总是比她想的要多。

他曾经养过一匹战马。因此给战马套上缰绳、马嘴被嚼子勒破的场面，她也一清二楚。不过，只有这一次，虽然她竖起耳朵去听远处的鼻息声和不安的马蹄声，但什么也没听到。

像大多数不抽烟的人一样，他很少待着不动，但他安静的时候更紧张，更引人注意。

那个低声说话的人对此很谦卑。

话说某君，好像被当作替补去扮演他根本扮演不了的角色。

史密斯夫人生于一个想象中的悬崖上，从此便生活在那儿，每隔半小时便心生恐惧地看一眼悬崖，但她无法从那儿走出来。

令人吃惊的是，一位性情温柔、受过伤害的人居然可以如此坚强地捍卫自己的意志。

我父亲对超过一百年的东西都感兴趣，对我书中绝大多数主人公的父亲在故事开始前就去世了，常常表示不满。为了让他高兴，我曾创作了一篇小说，其中有一位在小说结尾才出现的父亲，可他并不领情——不过，这是一个关于借钱的短篇。父亲传给我一种对诗歌根深蒂固的爱好，如《乌鸦》、《铃声》、《西墉的囚徒》[1]。

他的裤门上总有一粒纽扣露在外面。

一个家庭的兴衰就看这家的狗。

与姑娘的温柔对立的是男人的假仁假义。

一个醉汉乘坐“威武”号[2]，进行百码冲刺。

姑娘假惺惺地读《尤利西斯》——沃顿讨厌地瞪了她一眼。

年轻时的欧内斯特：鲁莽、冒险，如此等等。然而，不可否认，他身处黑暗之中。他生性勇敢、豁达。

说起打发时间，所有女孩子都多少知道一点儿，但 ××× 无所

---

①《西墉的囚徒》(The Prisoner of Chillon)：英国浪漫主义诗人拜伦的长篇叙事诗。

②“威武”号（Majestic）是 1891 年至 1915 年间为穿越美国西部所建铁路的火车名称。

不通。

我从不知道 ××× 是什么——我只知道她像什么。这一年她好像做了好多事都是冲着红花侠去的。

对 ××× 来说，共产主义是一种精神实践，他正在践行这种精神。

×××：一个聪明的傻瓜。他取悦你，不是通过直接的计谋，而是因为他取悦人的意愿太强烈，让人消除敌意。当他的话可能会刺激到你的时候，他便开始取悦你。

从热带来的小伙子：《雇佣兵》这本好书是“恶意歪曲”。每当谈起他们对伊格诺人的所作所为，以及吕宋岛上长着毛尾巴的土著人时，他总是露出讨厌的表情。

十二、文 学

××× 的书：太棒了。我不忍放下，相反，赶紧读完。事实上，我借着在大陆酒店刮胡子的六分半钟时间读完了这本书。这是一本我们称之为节奏感不错的书。至于高潮之处，太多了，虽然很难挑出来，不过还是能挑选出来的。

小说是不允许像戏剧一样让人们偶然出现在舞台上的。

埃德加·华莱士—G. A. 亨蒂。

必须认真去听关于乔伊斯的谈话。

怒气冲冲的、有损人格的、枯燥无味的——用词都不对。

从对战争或者对行动的兴趣转到对爱和对女人的兴趣，这种转换不可能一蹴而就。男人一定是在某一事件**之前**或**之后**对女人感兴趣，换句话说，如果他**是**男人而不是脓包的话。

小说《穆萨达》[①]过渡中的错误。战争之后，直接转到了朱莉亚。有时难懂，用间隔会比较好。不能用同样的线索把两个不同男人的感情扯在一起。

不过，在写“有序的家”时，欧内斯特对纯洁的心——换句话说，相对纯洁的心——是极富情感的。

珊尔达的风格是她在给母亲写信的过程中形成的——努力让自己写得的东西栩栩如生，如此这般。

《人间天堂》：一部罗曼史，一份阅读书目。
《太阳照样升起》：一部罗曼史，一本指南。

恨那些没等我死就想把我埋葬的青年男女。

---

① 《穆萨达》(*Musa Dagh*)：指奥地利小说家韦弗尔 (Franz Viktor Werfel) 1933 年发表的小说《穆萨达的四十天》，描写第一次世界大战中土耳其人残酷压迫亚美尼亚人，以影射法西斯专政。

书籍就像兄弟。我只是个孩子。盖茨比是我想象中的大哥，艾默里是我的小弟，安东尼是我的烦恼，迪克是我相对要好的兄弟，但他们都背井离乡。当我有足够的勇气在我的心灵之家放上泛了白的灯时，接下来……

莎士比亚——令人振奋、令人沮丧、令人吃惊、令人愉悦。

克制，好词。

对写作的日子，我总是没有记忆。比如，写作《人间天堂》、《漂亮冤家》和《了不起的盖茨比》的那段时光，我总是生活在故事中。

想就十四行诗“溃烂的百合花”写篇杂文。

维拉·凯瑟[①]的那首诗将屹立于中世纪之首[②]，不过那是欧内斯特的事。

当今，什么在为成功作衬——想想——**卖弄风骚**？

看一出戏，如果忘了背景，那么看说明也没用。加油站就属于这种类型。

---

① 维拉·凯瑟（Willa Cather，1873—1947）：美国描写边疆生活的作家。
② 参见《读书札记》，编者按。[原注]

正如司汤达塑造的拜伦式人物成就了《红与黑》，那么我把欧内斯特塑造成菲利普，不就成了真正的现代人了吗？

不过，有一种安慰：

他们永远不会使用海明威先生的四个字母的词语[①]，因为那是四等公民用的，不过，四等公民已经不存在了——

（一等公民允许撒点儿谎。）

不过，他们永远不能使用任何两个字母的词语，如：NO。他们只好用三个字母的词语，如：YES！

一个角色花了毕生的经历，要弄明白伟人们不经意间所说的格言。你给他一个名字，让他把这个名字放入人物表中，并让他指出在阅读过程中突然蹦出来的格言。

优秀小说家从来就没有优秀的传记。不可能有。优秀小说家如果有什么长处，那就是集太多的人于他一身。

把他们打造成伟大工匠的这位伟大搭便车者的伟大之处在于，他能够穿着这件夹克呢外套按照汽车的原理修汽车。

这种对创造性生活的傲慢态度——托尔斯泰在外面大街上的人身上感觉到了拿破仑战争的气息；他对小说的评论将会让 1864 年老版的《莱斯利》比《红色英勇勋章》更具人性价值；他那空空的大脑里所有的东西都被理想化了；他痛恨所有构成他生活的这个世界的人；

---

① 四个字母的词语（four-letter word）意为“粗话”、“猥亵语”。

一位政治上的奥斯卡·王尔德在到处兜售他从我们布丁中取走的李子；他扮演耶稣的角色破口大骂。从职业拳击到首夜演出，再到棒球赛——没准儿再到女人——（人？），你都能够看到他试图把列宁后悔没有摧毁的东西付诸行动——真是丢人现眼、丑态百出。绅士们、无产阶级——都是些为了获奖而使用卑鄙手段的家伙，我向你们隆重介绍 ××× 先生。

D. H. 劳伦斯大胆地要把动物与情感撮合在一起——他留下的东西。他基本上算是前马克思主义者。正如我大体上是马克思主义者一样。

她写了一部畅谈乐观主义的《醒与梦》，一部闪烁着美丽锈红色火苗的半真实的著作——一部删去了疾病与死亡、战争、疯狂以及各种成就的著作，既令人兴奋，也让人畅快。她也写了一篇悲惨的小说及其姊妹篇，告诉她的朋友如何写小说，她准备成为美国伟大传统的一位预言家。

惠特曼说完“啊，拓荒者们”之后，已经言无不尽了。

拜伦式的温馨山区。

海明威没说过这样的话吗？如果汤姆·沃尔夫学会了把他从书本上学到的与他从生活中学到的区分开，他就是个独创性的人。你从书本上获得的只有节奏和技巧。从艺术上说，他才成长了一半——这比欧内斯特评价自己还准确。但每次我批评他（在几次谈话中），事后我都感到伤心。又把利器交给低他一等的人了。

把极端的事当作普通的事来写会开启一个人的艺术创作之门。

耗尽了我倒霉的季节——我最多产的季节，等等。

考问康拉德的神秘理论：他知道事物会出卖人。因此，他写的都是真人真事并将其转换到具有相似特征的状态，然后再给他的结构增加某些令人困惑的东西。然而，在他的计划中有一种愿望，要效仿所有大亨的生活。我创作这部作品时也有这种想法吗？

康拉德受到《没有国籍的人》的影响。

英国人没有油画，因为他们把一切都付诸文字了。

慢动作的章节。

直接针对漂亮的女主人公。

《小上校》[①] 中的逃跑技巧在葛丽泰·嘉宝主演的电影里也有。

一般来说，在艺术家对自己的国家赞誉有加，因而想赢得其赞许的时期，艺术无疑会得到发展。这一事实不因环境而改变，艺术家的作品可以采取讽刺的形式，因为讽刺是对一个国家少数族群极其微妙

① 《小上校》(*Little Colonel*)：1935 年上演的美国戏剧电影。由美国著名童星秀兰·邓波儿主演。

的恭维。就像农作物生长最旺盛的时期一样，最伟大的作品也产生于这样的时期。伟大的作品表面看来不受影响，实则不然。

伟大的艺术是伟人对雕虫小技的蔑视。

塔金顿：我害怕陷入自我放纵之中，一旦摆脱了这种放纵，除了敏锐地观察黑人、孩子和狗等的行为之外，对其他都不感兴趣了。

独立存在的奇特倾斜效果、未来的不完美、直觉的问题、奥哈拉的耳朵，对邦尼和约翰这样细致入微的作家来说，是陌生的。

重读“想象与几位母亲们”[①] 之后，意识到它可能影响到斯旺夫人的一生，心里五味杂陈。

我觉得，瓦尔多·弗兰克只不过是一大帮作家在座谈会上使用的一个笔名而已。

当一流作家想找一个尽善尽美的女主人公或一个美丽的清晨时，他们才发现优秀的女主人公都已经被那些三流作家糟蹋成赝品了。应该立个规矩：让糟糕的作家从普通的女主人公和普通的清晨开始写起，如果他们有足够的能力，逐渐过渡到更好的人物和场景上去。

一个人读了对其作品的很多好评之后，最终按照评论来改变自己

---

① 菲茨杰拉德的作品《菲茨杰拉德：我逝去的城市：个人散文，1920—1940》中的一篇文章。

的文风，并采用评论的节奏。

如陀思妥耶夫斯基的眼镜一样的现实主义细节。

科尔·波特[①]：参见洛斯波罗夫人“重要的事”的结尾。这首曲子甚至不屑演绎柴可夫斯基的“忧伤曲”。

“英语教学”的耻辱。

各个时期都被看成入门级短篇小说的是《灰姑娘》和《巨人捕手杰克》[②]——女人的美貌和男人的勇敢。十九世纪赞美商人胆小如鼠的儿子。现在又复古了。

想不通——从 ××× 到 ×××[③]：那是我书里的邮票，人们可以像读盲文一样盲读。

斯坦贝克场景。那种生活可望而不可即。这一点观察完全准确。

邦尼·威尔逊早在基督被神化之前就写了“雷纳”。

《夜色温柔》分析：

一、病史，第 151—212 页，共 62 页（月亮变化，第 212 页）。

---

① 科尔·波特（Cole Porter，1891—1964）：美国作曲家。

②《巨人捕手杰克》（*Jack the Giant Killer*）：英国神话小说，最早版本见于 1911 年，由纽卡斯尔的小怀特编。

③ 这里，他提到他第一次伟大的爱情和一个好莱坞制片人，他认为是这位制片人毁了他最好的一个剧本。［原注］

二、罗斯玛丽的视角，第 3—104 页，共 102 页。

三、人员伤亡，第 104—148 页，第 212—224 页，共 58 页。

四、逃亡，第 225—306 页，共 82 页。

五、回家的路，第 306—408 页，共 103 页。

［约翰·奥哈拉的小说］《希望的天堂》：他没有咬掉任何东西来咀嚼。他只是开始嚼，嘴里什么都没有。

我以失败的权威身份说话——欧内斯特以成功的权威身份说话。我们再也不能坐在同一张桌子上了。

十三、瞬间（人们做什么）

狗：

我们要做些常规动作，反复练习抢跑、冲刺、控制腿和嗓子，翻滚和逃跑。

我只是小声叫叫，舒展舒展喉咙——我不是那类总是连口套都叫掉的狗。

我们跟踪了一会儿一位高个子夫人——没什么特别理由，只是她带了个包，里面有肉——我们知道我们得不到，但也很难说。有时我只是喜欢闭上眼睛，跟着某人，假装他们是你主人或者他们会带你去某个地方。

脑袋不在，胡子在。他拿出那根可恶的棍子，试图再次骗我，将棍子伸出来，嘴里含糊地说着什么——我很早以前就猜透他的目的是看我是否蠢到向棍子扑过去。但我没咬，只是绕着棍子走。然后，他尝试了他们都那么干的计谋——抓起我的前爪，企图让我在我脊柱尾端上保持平衡。我想不透这么做的目的是什么。

我想去舔他，可当我真的靠近时，他半起身吼道：“滚开。”他以为因为他是蹲着，我就会去吃他。

小男孩说：“你，滚开。”这让我很伤心，因为我这辈子从没吃过狗，除非饿急了，绝不会吃。

我旁边一定有上百根骨头，我不知道为什么我要攒骨头。除了偶尔几次，我再也找不到骨头了，但我受不了把骨头扔得到处都是。

认为世界可以用玻璃纸做成的东西重建起来。因为曾几何时，每个人都在用玻璃纸做东西。

觉得贵妇人有点儿严厉是这世界上最不感人的想法之一。你知道：“呃，外国办公室会听到这种事！”

我曾经资助过老摩根的曾孙。

这是一把旧手枪，因为当他从她身边拿走时，枪把上的一块珍珠脱落了，掉在地板上。

一种看上去完全不对劲的小动物，“好像是里外倒了个个儿”，出现在森林中，好奇地盯着他们看了一会儿，神秘地匆匆跑开了。

它们现在都很饿，疲倦地坐在小溪旁。它们养成了独特的习惯，总是四下张望找“酒店”标志或者竖起耳朵听吃饭时传来的“叮叮当当”传菜的铃声。

在马尼拉，巴纳比先生用一个扫帚打她，因为她毁了他的生活。

护士们发出“咯咯”的笑声，仿佛印证了她们长期坚守的生活理念。

多萝西·帕克要做维多利亚时代的人，用哭来弥补过去——有点儿故意倒退。

他打死报纸上的一只蚊子，用橡皮擦去了留下的残迹。

她的嘴巴滑稽地张开了，她花了点儿时间保持一下平衡。

她睡着了——他在她床前站了一会儿，为她感到难过，因为她睡着了，因为她把拖鞋放在了床边。

每个人都突然僵住了——过了可怕的一会儿，利特尔顿夫人，把自己想象成石油，慢慢冒出几个词儿。

只有装有各种颜色针头的维多利亚精装针盒，才能让她相信一个有教养的女孩子该怎么做。

他们朝它跑过去，闪着炫目的白色，发出激烈的冲撞声。

他抬起了一只悲伤的眼睛，看着明亮的热带星辰。

年轻的科西嘉人贝利纳驾驶飞机从空中掠过时，发出自豪的呼喊。

那个请他吃午餐，结果自己喝醉了的美国人，最初以为瓦尔是沙皇的儿子呢。

“了不起的俱乐部！哦，天哪！”姑娘喊道，“你听见了吗？她认为这是家了不起的俱乐部，就像平克顿小姐的学校一样。”她毫无感染力的笑声瞬间消失了。

回到起居室，他又踱起步来，他没有意识到，他正在和他父亲——30年前就去世了的法官——一起走着。他在房间里来回炫耀着自己死去的父亲。

袖口纽扣掉在地上，他弯腰捡了起来，然后对着传话机匆匆地说了声“海伦！”来掩盖他离开了一会儿的事实。

水进了他的鼻子，有一种强烈的刺痛感，让他睁不开眼睛，接着又流到耳朵里，像卵石一样“咕噜”、“咕噜”地响了几个小时。

寂静来自艾夫斯夫人内心深处的某个地方。

有规则的拍打声、球的拍打声、弹跳声，裁判的话外音——“犯规”、“出界”，“比赛结束，比分6:2，奥伯沃特先生。”

我们的父亲都去世了。他们都是在夜里突然死的，到了早晨我们才知道。

他们哈哈大笑，末了打着哈欠，发出“咯咯”声，那不是笑出来的，而是倒吸进去的。

不过，她话说得有点儿尖刻，就像人们痛苦地表达拒绝时说话的口气一样。

他乘坐一辆两轮马车在黄昏中出了门，驶入安静而又神秘的夜幕之中，身边坐着一位长着娃娃脸的神秘姑娘。

一对夫妻踩着水跳舞。

他从内饰上某个不起眼的地方扯了一块长布擦了擦下巴。

他离开房间的那一刻，他们的婚约就结束了，但她对他的爱还没结束，她的希望还在，她的行动才刚刚开始。

假如泰迪演奏了《厄米尼》中流行的伤感曲目，而且带着感情演奏，她一定会理解，会被感动的，但他将她突然掷入一个情感成熟的世界之中，她的本性既跟不上，也不希望跟上。

在他们不费吹灰之力地施展了魅力之后，紧接着是一阵异口同声的羡慕声。

他把双手举得高高的，好像两只手离开了手腕，又落下来重新被抓住似的。

称呼前犹豫一下，并不会使人不快。

在他们身后，一个从内布拉斯加来的长发鸡奸者，哭丧着脸说出了事情的原委。

回到浴室后，他吞了一口医用酒精，确保能产生强烈的胃部不适。

他在大脑中按音乐史纲要的顺序整理了自己的思绪，以“救世主”的和弦开场，用德彪西“更为缓慢的圆舞曲”结束，希望这样能唤醒自己的一些记忆，因为他第一次听到这支曲子是在他的猫死的那一天。

他用偌大的拳头揍了他，他的头碰上了一个篱笆，血流到嘴里，在耳垂上冷却下来。

努力像一个受神灵启示的小仙女一样把他打发走了。

多翻几次杂志，你就会知道，诗歌正处在十字路口。

一道柔和宜人的光穿透他的灵魂。那两个小东西，脆弱，像云一样不真实，又带着小精灵们犯下的种种小过失。他们只不过是他病房里的花朵儿而已。

但是，看到她眼中孩子般精怪古灵的样子，他赶紧收了回去。

他舒服地靠在水管上，就像一个人在享受悠闲。他不耐烦地点上烟，等待着。

她朝梳妆台走去，那样子好像只有镜子中的自己才是可以交流的真正伙伴。

德萨诺正拆椅子。

葬礼车队——一个男子在最后一辆车上抽烟。

两个棕色葡萄酒瓶出现在前方，演变成白色标签，再变成呆板的女修道士，她们在我们经过时用神圣的目光把我们吓跑了。

我们把他留在那儿，让他与一个侍者翩翩起舞。

狗走过来。我招呼它。它不喜欢我。它面无表情地继续走自己的路。

她说话的声音像是要把生命气息吹进这组死亡数字 2-0-1-1。

母亲郑重其事地用袖子沾了沾咖啡。

他的狂喜让他用起了手杖。他用手杖指了指地上一块块没有融化的雪，然后把手杖举过头顶，之后拖着手杖穿过低矮的树丛。

嘴唇的某个部位在抽动，朝着某个方向微微一笑，一个隐秘的通道上有副帘子在一会儿拉上，一会儿放下。

他被抢了，一屁股坐下来，怒目而视。

帽子掉了下来，以为那是他的头。

她走进浴室，坐在座位上，哭了起来，因为她知道没有什么地方比这儿更私密了。

他小便时，声音听上去像夜晚的祈祷者。

他感觉她是（他的），这种感觉从他两肩中间开始，就像穿大衣一样，传遍了全身。

一种叫“大峡谷套房”的东西，不过，在我看来，似乎更多地依赖于“马马马”[①]。

随着突如其来的一阵湿风，响起了“去布法罗”的乐曲。

被 5 个而不是 12 个刮胡刀片吓坏了。

遇到一个很难的成语，高兴得浑身发抖。

---

① 此处作者故意重复。

年轻人们回到小船上——他们都感觉很好，相当平静又激情满满。

她再次听到他的脚步声，她直接转过身，盯住他的双眼看了一会儿，直到他转过身去，就像一个女人有其他男人在场保护时所做的那样。

他反复掂量这个想法，像盲人一样，把牢固的家居撞翻。

他给幽默家 ××× 先生写了一封问候信，要他一个签名，收到 ××× 先生的格式函，信上写了一个笑话，“关于脚趾囊肿，亲爱的先生，”信上写道，“我的建议是——”

她母亲隔着桌子递过来一份旅客名单——她小心翼翼地指着那个名字，罗斯玛丽需要掰开她的手指才能看到。

一个人目送朋友走后，才驱车离开——“很高兴你走了，约翰，”做个手势，回头瞥了一眼。

“给我一盒伊丽莎白·雅顿[①]”，你给我发电报，其中的陈词滥调怎能表达我们的爱情呢？

过了一会儿，一位摆出被人追赶架势的轻佻太太悄悄溜进来，对周围机警地只瞥了几眼，就在前排找到了避难所。

---

① 伊丽莎白·雅顿（Elizabeth Arden）：著名的化妆品和香水品牌。

野蛮与文明间的亲密瞬间不及男人在跟一个姑娘谈情说爱时所体现出来的休战与投降时自我反省的瞬间多，也不及日常生活中我们处理金钱时的瞬间多。举例说明——付钱给弗洛拉，把钱搁在写字台上——“不，你拿着吧”，等等。

我了解和分析过太多女性遭封杀后重塑自己形象时留下深刻印象的那种魅力。

十四、胡言乱语与离题空话

“国王自己的豹子。”

“我已经安排好了，要是你有什么不测，你的遗体将被冷藏起来等我回来。”

他们吓了一跳——这是不可避免的，正如一个人撞了别人，自己不可能毫发无损一样。

汽车体贴地等了一分钟。

在她的身边，他能够感觉到庞大的不动产财富正在渐渐消失，化为乌有。

司各特·菲茨杰拉德为卡尔家奔走跑断了腿。时至今日，“交际花”已经冒了他的尖儿，紧随其后跑到印第安纳州的皮奥里亚，但到那时，育婴室地板上的肥皂早就搞得一塌糊涂了。

他早就忘了是达罗叫斯考普斯“猴子”还是布赖恩叫达罗“瞄准镜”，他也忘记了利奥波德–利奥卜为什么会第一个受到审判。[①]

用多斯·帕索斯的方式讥讽莫莉·皮彻[②]：非常渴望得到煤炭的欧洲人虽如愿以偿，却如鲠在喉。战（美国独立战争）后——一场毫无意义的胜利——他们失去了蒙特利尔，这的确令人伤心。许多人投机银版照相而获利。人人都厌倦了高唱“杨基歌”。横渡特拉华河的士兵们都晕船了。莫莉·皮彻扯下自己的衬裙猛塞进大炮，英国人都双手捂着眼睛溜了。

欧内斯特·海明威，在作品中尽力避免陈腐的题材，但私下里却很受用，他最喜欢说“当然喽”，以及“是的，我们没有香蕉”。和流行的看法相反，他没有托马斯·沃尔夫高，扎上束带才六尺五。他天生笨拙，当他埋伏好准备打猎时，身材看上去还算可以。我们敢说，他的作品将来会专门登上美国邮票的。

托马斯·沃尔夫，或称为“洛普”（《风流世家》、《时间与河流》、《纽约电话簿》，1935），是美国文坛新人，因参加写作比赛成名。

姓名：卢纳·金尼瓦。

边远地区的人名：奥尔西、哈西、科巴、布莱巴、奥扎（奥兹

① 参见第 5 部分关于“猴子审判案”的注。

② 莫莉·皮彻（Molly Pitcher）是美国独立战争期间参加过蒙默思战役的一个女人的绰号，一般认为其真名是玛丽·路德维格·海斯·麦考利（Mary Ludwig Hays McCauley）。

玛—我自己的名）、雷萨、奥特拉、塔特里娜、德尔菲亚、维达、扎尼斯、阿瓦林、伯特瑞斯、查尔莫、格伦诺拉、特拉、维丽、莱吉塔、内维拉、奥哈、维拉、布鲁玛、艾纳贝丝、维西亚、哥摩尼亚、瓦拉瑞亚、伯尔丁、奥拉丝、阿德诺伊。

黑人名：格利、厄维尔、艾瑞尔、罗亚娜、玛格里娜、帕罗里、弗迪里加、阿伯里娜、伊奥迪内、图亚、里格娜。

名字：泰坤斯金。

《巴恩亚德家的男孩》或《土地之趣》：

乔治·巴恩亚德；

托马斯·巴恩亚德；

格兰维·巴恩亚德；

莱迪斯莱·巴恩亚德，叔叔；

科纳特·巴恩亚德，父亲；

伯顿·斯莫尔顿，雇工；

钱伯斯，都市纨绔；

鲁恩·基钦；

维拉·基钦，母亲；

小埃德娜，孤儿；

玛格丽特·基钦。

“你真有汉姆生①的范儿！”粉丝们大喊。

1903 年穿着打扮的钱伯斯。

---

① 汉姆生（K. Hamsun，1859—1952）：挪威作家，1920 年获得诺贝尔文学奖，一生共出版小说 20 多部，另有诗集、游记、剧本和杂文等作品发表。

冬天、夏天、春天，随便哪个季节，巴恩亚德家的男孩们在美国的土地上一起快乐地劳作，就像作家们搜集素材，准备出版一样。他们整天都在土地上挖来挖去，收获冬天田里的东西（或春天，夏天——季节在更替，把还在生长着的……连根拔起）。

在一家“一本正经”的餐馆吃饭。

在她晒黑的双腿上。

经济实惠的几种表达方式：

1. 这样做会更便宜。
2. 随便跑跑没关系。
3. 在家里穿凑合了。
4. 这会让我们避免奢侈浪费和邀请太多的人来吃饭。
5. 先别再买了，这个还能凑合着用呢。
6. 留点攒头，才有盼头。
7. 这对蛾子有好处。
8. 房间的地毯刚刚磨破了。
9. 要是没有特别好的，我们宁愿等着。

一颗软弱的心，一颗忧愁的心，一颗破碎的心，还是一颗胆怯的心？

从光秃秃的脑门儿射穿过去——就像一幅图画和钉子从墙上拿走后留下的痕迹一样。

“甲状腺群岛”。

他将成为被黑色风暴拆散的那支伟大军队里的一员。

听着，小伊莱亚：“只要你把椅子拉到悬崖边上来，我就给你讲故事。”

漂向他们无法逃避的宿命。

后来，我醉了很多年，然后死了。

要是他给每个人都镀上金的话，那会是一幅巨画。

妻子在一个狂风之夜出走以后，他的闲暇时间就由自己支配了。

他之前打过她，她也打过他。

遥远的过去，遥远的回忆，遥远的荣誉。

我们限 24 小时内把尸体运出城。

反叛精神。

个头是超级大黄蜂的两倍。

外表光鲜，内心污秽。

像里兹酒店的基甸版《圣经》[1]一样多余。

在出生那天就被喂了一勺从巴勒斯坦弄来的药。

一个人除了否认困扰着他的谣言之外，基本上无计可施。比如，有人说，他出生在斯克贝克塔迪附近一个鼹鼠洞中，一辈子昏迷不醒——相反，他父亲是国际知名的气枪制造商，一个臭名昭著的吹牛大王，在宰恩城的匪窝里过着一种风雨飘摇的日子。还有人说，他在一所著名函授学校里当锋线教练[2]。

关于人们造房子时贴在玻璃上的纸的明喻。

我从来没有奢望有个上帝让我去求——我倒是常常希望有个上帝让我去谢。

“当然——你用手表盘和纸板给考林斯排成一个序列，倒很有意思。”

最好把好莱坞稀奇古怪的事情看得正常点儿，×××为了吃晚餐，居然打电话约了12位女子，年龄都没过18岁。

---

① 基甸版《圣经》(*Gideon Bible*)：基督教《圣经》版本之一，放置在宾馆、病房等地供人阅读。

② 美式橄榄球比赛中处于争球线上的球员称为“锋线球员”或“前锋”，负责“锋线球员”的助理教练称为“锋线教练”。

我们给你弄条会汪汪叫的狗。

潜水回来吧，阿佛洛狄忒[1]，潜水回来，尝尝深海鱼。

坚定不移的蓝绿色梦想。

虚假电报满天飞的一天。

智慧诞生于大学电影院的黑暗之中。

请解释米高梅电影公司[2]名称中为什么有“wyn”三个字母。

我想我最好还是出去吧。待得太久了——你不觉得吗?

今天下午两点半，弗雷瑞斯伯爵夫人会被从这尊大炮中发射出去。

商人们到来之前的昂蒂布。

我也想现在就花这笔钱。见鬼！我可能压根儿就拿不到。

火鸡有的是，可如何用众多珍奇妙方烹呢?

---

① 阿佛洛狄忒（Aphrodite）：希腊神话中主神宙斯之女，司爱与美的女神，相当于罗马神话中的维纳斯。

② 米高梅电影公司的英文名为 Metro-Goldwyn-Mayer。

节后，家家户户的冰箱里都塞满了火鸡，估计看到就会让人头晕。因此，我这个老美食家正好可以提供烹饪方法来消灭剩余的火鸡。其中一些秘方是世代家传的，多年来先辈们从古老的烹饪书籍、移民先辈们业已泛黄的日记、邮购目录、高尔夫球杆和垃圾桶中收集来的，都已久经考验——美国各地都有资料可以佐证。

那么，好吧。秘方如下：

1. **火鸡鸡尾酒**：一只大火鸡加一加仑苦艾酒，半坛安古斯图拉树皮制剂（苦味补药）。摇匀。

2. **法式火鸡**：取一只大的老火鸡，涂油，塞入旧表、表链及罐头牛肉。此后的步骤与加工素饼相同。

3. **水煮火鸡**：火鸡一只，水一锅。将水烧开，然后放进冰箱。待水冷却成胶状时放入火鸡，即可食用。按此方加工火鸡时，最好备少许火腿三明治，以备食物变质时食用。

4. **蒙古火鸡**：取意大利香肠三根和大火鸡骨架一支，火鸡去毛，内脏清理干净。备好置于桌上，把蒙古邻居叫来，让他告诉你下一步怎么做。

5. **慕思火鸡**：选火鸡一只，平放，去骨、肉、翅、肉汁等，用打气筒打满气。做成适当造型，挂于前厅。

6. **被盗火鸡**：火鸡到手后快速离开，若有人问，可笑答曰火鸡乃飞入怀中，你未曾留意。随后将火鸡和蛋清扔掉——立刻逃之天天。

7. **奶油火鸡**：提前一天准备好奶油，将火鸡浸入其中，置于鼓风炉上熬煮六天。用粘蝇纸包裹，上桌。

8. **火鸡丁**：这是所有肉类美食家的最爱，但很少有人知道这道菜的做法。像烹饪龙虾一样，须将活火鸡扔进沸水，待火鸡呈紫红色，在颜色消退前，迅速将其放入洗衣机，在旋转中鸡肉吸收鸡血成分，然后可准备剁丁。剁丁时，取一把指甲锉之类的大件锐器，如果没有，剃刀也凑合——然后剁丁。剁碎一点！ 用牙线将肉丁包起来，上桌。

9. **带毛火鸡**：要准备这道菜，须备火鸡一只，一磅重的大炮来强迫别人吃。将火鸡毛炙烤，火鸡内塞入鼠尾草刷、旧衣服，以及任何你能找到的东西。然后慢炖。鸡毛要像吃洋蓟一样吃（这一点不要与古罗马人的挠嗓子习俗混淆了）。

10. **马里兰火鸡**：取肥火鸡一只，去理发店刮毛。若为母火鸡，做面部按摩及波浪式烫发。然后，宰杀之前，塞入旧报纸，将其烤制。可趁热吃，也可冷吃，通常可佐以浓矿物油和外用酒精。（注意：该烹饪法为一位黑人大妈提供。）

11. **吃剩的火鸡**：该烹饪法虽不“考究”，却最实用，它告诉我们节日后如何处理火鸡，物尽其用。将吃剩的火鸡（若已吃完，则将盛火鸡或火鸡骨头的盘子）用氧化镁乳剂炖两小时，塞入卫生球。

12. **威士忌酱火鸡**：该菜谱适合四人聚餐。取威士忌一加仑，将之搁置数小时，然后给每位客人斟一夸脱。第二天，往酒中一点点加火鸡块，不停地搅，不停地烤。

13. **婚礼或葬礼火鸡**：取12打小白盒，类似盛结婚蛋糕用的那种。将火鸡切成小方块，然后烤、往里塞东西、煮、烘焙、切割并穿成串。准备就绪。每一个盒子里都有大量高汤，堆在方便处。随着液汁渗出，等客人到来放入准备好的火鸡。然后将这些系着精美白色丝带的盒子放入女士手包或者男士的裤子口袋。

关于火鸡的话题八成谈论得够多了。我希望不再看到或听到这种话题，直到——噢，直到来年。

十五、看　法

××× 努力守住各个年龄段的优点——一个人必须放弃，不论动机如何卑劣。尽管他企图发现每个人的优点，但看到的只是他自己的好。

20 岁喝醉，30 岁喝伤，40 岁死去。

21 岁喝醉，31 岁成人，41 岁老练，51 岁死去。

像所有喜欢扎堆的人一样，他没办法既立场坚决，同时又不承受由此带来的孤独。

声音：在没有把握时，美国人说：“噢，我不知道。”；英国人说声“奇怪”，然后弃之一旁不去想它了；法国人说：“噢，原来是这样。”

对科克托[1]的看法——（性）变态孩子（无论男女）的变态爱情是对女性渴望的补偿。从社会角度看，他们时而狡诈，时而智慧，但还是充满孩子气。

像所有自制力强的人一样，法国人自言自语。

她知道自己在某些方面比那些批评她的女子优秀——尽管她常常把别人对她的尊重与她自身的优秀混为一谈。

他们过快地回应了约瑟芬，结果犯了同样致命的错误：因为缺少气质，所以个性模糊。

他们像美国人一样喝餐前鸡尾酒，像法国人一样喝红酒和白兰地，像德国人一样喝啤酒，像英国人一样喝威士忌加苏打。因为他们已不是二十来岁的人了，所以这种反常的混搭，本身就像噩梦中混杂的大杯鸡尾酒。

你知道你们的关系是建立在什么之上吗？是忧伤。你们会为对方带来痛苦。

伤害你的人是敌人，说三道四是毒箭。这一点年轻人是不可能马上就懂。

---

① 科克托（Jean Cocteau，1889—1963）：法国作家、设计师、剧作家、艺术家、电影制作人，最有名的小说是《调皮捣蛋的孩子们》。

因赌博或地域原因而聚在一起的人好争论又沉闷，但因逆境、不得人心而聚在一起的年轻人与被关进牢房的犯人不相上下。在巴兹尔的眼里，参加次日晚宴的客人们就是一群窝囊废。

我可以靠谎言活着（即使是他人的谎言），我总能够识别别人的谎言，因为我自己说谎最在行。我或许是世界上最专业的撒谎大师之一，也希望别人能对我说的话打 9 折去看待。但为了成为一个聪明又有信誉的人，我恪守两个原则——其一，**我从不说对自己有价值的谎话**；其次，**我不对自己说谎。**

他们接着去参加派对了。是一次乔迁派对，有夏威夷的音乐家们助兴，客人也主要是老熟人。格里菲斯早年那些照片上的人，尽管还不到 30 岁，都被看作是老朋友；他们和那些初次来的人不同，他们自己也清楚这一点。

对荣耀的渴望与实现它所必经的枯燥，让很多人精神崩溃。荣耀总是在高超天资的不断折腾之后才会到来。

法国是土地，英国是人民，那美国呢？关于它的本质，难以定论——它是夏伊洛①的坟墓，是那些民族英雄们疲倦、憔悴、紧张的面孔，是为了一句空洞的口号而在阿尔贡②战死沙场的乡下小伙子们的尸体。那是心之所向。

---

① 夏伊洛（Shiloh）：美国田纳西州的一个国家公园，南北战争时的战场。

② 阿尔贡（Argonne）：法国东北部的林区，第一、二次世界大战主战场之一。

无论正式演出是什么，小剧场戏剧的情节，总是年幼无知的 14 岁演员如何爱上 40 岁的女主角，以及后续发生的事情。其现实性也蒙上了这种表演所具有的暧昧气氛。

年轻人改过自新之后很难被人遗忘。我们能忍受同代人的恶习、重盗窃罪和谋杀，因为我们认为自己很强大，不会堕落，但我们孩子的朋友们一定要干干净净。

你喜欢别人爱你的什么？美貌，内涵，还是金钱？

美貌和内涵也许会消失，也许会被等价物所取代：美貌会被魅力和圆滑所取代；灵性和活力会被经验和智慧所取代，但金钱却亘古不变。

为什么妓女都声音沙哑呢？

毕竟任何特定的时刻都有其价值；事后人们可能会质疑，但那一刻会永远留在人们的记忆中。身着天鹅绒的年轻王子在爱着他的女王身旁，周围是富丽堂皇的帷幕，他也许现在长大成为佩德罗一世或者疯子查理[1]，但那美好的一刻确曾存在过。

或许那种生活一直在更新，辉煌与美貌都让位于它。

---

① 佩德罗一世（Pedro the Gruel）是西班牙卡斯蒂尔国王。疯子查理（Charles the Mad）指法国的查理六世。

“那两个人，很有教养。”另一位女人得意地说，意思是说他们同她一样很有教养。

家庭争吵是痛苦的事情，因为它们不会按常理发展。争吵不像疼痛一样很快会消失，也不会像伤口一样很快会愈合。争吵更像是皮肤上的裂口，因皮肤没了而无法愈合。

礼貌的优点之一是，站在女人的立场对付女人，根据情况去讨好或折磨敌人。不能纯粹从差别迥异的男性角度随意攻击或献花。

礼貌的好处：开拓平凡的世界，等等。

过分依赖提示的演员们。

人在三十多岁时渴望得到朋友，但到了四十多岁，就知道友谊和爱情都靠不住了。

可是，世界真的很奇妙，正是因为人难以接近，才变得珍贵。

女人受到惊吓后通常会变聪明一点，但这点儿聪明劲儿几天就又没了。

另一语言中谚语的力量。

他当时觉得，如果他的民族追寻罕见有毒之花的东方朝圣之旅意味着 300 年前西行朝圣的结束，如果那条好奇的长蛇正好翻过身，五脏痉挛，皮肤迸裂，至少那次旅程是永恒的；如同一个行将就木之人的满足感，虽奄奄一息仍感恩祷告。一个人如果未曾经历过，永远无法理解。所有疆土都已开垦——野蛮人已不复存在。最后伟大民族的短暂腾飞，说各种土语的人，被痛恨和厌恶的人，被蔑视的愚钝的人都已成为过去——至少不像一条小巷的消失那样毫无意义。

是绝望还是可悲，究竟出于什么目的，没有人知道，就像身处火灾中的人慌乱中去抢救他们一直不喜欢、不想要的东西一样。

他的想法，作家根本无法理解，因为表现作家无知的不是冷漠，而是这样一个事实：在作家眼里，过去、未来和现在都属于同时代的东西，因此没有特别的价值和哀婉动人之处。

不付出努力，就学不到东西——教育电影。

当我们对朋友刻薄时，会说下不为例，但事实上，这种做法会立刻成为范例。和朋友打交道，我们只有一次机会。

我有时读读自己的书以求得到点儿启发，结果发现自己在某些方面很有才——有些方面却一无所知。

这次的相爱感觉超棒——听到了太多溢美之词，自己都开始飘飘然了。

个性强悍的人最好谈论温和一点儿的话题。这样，所有的争论终将散去——但如果像我和欧内斯特、邦尼上次见面那样，一开始就高声争论，见面也就搞砸了，无论见面的主题是什么、谁定的都一样。

如果你足够强大，就不会被超越。

格特鲁德·哈里斯关于施舍带来快乐的主张。言过其实。

因为力不从心，今天没能如愿以偿。只能绞尽脑汁——与现代女性比肩——与珊尔达拼勇气了。

她们身上透出高贵、坦率的气质，因为她们在电影行业光环笼罩之前就涉足其中。即便成就非凡，她们依然谦逊。这也使她们和新生代演员不同，因为她们常接地气，而新生代却认为一切皆理所当然。这些女人中有六七个尤其意识到自己与众不同。没人能取而代之。偶有一张漂亮的脸蛋会吸引公众，但那些过来人早已是传奇人物，金身不灭。有了这一切，她们将青春永驻，相信自己会流芳百世。

就像看一出糟糕透顶的戏，实在没什么好看的，只好挑几个看上去像现实中人的演员，继续观看，揣摸他们在现实生活中有趣的事，这简直就和门外汉看戏有一拼。

他本性中的某种东西无法审视事物的好坏，无法接受他一夜成名的现实，因为他的成功不是一步一个脚印取得的。

弗朗西斯说，他厌倦了生活就像满满一杯水的日子，厌倦了与人相处像一直在打哑谜，永无休止。

他夸张地把自己看作美国式失败的受害者，这不就意味着受人冷落了吗?

德萨诺：如果你既逻辑推理又加以想象，就会摧毁两者之外世界上的一切。

男人不喜欢住女人开的旅馆。反之亦然。

美国的国会大厦（不是纽约）在我们的历史上有着极其重要的地位。它在 1863 年动乱中挽救了联邦——不过，知识分子都跑到大都市纽约去了。没有了知识分子的批评，我们的政治显得愚蠢幼稚。

每个人都觉得自己的生活怎样怎样，等等。

仙女只惠顾舞台上的年轻女子，在舞台上她们说的都是别人的台词。

听到弗雷德·斯通在《绿野仙踪》里说“我太紧张了”的时候，观众哈哈大笑，这说明整整一代人都在培养神经质。

关于控制的话题：英国人说话的音调——从力量控制的角度很容易，但从神经的角度很难——所以，这是个道德问题?

在她看来，舞蹈是女人对音乐的诠释；一个人可以不用有力的手指去弹奏，而是用肢体来诠释柴可夫斯基和斯特拉夫斯基的音乐；通过舞步来把《肖邦组曲》演绎得与《魔戒》中的嗓音一样惊心动魄。脚下的动作兼有杂技演员的灵巧和训练有素的海豹式灵活；上身的动作则充满着巴夫罗洛夫的芭蕾之美和艺术气息。

要记录下真实的一幕，一个人一定要放松警惕。

她们想成为她那样的人，但又不愿付出代价，自我克制。

初到某地你给人的第一印象是：要么虚张声势，要么惹人讨厌。

回顾往事，午后本身的价值更为持久。夜晚能带来成就感——我们拥有夜晚，而不是夜晚的记忆，当然除了某些夜晚，我们会翻开一本小说去读，一直到黎明时分。但或许正因如此，午后就更容易被深藏在记忆中。

“他们来到这里是为了让孩子们学法语，”亚伯忧郁地说，“他们刚刚横跨欧洲来到这儿，就像布袋里的钉子脱颖而出，最后伸到了地中海。”

晚上，我在电影院听说了一个名叫维尼斯的孩子，迈克尔·亚伦家的第一代。就是你想象中的那种电影，而且是晚上。

我注意到其他民族的孩子似乎都早熟。那是因为他们长辈们的奇怪举止最吸引我们眼球，孩子们模仿他们的父辈，举止也就相像了。

一旦前进方向发生改变，即便是错的，也会巧妙地自我掩饰，让人觉得它一向如此。

伟大的人格其基础如此之大，以至于我们无法看清其规模；它保持着畸形的增长，如同章鱼触角抛出多到数不清的承诺，最后连影子我们也认不出了——大到普通人难以想象。我们只能认出西山薄暮下棺材的阴影。

伟大的人格极为宝贵，被扼杀的话非常可惜，我们当中热爱自然的人应见证其成长；很难通过技术使其再生；如果死掉，许多年都不会重现。

你和塞思可能被看作激进分子，还让你们的孩子看你们在浴缸里的模样，因为你们两个都是好心，但那些自己去尝试的人发现以前的那些说法都是对的。

我对随意遮盖皮肤御寒的看法——女式真皮斗篷、罗马护肤品，等等。

有两件事你做不到："对某人好，又不投入他的怀抱"和"对某人不好，又不让他知道"。

她从没认识到，每当她收起自己认识不到的敏感本性，极尽冷漠残酷时，——她也不知道，事后当他的伤口愈合，疼痛消失，他肯定会报复，打击压垮她，他的那种迫切和敏感让她难以理解。这其中的共性——他的痛苦转化为她的痛苦——对那种无意而为之的人来说，更具致命性。

她被一些女人偶然一次但致命的小自私所折磨。比如，如果说一个男人整夜值班，她会用小细节反对这种说法，认为他怎么着也会睡上两个小时，且据此怀疑其应该受到惩罚。这似乎是女人能从男人那儿夺走的最后一点点成就，却因此把耐心和工作混为一谈。当然，男人也不会轻易放弃。

“男子汉气概”这个词让广告给糟蹋了。

做事方式：一个优秀的士兵要拼尽全力，正如菲利普·锡德尼[①]的经历一样；一个优秀的诗人要让人忘乎所以；一个政治家或者政客最起码要有良心，这是像医生切除心脏一样再不言自明的事了。一个商人如果唯利是图而丝毫不感到痛苦，那么离腰缠万贯就不远了。

说起人类的高水平成就——写作、萨尔帕格[②]等——差别是细微的。

已到达所谓权力中心的人可怕的醒悟，需要谄媚以强化那种权力。

相对于在乎的人，那些不在乎的人有巨大的优势——比如，病房里的健康人，护士对病人，医生的玩笑，人们对我的自我主义的强烈关注，被爱之人对施爱之人，放债人对借款人，还有寄生虫对生性软弱的人。

---

① 菲利普·锡德尼（Philip Sidney，1554—1586）：伊丽莎白一世时期的朝臣，政治家、诗人和学者。

② 萨尔帕格（Irving Grant Thalberg，1899—1936）：美国电影制片人。

个性妨碍面对面的观察。

想像母亲一样照顾一个男人——不想让他在别的女人身上花钱。

对刚刚学习要成为“绅士”和“淑女”的人、或者刚刚不再是“绅士”和“淑女”的人来说，这两个词的意义是简单明了的。

在女人眼里，男人都是一丘之貉，反之亦然。

你可以在信奉上帝和性欲之间做出选择。如果都想得到，你就是个自以为是的伪君子；如果什么都不想要，你什么也不会得到。

美眉：对那些软弱的男孩子，大自然企图通过让他们绝育而除掉他们。

就事论事：总体上说，大资产阶级的培养更具启发性，所以更多妄自尊大之徒幸存下来，具备团队精神。小资产阶级的培养则粗糙一些，适者生存下来。但无产阶级的培养是最粗糙的，受教育程度最差，毫无团队精神，且受种族歧视的束缚，等等。

艺术气质就如同充满活力、机会无限的国王。通过把玩儿就可以将整个结构搞得四分五裂。

任何个人的生活或境遇，总是从好往不太好的方向发展。但生活本身从未如此。

人类经历过3种观念：（1）领袖力是遗传的；（2）灵魂是不朽的；（3）作为一个群体，男人可以起支配作用，适合当领袖，而且能够选择自己的领袖——第四种观念正在形成，即：道德规范本身具有吸引力。

珊尔达的想法：坏事对每个人的影响都一样，但好事却不然。

有必要强调男人的个体差异。如果你身处高空，你甚至看不到游行队伍的旗手，有时你甚至看不到游行队伍行进的道路——但有必要知道。阿尔·卡彭①。

由于教育缺失，加上对事物认识的普遍不足，女人会直接接受政治宗教思想，并把它变成自己的行动，把孩子的脾性培养成个性。在祖父虽然去世或已经年迈，但仍然被当作一家之主的家庭里，如果母亲和儿子——比如你母亲和你——自觉意识较强，这种情况就最为明显。

有没有人想过，上帝的天使突然出现在乔治·华盛顿面前，告诉他如果他放弃忠心耿耿的弗吉尼亚和与生俱来的社会地位，他就会在1933年成为所有学龄儿童的楷模呢？

衰败的元素对他来说似乎有点儿浪漫色彩——安静的大草坪后面隐隐约约的不安，无休止的争吵似乎证明了富丽堂皇的外表掩映下的不太平。事实上，它意味着老米勒家因为没有什么可教，就没教给孩

① 阿尔·卡彭（Al Capone，1899—1947）：美国芝加哥黑手党领袖。

子什么好东西，反而放弃了巴伐利亚自身的农耕智慧，而去学一种20到40年前盛行于中西部、但一无是处的所谓智慧。在西部定居和大开发的特定条件下，对于一个在宁静小城长大的孩子来说，这种智慧就像日本的武士道精神一样生僻晦涩。

他的年龄尚属“安全”。对男人来说，安全的年龄段是24岁到28岁。不管结婚与否，不管做事多么靠不住，男人的这个安全年龄段的的确确是存在的。在此年龄段，一个成熟的男人不会错把18岁年轻人的那种全神贯注当成30岁成年人的智慧，也不会原谅30岁的人缺少18岁年轻人的精气神。可以坚信：如果心态好，就算26岁还在打光棍儿，也别太当回事儿。

女人不停地对虚无缥缈或无能为力的事一而再、再而三地做出反应，这种反应几乎到了自我毁灭的程度。

司各特觉得，当他的目光心不在焉地寻找杨西时，社会上的剩男、剩女、平庸之徒、笨蛋和穷光蛋们正迫不及待地寻找意中人过上更好的日子。此外，为偿所愿，丑一点儿、老一点儿的也无所谓。看到这些，司各特觉得自己的确已垂垂老矣。

学到一个词或知道一个地方，等等，接下来几个星期，你似乎会在阅读中不断地碰到这个词或这个地方。

用作明喻“就像一个人……的时候”，等等。

你的话能噎死人。

死了妈的孩子们也有自己的优势。

立场平庸的坏处:（1）没有吸引力;（2）现实中总是对极端观点评头论足，等等。

人仅仅是其姓名的首字母缩写而已。

有些粗俗的故事是我 10 岁时听到的，以后再没听到过，因为我在 11 岁又听到了新的、更复杂的故事。多年后，我听到一个 10 岁男孩正在跟另外一个讲那些古老的故事，我突然想到这些故事就是这样千百年来一代代在 10 岁的孩子们中流传的。我在 11 岁听到的那些故事也是如此。每一批故事就像神秘的仪式，永远在那个年龄保留下来，永远不过时，因为总会有另一群 10 岁的孩子去讲这些故事。故事永远都不会让人觉得乏味，因为男孩们到 11 岁时就会忘掉。几乎可以相信这种非正式的教育方式可以提升到一种意识形态的高度。

出名最简单的办法就是做出格的事，做狂热的无神论者或危险激进分子大声叫喊几年，然后缩回去。为招待斯帕戈、帕皮尼、切斯特顿以及亨利・亚瑟・琼斯，可以屠宰养肥的小牛。这时候表现慌张短时间内会比其他时候得到更大的犒赏。

当男人们在争议话题上取得一致意见时，他们便喜欢吹嘘，也喜欢听别人说一些支持他们立场的话。他们故意开怀大笑，享受自己旗开得胜的温馨感觉。

他的脑子里全都是他读到的故事的奇妙结局，以及许多朦胧的想法，而就在这些想法到达耳边时，又想不起是哪里来的了。

傻瓜能够欣赏精彩的演出是因为他们不想什么都懂，就像保姆或孩子吃一顿大餐一样。他们自始至终所能体验到的就是让他们的神经始终绷得紧紧的。面对一幅好画，他们会打瞌睡——因为傻瓜在碰上大事时总是精神萎靡。

50 年前我们美国人用情节剧取代了悲剧，用暴力取代了历经磨难的尊严。在生活中或小说里只能表现女性，已经成了一种逻辑，以至于小说和传记都把美国男人描写成在不可调和的矛盾面前变成了笨头笨脑的胆小鬼。

所有的人都在榨取阿斯特和惠特尼的财富。

时间在无情地流逝，直到俄罗斯人试图取代他们的艺术家和科学家——然后时间就静止了，只剩下钟摆还在动。

我可以看着香烟燃烧，就像骑士的流线身影。查理·佩蒂的线条设计都来自一根香烟，甚至烟雾萦绕的发际。

同母亲一起生活了 20 年，从没注意过她的眼睛。欧夫人说我的眼睛长得像母亲。

像所有“决定性的”人物——法官、医生、伟大的艺术家，等等。

你开始假装善良（彬彬有礼），是因为这样做好处多多，以至于已经成为人的第二习性。但有些人，比如犹太人，很难跨越做作的第一步。

当人们犯糊涂时，就会试图抛出一团朦胧迷雾，接下来是事实面前的强烈震撼——一种碰撞——这似乎是能使他们头脑清醒的唯一方法。

习惯性的辛苦磨练，却依然情感丰富，这种张力便是你的魅力所在——这种平衡一旦被打破，你不也就成为自我放纵的牺牲品了吗？——难道毁掉你身边可靠的东西？更有甚者，让你自己更脆弱吗？

但，双手揭去耶鲁学生的皮，能看到海岸警卫队的影子就算你走运了。通常你会一无所获。否则，组建 11 人的足球队，买铁打的人和 3000 个傻子就行了。愿上帝保佑你远离**那座**真空铸造场。

对于“大团圆结局”，有这么一种说法：健康的人从爱情走向爱情。

回到独生子女特有的童年时代。

女孩十有八九都能保持姣好的容颜而不摧残身体，但只有十分之一的男孩能做到这一点。

美国农民之所以去当兵，一方面是喜欢冒险，但更重要的是生活无望。

请记住，女人都是不愿正视现实的，而男人——关于这一点，我是说每一个男人——则不然。男人通常从约会起3个月内，把一切都和盘托出。别忘了 ××× 的女儿曾拥有 ××× 街道的公寓。早在她离开巴尔的摩之前，我就听说过她的事。

你可以从餐桌礼仪角度去看 ××× 男孩。你会看到，男孩子会和用人一起就餐，父母离而复合。

有些男人有必要吝啬，仿佛他们在锻炼一种他们自孩提时代起就没怎么重视过的才能。

一开始，我们就是装在篮子里的碎片。最后，篮子翻了个底朝天，变成一堆干草，我们在里面寻找温和的自我——好像这种自我曾存在过一样。

记住一点——如果你闭嘴，你就已经做出了选择。

“飞女郎”在二十年代从未真正消失——她们只是隐姓埋名，穿上橡胶跟鞋子，暗地里活动。

见风使舵，无论好坏，在生活中都是必要的。老虎假日酒店、小规模神经系统、狄金森、麦格劳，等等。彼此间都很赏识。

发现我不是理性的那类人——在好莱坞发现，我是说，在写剧本时发现。比如，每个导演**必须**怎样。

为“大团圆结局”辩解。我父亲和奥斯卡·王尔德同年出生。一个在40岁毁了——一个在70岁“幸福地”终了。所以，贝姬和阿梅莉亚的故事是**真实的**。

一个早熟而又难缠的男孩像老年人一样开玩笑。比如说（指20年前），“你在笑话我，是吗?”完全是善意地跟不想去伤害别人或受伤害的人开玩笑。

“我跟你说，等待也是电影业的基本组成部分。每个人得到的都太多，所以最后出事时，你才知道你一直在赚钱。之所以迟缓是因为一个人总是念念不忘与天气、演员和事故抗争。”

不良教育的开端——根据迈尔斯的《古代史》以及对古罗马圆柱的全神贯注，我认为那就是对思想和品位标准的、固定的象征性反映——因此，多年后当西方银行建筑被摒弃后采用现代形式时，我感到非常困惑。

我缺少两种至高无上的东西：强烈的肉欲与金钱。但我有两样稍差一点的东西：美貌与智慧。所以，我总能拥有顶尖的美女。

在1908年，我们昔日的大西洋和加勒比探险家与今天的联邦调查局官员的壮举一样浪漫。

十六、污言秽语

某君放弃了自己当英雄的想法。没准儿正躲在厕所里抠鼻子呢。

你不能随便找个造犁厂厂长的儿子，剪掉他的蛋蛋，就可以把他打造成艺术家。

“你见过松鼠的小鸡鸡吗？”他突然问她。

剧本撰稿人，把故事中所有生活元素都抹掉，代之以生活中的恶臭——响屁、黄段子、下流的玩笑。人们这是怎么了？

向奥格登·纳什[①]致歉：
加州所有女孩至少失去了一个卵巢，
而且她们都没有读过《包法利夫人》。

十七、场景与情境

弗朗西斯·埃利奥特爵士[②]、乔治王[③]、大麦茶与香槟酒。

---

① 奥格登·纳什（Ogden Nash，1902—1971）：美国打油诗诗人，一生写了500多首打油诗。

② 弗朗西斯·埃利奥特爵士（Sir Francis Elliot，1851—1940）：英国外交官，1903—1917年间任英国驻希腊特命全权公使。

③ 乔治王（King George），此处应指菲茨杰拉德时代的希腊乔治王二世（1890—1947），1922年至1924年，1935年至1947年任希腊君主。

那些大玩具库里点着很多蜡烛，其实是非常时尚的大酒店，古镇上灯光掩映的钟楼，巴黎咖啡店模糊的辉光，山坡上别墅窗子的尖顶消失在黑暗的天际。

“那里的人都在干什么呢?”她小声问道，“看上去很热闹，可我也说不上究竟是什么。”

“那儿的人都在做爱呢。”瓦尔不动声色地说。

盲人的皮衣和没有下巴的未婚妻。

黑人女子和犹太死婴。

他礼貌地表示出感兴趣，雷恩斯说道：“看这些东西也没用，因为你不喜欢。”

“不喜欢，”查尔斯坦率地说，“我确实不喜欢。”

“你只喜欢节奏，记录节拍的东西，可现在你的节奏给打乱了。”

管弦乐队正在演奏维也纳华尔兹，突然，她感觉到弦在拉长，每一个四分之三小节都在中间拉低一点，因此绷紧拉长，直到华尔兹像一台转不动的留声机，变成一种折磨。

她站在那儿，周围一片死寂。在梦中追赶她的、震耳欲聋的脚步声也停了。一种踏实、充满乐感的静。

也许我们眼下看到的这种蓝灰色是我们这辈子见过的最纯正的——深棕色潮汐退却的地方，蓝灰色涌上来。这就像他身边的礼服一样难以描述（漫长的白天，人们装模作样时所穿衣服的那种颜色）——像痛苦一样蓝，因躲避快乐而心生的蓝——“如果我能够［触摸？］那个阴影，一切都会永远好起来……”“摸一下？摸。”

1926年在乌拉圭的里维拉，我过得一点儿也不愉快：

浓味鱼肉汤。

小颌针鱼。

（“莫里斯”——皮特·阿诺[①]描写“赫客”和“乌普斯”的第一部卡通片。）

谁会救最弱的游泳者。

（争吵）

二者在船尾脱离。

菲茨杰拉德和沃克在维勒弗朗什[②]。

我眉毛上的高射炮和小轿车。

裸泳，但不行。

有时候，酒吧的夜晚是在亢奋中结束，在朦胧中淡去，难道不是这样吗？每天晚上10点以后，她觉得自己是充满鬼魂的世界里唯一实在的东西，周围全是空灵，每当她伸出手时，它们就退后了。

他有6个月没喝酒了，此间他无法忍受那些他喝醉了才喜欢的人。

两个年轻人只能一边用留声机播放感伤音乐，一边呻吟，但不一

① 皮特·阿诺（Peter Arno，1904—1968）：美国卡通画家柯蒂斯·阿诺克斯·彼得斯（Curtis Arnoux Peters，Jr.）的笔名，自1925到去世一直为《纽约客》画幽默漫画和封面。

② 维勒弗朗什（Villefranche）：法国港口城市。

会儿他们离开了人世。火苗蹿了起来，窗外的白天消失了。福里斯特在茶里加上朗姆酒。

约瑟芬·贝克[①]的巧克力色阿拉贝斯克舞姿。她演出的合唱。

在卡斯堤拉恩街商店门前，店主和顾客都站在人行道上抬头凝望，光芒四射、蔚为壮观的齐伯林伯爵号飞艇在巴黎的天空滑翔。它是逃离和毁灭的象征——必要时是借助毁灭而逃离的象征。他听见一个女人用法语说，即使飞艇引发炸弹纷纷落下，她也不会吃惊。

（现在——1939年——不好笑了。）

他们为什么不后退呢？他们为什么不直接后退，沿卡斯堤拉恩街，穿过里沃利街，经过图勒瑞花园，继续后退，尽快退，一直退到人影模糊，消失在河对面呢？

那天晚上，他躺在床上睡不着，听到街上马戏团连绵不断的搬运车队赶往另一个演出场地。当最后一辆搬运车的隆隆声消失在耳际，家具的角落也露出了黎明的鱼肚白。

约瑟芬几乎立刻就意识到，除了她自己，在场的人都疯了。她清楚地知道这一点，唯一形容怪异的人是一个身强力壮、穿男式长礼服和灰色睡裤的女人。人们抬起惊恐的目光，看着年轻女子优雅的着

---

① 约瑟芬·贝克（Josephine Baker，1906—1975）：出生于美国密苏里州的舞蹈家、歌唱家、演员、社会名流、民权活动家，也是美国第一位登上银幕的黑人巨星，被社会各界誉为“黑珍珠”、“古铜维纳斯”、“克里奥尔女神”，1937年加入法国籍，二战期间支持法国复兴军，被戴高乐将军授予法国荣誉骑士团勋章。

装、自信的表情和漂亮的脸蛋儿，出于自我保护，都粗鲁地把脸转到一边。

“呃，你想干什么？”

“吻你。”

一阵胆怯从她的脸上掠过，但很快控制住了。

“我很脏。”

“因为别人脏，难道你就不吻了吗？”

“我不吻。我们这代人不。给你找个好姑娘去吻吧。”

“现在哪有什么好姑娘啊——我就喜欢你。”

“我不好。我很刻薄。”

女人把孩子们从船上一把抢过来，就是为了躲——躲什么？

她甜甜地笑了。

“去哪儿了？”

“去滑雪了。可每次我出去，并不意味着你就可以和一大堆来自开罗的舞男们出去跳舞。他跳舞时为什么手和地面齐平？他认为是在抚平浪花吗？他以为地板会弹起来打到他吗？”

“他是个希腊人，宝贝儿。”

一辆红色小汽车，紧贴地面，既象征着运动的速度，又象征着生命的速度。那是一辆布莱兹野猫。斜靠在座椅上的是一个金发女郎，长着一张娃娃脸，表情冷淡，神情疲惫，但心情还不错。

他们的船漂了出去，转眼就漂进无际的黑暗之中。远处很远的地方，另外一只船上的人在唱歌，歌声时而遥远且富有浪漫气息，时而飘近且充满了神秘色彩。因为运河河道回弯，两船隔得很近，却伸手不见五指。船的木帮一直发出碰撞声。他们划入一道红光之中——就像舞台上的灯光，照在龇牙咧嘴的魔鬼和可怕的纸火上——然后又驶入黑暗之中。周围是轻轻拍打的水花以及时远时近的歌声。

他若有所思地停下来，跳过范·舍林格房子前面高高的消防栓，心想一个人穿着长裤跳会怎么样，他还能不能再跳一次。

“你自我了断吧！”他强烈要求道，自己也吃了一惊，“你？究竟为什么——”

“噢，这种经历我有过两次。我觉得很恐怖——通常在艺术生涯出了问题时，我就会这样。有一次，别人说我跌进浴缸，其实我是自己跳进去的；还有一次，我差点儿从窗户跳下去，还好有人关上了窗。”

“你应该小心点儿。”

“我是挺小心的。我身边不能没有女人——东方人不行，东方人总是缠着你娶她。”

给管弦乐队送二流的香槟酒——千万，**千万别**再这么干了。

菲茨杰拉德走遍了巴黎。

他一走进自己的房间，以英国人的稳重打消了疑虑之后，穷人的机灵就显露无遗了。他开始用衣服把自己给裹起来。他先是脱掉衣服，穿上两套内衣，再套上四件衬衫和两套外衣，外加两件白色斜纹背心。他把所有口袋都塞满领带、袜子、装饰纽扣、金边牙刷和几件洗漱用品，气喘吁吁地挣扎着穿上外套。他的礼帽看上去空荡荡的，于是他塞了些衬圈，再用几副手帕固定好。然后，他站在镜子面前晃了晃，上下打量着自己。

他也许能行——只是一股汗水从头上流下来，与他身体上不同温度的汗水汇合，一直流到挤脚的鞋里，被脚上穿的 3 双袜子吸收掉。

他像一个临战的胖墩儿，小心翼翼地走过大厅，按下电梯按钮。一个服务生好奇地打量着他，但没说话，另一位顾客面无表情地说他穿得像伯德将军[①]。他穿过门厅，真是个大块头。酒店前台的服务员没准儿已经下意识地感觉到有点不对劲儿，但他走得太快了都来不及问。

“先生，要出租车吗？”门童关心地盯着瓦尔苍白的脸，问道。

瓦尔不能回答，所以拼命摇了摇头，但也不行，他只好低沉地嘟哝了声“不”。他蹒跚着朝一辆公交车走去，太阳就像金属吸引闪电一样，也被他这个大块头吸引过去。上了车，他心想，车上面一定会凉快点儿。

他在大堂当侍应生所受的训练还真有用！他拼命爬上公交车的旋转楼梯，就像爬社会阶梯一样。他汗流浃背，气喘吁吁地一屁股坐到凳子上，形形色色中产阶级追名逐利的血液在他身上激荡。瓦尔不会守株待兔，坐冷板凳，坐以待毙，他内心还有战斗的欲望。

×××娶了查尔斯顿一户提供寄宿的贵族家庭的女儿，可是，他们不喜欢他。但在查尔斯顿以外，他们的威信却要靠他，所以他们只

---

① 伯德将军（Richard E. Byrd，Jr.，1888—1957）：美国海军少将，开拓型美国飞行员，极地探险家和极地后勤总指挥，曾获得美国最高荣誉勋章。

能温和地说他的坏话。家里有个海岸警卫队军官，总想拿把上了膛的手枪训斥他。在他妻子生病时，父亲常跑医院，通过可怜的 ×××，得到了医生们的尊重，之后便开始责骂他。××× 当时在欧洲东躲西藏，和女佣们上床，常暗地里寻欢作乐。“主啊！”他总是说，“他们真是蹬着鼻子上脸啊。”

许多年轻姑娘聚在一起是一件既浪漫又神秘的事，就像拂晓时分第一眼看见野鸭子。

“儿童时光”①：“小家伙们，我将是最后一位让你们，比方说，在 6 岁前开始抽烟的人，但要记住我们处在深度抑郁期——4 岁到 6 岁的抑郁期，承蒙美国烟草公司的厚爱——你们是有 4 千万烟民的潜在市场。”

这个城市的节奏一直就很奇怪，这种节奏一直萦绕在美国快捷酒店的窗外，白天就是些不经意的标点符号，就像不是直来直去而是绕着圈子转的邮件递送或乘车兜风。

鉴定大楼的狗。

一辆出租车在一个紧张的夜晚翻车了。

扔珠宝，烧衣服。

---

① “儿童时光”（Children's Hour）：1922—1964 年间英国 BBC 播出的一档儿童娱乐节目。

她告诉他，她为“剧本”构思了一个完美的情节，接着又跟他讲了一遍《奇人》的梗概。他觉得乔·吉布尼会感兴趣，于是便把乔在好莱坞的地址给了她。乔是地下制片商。她八成是在怀疑他故意逃避，所以瞪了他一眼，对她的同伴窃窃私语了几句。她会去看他后面的六部电影，看看他是否盗用了自己的创意。

角落里，一个大块头美国黑人搂着一个漂亮的法国妓女，以圆润优美的声音为她高歌，梅拉基的田纳西情结突然间本能地被唤醒了。

迷上女子的男子发现，她是在为别人炫耀。

失踪的木筏收起帆，在轻风推动下独自疾行，直到破烂的帆布突然爆开碎掉。夜幕降临时，木筏自己动起来，顺着暗潮快速行进，仿佛有魔鬼推着一样。

这场面跟我和杰拉尔德在一起的那个下午一样，都是为了两个女人。不是好兆头。

我居然吓跑了和平大酒店的一位顾客。

她帮英国护士把手推车抬下楼，到底是责任感在作怪，还是纯属帮忙呢？英国护士不停地说“请”和“多谢”。但多洛雷丝恨她，想不露声色地敲打她的麻木不仁。像大多数受美式生活刺激的拉美人一样，她有一种难以遏制的暴力冲动。

朱尔斯眼睛下面有黑眼圈。昨天他解决了生活上最大的问题：用

20万美金打发了他的前妻。他婚结得太早，她以前住在魁北克贫民窟，是个女佣，嫁给他之后，不但没能飞黄腾达，而且染上了毒瘾。昨天，在律师面前，她最后的举动是用电话机座砸他的手指头。

从她面前经过的，要么是不可思议的、挥霍成性的拉美人，要么是名门望族的淑女，要么是充满神奇色彩的国际银行家，甚至是帽子拉得很低、免得被认出来的某个好莱坞大牌明星——在她眼里，这些人都是大人物——迪克会为他们说好话，发自内心的好话，而他们会渐渐消失在远方，就像赤条条的阿根廷人，社交新闻专栏里撑起来的女性内衣广告，黛娜的叔叔，见到塞思很高兴的女演员——除非你真正拥有他，他才喜欢你。

"我太累了"，他说——可惜让她占了上风，因为她不累；当他的大脑和身体反应迟钝，就像看一场慢悠悠的电影，正处在枯燥的中场休息时间，但她的神经却异常活跃。她甚至想搞点恶作剧。

在梅多布鲁克，××× 坐在豪华轿车中，跟和他争执的人一样变得渺小了。

搬家临近结束时的场景——东西多得让人受不了，5台留声机、8副黑色眼镜、多余的副本，等等。

开车途中，年轻人无动于衷，不去理会自己的母亲，不愿看母亲注意的东西，包括他身边的东西。除非车辆转弯，天空和大海突然出现，他们才会朝同一个方向看，就连这种时候，他也会毫不客气说一声"热死人了"。

她风情万种地笑着坐在马桶上。之后，她的目光呆滞了几分钟，充满了居心不良的怨恨。

“我喜欢享受，”男子说，“但我只能希望和回忆。究竟是什么——让我没有反应，相比之下，你的反应更积极一些。让我用自己的方式看待事物吧。”

“你是说你不想让我说话？”

“我是说我们来到这儿，我还没能缓过神来，我还没有意识到这**就是**大西洋，你已经像化学家一样在分析了，像画画的化学家或者研究化学的画家，搞的一切都没劲了，我说：‘对，这确实让我想起了一家熟食店——’”

“你还是自己待一会儿吧——”

那时，他可是作为受人尊敬的人，过着体面的日子。但他会不时地放纵一下，不吃山谷里的草，而是跑到山上吃草，这种习惯在早年离群索居时就养成了。

“不错！”牛群说。

有些牛会一边看着他用力地咀嚼，一边摇头。不过，也有些会聚在一起，说：“如果我们吃那种草，也会像他一样体面。”

他们尝试了，可这种愚蠢行为并没有带来什么好结果。

“哎呀，她是你老婆——摸你老婆，我连想都不敢想。”在激情满满地把妻子弄到床上前10分钟，他听到有人这么对他说。

他那晚发低烧，蚊帐把他困在闷热的狭小空间里。但早晨起来，外面又清新又晴朗，他记得，尽管有点轻微失眠，但实在没有必要一个人独处。

他突然从床上爬起来，跌跌撞撞地穿过灌木丛，沿着一条几乎认不出来的小道走到房前。黑鹂鸟“呼”的一声从旁边草丛中飞起，吓了他一跳。他推开门，脚下的门廊陷了下去。好险呢！房子里没有一丝声音，只有寂静在缓缓地悸动。

“我们先不谈这种事，我跟你说件有趣的事儿。”她并不太想听，但他继续说道，“只要四下看看，就能看到我在一个地方就能召集起来的人数最多的‘青年团’。对他们来说，这个旅馆就像一个交流中心——”一个脸色苍白、身体虚弱的佐治亚人，坐在房间对面的一张桌子旁，冲他点头，他也点头会意，“年轻人看上去有点遁世的感觉。我来看的这个小魔头是没有指望了。你会喜欢他——他要是来，我就把他介绍给你。”

正说着，人流开始涌入酒吧。妮科尔身心疲惫，只好听从了迪克不明智的话，同刚刚进来的那个形容古怪的穆斯林搅和在一起。她看到各色男人都聚到酒吧：又瘦又长的男人；肩膀又圆又细的小冒失鬼；面孔长得像尼罗、奥斯卡·王尔德或参议员的大汉（形形色色的人突然搅在一起，变得像女孩子一样昏昧，或者变得放荡不羁）；东逛逛、西遛遛，一会儿惊讶地睁大双眼，一会儿笑得像直抽筋儿的神经病；坐立不安，消极被动，话语不多的帅哥；举止文雅，脸上长满疙瘩的凡夫俗子；嘴唇红红，躯体纤曲，口若悬河，声音嘶哑，嗓门超高，言语间喜欢说“靠不住”的、没人道的男人；自我意识超强、一听到动静就急不可耐而不失礼貌地怒目而视的男人；还有自控力极佳的英国人、巴尔干人、说起话来“叽里哇啦”的矮个子暹罗人。“我想，”妮科尔说，“我想上床睡觉了。”

“我也想。”

——再见，你们这些倒霉蛋儿。再见，三世酒店。

一辆行进中的小汽车里坐着一位南方绅士，陪同的是贴身男佣。汽车行驶在去纽约的路上，可他心里有点堵，因为汽车的上边和下边再不能协同作战。事实上，车上坐着的两个人要时不时下车，拼命爬到车底下，查看每个角落，然后继续上路，随着车子颠簸前行。

门口只有几个面无表情的单身男子，要是你仔细观察，你会发现，这场面很显然没有预期的那种喜庆气氛。这些姑娘和小伙从小就认识，尽管在今晚此地会孕育婚姻，但这些婚姻都是环境的婚姻、无奈的婚姻，甚至是无聊的婚姻。

一整章讲的几乎都是那个男人努力教育孩子，却不知道置身何处——难啊。

有一章的内容是：他们的孩子走到他身边，询问同性恋的问题，以及随后对同性恋的长时间思考，最后的态度与格罗顿[①]的一个父亲对此的态度如出一辙，后者认为，如果从社会找原因，同性恋没什么大不了的。

美国式的慷慨大方，不予置评。

---

① 格罗顿（Groton）：美国康涅狄格州一城市。

在阿维尼翁[①]教皇宫的阴影里，我们的希腊向导，一位在士麦那大屠杀[②]中从死人堆里逃出来的人，满腔热情地给我们讲述了他当酒店老板的堂兄，还有印第安纳州泰瑞豪特的一只麋鹿。

“他戴了顶高帽，穿一件蓝袄，佩着肩章和绶带，绿色裤子，手握金剑，每年都跟在大乐队后面走过大街，而且——”

在里兹碰到了科尔·波特[③]。

那天晚上我们都去听夏里亚宾[④]的歌剧。第二幕结束以后，他待在外面的酒吧和女招待聊天，后来再回到我们身边时，变成了一个步履蹒跚的大高个，面色苍白得就像从剧院大楼梯上走下来的幽灵。

想象一下，说到 ××× 哥哥的死，对 ××× 说：“噢，他八成是一头烦人的猪。”

“他们只允许我们和其他富家子弟看喜剧、绑架等诸如此类的东西。但喜剧是我的最爱。”

“谁？卓别林吗？”

“谁？”

---

① 阿维尼翁（Avignon）：位于法国东南部，沃克吕兹省首府，在罗讷河畔，是十四世纪罗马教皇所在地。

② 士麦那大屠杀（Butcheries in Smyrna）：此处应指 1919—1922 年希腊—土耳其战争结束后，土耳其人占领了士麦那，纵火焚烧了整个城市，大规模屠杀希腊人和亚美尼亚人，估计死亡人数在 1 万至 10 万之间。

③ 科尔·波特（Cole Porter，1891—1964）：美国著名男音乐家。

④ 夏里亚宾（F. L. Chaliayin，1873—1938）：俄国著名男低音歌剧歌唱家。

“查理·卓别林。”

很显然，男孩子对这个名字没什么印象。

“不，是——你知道的，喜剧。”

“你喜欢谁?”比尔问。

“呃——”男孩想了想，“对了，我喜欢嘉宝、迪特里希[①]和康斯坦斯·贝内特[②]。”

“他们是演喜剧的吗?”

“他们是最搞笑的几位。”

“最搞笑的什么?”

“最搞笑的喜剧。”

“为什么?”

“哦，他们一直满怀激情地去演。”

“后来有人给我们讲了‘三陪女’的故事。有时生意人招待外地来的客人，想让他们尽尽兴——唱歌、跳舞、喝香槟，诸如此类的把戏，让他们觉得身在纽约是受欢迎的人。所以，他们会在餐馆订个包间，请十来个三陪女。她们要做的就是穿上晚装，在某个中年男人身边坐上两个小时，听他讲笑话，然后开怀大笑，没准儿还和他吻别。有时候，当你坐下来准备用餐时，会发现餐巾里夹着一张50美元的钞票。”

最愉快的旅行：

驾车，巴黎—苏黎世；

---

① 迪特里希（Marie Magdalene “Marlene” Dietrich，1901—1992）：美国德裔女演员和歌手。

② 康斯坦斯·贝内特（Constance Bennett，1904—1965）：美国女演员。

驾车，我和珊尔达、沙普；
驾车，我和欧内斯特，向北；
巴黎—里昂—地中海铁路，向北，1925年；
瑟堡—巴黎；
阿夫雷—巴黎；
向南到诺福克；
日内瓦湖畔。

最不愉快的旅行：
驾车，我和珊尔达去南方；
科莫湖①周围；
门托尼②；
加州；
魁北克；
从诺福克向北；
……和……

“坐在桌子前的小个子有点神经质”，在长篇大论了名人是否“就是老百姓”、“和别人没什么两样”等诸如此类的话题之后，开始变得特别愤青，言语间流露出自己就是名人。

她以前从未为爱付出过什么。她不知道爱的意义。当她用手打碎灯泡时，她仍然不明白，看到碎玻璃在床边散落了一地，还是不

① 科莫湖（Lake Como）：意大利北部阿尔卑斯山山区著名湖泊之一，面积约为146平方公里，是意大利第三大湖泊。
② 门托尼（Mentone）：美国得克萨斯州小镇。

明白。

怀旧或心之飞扬

“年轻的圣保罗”；

佛罗里达；

诺福克；

勃艮弟；

旧时的蒙哥马利；

巴黎左岸；

纽约 1911、1917、1920 年；

霍普金斯；

百慕大。

芝加哥；

惠特利山；

卡普里；

旧公寓或夏季旅馆；

尼亚加拉对面的地方；

阿讷西；

“第一批船”；

第一次去伦敦；

第二次去巴黎；

普罗旺斯；

里维埃拉（昂蒂布、圣拉斐尔、圣特罗佩斯、尼斯、蒙特卡洛、戛纳、圣保罗）；

格施塔德；

兰道夫；

普拉西德；

弗龙特纳克；

“早时候的白熊”；

普林斯顿，第一年和第二年；

耶鲁；

毕业生纽曼；

迪尔海滩；

乔治亚的阿森斯；

索兰托；

马赛；

战场；

弗吉尼亚比奇；

奥尔维耶托；

布萨达；

特里泰特；

其他活动场所：罗克维尔和查尔斯顿，蒙大拿；

华盛顿；

迪尔，艾勒斯利。

跑车：小时候，我就梦想开上超棒的斯图兹跑车——那时候，斯图兹是浪漫生活的标志——一辆底盘低得像蛇一样爬行、颜色红得像印第安谷仓一样的斯图兹。可事实上，我最多只能偶尔开一下家里的老爷车。只要愿意忍受它亲民的噪音和剧烈的抖动，我就能拼尽全力开到每小时 50 英里的“高”速度。

无论我多么满怀激情，却又不得不无精打采地坐在座椅上，怎么看它都不是斯图兹。有一天，我降下车顶，打开挡风玻璃，车子哀嚎般发动起来，带着我妈和另一位夫人进城购物。

那天天气酷热，太阳炙烤着我们，灼热的空气就像火炉的热气一样吹到我们脸上——直透挡风玻璃。我真正感受到皮肤的灼痛在一片一片地加深。真是惨不忍睹啊！

两位夫人不自在地扇着扇子。我相信，她们两个根本就没意识到我们的麻烦是什么。尽管汗水一直流进我的眼睛里，还是能看见热浪里一辆破烂不堪、豆绿色的小破车，慢慢地一点点超过我们，让我艳羡不已。

我的乘客逛了好几家商店。我只能在太阳底下等，无精打采地坐着，脸上挂着一种开跑车的人不可能有的半嘲弄表情。热浪依然逼人。

终于，我母亲的朋友逛完了，我把她扶上车。她一屁股坐到座位上——马上又跳了起来。

"啊！"她狂叫起来。

她被座椅烫痛了。

当我们快到家时，我主动提出——通常我不会这样——带她俩兜远一点儿——她们愿去哪都行。她们客客气气地说，她们打算下来走走，凉快凉快。

他们拐进佳洁士大道，看见马路对面有一座尚未完工的大教堂，就像一只胖乎乎的白斗牛犬蹲在那儿。教堂是仿照佛兰德小镇上某个因故未建成的大教堂式样新建的。月光下壁龛上 4 个耶稣信徒的雕塑面色苍白，像幽灵一样俯视着他们，雕像上仍然能看到建筑工人留下的白色粉尘垃圾。这座教堂是佳洁士大道上最早的建筑。此后才有了面粉大王 R.R. 康默福德建造的巨大褐砂石建筑，以及在死气沉沉的九十年代建造的连绵半英里花哨的石头房子，点缀着奇形怪状的私家车道和马车出入口，以及直达二楼的圆形高窗。曾几何时，这里曾回荡着高头大马的马蹄声。

这片阴森的建筑群里有一个小公园，一块三角形的草地。草地中央有一尊10英尺高的内森·黑尔[①]塑像，他双手被石绳反绑，凝视着缓缓流过的密西西比河上的一块巨大峭壁。佳洁士大道和峭壁是同一走向的，既没面向峭壁，似乎也没在意峭壁，因为所有的房子都面向大街。半英里以外的建筑，越来越新了，有新颖大胆的梯台式草坪、各式各样的粉饰建筑，以及仿“小特里阿农宫[②]”大理石外形、后经逐渐改良的花岗岩豪宅。连续几分钟，跑车从这时期的建筑前呼啸而过，接着道路拐弯，汽车直接开进月光里，月光就像远处大街上巨大的摩托车车灯一样在车身上一扫而过。

然后又经过基督科学圣殿低矮的科林斯式建筑，经过一片阴森恐怖的建筑，这是一排被遗弃的暗红色砖房——九十年代末的败笔——接下来又看见新式房屋，以及耀眼夺目的鲜花草坪。这些建筑一闪而过，消失在后面，陶醉在它们的辉煌时刻；然后，月光下出现的是低矮的圆顶豪宅，以及和佳洁士大道上那些古旧褐砂石建筑一样的建筑。

房顶突然矮了下来，地方变小，房子也变小，渐渐变成平房。这里是马路的最后一英里，河拐弯的地方就是马路的尽头，这里竖着切尔西·阿布斯诺的塑像。阿布斯诺是第一任总督——差不多也是有盎格鲁-撒克逊血统的最后一任总督。

扬西一路上默不作声，她还在为今晚的事生气，但北方11月份

---

① 内森·黑尔（Nathan Hale，1755—1776）：美国独立战争中“大陆军”战士，在纽约城战役中志愿参加军事情报工作，被英军以间谍罪绞死。他留下最为著名的遗言：“我唯一遗憾的是，我只有一次生命献给我的祖国。”他成为美国著名的爱国者和民族英雄。

② 小特里阿农宫（Petit Trianon）：位于法国凡尔赛宫的一个小城堡。

扑面而来的新鲜空气给了她些许慰藉。她在想，第二天必须把存放的裘皮大衣取出来。

“我们现在在哪儿？”

他们放慢了速度，司各特好奇地抬头看了一眼高傲的石像。在明快的月光下，石像清晰可辨，石像的一只手放在书上，另一只手的食指，仿佛带有责备意味地指向街上一些正在施工的房子。

“这里是佳洁士大道的终点，”扬西转过身对他说，“我们为之炫耀的一条街。”

“简直就是美国建筑败笔的博物馆。”

从前，普林斯顿是座绿树成荫的校园，学生们到这里可以学习低调克制。如果学生赢得一个 P[①] 标，也会把它穿在运动衫里面，只露出橙色针脚，那样子就好像这个字母并不是非常物有所值。教授们都很有耐心，小心翼翼地不让自己的女儿接触学生。镇子周围是五六片住宅区，住着的都是当地居民和黑人——这里的黑人都坦言，他们的祖先是内战前南方人带到北方来的贴身侍从。

如今，普林斯顿是一个“优越的住宅区”——原因是小姐们都穿着女骑装，举止时尚，在展望大道学生俱乐部里闲逛。这地方已经失去了专业而又近乎军事化的同质性，取而代之的是许多轻薄之徒，各种“团团伙伙”的触角已经伸到纽约和费城。

训练有素的护士们在病房里忙个不停，为的是在医生到来之前把所有能移动的东西都搬出去，尽可能像手术室一样干干净净。其结果，就像狗藏骨头一样，重点在埋，而不在骨头。同时，护士走了以

① 普林斯顿（Princeton）的首字母。

后，找不到的东西，忘记放在哪儿的东西，都能在不常用的抽屉和柜子角落里找到。另一个技术活是挂裤子，是护士培训的必修课。从霍尔金斯的礼仪规范到太平洋的随心所欲，都要抓住裤脚，反向抖几下，放在衣架的一角，裤子就像吊死的人一样荡来荡去。护士回到家，便把宽松便裤叠得板板正正，以备将来再穿，但没有哪个男人离开医院时衣服上的褶皱和他走进医院时一模一样。

他们被一辆校车给撞了，校车翻了，还冒着烟，一半停在高高的马路牙子上，车里小姑娘们尖声哭叫着，跌跌撞撞地从校车后面逃出来。

一个从未谋面的年轻人打电话给我，说要来拜访。刚开始，他从遥远的某个城市打给我，后来又从一个附近城市打，再后来又从城里打。他终于到了，当时花园周边的路面正在翻挖，新草坪给挖了个底朝天，手表准确无误而又罪不可恕地指向凌晨3点。但他已经做好了准备，用那股恭维劲儿和把他带到我家的那股强烈冲动，让我消消气。“终于到了。”他以胜利者的姿态晃动着身体，对我说道，“我必须见到您。我对您的感激之情难以言表。我觉得是您塑造了我的生活。”

坐车经过日落大道时听到了希特勒的演讲。

十八、题　目

《无意义生活杂志》；

红黄相间的别墅，名字叫作“鸢尾林”、“爱巢”或者“无忧宫”；

《不受欢迎》；

《“你的蛋糕”》；

《傻小子杰克》；

《黑眼圈》；

《新贵的帽子》；

《与醉汉闲聊》；

《解雇雅斯宝·梅里宝》，梗概；

《高个子女人》；

《丛中鸟》；

《国家的旅程》；

《难道你不喜欢？》；

《五种感官》；

《拿破仑的大衣》；

《酒馆音乐，火车渡船》；

《过期》；

《呱呱叫》；

《舞厅里的床》；

讽刺作品题目：《比我强的人》；

粗制滥造小说的题目：《上帝的囚犯》；

《牙之皮》；

《形象思维》；

《一生挚爱》；

《二十世纪的格文·巴克利》；

《大团圆》；

《谋杀我叔叔》；

《葬礼上的警察》；

《来生之地》。

十九、未分类

我做了个离奇的梦，梦到的是克里米亚战争[1]。

《生活》杂志中的错误数字和威廉《紫鸦》的封面引发了什么事。

《时代周刊》：从一个防口臭广告上剪下来的亨利八世。

吵架之前，一直在谈论最美好的事情及其原因。

她和丈夫以及他们的那些狐朋狗友一点儿原则都没有。她们的好坏全由着性子来；她们往往依据惯性装腔作势，可他们从来都是靠不住的，根本不像她父亲和祖父。她稀里糊涂地以为这都是宗教惹的祸。但你怎么指望他们有什么底线呢？

战争已变成二版新闻了。

在部队，遇到普林斯顿的同学，担任司号员，等等。

“神置身其中”的日记：他们拿走了一半——这是另一半。

早饭前，马蹄安静、多情地散落在挂满露珠的林中空地上，或者

---

① 克里米亚战争（Crimean War）：在 1853 年 10 月因争夺巴尔干半岛的控制权而在欧洲大陆爆发的一场战争，奥斯曼帝国、英国、法国、撒丁王国等先后向俄国宣战，战争一直持续到 1856 年才结束，以俄国的失败而告终。

马疾驰在土路上时被扬起的灰尘所遮蔽。他们买了辆双人自行车，骑遍了整个长岛——这让当代的卡图[①]认为，对尚未结婚的情侣来说，“已相当快了”。

3个（具体）事实证明了她所讲的最恶毒、最令人生厌的谎言，而后者允许有限的言行失检，因为这是这个世界上摆脱烦恼的唯一方法。

我们在回声很大的画廊里找了个地方，尽可能远离其他顾客，这有点像剧场经理在“安排观众稀少的剧场”，将观众最大限度地分散到剧场的各个角落。

在亨德森维尔[②]，我过得极度窘迫。相比之下，如今宽裕多了，但星期一和星期二，我只有2个肉罐头、3个橘子、1盒优尼达斯[③]和两罐啤酒。至于食品开销，每天总共一毛八——每当我想起过去两年我看也不看就推掉的上千顿饭，更是唏嘘不已。虽然生活贫困，但也不乏乐趣——尤其是当没有足够强大的肝功能去消化美食的时候。但这里的空气很好，拥有的一切值得珍惜——再说，我也无能为力，因为我害怕现金支付，我得攒够邮资才能把小说寄出去。但每当我走进旅馆，服务员不知道我不仅负债数千元，不不，是数万元，口袋里现金不足4毛，银行账户没准儿还是赤字，但仍然对我毕恭毕敬。看到这一幕总觉得很有意思。在我离开斯科蒂时，我把身上仅有的10块钱留给了她，当然还有弗兰一家不知道，而且肯定想知道，我为什

---

① 卡图（Marcus Porcius Cato，约公元前234年—前149年）：古罗马政治家、演说家。

② 北卡罗来纳州的亨德森维尔（Hendersonville）。该条札记可能写于1936年至1937年。［原注］

③ 一种5分钱一盒的饼干食品。

么不"跳上出租车"（4 块钱外加小费），直冲饭局呢。

这种破产的喜剧多了去了——我想，在过去 4 年里，在全美这种事发生过很多次。

但是，我潦倒的事才说了一丁点儿呢——那就先说一下我的内衣吧，我穿了条睡裤——**仅此而已**。直到今天，我才换成了连衫裤。我每天晚上都把我的两块手帕和衬衫洗一下，但睡裤只能一直穿着，完全可以送给亨德森维尔博物馆收藏了。我的袜子同样也是臭名远扬，因为这些袜子早已破烂不堪，而且晚上还当拖鞋用。最具讽刺意味的是，我在商店买罐装啤酒时，一个醉汉指桑骂槐地说："这些从东部来的城市纨绔，身上随便带个百八十万，为啥就不施舍我们一下呢？"

我曾祖父曾经拜访过多莉·麦迪逊[①]。

照片出现在名人版，而且配有插图，一个斗鸡眼的年轻女子，握着长着 4 排牙齿的野蛮人的手。他们的照片就是这样刊登出来的，但不管怎样，公众非常高兴，知道他们虽然钱多但都是丑八怪，大家也就心满意足了。社会专栏编辑新开设了一个专栏，讲述范·泰恩夫人从阿奎塔尼亚动身时，身穿一件浆硬毡毛蓝色旅行裙，头戴一顶圆中有方的帽子。

从不远处，你在当时貌似混乱中能觉察到一种秩序。一个战前三世同堂的中西部城市，就充分说明了这一点。城里有两三个全国有名的巨富家庭——与其说在他们之下，倒不如说是在他们之外，等级划

① 多莉·麦迪逊（Dolley Madison，1768—1849）：美国第四任总统詹姆斯·麦迪逊（James Madison）的夫人，她是美国有史以来最受欢迎的妇女之一。

分就开始了。位于塔顶的那些人，他们的先辈从东部带来财富和教养，并传给了他们。下面的是那些白手起家的富贾之家，六七十年代的“老一辈拓荒者”，英国或苏格兰人的后裔，德国人，爱尔兰人。爱尔兰人一直被人瞧不起，原因不是宗教信仰不同，而是在东部政治腐败上的种种劣行。法国天主教徒就相当受尊敬。再下面是生活优越的“新贵”——他们略带神秘，过去也不太为人所知，可能根本就没听说过。和很多制度一样，这个制度也没能在随着战争滚滚而来的金钱洪流中幸免。

开场白必须说明白，14 岁的格拉迪丝·范·席林格和比大她一岁的巴兹尔·杜克·李之间的微妙关系，这一点对欧洲人来说很难理解。巴兹尔的父亲很年轻，虽出身不错，却是个失败的肯塔基人，而母亲爱丽丝·赖利则出生于一个“拓荒的”杂货批发商家庭。正如塔金顿所说，美国的孩子随母，巴兹尔就是“爱丽丝·赖利之子”。格拉迪丝·范·席林格则相反——

1906 年的歌

《棉花镇一路走下去》(罗杰斯兄弟)；

《戏弄》；

《哄我》；

《吻别，亲密爱人》；

《别再结婚，我的爱人》；

《在教堂等待》(维斯塔·维多利亚[①])；

《袋鼠的故事》；

---

① 维斯塔·维多利亚（Vesta Victoria，1873—1951）：英国杂耍剧场歌手、喜剧演员。

《亲亲，我的宝贝》；

《如果花掉我一周的薪水》；

《罗斯福和大棒》；

普林斯顿大学合唱团；

诺拉·贝耶斯[①]和《收获之月，亮起来》。

二十、大白话

男的说："这是杰克·奥布赖恩"，"这是弗洛伦斯·富勒"。

"睡吧，呆瓜。"

"因为我刚从那儿回到家，人们都告诉我中老年妇女的某个偶像到我们这儿来了，结果弄得她的追随者们满城到处跑。的确如此。人们把垃圾扔得满大街都是，而我则帮他们捡。"

弗里曼：在超期服役中揩油儿——你还有什么可说的？

码头上的人把"**甜点**"读成"**沙漠**"[②]。

呆头呆脑的看守。

真货。

---

① 诺拉·贝耶斯（Nora Bayes，1880—1928）：二十世纪初，美国流行歌手和喜剧演员。

② 英文中"甜点"（dessert）和"沙漠"（desert）只有一个字母之差，读音略有不同，前者读［di'zə:t］，后者读［'dezət］。

当代俚语，1932 年：

软柿子；

一千块；

丑娘们儿；

打炮儿；

塞钱；

救生衣；

逗你玩儿；

鸡巴一根；

傻逼；

找不到北；

朋克；

滚远点儿。

得了！你既不在“喃方”，也不在“囡方”，也不在“团方”，也不在“纳方”。[①]

速记员（自由人），[②]

竟别赛（锦标赛）。[③]

---

① 此处的“喃方”（soath）、“囡方”（soth）、“团方”（suth）、“纳方”（sith）分别是“南方”（south）的错误读法，以体现讲话人没有受过教育，因而读不准中间的元音［au］。

② 此处原文为“A phrenograstic-Stenographer”(Freeman)。其中“phrenograstic”应是菲氏拼写错误，指的是“根据发音以及声音的抑扬顿挫记录文字的速记员”。

③ 此处原文为“A Toomer-a tournament,”其中“toomer”应是菲氏根据某个发音不清晰，或未受过良好教育的人的发音拼写的单词。然后他再在后面补上正确的单词“tournament”。

林的朋友：退休，咳血，想吃土豆。

“歇那儿吧”表示“坐下”。

陈词滥调：“尽管如此”可能是“因为如此”。

废弃的表达法：真该死！

不常用——巴比特的用词非常、非常得棒。

不为人知。

在普拉西德[1]偷我船的意大利女人。

“俺觉得自己被忽悠了。”英国女子说。

理查兹夫人“令人羡慕的心态”。

俚语：布雷帮（党派）、敲头（杀死）、银铛（监狱）。

船只往来穿梭是在运送补给。

让她怒火中烧——电影中。

---

① 普拉西德（Placid）：美国纽约东北部城市。

不去投注，就没有大奖。

拿出来一整——整——整套方——方——方案，很方——方——方便（可以用在所有的短语和句子后面）。

二十一、青年与军队

博比的摩托车和香烟盒。

1915 年俱乐部的改选是在多年未遇的特大暴风雪中进行的。这一点 20 年后才发现，但别忘了在雪地里追赛普的事儿。

强行军。

搭车去看珊尔达。

莱文沃思[①]的小偷。

缺失的材料。

和中士在一起的场景。

年轻时他当过一个月的童子军，但他所能记住的只有童子军的口

① 莱文沃思（Leavenworth）：美国堪萨斯州东北部城市。

号“一二、一二、砰—砰”。

空中飘起一阵早雪，星光看上去冷飕飕的。抬头仰望星空，他看到繁星始终还是原来的样子——理想、斗争与光荣的象征。阵风吹过，吹响了他常听到的白键高音，为准备战斗脱去外衣，淡棕色的云在眼前飘过。这一景象真是无与伦比、光彩夺目，只有指挥官老练的眼睛看到少了一颗星。

是谁在日俄战争时期叫我菲茨布姆斯基?

如我们所知，孩子缺少感情是很正常的。

只有轻便夹克衫和两类电话的日子。

司各特·菲茨杰拉德，别人是这样叫的。
夜以继日地向女人献殷勤。

在杂货店玩溜溜球，像狗一样走路。

可爱的小宝贝，
待在你自己的后院。
在教堂等待
火辣辣的色彩，
与我吻别晚安。
我是罗密欧，
啊，明亮的月光，

轻盈的翠竹。

我的平板马车。

阿利的刮胡刀。

班卓琴课程。

在圣保罗安姑妈家的一位摩门教徒来看我。

《人人都工作》和《那个人就是我》。

"老兄，我要告诉你我收到了你的便条。不过，还要告诉你我住处的名字是阳性词，不是阴性词。阿门！我每天下午在花园里跟住在同一家旅馆的一个小姑娘一起玩。我们爬到一个山丘的顶上，周围的乡村美景便尽收眼底。布列塔尼[①]真是一个不错的地方，有很多劳工、携家带口的农场主、农民和洗衣工。夜晚可以看到海浪不断冲击岩石。希望你们那儿也有这么美的地方。我正在拉普尔联合运动场跟一位非常好的老师学打网球。

"噢！哎！有一只叫迪克的猫在用爪子抓我那无辜的、香喷喷的皮肤呢。"

随信寄来迪克的一张"侧身正面"照，信上有签名："埃瑞斯，你可爱的女儿。"

"又附：我就把这封信留在小姐的办公桌上了。'既然你让我看见

① 布列塔尼（Brittany）：法国西北部的一个文化地区。

李子（我却得不到），那就在我鼻子上滴几滴（李子）水吧’。希望她会同情我。”（司各特）

莫根打开了艾里斯去年夏天在布列塔尼临走时为他打开的“周报”的一页。

一百条新消息

印度情况很糟。

昨天英国国王谈到了印度人的失败，卡利卡特[①]的失败对我们是件可怕的事。

我们将悲痛地宣布，来自意大利贝拉吉奥的埃瑞丝·帕克林夫人的爱女，玛丽·安东内特·帕克林小姐，昨天不得不去了玩偶医院。在课间休息时，一伙同伴把她绊倒了，她的胳膊当场脱臼。

美　术

埃瑞丝·帕克林小姐的新幻想。

那位著名的女演员最近这些日子有个幻想，想买块泥巴做雕塑。她想给最会向她献殷勤的装腔作势者做个小姐的头像。

菲茨杰拉德的马车行。

杰米和我吻了玛丽和伊丽莎白，结果把脚踝给崴了。

---

① 卡利卡特（Calicut）：印度西南部港口城市科泽科德的旧称。

为了大斋节[1]放弃菠菜。

德里斯科尔双胞胎患上了"自语症"。

我可以拿钥匙吗?

在游艇俱乐部唱歌。

给年轻人发糖——"哦,给,你们是知道我的。"

你很容易脑袋上挨枪子儿。

狡猾的爷爷。

霍普金斯姐姐[2]。

威格斯夫人。

我太太吸吮自己的缎面鞋。

1918年10月,他乘一辆指挥车去了布鲁塞尔。

---

① 大斋节(Lent),亦称"封斋节"。基督教的斋戒节期,从圣灰星期三开始至复活节前日止,一共40天,在此期间进行斋戒和忏悔。

② 霍普金斯姐姐(Sis Hopkins):1919年由克拉伦斯·巴杰(Clarence G. Badger)执导的电影名及其主人公的名字。

这一切我似乎很熟悉，那样子就像小时候坐草车一样。

十三：我：什么？他们在剧中区分性别吗？

司各特：老爸——别那么下流！

不知怎么搞的，对《帕姆》、《绿山墙的安妮》等特别怀旧。

她亲切的黑眼睛似乎被头顶上璀璨的光亮唤醒了。此时此刻，眼睛里充满了骚动的渴望，就像渴望清爽的夜晚一样。

糟糕的皮肤，躲在廉价的粉红色脂粉后面冥思苦想。

随着汽车沿着空中假定的曲线升起，巴兹尔突然意识到，在别人的陪伴下，或是独自一人，他是多么欣赏这一幕啊：他身下的集市流光溢彩，夜晚像法兰绒一样柔情四溢，身处于光的边缘，只能透过黑暗偶尔看到星星点点的光。他们加大油门，天空在头顶延伸，他们再次陷入犹如遥远风笛般的阵阵音乐之中。

小时候，在我住的那条街上，男孩子们仍然认为天主教徒每晚都在地窖操练，认为能缔造我们这个共和国的独裁者是庇护九世[①]。

我和她曾坐在钢琴旁唱过歌。当时，我们 18 岁，所以，每当我们在歌词中碰到“情意缠绵”、“性感的宝贝儿”或者“激情四溢”这

① 庇护九世（Pius the Ninth，1792—1878）：1846—1878 年间的罗马教皇。

些让人脸红的字眼儿时，我们就会匆匆低哼而过，因为这样显得我们有教养。

在安娜贝尔描写修道院作品的很多花哨主题中，我发现了《地震》、《意大利》、《圣方济各·沙勿略[①]》，其题材并不陌生。

巴罗神父告诉我，一个虔诚的修女提前打开了评议考试的试卷，给她班上的学生们看了，结果，天主教的孩子们为了上帝的光荣考了个好成绩。

年轻的亚历克·西摩写了个故事，读给我听。故事讲的是一个杀人犯，在杀了人之后，“对自己的所作所为深感愧疚”。

童年时代的札记：
发出铁环的呼呼声，滚走了。
她很整洁，哈哈。
爷爷的络腮胡子。
啊，她笑了。
兼并粗糙的房子。
休谟对洛克。
变声。
下雪。
热狗。

---

① 圣方济各·沙勿略（St. Francois Xavier）：是最早来东方传教的耶稣会士，耶稣会创始人之一，首先将天主教传播到亚洲的马六甲和日本。天主教会称之为“历史上最伟大的传教士”、“传教士的主保”。

油亮的头发和跳动的音符。

斯威特小姐的学校。

福威尔·保尔森。

每次沐浴。

课堂写作。

辩论。

称呼一个人是一回事儿。

脏衬衣的故事。

柠檬水戏法。

《宝贝儿的手臂》；

《郁金香时间》；

《达达尼尔》；

《印度斯坦》；

《你走后》；

《我高兴我能做》；

《微笑》；

《下去接坐在出租车里的你》；

《朦胧》；

《等牛回家》；

《微光闪烁或茶》；

《再见，莱蒂》；

《为什么大家称他们宝贝》；

《再见，亚历山大》；

《无人知晓》；

《气泡》；

《心肝宝贝》;

《好姑娘就像美妙的旋律》(1920);

《金风花》;

《无人土地上的玫瑰》;

《怎样留住他们》;

《长长的小径》;

《阿尔芒蒂耶尔[1]的小姐》;

《我的哥们儿》;

《家中之火》;

《想回家》;

《玛德隆》[2];

《圣女贞德》;

《在那边》;

《我们不想要甜瓜》;

《神助凯塞·比尔》;

《比利时玫瑰》;

《全是低俗的破布》。

① 阿尔芒蒂耶尔(Armentières):法国北部加莱海峡省诺德部分的一个公社。

② 法国流行歌曲。

书 信

读者期待司各特·菲茨杰拉德的书信最终能结集出版。这里收录的信件只是菲茨杰拉德书信的一小部分，这些书信碰巧都是容易找到的，且有助于我们了解菲茨杰拉德的文学创作活动和兴趣爱好。第一组信是写给友人的，第二组是写给女儿的。第一组的大多数信件中，拼写和标点均保留了原貌，编者仅将其中的书名和杂志名统一改为斜体，并将遗漏的那些括号补齐。①

① 从译文的可读性考虑，译者对整个书信集中某些错误的标点符号进行了修正。

致友人的信

致埃德蒙·威尔逊

1917年9月26日
明尼苏达州圣保罗市
索密特大道593号

亲爱的邦尼：

收到这封信，你一定很惊讶，但请务必给我回信。我想知道，短兵相接的战事对你这种脾气的人究竟有何影响。我的意思是，我很想知道你的观点有无变化——

我参加了部队的常规考试，但结果至今杳无音信。约翰·皮尔·毕肖普[①]在印第安纳州本杰明–哈里森要塞的第二营队。他想当陆军中尉。我和他在一起待了

① 约翰·皮尔·毕肖普（John Peale Bishop，1892—1944）：美国诗人、文学家。1913年考入普林斯顿大学，与菲茨杰拉德和埃德蒙·威尔逊成为好友。1917年从普林斯顿毕业后，到欧洲参战。菲茨杰拉德第一部小说《人间天堂》中的人物托马斯·帕克·丹维尔斯便以他为原型。

一个月（7 月），一起讨论文学，写了许多诗歌。这些诗歌大多深受梅斯菲尔德[①]和布鲁克[②]的影响。

以下是约翰的新作。

闺　房[③]

此地依然弥漫着消退的玫瑰芬芳，
依稀可寻回佛手柑馥郁的芳香，
炫丽灯光和无言沉默让人无限遐想，
翼琴的乐声唤醒了死寂的嘉禾舞娘。

灯光渐柔，沉默永远在颤抖，
仿佛搞错绸缎和蕾丝的尺头，
十八世纪的疯狂在唏嘘中颤抖，
徒劳一生抵达垂死的宅心仁厚。

这是她钟爱的音乐，我们时常听得
她独自漫步在刚剪过的花园里头。
时值炎炎夏日，渐趋温柔，
漫漫午后，蝗虫厉鸣着说："她已走。"

俗艳鹦鹉依然攀附在窗帘褶皱，
夕阳斜照，让布上的印花褪色，
这里还有她的书：蒲柏和伯顿早期的诗，

① 约翰・梅斯菲尔德（John Masefield，1878—1967）：英国诗人，1930 年成为桂冠诗人。
② 鲁伯特・布鲁克（Rupert Brooke，1887—1915）：英国诗人，以写战争诗出名。
③ 此诗后经修改收入毕肖普的第一本诗集《绿色水果》。［原注］

一本破旧的魏尔伦[①]诗集，还有《幸福》和《潇洒的节日》。

来吧——我们走吧——我已尽力，一个人在此寻回
太多的过去，但最终仍找寻不见
那个创造了爱情和恋人季节的东西，
把你的手给我——她曾是佳人——我有眼无珠。

这首诗不好吗？他还没有发表呢！昨天我给几家杂志社寄了12首诗。如果全被退稿，我就放弃写诗，改写散文。约翰也许会在春天出版一本诗集。我也想出版，但没有机会。下面是我写的一首诗。

致塞西莉亚[②]

一百个快乐的六月前，
虚荣亲吻了虚荣，
他屏息将她想念，
所有的时光都懂得
他冒着生死为她作诗，
"为这一次，为这一切，为了爱。"他说……
她的美丽处处都有他的气息，
她和恋人们一起死去。
永远是他的智慧而非她的眼睛，
永远是他的艺术而非她的秀发，

① 魏尔伦（Paul Verlaine，1844—1896）：法国诗人，被誉为十九世纪末法国最具代表性的诗人。

② 后改为散文体，收在《人间天堂》第2卷第3章。[原注]

“学会韵律，人才会聪明，
休止于十四行诗之前。”
所以，我的话无论多么真实，
都会把你唱到第一千个六月，
永远没有人知道，
你只做了一个下午的美人。

这首诗还不错，不过和约翰的诗比起来，当然逊色多了。顺便说一下，我发现了一本你一定会喜欢的小说：威尔弗雷德·沃德夫人的《恰当时机》(1906)。不过，我认为现在还不是告诉你的时候。我认为《新马基雅维利》[1]（1911）是本世纪最伟大的英语小说。我整个夏天都浸泡在酒（杜松子酒）和哲学（詹姆斯、叔本华和柏格森）里。

大部分时间我无聊得要死——难道杰克·纽林不是个悲剧人物吗？——我几乎不认识可怜的盖里。[2] 务必来信告诉我细节。

8 月份我差一点就因公去了俄国，但没能去成，所以我要给你寄一张我的护照照片——如果因为某种原因检查人员没有扣下它的话——照片上的我看上去像个日耳曼人，不过，我可以签上名字证明自己是个凯尔特人。

真诚的，

F. S. 菲茨杰拉德

---

① 英国小说家 H. G. 威尔斯（Herbert George Wells）的作品。
② 杰克·纽林（Jack Newlin）和盖里（Gaily）同是死于一战的普林斯顿人。[原注]

致埃德蒙·威尔逊

［1917 年秋］
新泽西州普林斯顿
乡村俱乐部[①]

亲爱的邦尼：

我之前一直想给你写信，但你知道我换了环境，旅途劳顿，耗掉了我的时间。

你的诗到了我室友约翰·比格斯手上，我们将把它放在下一期上——不过，手稿实在太难辨认了，所以我把我的抄本寄给你，麻烦你校对后寄回。

我在普林斯顿开始读大四了，仍在等待任命。我会把《文学》[②]寄给你，不——你已经订阅了，是不是……

请务必给约翰·毕肖普写信，告诉他不要给他的书命名为《绿色水果》。

亚力克是个海军少尉。我给你附上一封聪明的信，是汤塞德·马丁写的，希望你看完后寄回来。

普林斯顿很无聊，不过高斯和杰路德都在这儿。我只选了哲学和英语——我告诉高斯你去航海了（我就知道这么多），但我会反驳谣言的。

你读过威尔的《恩赐，种族的头脑》（多伦[③]，1916）吗？太精彩了！（乳臭未干的表达。）

---

① 美国普林斯顿大学 11 个餐饮俱乐部之一，创建于 1886 年。
② 这里指普林斯顿大学本科生办的刊物《拿骚文学杂志》（*Nassan Literary Magazine*）。［原注］
③ 美国明尼苏达州的一个城市。

《文学》很红火——我和比格斯负责散文——我、克里斯和凯勒（一个即将成为主席的大三学生）负责诗歌。不过，所有稿件都需是外稿。

（纽黑文的）小博尼特准备在圣诞节前出一本诗集，恐怕会超越约翰·皮尔[①]。他的主题既不风雅，也不颓废。在这个国家，约翰真是生不逢时——人们需要的是思想而不是结构。

虽然我在这儿很无聊，但我偶尔会见到谢恩·莱斯利，读读威尔斯和卢梭的作品。我读过杰路德夫人的《英国有限的小说家》，认为她低估了威尔斯，但她将麦肯茨列为他所属的流派之首却是正确的。她似乎看不上巴里和切斯特顿，而我将他们排在博尼特之前，或者说，实际上是排在除威尔斯之外的所有人之前。

你是否已经意识到，萧伯纳 61 岁，威尔斯 51 岁，切斯特顿 41 岁，莱斯利 31 岁，我 21 岁。（糟糕的是，我没办法为 31 岁找到更好的人选。我想听听对此你有何看法。）

是的——杰克·纽林死了——死在救护车上。从潜质上说，他是位伟大的艺术家。

下面是我刚拿到手的一首诗，已被《诗人传说》收录。

涤罪之路[②]

在沉睡中我已越陷越深，
怀着昔日的欲念、婉约的情分；
一声断喝如醍醐灌顶，
黑暗立即遁出灰白色的门。
为了探求共同的人生纲领，

① 即约翰·皮尔·毕肖普（John Peale Bishop）。

② 这首诗出现在《人间天堂》第 2 卷第 5 章的开头，略作改动并去掉了题目。

我再度在朗朗乾坤中搜寻自信；
然而那千篇一律的怪现象至今犹存——
雨蒙蒙的人生道路永无止境。

啊！但愿我还能再度崛起，再度振奋，
将那被宿醉激起的热度一扫而尽，
去迎接晴空万里的崭新黎明。
高楼大厦鳞次栉比，恍若人间仙境，
去找回漂浮在空中的每一个海市蜃景，
找回每一个象征，而不再是虚幻的梦。
然而那千篇一律的怪现象至今犹存——
雨蒙蒙的人生道路永无止境。

就此打住——约翰的作品我只有这些——我向他讨要过，但一直没有收到。

如果希尔奎特当选纽约市长，就意味着开启了一个新时代。来自俄罗斯南部的两千万俄罗斯人已经来到了罗马教会。①

如果我愿意，我可以作为一个人（一名牧师）的私人秘书去意大利，他将作为红衣主教吉本斯的代表，去和教皇讨论这场战争（美国天主教的观点——是最忠诚的——堵住新芬党②——潘兴③军队中的40%是爱尔兰天主教徒）。务必回信。

凯尔特人

F. S. 菲茨杰拉德

① 新闻草记。[原注]
② 北爱尔兰社会主义政党。
③ 约翰·约瑟夫·潘兴（John Joseph Parshing，1860—1948）：美国将军，一战时指挥在欧洲的美国远征军，并任陆军总参谋长。

最近我想起了潘德尼斯、多愁善感的汤米（他并不多愁善感，巴里根本不了解他）、迈克尔·费恩、莫里斯·雅夫利以及盖伊·哈兹伍德。[①]

致埃德蒙·威尔逊

1917［1918］年1月10日

亲爱的邦尼：

你最后的避难所给摧毁了！你曾借它来躲避这个破碎世界的冷酷诡辩术。[②] 我已经离开了普林斯顿，现在是第45步兵团（常规军）的F. S. 菲茨杰拉德陆军中尉。我目前的地址是：

堪萨斯州

莱文沃思堡

Q. P. O. B.

2月26日后地址改为：

明尼苏达州

圣保罗

索密特大道593号

前一地址的信一般都会转给我。

——普林斯顿知识分子那种转瞬即逝的联系、布鲁克的衣服、干净的耳朵，而且，缺乏精神上的自命不凡……维普尔、威尔逊、毕肖普、菲茨杰拉德……都在沿着时代的小径向前走——将他们闪光的花冠留在约翰·比格斯油光瓦亮但毫无价值的脑袋上。

① 最后3人指康普顿·麦肯齐早期小说中的人物。［原注］

② 1916年我大学毕业，曾从法国给他写信，说我最后的安慰就是想到我们文学圈里那些还在普林斯顿的人们。埃德蒙·威尔逊［原注］

我把你的一首诗寄给了《文学》；另一首我再读一遍，然后寄走。我不知道你有没有收到过《文学》。我寄给你了……并且我还给你附了两张照片[①]，哦，把其中一张给某个可怜的、失去母亲的、没有梦想的法国大兵吧。虽然照片上的我面色黧黑，故作表情，但毕竟是在吃卷心菜的日子里照的嘛……

约翰的书已于12月份出版了，虽然我对他赞不绝口，但我认为他没有用好他的素材。那是一本薄薄的绿皮诗集。

《绿色水果》[②]

约翰·皮尔·毕肖普著

R. C. 步兵团一等中尉

法国谢尔曼公司，波士顿

第一部分（《灵魂与结构》）包括《闺房》、《拿骚客栈》和《菲利普的妻子》的全部，以纪念他颓废的大二时光。此外，还有《克劳迪厄斯》和其他晦涩难懂的作品做点缀。

第二部分包括“埃尔斯佩斯”诗——我认为这些诗都是陈词滥调。第三部分是来自“泽西和弗吉尼亚的诗”，包括《坎贝尔大厅》、《米尔维尔》以及很多缠绵的伤感诗，讲的是白皙的肉体让他多么兴奋不已。不过，他还想如何换个口味，于是，拿压扁的大脑说事儿（这种微妙的想法在他一首又一首的诗里反复被唤起）。这个看法我从来没有对外人讲过，不过，由于他把《加尼美德》、《萨勒姆的水》、《弗朗西斯·汤普森》、《祈祷》以及其他影响作品整体性的内容全删掉了，我私下里把他骂了个狗血喷头，如果他知道这档子事儿的话，

---

① 我在回复他上一封信时提到，他随信附了两张他的护照照片。埃德蒙·威尔逊［原注］

② 诗集《绿色水果》（Green Fruit）发表于1917年。

他肯定会把我从供稿名单中划掉。书的最后是献给汤塞得·马丁的致辞，我已经随函附上。我至今还没有看到有关这本书的书评。

****

《浪漫的利己主义者》

F. S. 菲茨杰拉德

“……最好的已荡然无存

你可以抱怨，你可以叹息，

哦，傻傻的恋人……”

鲁伯特·布鲁克

“经验就是人们给自己的错误冠上的美名。”

奥斯卡·王尔德

查尔斯·斯克里布纳父子（大概如此！）

1918 年

****

本书共 23 章，但只写了 5 章，有诗歌、散文、自由体诗和每一种对温度变幻无常的心情。这本书计划记述一个名叫斯蒂芬·帕姆斯［达留斯？］的人的流浪记。从旧金山大火写起，到中学，到普林斯顿，到最后他 21 岁时在普林斯顿空军学校写自传。书中有塔金顿、切斯特顿、钱伯斯、威尔斯、（罗伯特·休·）本森、鲁伯特·布鲁克的痕迹，还包括康普顿·麦肯齐[①]式的风流韵事和三个通灵故事，

---

① 康普顿·麦肯齐（Compton Mackenzie，1883—1972）：英国文化评论员、多产作家，作品涉猎文学、历史和回忆录等多种题材，是苏格兰民族党的创始人之一，1952 年被授予骑士爵位。

其中有一个是与魔鬼在妓女的公寓里邂逅的故事。

这本书虽对普林斯顿非议颇多，但这与它对人和人性的总体思考相比就不值一提了。我更倾向于将它称为散文体的现代《恰尔德·哈罗德》。说真的，如果斯克里布纳接受了这本书，我知道某天早晨我醒来时，就会发现那些初涉社交场的女孩子已经让我一夜成名了。我真的相信，再也没有人能将我们这一代人的青春岁月写得如此精辟。

在我右手床上睡着（前）《当代诗歌》的编辑德弗罗·约瑟夫，哈佛大学1915届毕业生，一个可爱的人——在我左手边是G.C.金，哈佛的疯子，他正在将《战争与和平》改为戏剧。不过，你懂得，我很幸运没有受到这些凡夫俗子的影响。

《文学》做事很慢，但我还没有收到12月的那一期，所以我不敢对它评头论足。

这场野蛮的战争在法国夺去了斯图尔特·沃尔科特的生命，正如你所知道的那样，果真开始让人愤怒了——但大多数人哭哭啼啼的伤感仍然是我的肉中刺。除了我浪漫的切斯特顿式正统思想外，我仍然赞同威尔斯早期关于人性的所有观点和“对托诺·邦盖①不抱希望”的理论。

上帝啊！我多么怀念青春岁月——当然，那只是相对的，但其他人脸上的皱纹已经开始变得粗糙，那是真正的标记。我认为你从未意识到，在普林斯顿我那微不足道的精练外表下是童稚，而且我也缺少真正的荣誉感。要不是为了荣誉，我早就变成卑鄙小人了。可是现在，荣誉正在消失。

---

① 托诺·邦盖（Tono Bungay）：H. G. 威尔斯（Herbert George Wells）小说《托诺·邦盖》（1909）中的主人公。

好了，我在僭越，在惹你烦，也在消耗我的小说素材。那么再见。务必给我写信，若愿意请保持联系。

上帝保佑你。

凯尔特人

F. S. 菲茨杰拉德

毕肖普的地址

肯塔基州泰勒营地三三四步兵团

约翰·皮尔·毕肖普中尉（他是一等中尉）

致埃德蒙·威尔逊

[1920年] 8月15日

明尼苏达州圣保罗市

索密特大道599号

亲爱的邦尼：

很高兴收到你的来信。我深陷在创作一部新小说的痛苦之中。

哪个题目最好：

（1）《名人的教育》

（2）《浪漫的利己主义者》

（3）《人间天堂》

我正要把它寄给斯克里布纳[①]。他们喜欢第一个题目。我附上他们的两封信，可能会把你逗乐。看完后请寄回来。

① 斯克里布纳（Scribners）：总部设在纽约的美国出版社，出版过包括海明威、菲茨杰拉德、冯内古特、罗林斯、沃尔夫等美国著名作家的作品。

为你的那本书[1]，我刚刚完成了构思，但还没有动笔。内容是：在南方军营里，一个美国女孩爱上了一个法国军官。

自上次见到你后，我就努力去结婚，然后努力把自己喝死，但像许许多多的好人一样，一直被性和我重返文学界的境遇所困扰。

我已经把三四篇不值钱的短篇卖给美国杂志了。

大约在8月25日（大约再过10天）我就开始帮你写那个短篇。

说起来真丢人，我的天主教信仰只不过是一种记忆罢了——不，错了，远不仅如此。我是绝不会去教堂的，也不会对着水晶球念念有词。

9月或10月初可能会去纽约。

约翰·毕肖普在你附近吗?

看在上帝的分上，邦尼，写部长篇吧。不要浪费时间编短篇了。长此以往，你会习惯成自然的。

这话虽然冷酷、刺耳，但我的意思你懂。

霍德[2]帮成员

F. S. 菲茨杰拉德

致埃德蒙·威尔逊

［1920年］

明尼苏达州圣保罗市

索密特大道599号

亲爱的邦尼：

斯克里布纳已经接受了我的书，定于冬季晚些时候出版。你会说

① 我当时正在编一本关于战争的现实主义短篇小说集。埃蒙德·威尔逊［原注］

② 这里指普林斯顿大学宿舍的“霍德楼”。［原注］

这本书是哗众取宠，但它既不多愁善感，也不一无是处。

11月份我很可能会去东部，到了后会打电话去看你。还没抽出时间来应付你的那个短篇。最好别指望我。

真诚的，

弗朗西斯·S. 菲茨杰拉德

致约翰·V. A. 韦弗

［1921年］

明尼苏达州圣保罗市

古德里希大道626号

亲爱的约翰：

我越来越想写这篇评论了。[1] 我读过布龙和F. P. A.[2] 写的评论，但你知道他们多么喜欢我，我也多么重视他们的意见。

这是我写信的新格式[3]，因为这样做，我的传记作者开始搜集我的书信时，便于插入评论和注释。

“大都市的人”还没有到这儿。我一定会读《珐琅》。愿基督保佑我能去欧洲。

你的，

F. S. 菲茨杰拉德

---

① 为约翰·V. A. 韦弗的诗集《在美国》所写的评论。［原注］

② F. P. A. 指富兰克林·皮尔斯·亚当斯（Franklin Pierce Adams，1881—1960），美国专栏作家，上世纪二三十年代阿尔岗琴圆桌会成员之一。

③ 这封信的字体小，挤在纸的中央部分。［原注］

致埃德蒙·威尔逊

［邮戳日期：1921 年 11 月 25 日］

明尼苏达州圣保罗市

古德里希大道 626 号

亲爱的邦尼：

谢谢你的祝贺。① 我很高兴这件破事儿总算结束了。珊尔达总算安然无恙地挺过来了，我双手向她奉上了“战争十字勋章”。谈到法国，那位名字让人产生联想的伟大将军今天进城了。

关于门肯，我赞同你的观点——韦弗和戴尔两人都太糟糕了……

我的书② 差不多要重写完了。你还记得你告诉过我，在午夜酒会的场景中，我为一部从未成功的戏剧布置过场景——换句话说，大家都开始说话，便没了重点。我插入了自己最近的一些想法，（或许）还有别人的想法。参见信末的附件③……我的事已经处理完，该做你的事了。你和特德·帕拉莫尔在一起，我很高兴……我非常喜欢特德。他有点太成功了，无法舒舒服服地生活在他思想的卧室里，但我很喜欢他。

这到底意味着什么？我的自制力一定已经给它下了死命令。他名叫伊基先生，一个种橘子的阿拉斯加人……

如果这个婴儿长得丑，她就能退到她的全名弗朗西丝·司各特之中享受庇护了。

圣保罗沉闷得跟地狱没什么两样。我已经写了两篇出色的短篇和

---

① 祝贺他女儿诞生。［原注］

② 此处指《漂亮冤家》。［原注］

③ 这些附件包括（酒会）的一章中毛利·诺贝尔的大部分独白。［原注］

3 篇一文不值的短篇。

我很喜欢《三个士兵》，而且在《圣保罗每日新闻》上为它写过一篇书评。我厌倦了现代小说，刚刚读完了佩因为克莱门斯写的传记。写得太棒了。如果你在《读书人》上为我写书评，务必让我看看。难道《蛋的胜利》不是个好题目吗？我喜欢约翰[①]和唐[②]登在《时髦人士》上的文章。我非常寂寞，想念纽约。我可能明年秋天会去那里，也可能去英格兰住住。

你的，在生活和时间构成的藏污纳垢的世界上生活的

F. S. 菲茨杰拉德

致埃德蒙·威尔逊

［邮戳日期：1922 年 1 月 24 日］

明尼苏达州圣保罗市

古德里希大道 626 号

亲爱的邦尼：

法拉尔告诉这儿的某君说，我要登上 3 月刊的《文学聚光灯》[③]了。我猜是你干的。我的好奇心被大大激发了——看在上帝的分上，尽快寄给我一份。

你读过厄普顿·辛克莱的《铜支票》吗？

你看过赫格希姆[④]的电影《能人大卫》吗？

两个都很棒。我写了两篇精彩的短篇，收到了六个编辑的褒奖

① 此处指约翰·皮尔·毕肖普。［原注］

② 此处指唐纳德·奥格登·斯图亚特。［原注］

③《读书人》刊出的一系列当代作家肖像。［原注］

④ 赫格希姆（Joseph Hergesciemer，1880—1954）：美国作家。

信，附注："不过，我们不敢冒犯读者。"令人非常沮丧。同样令人沮丧的是克诺夫将《入殓师的花环》[①]推迟到秋天发表。我欣赏你在《名利场》上发表的达达主义风格的文章——还有毕肖普免费给我们做的广告。珊尔达说你的照片"美丽而无血色"。

我在这儿烦得要命。孩子很好——我们用金币在她漂亮的眼前晃来晃去，希望她将来嫁个百万富翁。3月初，我们会到东部住上10天……

你在干什么呢？我对你上一封信中所说特别感兴趣。我真希望像庞德诗歌中的那位太太一样患上情感贫血病。《石楠丛》太蹩脚了。

《爱神》是赫格希姆的最佳作品，但还不够好。

你的，

约翰·格里尔·希本[②]

致约翰·皮尔·毕肖普

[可能写于1922年春]

明尼苏达州圣保罗市

古德里希大道626号

亲爱的约翰：

我要坦诚地告诉你我希望你做什么事。明确地告诉我，关于这本书[③]，你喜欢它什么，还有不喜欢——。人物——安东尼、格洛丽亚、亚当·帕奇、莫里、布勒克曼、缪里尔·迪克、雷恰尔、塔娜等。到

---

①《入殓师的花环》，约翰·皮尔·毕肖普和埃德蒙·威尔逊著。[原注]

② 约翰·格里尔·希本是当时普林斯顿大学的校长。[原注]

③ 此处指《漂亮冤家》。[原注]

底他们是好还是坏，是否有感染力？你觉得风格怎么样？是太华丽（如果是，请引用）？好（也请引用），还是很烂（也请引用）？这本书给你的感受是什么（如果有）？你觉得有无幽默感？你觉得观点怎么样？如果观点太假，尤其要指出来，捉弄一番。是乏味还是有趣？有多有趣？最近美国有什么书比它有趣？如果你认为我在第一章中的“回眸天堂”像是 D. W. 格里夫斯作品的升级版，请告诉我。你觉得它是模仿的吗？模仿了谁呢？

我渴望的是一篇具体又明确的评论。让我感到满意的是，他们要求写一篇这么长的东西，而你正打算这样做。你不能伤害我对这本书的感情——你在巴尔的摩写的文章中，将 25 岁的我与麦肯齐和塔金顿比肩，到现在我仍然耿耿于怀，因为麦肯齐写了二又二分之一的好（但不精彩）小说，然后就去世了，塔金顿如果有什么才华的话，也只是有一个男生的心而已。我的意思是，在我这个年龄的时候，他们还一事无成呢。

如我所说，我很高兴你打算开始写了，你曾写信给我，让我给你建议一种抨击的大体方式，我现在就坦率地告诉你我喜欢什么。我特别担心所有的评论都太笼统，我自己将大量的心血倾注到书的**细节**上，而不是**整体**构思上。所以，我很欣赏详细的书评。假如文章的长度拉长，无论如何也不会太笼统。

非常遗憾你感冒了。我们在 9 号到达东部。我很欣赏你对“名利场”的书评，太精彩了——

孩子漂亮极了。

永远的

司各特

致埃德蒙·威尔逊

［或写于 1922 年春］
明尼苏达州圣保罗市
古德里希大道 626 号

亲爱的邦尼：

从你的沉默中，我推断出，要么是你断定那个剧本[①]不适合呈送给协会，要么是他们已经拒之门外。

我现在已经修改完了。我要转寄一份给哈里斯出版社，如果你认为协会会感兴趣的话，那我也寄一份给他们。你的剧本现在应该进展顺利吧。你能寄给我一个副本吗？

现在我就像狗一样全身心地扑在电影上。非常遗憾，我们在纽约的会面如此零碎。我原计划与你促膝长谈，但由于那些没完没了的聚会，我似乎没法清醒到让自己容忍清醒。其实，这次旅行总体上是失败的。

请替我向玛丽·布莱尔、特德·帕拉莫尔和所有与你有交往的人致意。

暑假我们没什么打算。

F. S. 菲茨杰拉德

致埃德蒙·威尔逊

1922 年 6 月 25 日

亲爱的邦尼：

感谢你将剧本交给克雷文——也感谢你对它总体上感兴趣。恐怕

① 此处指《蔬菜》。［原注］

你高估了它——因为我一直在修改《糨糊先生》[1]，打算秋天出版。在我看来，它还不够好。我打算开始修改剧本——也打算给它起个名字。接下来，我会把剧本寄给霍普金斯。目前只寄给了米勒、哈里斯和戏剧协会。如果克雷文愿意出演那个角色，我做什么都愿意。正如戏文所说，我写剧本时，脑子里一直想着他。我认同你的看法，《安娜·克里斯蒂》[2]被过分高估了……

不管剧本的结局怎么样，我都要着手再写一个剧本。《漂亮冤家》的销量虽颇尽人意，但还不够振奋人心。我们曾想它一定会远超《人间天堂》，但事与愿违。把它写成系列是一个极其糟糕的错误。这个剧本出版时，《三个士兵》和《爱神》就抢了它的风头……

你喜欢《一颗像里茨饭店般大的钻石》吗？你读过吗？不管怎样，它已经收入了我的新书……

我从砖行书店搞到一本《尤利西斯》，已经开始读了。我真希望它的背景是在美国——我对爱尔兰中产阶级的某些东西颇不以为然——我的意思是它给了我一种空洞而消沉的痛。我的先辈们有一半就来自这样的爱尔兰阶层，或许更低的阶层。这本书给我一种毛骨悚然、一丝不挂的感觉。期待着10月份去南方或者去纽约过冬。

你永远的

F. S. 菲茨杰拉德

---

① 我一直告诉他，我认为这篇滑稽故事很有趣，它首先刊在《时髦人士》上，后来录入《爵士时代的故事》。埃德蒙·威尔逊［原注］

②《安娜·克里斯蒂》是奥尼尔1922年对《克里斯·克里斯托夫逊》（1920）改写后的作品，作者因此再次获得普利策文学奖。

致埃德蒙·威尔逊

［邮戳日期：1922 年 8 月 1 日］
明尼苏达州白熊湖市
游艇俱乐部

亲爱的邦尼：

只是简单跟你说一声，我的剧本写完了，正要寄给内森，以便转寄到霍普金斯或塞尔温。它现在就是个奇迹。我想让你把你手里的两个抄本销毁，因为一旦它们流传出去，我会有点不安的。这很蠢，但只要一个剧本在演员的办公室里，尚未出版，就像我在克雷文办公室的剧本一样，我就感到剧本里的台词不久就会出现在百老汇……

如果你有时间，给我写信唠唠嗑呗。我这边儿既没有什么新闻，也没有什么打算。

你的
菲茨杰拉德

致埃德蒙·威尔逊

F. S. 菲茨杰拉德
雇佣文人，剽窃者
明尼苏达州圣保罗市[①]

［邮戳日期：1922 年 8 月 5 日］

亲爱的邦尼：

菲茨杰拉德为《昆体良》[②]欢呼。他对该诗的重印感到高兴，因

① 这是信纸上印好的信头。［原注］
② 昆体良曾是古罗马修辞学家和教师。

为他无法得到《两面派》杂志，而且担心已经错过了。这首诗写得很出彩，尤其是关于尼罗和毕肖普博士的那两行诗。

第二幕全新的那部剧作已经交给了内森，他准备转交给霍普金斯或塞尔温。谢谢你把它带给埃姆斯和埃尔金斯。他们都没有接受，我现在很高兴，因为我曾经想让他们接受——我的新版要倍加精彩。不用还那两个副本了，已经给你添了不少麻烦了。我还有副本，而且那两个副本也没什么用了，把它们销毁吧——我唯一的担心是流散出去。

我读到那棵老橡树的树枝，它们是从门肯和玛格丽特·安德森的婚姻中生长出来的（天啊，多么形象的比喻），并被认为是"年轻的生殖器"。这让我很烦。我没有读过你的书——但由于 ××× 事无巨细和矫情自饰，所以变得比弗兰克·哈里斯更糟糕了。要让一个聪明的作家变得很烦人，没有比这更容易的了。它把与人为敌的高雅艺术变成了让人无动于衷的"东方曙光之艺"……这一警句出现之前，在那令人瞠目结舌的停顿中，菲茨杰拉德囫囵吞下了肉冻，去了水手简陋的小屋。

"你瞧！"他说道，"我想用新方法来使用康拉德式的旺盛生命力，据说波兰人从未亲眼目睹过大海。梅斯菲尔德已经用抑扬格把它铺展开来并加以衬托，奥尼尔已把它星星点点地分布在百老汇；麦克菲甚至为它装上了简陋的马达——"

但是我想不出有什么适合他的新艺术形式。所以我决定信就写到这里。那个小女人是我最好的朋友，或许我可以补充说，是我最严厉的批评者，她要我转达对你的问候。

你想看看新剧本吗？还是你这段时间已经看够了？或许我们最好一直等到它上演。我想我会尝试着在斯克里布纳连载它——你意下如何？

F. S. 菲茨杰拉德

关于《尤利西斯》是否适合我，我心里一点谱儿都没有——这是我能做出的比较客观的评价了。

致埃德蒙·威尔逊

［邮戳日期：1922 年 8 月 28 日］

明尼苏达州白熊湖市

游艇俱乐部

亲爱的邦尼——

《花环》已收到，我又重读了一遍。你的序言堪称完美——我唯一的遗憾是，这本书未能在两年前完稿时得以出版。当然，《士兵》我已经读了近 5 遍。我觉得它差不多是最好的战争短篇——但我强烈反对在午餐会的轶事中“被掷到前面”的说法。那个男子本该说“摔倒了”或“脚下一陷”。此外，我像往常一样，对“效率专家”很满意。相对于你的诗，我更喜欢你的散文——我不是特别喜欢《湖》。我最喜欢《人马怪》和《尾声》——但你所有的诗，哪怕是旨在抒情的诗，似乎都是从浪漫主义之外或之前的某种渊源流淌出来的。

我喜欢约翰的所有作品，但这个剧本除外，因为我突然意识到它写得毫无新意。《复活》虽然观点好，标题好，也有一些精彩部分，但该剧本内容苍白无力，毫无生机可言。

我想，多亏了你，我才接到兰纳的电话。我把他介绍给了乔治·内森。

非常感谢你寄来的书。你愿意让我给这本书写个书评吗？如果愿意，请建议一家报社或杂志社，我乐意效劳。

你的

F. S. 菲茨杰拉德

（这本书的排版颇具吸引力。每次看到克诺夫装订，我都会羡慕不已。）

致埃德蒙·威尔逊

［邮戳日期：1924 年 10 月 7 日］

法国圣拉斐尔市瓦莱斯屈尔

玛丽别墅

亲爱的邦尼：

上面的地址会告诉你我们身在何处，因为你声称自己在地图[1]上找不到这个地方。读你的信带给我们巨大、极大，甚至是莫大的享受。这封信具有划时代的意味，既高深莫测，又至高无上。自从收到这封信，我就开始了全新的生活，珊尔达则去了伯罗奔尼撒半岛上的一家修道院……

关于这部戏的消息太棒了，关于芭蕾的消息也一样。我从你信中得知，奥尼尔和玛丽获得了巨大成功。但是，关于林的书[2]，你错了。我的标题可能是最好的。你总是犯错——但总是能找出可能是最正确的理由。（这句话只不过是神乎其神、子虚乌有、居心叵测，又含沙射影）……

昨天我从后者[3]收到一个简单而诡异的便笺，让我对《墨丘利》[4]负责。起初我没能明白是什么意思，在沉默了整整 7 年后——我注意

---

① 他曾绘制过从耶赫到尼斯的法国海岸图。［原注］

② 林·拉德纳的《如何写短篇小说》。［原注］

③ 他刚刚提到的一个朋友，但有他朋友名字的那一段此处没有编辑进来。［原注］

④ 指《宽恕》。［原注］

到：他是个天主教徒。我伤了他的心……

我现在就以菲氏的口吻告诉你，否则这封信就吻合你对我性格的看法了。

辛克莱·刘易斯将他刚刚创作的小说以 5 万美元（95 万法郎）的价格卖给了《设计师》——我从来没有那个家伙那么能赚。（确实是这样）。

我的书[①]很棒，空气如此，大海也如此。我又恢复了健康——我不再咳嗽，不再瘙痒，不再整晚辗转反侧、难以入眠，不再喝下两杯咖啡后胃就感到一种空虚的痛。去年冬天我真的是拼命工作——但都是些垃圾，几乎让我心碎，也几乎压垮了我钢铁般的身体。

写信给我讲讲各种各样的事儿：闲聊、事件、事故、丑闻、轰动、腐朽、新星——还有你自己。

我们爱你

F. S. 菲茨杰拉德

致约翰·皮尔·毕肖普

［1924—1925 年冬］

我喝醉了

有人告诉我这儿是卡普里[②]；

尽管我记得卡普里比这儿更安静

亲爱的约翰：

文豪们或许会说，来信已读，内容已引。让我们再多收一些这

① 指《了不起的盖茨比》。［原注］

② 卡普里（Capri）：意大利坎帕尼亚地区那不勒斯湾南部的第勒尼安海上的一个岛屿。卡普里镇便位于该岛上，自罗马帝国时期就是旅游胜地。

样的信吧——我认为信展现了巨大的力量，而且对最后的场景——年轻毕肖普家的晚餐——描述得很克制，令人钦佩。我很高兴，美国人终于写出了属于自己的信件。高潮美妙绝伦，对“你真诚的”这一短语的精妙嘲讽足以和福楼拜与费伯[①]两位大师的作品相媲美……

我现在就会拥有两本韦斯科特的《苹果》，因为我在绝望之中订购了一本——一个平常的果园。我要送一本给我喜欢的布鲁克斯。你认识布鲁克斯吗？他是这里的一个小伙子……

原谅我回信晚了。我正忙着糊信封呢……

有人来访。我想，他名叫墨索里尼，他说他在这里搞政治。另外，我的钢笔找不到了，所以我只好用铅笔继续写[②]……钢笔找到了——我一直用它写字，却没有在意。那是因为我满脑子都是新作，一部以伍德罗·威尔逊的生平为蓝本的历史剧。

第一幕　普林斯顿大学

伍德罗正在教哲学。派恩上场。争吵的场面——威尔逊拒绝承认社团。来自特伦顿的女人带着私生子上场。派恩再次上场，带着合唱团和理事们。外面的嘈杂声：“我们赢了——普林斯顿 12:拉法耶特 3。”欢呼声。足球队上场，围住了威尔逊。“老拿骚”[③]。落幕。

第二幕　帕特森总督府

威尔逊正在签署文件。塔斯克·布利斯和马克·康奈利上场，提议让业主掌权。“我有重要的文件要签署——没有一份让腐败合法化。”

---

① 埃德娜·费伯（Edna Ferber，1885—1968）：美国流行小说作家，曾获普利策奖。

② 这句话是用铅笔写的。其余部分都是用墨水写的。［原注］

③ 普林斯顿校歌。

三角社[①]开始在窗外唱歌。……来自特伦顿的女人带着私生子上场。校长继续签署文件。高尔特夫人、约翰·格利尔·希本、阿尔·乔尔森和格兰特兰德·赖斯上场。《大使命的呼唤》歌声。舞台上演员摆出静态造型。止咳糖。

第三幕 （可选）

1918 年战斗前线

第四幕

和平会议。克莱孟梭、威尔逊和乔尔森坐在桌旁……年轻的舞会委员从天窗上台。克莱孟梭："我们想要萨尔河。"威尔逊："不，萨尔河，绝对不行。"笑声……玛丽莲·米勒、吉尔伯特·塞尔德斯和爱尔兰人缪塞上台。塔斯克·布利斯摔进了痰盂里。

啊，天哪！我清醒过来了！写信告诉我你对我代表作的看法，还有对其他作品的看法。求你了！我认为很好，但由于它涉及了大量有关堕落的材料，像拉斯科这样莽撞的决策者也许会将它误以为是钱伯斯的作品。对我而言，它是那么引人入胜，我从来都是百读不厌……

珊尔达已经卧病在床 5 个星期了，可怜的孩子，现在才开始好转。除了我现在一个短篇能挣两千块外，没有新闻了。这些短篇写得越来越糟，我的志向就是到一个除了长篇小说我什么都不需要写的地方。刘易斯的书有什么好呢？我想我的书不知道要好上多少倍——今

① 全名为普林斯顿三角社（The Princeton Triangle Club），普林斯顿大学的戏剧团体，创建于 1891 年。

年春天还有什么获得好评的书吗？也许我的书[1]很差劲，但我并不这样认为。

你在写什么呢？请和我谈谈你的小说吧。如果我喜欢你的故事，也许我可以把它改编成短篇小说，投给《邮报》，让它发表在你的小说之前，抢走风头。谁来出演呢？贝贝·丹尼尔[2]？她会一鸣惊人的！

汤森的第一部电影怎么样？好评如潮吗？亚力克在做什么？路德罗呢？邦尼呢？欧内斯特·博伊德在他的《肖像画》里描述过我不妨戏称为我们的"私"生活的内容，你读过吗？你喜欢吗？我相当喜欢。

F. S. 菲茨杰拉德

我又喝醉了，信封里附了一张邮票。

致约翰·皮尔·毕肖普

［1924—1925年冬］

意大利罗马

美国快递公司

亲爱的约翰：

你的来信太完美了。信中告诉了我们想知道的一切，同一天我在《名利场》上读到你写的关于珍惜过去的文章（也很好）。不过，其中有些（新闻）的质量让我很失望——比如邦尼的剧本失败了，还有你和玛格丽特发现那儿的生活枯燥无味、抑郁惆怅。我们想回来，可是

① 指《了不起的盖茨比》。［原注］

② 贝贝·丹尼尔（Bebe Daniels，1901—1971）：美国著名女演员、歌手、舞者、作家和制片人。

我们想带存款回来，而至今我们什么都没有存下——尽管我已经提前完成了一部小说和一本收录了（7篇）精彩短篇小说的书。去年我写了大约10篇糟糕透顶的垃圾短篇，尽管我永远不会再版或者再也不忍去看——廉价，而且缺乏我第一部作品的自然。但我对那部小说很有信心，简直妙不可言。

我们刚从卡普里回来，我在那里同我昔日的偶像康普顿·麦肯齐长谈了半夜（告诉邦尼）。也许你见过他。我发现他友善而迷人、和蔼而平凡。从他那里，你丝毫感觉不到，他觉得自己的作品已经分崩离析了。他对于他目前的产出并不骄傲。我想他只是疲倦了。这场战争摧毁了他，就像摧毁了威尔斯和他那一代的许多人一样。

为了表明你对于我想要知道的流言蜚语猜得有多准，我们想知道，××× 是从哪儿搞到钱买哈瓦拉牌雪茄的，电影协会是否最终垮台了（天啊！你真该看看他们最后的两部电影）。但是，我并不怀疑，××× 和 ××× 最终会凭借他们的能言善辩进入电影圈。如果有可能，我也会这么做，但我太个人主义了，不具备在电影界获得成功的斡旋手腕。首先，你必须伸出舌头去舔 ××× 和 ××× 这类大人物的屁股，再慢慢地开始爱抚。不管他们会怎么说克鲁兹——“著名的玩家”是戴米尔和葛洛丽娅·斯旺森两人伟大思想的产物，它的成败不是取决于他们的“开会法”，而是取决于那两个人和模仿那两个人的影像。克鲁兹的胜利在像 ××× 这样的昂贵实验中通常会亏得精光。

多斯·帕索斯的小说好吗？卡明斯的作品现在怎样了？我还没有读过《有人说不》，可珊尔达对它吹捧有加。我草草浏览了一下，一直纳闷为什么它倒着写。起初我以为他们把封面订反了。好吧——这些人将会与康拉德合作。

你仍认为多斯·帕索斯是个天才吗？我对他的敬仰有点儿动摇

了。这些日子留给敬仰的时间可不多了。

×××是个让人神魂颠倒的女人，虽然她丈夫是个杂货商，但至少是个格罗顿的杂货商（我的意思是，他在那里上过学）……

我如饥似渴地读完韦斯科特的书。在《蔬菜》失败后，一个来自大西洋沿岸的英俊年轻人，名叫韦斯科特，向我毛遂自荐。我想知道他是不是同一个韦斯科特。不管怎样，哈里森·罗兹告诉我说，你的韦斯科特就要来罗马了。

我已经放弃了内森的书。我喜欢《偏见》的第四部。刘易斯的新书好吗？赫格希姆简直糟透了。他是彻底不行了……

在我的一生中，最让我快乐的，首先是珊尔达，其次是我希望自己的书中能有非同寻常的东西。我想再次受到人们的大肆吹捧。珊尔达和我有时会陷入四天无休止的争吵，总是从饮酒派对开始，不过我们依然深爱着对方，差不多是我知道的唯一真正幸福的一对夫妻。

向玛格丽特致以最诚挚的祝福！

请回信！

司各特

（完）

在蒂沃利［科莫］埃斯塔别墅，萦绕在我脑海中的都是：

“一条长满漆黑柏树的小径，
隐藏着一池环绕的光。
年轻的艺术家们来到那儿，
手持令她愉悦的乐器。
……长发垂下，
伴着微弱的笛音高声叹息。

要不就是他们嬉笑中向后甩头，
鼓声余音缭绕，
寂静笼罩……”

奇妙的是，你写那首诗时，还没去过意大利吧——上帝啊，现在我想起，我也从未生活在十五世纪呀。

不过，我没有去过牛津，也写出了《人间天堂》。

致埃德蒙·威尔逊

［1925 年］
法国巴黎
蒂尔西路 14 号

亲爱的邦尼：

谢谢你关于这本书[①]的来信。你喜欢它，认可它的设计，这让我太高兴了。这本书中最糟糕的错误，我想是个大错：我没有叙述（而且是浑然不觉或一无所知）盖茨比和黛茜之间从重逢到惨剧发生期间的感情纠葛。不过，这一缺失被盖茨比对过去的回忆和大量的优美行文巧妙地掩盖过去了，没有人注意到它——尽管每个人都感觉到了这一缺失，却没有称之为缺失。门肯（在今天收到的一封最热情洋溢的信中）说唯一的不足是中心故事微不足道，只是一种趣闻轶事（那是因为他忘记了他对康拉德的崇拜，调整自己去适应这本枝叶蔓生的小说），而且我感觉，他真正错过的是在感情高潮时情感分水岭的缺失。

① 指《了不起的盖茨比》。［原注］

我没有在 A 阶层和 C 阶层之间做出不公正的比较，如果我的小说只是趣闻轶事，那么《卡拉马佐夫兄弟》[①]也一样。从某个角度看，后者可以浓缩成一篇侦探故事。不过，你和门肯的来信为我弥补了以下事实，即所有的评论，即使是最热情洋溢的评论，都对这本小说的内容一无所知。更令人沮丧的是，与其他小说相比，从经济角度看，这本小说是失败的，尤其是在我拒绝了 15000 美元的连续刊登版权费后。我想知道罗森菲尔德对此怎么看。

我拜访了海明威。他明天要带我去拜访格特鲁德·斯泰因。这座城市里到处都是美国人——大多数是从前的朋友——我们大多数时间都在躲避他们，不是因为我们不想见他们，而是因为珊尔达刚刚痊愈，我还得工作。他们除了半带恶意地八卦一下纽约的名人外，似乎没有别的话题。我慢慢喜欢上了法国。直到一月份，我们都住在一栋大公寓里。在巴黎看了两个星期的美国人后，我总体上对美国人充满了厌恶——这些荒谬可笑、莽撞的女人和姑娘们自以为你对她们感兴趣，她们都读过（她们这么说）詹姆斯·乔伊斯，对门肯盲目崇拜。我觉得我们不比任何人差，只是同其他种族的人接触将我们更糟糕的品质暴露出来了。如果让我去给眼下的美国女孩子立规矩的话，我肯定会搞砸。

我渴望见到你。上帝啊，我可以给你带去欢声笑语。我和珊尔达认为我们都很好，像往常一样。其他不赘。

F. S. 菲茨杰拉德

再次谢谢你振奋人心的来信。

---

① 俄国作家陀思妥耶夫斯基的最后一部长篇小说。

致约翰·皮尔·毕肖普

[邮戳日期：1925 年 8 月 9 日]

法国巴黎

蒂尔西路

亲爱的约翰：

感谢你关于《了不起的盖茨比》最令人愉快、内容丰富、富有见地而又有益的来信。除了沃登夫人的一封信以外，这是本书收到的唯一一篇富有智慧的评论。我只是要沉思，或者说已经沉思过你说的关于准确的话——我担心我还没有达到那种无情的水平，让我割舍内容上无用的精美片断。我只能割舍几乎是精美的、恰当的，甚至是闪光的部分——但是，正如你所说，真正的准确性依然未达到。你认为盖茨比变得模糊不清、不完整了，也是对的。我自己在任何时候都没有清楚地认识他——因为他刚开始以我认识的一个人出现，后来就变成了我自己——这个混合体在我脑海里从未完整过。

你的小说听上去引人入胜，我迫不及待地拜读一下。我下个月会在里维埃拉开始创作一部新的小说。我知道麦克利什在那儿，还有其他人（在我们要去的昂蒂布）。今年春天，巴黎成了一座疯人院，你可以想象，我们就身处其中。我不知道我们什么时候会回来——也许永远不会。我们将在这儿待到一月份（除了在昂蒂布待一个月），然后春天去尼斯，夏天去牛津。向玛格丽特献上我们的爱，感谢你善意的来信。

F. S. 菲茨杰拉德

致约翰·皮尔·毕肖普

［1925年］

亲爱的先生：

附件说明了一切[①]。同时我去了昂蒂布，深深地喜欢上了阿奇·麦克利什[②]，也喜欢上了他的诗歌，尽管要喜欢如此令人吃惊的模仿作品似乎很奇怪。相比之下，《人间天堂》则是原创。

我迫切希望看到你的小说。我自己正开始新写一部小说。这个夏天在昂蒂布除了我、珊尔达、瓦伦蒂诺一家、墨菲一家、米斯廷盖特、雷克斯·英格拉姆、多斯·帕索斯、爱丽丝·特里、麦克利什一家、查尔斯·布拉克特、莫德·卡恩、埃丝特·黑菲、玛格丽特·纳马拉、E. 菲利普斯·奥本海姆、小提琴家曼内斯、弗洛伊德·戴尔，马克斯和克里斯托尔·伊斯门、前首相奥兰多、艾蒂安·德·博莫尔以外，就没有其他人了——一个真正过上简单生活、远离尘嚣的地方。不过，我们过得很好。我不知道我们什么时候回家——

海明威一家要来吃晚饭，就此搁笔。祝好。

F. S. 菲茨杰拉德

---

① 我记得，附件是给我的一封介绍信。介绍谁我记不清了。J.P.B［原注］

② 阿奇·麦克利什（Archibald MacLeish，1892—1982）：美国诗人、作家及国会图书馆馆长，曾获普利策文学奖。

致埃德蒙·威尔逊

［或写于 1928 年春］
特拉华的埃奇穆尔
“埃勒斯利”

亲爱的邦尼：

一切都为 2 月 25 号准备好了。洗胃器已擦亮，排成了排，陈腐的往日激情正被只有英国大兵才具有的满腔热忱所提升。我的上帝，漫长的帕斯琴戴尔①大屠杀开始时，我们有怎样的感受。为什么将军们都那么老？将军的位置都给了公爵和奸商的儿子们时，为什么费边社却受到歧视呢？鼓动者们在海德公园实际上被人呵斥，英国国教的圣徒们其实一夜之间并未变成国际人道主义者。不列颠在变成什么——弥尔顿、克伦威尔、欧茨和蒙克去哪儿了？沙夫茨伯里、阿瑟尔斯坦、托马斯·贝克特、玛弋·阿斯奎思、艾里斯·马尔希在哪儿？黑石、试金石、克拉珀姆-霍普-威尔顿、斯托克-波杰斯在哪儿？在总司令部后面的某个地方，蓄着络腮胡子的帅小伙喃喃自语：“我们要同骑兵一起向他们冲锋。”同时来自博夫里尔和黑人国家的小伙子们坐在伊普尔②的珊瑚礁上发抖，把回忆录当作描写战争自由的小说来写。坦克怎么啦？为什么道格拉斯·黑格或约翰·弗伦奇爵士（两个自作聪明的大人物，瞧瞧他们对默瑟将军做了什么）不在战争爆发的当天发明坦克呢？就像哭鼻子的准男爵菲利普·吉布斯爵士一

① 帕斯琴戴尔（Paschendale）：比利时小镇，第一次世界大战中帕斯琴戴尔战役（1917 年 7 月至 11 月）的发生地。

② 伊普尔（Ypres）：比利时佛兰德省的直辖市，帕斯琴戴尔战役也称为“第三次伊普尔战役”。

样，如果他想到这一点，也会这么做。

这就是你将会在2月25日看到的一个样本。会有为数不多，但精心挑选的一群人、煤、毯子和“内部专供的东西”。

请不要说你25号来不了，29号才能来。我们从不在29号接待客人。那是第二次尼西亚会议的纪念日。这天，我们万福的主，万福的主，万福的主，万福的主——

总是在那个地方卡住。播放“老人河”或者路易斯·布罗姆菲尔德[①]的什么吧。

愿万有引力蠕动你的肠子。在这个世界上，我们为自己做的事情并不多。回信。

F. S. 菲茨杰拉德

非常喜欢你关于威尔逊的文章。汤普森的那篇[②]就不敢恭维了。

致约翰·皮尔·毕肖普

［或写于1929年1月或2月］

信托担保

亲爱的约翰：

作为小说，这部长篇[③]令人沮丧，糟糕得令人心情沉重。我开始阅读你的短篇[④]时——约翰，就像是出自截然不同的两个人之手。这个短篇是我读过的描写战争的最好小说之一——完全可以和克莱恩与

① 路易斯·布罗姆菲尔德（Louis Bromfields，1896—1956）：美国作家和农场主。

② 一篇由萨柯和万泽蒂的辩护律师W. C. 汤普森先生撰写的文章，名为《万泽蒂的最后遗言》，登在1928年2月的《大西洋月刊》上。［原注］

③ 指毕肖普一部未出版的小说。［原注］

④ 指毕肖普的短篇小说《地窖》，收录在短篇小说集《数千人已死》中。

比耶尔斯的最好作品相媲美——充满智慧，结构和文笔都很漂亮——哦，它感动了我，令我愉悦——查尔斯顿的乡下，小镇的夜晚，老妪——但最重要的是，今天下午4点，当我对这个长篇感到恼火之时，短篇中对老妪真正巧妙的戏剧化处理让我愉悦——以及——那银色的片段和屠杀的场景。对后者的处理，老练而细致，恰到好处。

现在，实际上——我相信，只要你愿意，《斯克里布纳杂志》就会出版这个短篇，还会支付给你250美元到400美元。虽说这个价格是猜的，但很可能是准确的。在这件事上，我很乐意充当你的业余中介。根据我的《一颗像里茨饭店般大的钻石》、《富家子》等的经验，我知道如果不是红得发紫的名字，要以比这更高的价钱卖出一个只有两部分的短篇小说，几乎是不可能的。告诉我是否可以帮我联系——当然仅就美国连载权。

这是一部你可以从中吸取教训和获益的小说。它偶尔有亮点——如布拉克斯比亚频繁的对话，不过大都不温不火——我重复一遍——我还是不重复了，但还是列举某些事实，毫无疑问，你我心知肚明[①]……

我一定是让你受打击了，但你还记得你寄给我关于《了不起的盖茨比》的信吗？我很难受，但受益匪浅，就像我从你英语诗歌的友善指导中受益一样。

一个大人物所造成的混乱要比一个小人物大得多，在你潜心创作的3年多时间里，你给人留下深刻印象的是把大量的瓷器震成了碎片。幸运的是这些瓷器对你来说从来都不是弥足珍贵的。写小说虽然并不是为了（至少开头不是）建立一套终极的哲学体系，而你由于对小说的形式缺乏足够的谦恭，所以才想方设法去弥补自己缺失的自信。

---

① 以下几页对该小说的详细批评，除了我，其他任何人都不可能感兴趣。J.P.B［原注］

主要的一点是：在我们的母语中，也许除了怀尔德，没有人具有你对“世界”的认知天赋，你的文化和对社会批评的敏锐在这个短篇中得到了体现。你考虑到了手法（第二和第三人称，等等），鉴于你的特殊天赋（描写才能，“国家”感，你特殊美德的具体化，比如，忠诚，对声色感官的掩饰，你对它痛恨到自己都无法看清它，就像我喝醉时一样），可供选择的题材真的很多。

无论怎样，这篇短篇太棒了。不要因这封信而生气。我今晚心情很差，也许是拿你出气。写信告诉我，你什么时候来巴黎，我们好好聊聊，下午两点半到六点半之间——挑个日子，挑个你方便的咖啡馆——除了星期日，我都没有约会，所以我哪一天都行。同时，我打算给你的小说再补一刀，看看我能否奇迹般地修剪它，使它能够出版。不过恐怕你既赚不到名声，也赚不到金钱了。

你永远的
深情的老朋友，
F. S. 菲茨杰拉德

请原谅我用基督般的口气写信。写到第二页时，我就开始喝酒，现在已经完全是个圣人了（就像陀思妥耶夫斯基笔下不太讨厌的僧人）。

致约翰・皮尔・毕肖普

［1931 年 5 月 5 日收］
洛桑
和平大酒店

亲爱的约翰：

又读了一遍（第二遍）《数千年》，非常喜欢。我认为把它们放在

一起也是一本书。我喜欢第一篇——我认为真棒。我之前从未读到过。《死亡和年轻的欲望》不太成功——比如，不像在《圣米歇尔的故事》中对同一主题处理得那么成功。我不知道为什么。我最喜爱的是《地窖》——我仍对康拉德式的失踪者很着迷——这才是真正的小说。在邦尼发表了令人尊敬的真知灼见后，《骨头》好像更好一些了。我明天要把文章给珊尔达看。

你永远的朋友，

F. S. 菲茨杰拉德

致埃德蒙·威尔逊

［或写于 1933 年 2 月］

马里兰州陶森市

和平大酒店（我的上帝！）

亲爱的邦尼：

刚刚收到你带有弗拉基米尔·乌里扬诺夫[①]头像的来信。请在就职典礼当晚来这儿，至少待到第二天。我想知道你是怎样挤破头也要扮演鲁纳查斯基这一角色的，是断定再没有什么值得用散文体小说来描述了，还是根本就再没有什么要说的？或许我应该从《阿克塞尔的城堡》中找到最后一个问题的答案，我记得你在故事开头就给结尾埋下了伏笔。这似乎有点遗憾。（不是说我不喜欢你近期的作品。——我尤其喜欢《船屋》。）

我们有过一次非常不幸的见面。我来纽约是为了一醉方休……我

① 指的是我在给他的信上贴的有列宁头像的邮票。［原注］

本不该在这样绝望无助的精神状态下去看你和欧内斯特。我应该对所有的不愉快负全责——与欧内斯特在一起，我似乎达到一种状态，即我们一起喝酒时，我一半是欺负他，一半是讨好他……都是瞬间自我膨胀惹的祸。

多斯在这儿，我们共度了一个美好的夜晚——我们从未能真正理解对方，或许这就是友谊长存的根本。亚历克在我离开那天到广场来看我（状态依然很差，只是不太明显）。让我吃惊的是，他告诉我你在前一天解释了列宁主义，乃至马克思主义的基本原理。多斯告诉我文章只是最后才通过，通过同一媒体在《新共和》上发表出来。1920 年，我把政治留给你和你的伙计们时，想不到你们会把时间花在将威尔逊的寿衣剪碎当眼罩用！又回到马拉美①时代了！

——这让我想起 T.S. 艾略特和我上周共度的一个下午和晚上。我给他读了几首他写的诗，他似乎觉得这些诗都很不错。我很喜欢他……

不管怎样，3 月份一定要来。不知道就职典礼什么时候开始，不过你还是去搞清楚吧。告诉我们你们到这里的大体时间。**提前**搞清楚，因为我们也有可能会去，我们都有可能迷失在熙熙攘攘的人群之中。

你永远的朋友

F. S. 菲茨杰拉德

① 马拉美（Mallarmé，1755—1835）：法国大革命时期的政治家，拿破仑和法兰西帝国的支持者。

致埃德蒙·威尔逊

［邮戳日期：1934 年 3 月 12 日］

马里兰州巴尔的摩

公园大道 1307 号

亲爱的邦尼：

尽管你想在我们的谈话中提出温和的批评①，我仍感到很得意，而没有别的意思——如果人物足够真实，以至于你不认可我为他们选择的命运，主要目的就达到了。（顺便说一下，你提出迪克本应该作为一个讼棍精神病医生淡出舞台，这一点在我的最初设计中曾经有，但经过再三考虑，我认为他是一个“精疲力竭的人”，而不仅仅是一个“受挫的人”。我想，既然他的职业选择意外地毁掉了他，他或许会抛弃这份职业。）

一个作家要想为一部作品的部分失败作出解释，注定是荒谬的——然而，我真希望你和其他人读一下出版后的作品，而不是匆忙拼凑起来的杂志版本。比如，后半部分如今就经过了大量润色。奇怪的是，有几个人感觉前面的几个章节在表面上文饰过多。有人甚至建议我“质量再搞得粗糙点”，因为它离主要叙述的节奏相差甚远！

无论如何，当它问世时，我希望你能抽空再看一遍。××× 名声的下降和迪克在奥恩斯布鲁克的绯闻等不相干的内容都被砍掉了，还有在布里尔拜访退休的走私犯这个场景以及许许多多的小细节也都删掉了。我已把斯克里布纳的校对员逼得半疯了，不过我认为这样做已经使作品更加圆润丰满了。

---

① 指《夜色温柔》。［原注］

珊尔达的摄影展将在几个星期后举行，我会在纽约见到她，至少待上一天。这难道不是重逢的良机吗？

见到你真好，想到我们争吵（不管是因为什么）过后已经和好如初，真好！

F. S. 菲茨杰拉德

致埃德蒙·威尔逊

1934 年 9 月 7 日

马里兰州巴尔的摩市

公园大道 1307 号

亲爱的邦尼：

我对你发表在《新共和》[1] 上的最后两篇文章深有感触。尽管事实上我们总以不同的方式处理素材，对我来说，总有某种快速猜测的才能把我们在脑力劳动中联系在一起。总有弦外之音和轻描淡写。

有趣的是，我们的信念是相同的。更有趣的是，我们都认为会同生或共死，没有人会料到这种伟大的孤独。在这里，一个人将他的余生献给了文学创作，另一个人则将自己缓慢衰老的躯体奉献给了人类的思想。然而，你在《新共和》的文章中强调了这一点——永不止息的力量，永无尽头的河流，傍晚、下午或凌晨变化莫测的云——对事物的这种感受让我们的事业保持着松散的平衡，但由于我们参考的资料迥然不同，我们才会相隔数英里。

此信的目的是，热切地认同你在讨论米什莱时提出的观点：境遇

① 关于米什莱的文章，后收入《劳兰车站》。[原注]

无可逆转地改变人类，在蓝光下看上去呈紫色，在另外的光谱中则会呈绿色和跳跃的白色。我想让你知道，众多读者中会有一人对这部新作的深层含义非常敏感。

你永远深情的，

F. S. 菲茨杰拉德

致比阿特丽丝·丹斯［？］

1936 年 9 月

我以前从没有在这么多事上出过错，而且还那么久。一个恰如其分的讽刺是，我母亲去世后给我留下了一笔遗产（她去世和出殡时，我因重病没能前往），这成了一段时间我最幸运的事。她是位傲慢的老太太，尽管我顾不了她，她却傲慢地爱着我，以她的性格，以她的死换来我的活也值。

谢谢你今天打来电话。人们怀着复杂的心情接受了这篇《骑士》——很多人认为在《崩溃》中读到这些是个可怕的错误。一方面，我收到大量的“读者来信”，要求在《读者文摘》上再版它们，还有几个人类学家的请求，我谨慎地回绝了。

我在好莱坞的生意（结果是，因为我的肩膀问题，我无法进行下去），由于他们不温不火的腔调而大打折扣。这似乎已向一些人暗示，我在道德和艺术两方面都彻底破产了。

现在——我要谈谈我以前可能写信告诉过你的事。我告诉过你我从 15 英尺高的跳板上跳水时肩膀骨折的事吗？在那个年代并不是太高。在我着水前肩膀就骨折了——这让附近的医学院学生乐坏了。当快要痊愈时，我在凌晨 4 点钟被浴室的高台绊倒了，当时我还绑着厚厚的石膏板，我在地板上躺了 45 分钟后，才爬到电话旁打电话让麦克来救我。那是个炎热的夜晚，我裹着石膏热得浑身是汗，我在浴室的瓷砖上得了感冒，患上一种叫做“有丝分裂”的关节炎，波及我身体一侧的所有关节，于是我再度卧床。直到3天前，我还在不停地呻吟和诅咒，直到魔鬼开始离我而去。在这期间，母亲在北方去世了，同时发生了好多事，所以我要花上几个月彻底清理多事之夏的废墟，写了一篇平庸的短篇和另外两三个短篇。

致埃德蒙·威尔逊

1939年5月16日
加利福尼亚州恩西诺
阿姆斯托大道5521号

亲爱的邦尼：

你和玛丽添丁的消息我很晚才知道，因为我好几个月都不在加利福尼亚。希望小家伙儿现在长得很壮，该会爬了吧。告诉他等他长得再壮一些，我准备带他去翻筋斗，等他21岁时，我就63岁了……

相信我，邦尼，那晚见到你，对我的意义比对你的意义要大。能了解弗朗茨·卡夫卡以及后来诗歌界发生的事，对我来说，仿佛回到往日的时光，因为我依然是你和约翰·毕肖普在普林斯顿所写的那个笨蛋。不过，此时此刻，我的想法是，从路易斯·B.梅耶[①]那儿了解一些生活中的新东西，他答应过我一有机会就会给我讲一讲的。

你永远忠诚的朋友

① 路易斯·B.梅耶（Louis B. Mayer, 1818—1957）：美国电影制片商，米高梅电影公司创造人之一。

致杰拉德·墨菲

二十世纪福克斯电影公司

制片厂

加利福尼亚比弗利山

1940 年 9 月 14 日

亲爱的杰拉德：

我想我们这样年纪的人都对看重的东西持怀疑态度——所以就随它去吧。但我从去年 4 月到 7 月都平躺在床上，日日夜夜由护士陪伴。不管怎样，就如你在信头所见，我现在已经康复了。

在这儿待了很长一段时间后，我发现一个人的态度渐渐发生了变化。比如，这儿是一个迟缓而又**温柔**的地方——甚至其快乐也缺少普罗旺斯的狂热和兴奋——隐退实际上就是一种安全的环境。打扰别人就是犯罪。很多所谓的“进展”或多或少都要通过刺激和敦促他人来获得。这不是处理事情的健康环境。除了做舞台梦的年轻女子外，人们都是因邪恶的原因来这里——所有的淘金热本质上都是邪恶的——年轻女子很快就加入了邪恶的圈子。如此有趣的（不论多小）圈子已经没有了。无论在何地，过了一段时间后，不是产生腐败就是冷漠。英雄们要么是伟大的腐败者，要么是极端的冷漠者——我指的是宠坏了的作家，赫克特、农纳利·约翰逊、多蒂①、达什·哈米特等。那位多蒂信教，每天都虔诚地祈祷，但这并不影响她的冷漠。马尔罗在其《人类的希望》中没有被列入名单的那类共产主义者也是如此——然而，再也没有比成功更让她失望的了。

① 指多萝西·帕克（Dorothy Parker）。[原注]

我的一本小说进展顺利。我认为它会让我仅存的读者感到困惑，甚至是惹恼他们，但它像《了不起的盖茨比》一样与我保持距离，本意如此。新的世界末日远没有让所有的事情失去它的重要性，相反，给我重新带来对生活的一种渴望。这无疑是一种不成熟的倒退，但事实就是如此。所有事情的阴影都对它没有产生影响——我感到一种再生的动力冲动——无论多么误导……

我很想跟你和萨拉在一起待几天。我听到远处传来关于欧内斯特和阿奇以及他们所作所为的消息，振聋发聩，但关于你，我连想知道的十分之一都不知道。

深情的

司各特

致杰拉德和萨拉·墨菲

宝贝儿——对萨拉也适用：

我给对我无关紧要的十几个人写了信——给你们写信为了省却好消息。我想这涉及自尊——在那个私下和公开都沉闷的去年9月，一切事情都迅速土崩瓦解，但要重新振作却没有那么容易。

总而言之，我没有必要告诉你我的肺部出了问题，可怕的恶化、突如其来的反复发作、明显的疗效，以及彻底的毒化。只需说有几个月体温高达华氏99.8度，有几个月高达99.6度，接下来忽高忽低，每天下午稳定在99.2度，此时我可以卧床写作——如今有两个半月和最近一周有剧痛——现在全没事了。与此同时，还有经济上的精神压力以及对斯科蒂和珊尔达造成的影响。有很多天你和萨拉的确在绝望时刻给了我帮助……还似乎是世界上发生的唯一令人愉快的事。而我感到早就被抛弃，被遗忘了。我给予和借出的数千元——哦，在尝试了一次后，我对这种事儿已经不再担忧了。似乎总有人给予，有人索取，一直如此。所以，你们一直在我心里——即使不总是表现出来，因为这只不过是众多事情中的一件。

再回到活人的土地上，我表现得相当好，我对此地的伟大梦想已经瓦解了，我已经写完了小说[①]的一半，还有 20 个讽刺短篇，它们会登在新一期以此为专题的《骑士》上。在我生病期间，拒绝了很多高薪工作后，有段时间似乎连最容易的事也没人要我做——不过，一个月前，一位制片商让我将自己的作品改编成剧本，片酬很少（两千美金），加上利润分红。作品是《重返巴比伦》和一篇不太坏的旧《邮政》故事，其中，少年女主角叫霍诺丽亚！我要记住这个名字。

表面上都很好。我不再是个先知（3 遍才拼对这个字），不过，我认为，如果在医生眼里的某种超强抵抗力能压制住发烧，那我一个月左右就能还清债务了……

所以，现在我有个新消息告诉你，下次不会这么久了。我或许会反过来责备你。在信里你只字未提自己的情况。关于 ××× 太令人伤心了，今天给你写信让我心情好多了，我终于可以轻轻松松地哭了。

最深沉的爱

司各特

致欧内斯特·海明威

1940 年 11 月 8 日

亲爱的欧内斯特：

这是本好小说[②]，比其他作家的都要好。你想着我，还为我题词，

---

① 指《末代大亨》。［原注］

② 指《丧钟为谁而鸣》。［原注］

万分感谢。我带着浓厚的兴趣读完了小说，并深入思考许多随之而来的写作问题，常常搞不懂你是如何达到某些效果的，可你总是做到了。大屠杀部分写得太好了，山上的战斗和真正的爆炸场景也很出色。说到插曲部分，我尤其喜欢卡尔科夫的片断和皮拉尔的死亡奏鸣曲——由于我父亲的缘故，我个人喜欢摩斯比游击队的内容。父亲与儿子告别的场面太震撼了。我准备把整本小说再读一遍。

我一直没机会告诉你，我也喜欢《虽有犹无》。其中的观点和文风都会让后人拼命模仿——就其不折不扣的程度而言，一些段落和片断可以同陀思妥耶夫斯基相媲美。

祝贺你的新作获得巨大成功。我羡慕死你了，这里可没有嫉妒。我对陀思妥耶夫斯基的喜爱远超过其他欧洲作家——我总是羡慕这会让你有时间去做你想做的事。

一往情深的

————

附：我读到约翰·毕肖普以前的一篇文章，读到你如何在卡波莱托死人堆里躺了 4 天，以及我如何从普林斯顿退学（我是在 11 月躺在担架上被抬出去的——不能在 11 月份退学的）……我想说的是，我的确了解你在意大利前线的事，是从你所在部队的一个人那里听到的——你是如何拖着一个伤兵爬过了地狱般的距离，医生们是如何站在你身旁，纳闷为什么你身上中了那么多子弹还能活下来。不用担心——我不会告诉任何人，也不会告诉艾伦·坎贝尔，是他那天登门造访，告诉了我你的消息。

又及：我听说你打算与我所见过的最漂亮的人之一结婚。代我向她问好。

致埃德蒙·威尔逊

1946年11月25日

加利福尼亚州好莱坞

北月桂大道1403号

亲爱的邦尼：

我认为我的小说[①]很好，但写得很艰难。其基调与主流完全不吻合，一定会被千夫所指的，但那是第一手资料，我比以前更加努力去尝试做到情感上的准确和真诚。我诚心希望别人会写，但似乎没有人愿意写。

衷心祝你们两人好

（签名）司各特

附：这封信听上去有点苦涩[②]——要不是没时间，我都想重写。已没有时间去痛苦了。

---

① 指《末代大亨》。[原注]

② 这里指的是这封信的第一部分，此处已省去。[原注]

致弗朗西丝·司各特·菲茨杰拉德[①]的信

1933年8月8日

马里兰州陶森市

罗杰要塞和平大酒店

亲爱的馅饼：

我非常关心你的学习情况。能多给我讲一讲你法语阅读的情况吗？你快乐，我很高兴——可我从不太相信快乐。我也从不相信悲伤。快乐和悲伤是你在舞台上或者银幕上或者书本里看到的东西，生活中是不可能有的。

在生活中，我只相信对美德的赏赐（按照你的天赋）和对未履行职责的**惩罚**，代价是双倍的。夏令营如果有图书室的话，你能让泰森太太允许你去查阅莎士比亚的一首十四行诗吗？其中有这么一句：“**百合花腐烂时，味道比野草更难闻。**”

今天，我大脑空空，生活似乎只是为《星期六晚

① 弗朗西丝·司各特·“斯科蒂”·菲茨杰拉德（Frances Scott “Scottie” Fitzgerald，1921—1986）：作家，F. 司各特·菲茨杰拉德和珊尔达·莎尔·菲茨杰拉德的独生女，曾任《华盛顿邮报》和《纽约客》的记者，民主党知名人士，1992年位列亚拉巴马妇女名人堂。

邮报》写短篇。我想念你，而且每次想起你，总是很愉快。但如果你再叫我“爸爸”，我就拿“白猫”**狠狠**抽你的屁股。**只要你没礼貌，我就抽你六下**。对此，你作何感想？

我会为夏令营买单。

傻瓜，我要停笔了。需要操心的事：

为勇气操心；

为清洁操心；

为效率操心；

为骑术操心……

不需要操心的事：

不要为大众舆论操心；

不要为洋娃娃操心；

不要为过去操心；

不要为未来操心；

不要为成长操心；

不要为别人超过你操心；

不要为胜利操心；

不要为因你自己的失误造成的失败操心；

不要为蚊子操心；

不要为苍蝇操心；

不要为一切虫子操心；

不要为父母操心；

不要为男孩子操心；

不要为失望操心；

不要为愉快操心；

不要为满足操心。

需要思考的事：

我真正的目标是什么？

跟同时代的人相比，我在以下几点究竟有多好：

（a）学业；

（b）我真的了解人吗？我能跟他们和睦相处吗？

（c）我是在努力让我的躯体成为一种有用的工具，还是在忽视它的存在？

最爱你的，

————

1937年秋[①]

在感恩节我要想方设法不在出租车里，免得让你在所有那些“好”姑娘面前丢脸。用“好”来描述背景优越的姑娘是不是有点老掉牙了？我敢打赌，在沃克小姐的学校里，三分之二的姑娘至少有一位祖辈在纽约、芝加哥或者伦敦的贫民窟里叫卖过旧皮革。如果我觉得你正接受大都市富人的价值观，我一定会让你上一所南方学校，那里教育水准不那么高，“好”这个字还没被贬低到如此可笑的程度。在见识了这个花花世界之后，如果说有什么路比公园大道至和平路之间的道路更具灾难性，我就不知道了。

他们是些无家可归的人，耻于当美国人，无法掌握另一国家的文化；通常对他们的丈夫、妻子、祖父母也感到羞愧，培养不出他们引以为豪的后代，即使他们有胆量生育后代，对彼此感到羞愧，但依靠在彼此的弱点上，对他们赖以生存的社会秩序是一种威胁——啊，我

① 司各特·菲茨杰拉德在1937年至1940年期间在好莱坞，致力于电影事业，以下大部分信件可能都寄自那里。不过，其间他去东部做过几次短暂的旅行。这封信可能是从美国东部的某个地址寄出的。［原注］

为什么要继续呢？你知道我对这类事情的态度。如果我来时，发现你去了公园大道，你会把我当作佐治亚的穷光蛋或者芝加哥杀手敷衍过去。上帝保佑公园大道。

1938 年 7 月 7 日

我当然非常高兴你痊愈又能到处走动了，遗憾的是，你选择的后福楼拜时期现实主义作品让你沮丧。我绝不会从《一位女士的画像》开始读亨利·詹姆斯的书，那是他“后期次要风格”的作品，充满了矫揉造作。你为什么不先读《罗德里克·赫德森》或者《戴西·米勒》?《吉姆老爷》是本好书——至少书的前三分之一和书的构思如此，尽管在加尔各答法庭或者是某处有点松散。我不知道你是否知道它好在哪里。《嘉莉妹妹》几乎是第一部美国现实主义作品，写得太好了，像《真实忏悔》一样容易阅读。

1939 年夏

我想让你夏天来这儿住一阵子。我在乡下有间很好的茅屋，只是在乡下很远的地方，如果驾驶技术不好，很难到达那儿。我不知道这里能不能放架钢琴（你知道我对收音机的感受），但如果个人的观察误差是毋庸置疑的话（此时此刻我对这一情况负全部责任），一切都可以安排。自我 3 个月前放弃电影工作以来，我不仅经历了肺结核发作，而且还有较严重的精神崩溃，甚至有段时间我面临双臂瘫痪的威胁——或者引用医生的话：“仁慈的上帝拍了拍你的肩膀。”当高烧不再超过 99 华氏度时，我不知道再一次从事电影工作意味着什么。再说，如果我的健康真的垮掉，你知道我是个多么不称职的有家男人……

当然，我不再喝酒了，好长时间都不喝了，但任何疾病都可能对身体机能造成某种有害的影响，你可能会发现我令人沮丧，对一些小事都过度紧张、固执己见——所有这些特征比你以前在我身上看到的都严重。除此之外，我一直在努力工作，一天下来最不想看见的事就是麻烦，而正像在你这个年纪，很自然你一天下来想要的就是刺激。我告诉你这一点是因为最近我们满怀期待地策划了很多会面，结果都泡汤了。也许事先得到警告就会提前准备……

如果试验结果不尽如人意，我别无选择，只能再把你送到东部某个地方。如果我们在一起不好相处的话，这儿有几个朋友你可以去拜访。所以，这是值得旅行的。我也比以前更独来独往了，我想那不会困扰你，因为你在另外两次旅行中已经接触过足够多的电影明星。要描述如今我对生活感到多么无趣，你只要读一读塔金顿的那篇《罪孽深重的达达·利特》就可以了，它刊发在6月22日的《邮报》(我相信还能买到）上。记住，我读它时毫无兴趣而言，十分厌恶在结尾达达没有将刚刚踏进社会的两个少女淹死。

1940年3月15日

我想是你误解了我关于同志的意思。重要的是：他们不应该被当作持某一套自由或保守思想的人来看待，最好应该被看作是一群极度狂热的罗马天主教徒，其中可能还有你。并不是说你不应该与他们意见不一致——重要的是你不该同他们争论。这里的要点是共产主义已经成为一种极端教条主义和几乎神秘的宗教。无论你说什么，他们都有办法扭曲它，将你归入低级人种（“法西斯主义”，“自由主义”，“托派分子”），在此过程中从个人智力和人身方面贬低你。他们的组织严密得惊人。我的主要建议是：想想你要什么，说得越少越好……

对这些观点，你应该有点礼貌。你既不能绕过，也不能挑战，更不能战胜这一事实，即：在你和我连灰尘都算不上的时候，就有一次席卷全世界的有组织的运动。有时，当你感到非常勇敢、桀骜不驯，但没有被邀请加入一个特别的大学机构时，去读《资本论》上关于《工作日》的可怕章节，看看你是否还坚持原来的看法。

1940 年春

就工作来说，春天对我总是个糟糕的时节。我总是觉得在漫长乏味的冬季，除了学习，其他什么都干不了。但在漫长如梦般的春季里，我就没有感觉了，在六月前，没法将自己置于水深火热的学术之中。我没法告诉你该做什么——我所有的建议似乎太遥远、太学院化。但如果我同你在一起，我们能够像过去一样交谈。我可能会将你拉出无法集中精力的困境。即使对你和我这样惯于梦想的人，这真的不是很难，——只是，只要银行里还有足够的钱来买下一顿饭，只要备有足够的道德能力帮助我们度过下一次考验，我们就会觉得很安全。我们的危险是，想象我们拥有资源——物质和道德的——其实我们没有。我发现，自己之所以一直处于压抑的峡谷之中，原因之一是每过几年我似乎就要爬坡，以便从某次破产中喘过气来。你知道破产真正意味着什么吗？它意味着要利用一个人并不拥有的资源。我原以为自己身体很强壮，不会生病，突然，我病了 3 年，迫不得已要面对漫长而缓慢的爬坡。更聪明的人似乎能设法建立储备库——于是一旦某个晚上，你坐下来复习准备哲学考试，你得知你最好的朋友遇到了麻烦，需要你的帮助，你那晚可以放弃复习，你还有预留的一两天准备时间可以利用。但我想，和我一样，你在那方面一辈子都会像个傻瓜，所以，我是在浪费时间。

1940 年春

不管怎样，我又活了过来——那个 10 月真的够呛——充满了压力、需求、耻辱和挣扎。我不喝酒了。我不是个伟人，但有时候我认为我天赋中不近人情的客观的品质，以及为了保存其支离破碎的基本价值而做出的牺牲，具有某种史诗般的庄严。不管怎样，再过几小时，我就会用那种错觉来调理自己……我认为你读了这本书[①]（它包含了你成人后所认识的我的生活），你就会明白我对你的世界理解得有多么深刻——而不是广泛，因为我病得太重，不能到处走动。假如我能多活几年，我就会听到你身边的事，可是我认为，关于艺术家的局限性，你自己的本能或许是最好的：你可以在各种艺术中不停地尝试，像我找到适合自己的工作一样，找到适合你的工作。——但我认为，到目前为止，你还不是个“天才”艺术家。

1940 年 4 月 12 日

你所做的正是我在普林斯顿大学做过的。我在那儿的一场音乐剧中耗尽了精力，我为它写台词、歌词，组织以及承担大部分的导演工作，而主席却去踢足球了。结果，我成绩下滑，得了肺结核，休学一年——最具讽刺的是，由于学业下滑，人家不再让我担任三角社的社长一职……

我从你的来信中可以看出，你正在做同样的事，想到这一点我又要反胃了。业余工作很有趣，但为此付出的代价是巨大的。最后你得到的是一声“谢谢”，仅此而已。你虽然演了 3 场戏，但很快会被大家忘掉，有人崩溃了——那个人准是个狂热分子。

1940 年 4 月 27 日

音乐喜剧很有趣——我想这比一个文人能投身的任何其他事都更“有趣”，因为音乐喜剧总是笼罩着一种迷人的气氛……

---

① 指《末代大亨》。[原注]

我对你的那句“觉得你失去了最心爱的孩子”特别感兴趣。上帝啊，我不是多次感受到这样吗？我常想写作仅仅是对自己的一种消耗，剩下的总会是更瘦弱、更贫瘠、更憔悴。不过，在未来 20 年内，你不必为此操心。我很高兴你要和那些人一起去普林斯顿。我觉得你现在好像跳了一级。我猜像 ××× 和 ××× 这样的年轻人比大多数方帽长袍的随遇而安者更有“方向感”。我不是说要有野心，野心是年轻时的一种普遍特性，一半是希望，一半是意愿。我是说某条精心设计的道路，来自天赋，或者金钱，或者精心指示，或者所有这一切。通过资产阶级的迷宫找到你的道路——假如你感觉它值得去发现。请记住这点，尽管篱笆两边都有大量发展缓慢的人，你不应该无视这些具有品质和特质的人。

1940 年 5 月 4 日

永远欢迎你来加州。要是英国驱逐张伯伦，我们都会伸开双臂欢迎他。我们需要他担任州长，因为我们害怕亚洲人从中国降落伞上降落。没关系——圣巴巴拉将成为我们的纳尔维克①，我们将捍卫它到最后。别忘了，就连英国也有诺埃尔·科沃德②呢。

其实，我对你的部分暑假有一个明确的计划——如果你高兴的话——我想我会出钱让这个计划很精彩。我在拼命写作，克服徘徊在 99.2 华氏度上下的高烧，这其实对身体无害。告诉弗朗西丝·基尔帕特里克，虽然我从未见过她父亲，他仍然是我心目中的英雄。尽管他曾单枪匹马夺走了普林斯顿的橄榄球冠军——他也许是史上最好的橄

---

① 圣巴巴拉（Santa Barbara）是美国加利福尼亚州西南海岸城市，纳尔维克（Narvik）为挪威北部城市。

② 诺埃尔·科沃德爵士（Sir Noël Coward，1899—1973）：英国演员、剧作家、流行音乐作曲家。因影片《与祖国同在》（*In Which We Serve*）获得 1943 年奥斯卡荣誉奖。

榄球边锋。今后请给我寄些简报来，尽管你在我们见面时对我提到过。我宁愿自己读，而不愿让你复述那些酸文人在自己的书中是怎么写我的。我已经饱受包括我自己在内的专家们的批评。

我想我就要完成一部优秀电影作品了。你读过这一期《骑士》上我写的关于奥逊·威尔斯①的文章了吗？有趣吗？告诉我。你六封信都没回答一个问题。最好回答。否则我下周扣你5块钱的生活费，让你知道我也同样是老吝啬鬼。

1940年5月7日

你问我，在艺术中，创作一种新的形式，或者完善一种形式，哪一种更伟大。最佳答案是毕加索答复格特鲁德·斯泰因的令人沮丧的话：

“首先你做了某事，然后别人接过手，而且干得更漂亮。”……

在真正的艺术家眼里，发明者——比如说，乔托或列奥纳多——一定比完美的丁托列托高明得多。有创新精神的D.H.劳伦斯一定比斯坦贝克伟大得多。

1940年5月11日

很高兴你没在16岁就上普林斯顿，否则此时此刻该精疲力竭了。耶鲁在诡辩术上要比普林斯顿老成一年，尽管——再老成一年也很好。虽然我喜欢普林斯顿，我常常感到它只是一条废河道，其势利的机构很容易被打败、受鄙视。一个人，如果天生就不是攀高枝的人或

① 奥逊·威尔斯（Orson Welles，1915—1985）：美国历史上一位罕见的具有重要文化意义的电影家，集演员、导演、编剧、制片人等多种角色于一身的电影天才。作为演员，他参演了一百多部电影（包括配音）；作为编剧，他写了42个剧本；作为导演，他执导了近40部影片。1975年，AFI授予威尔斯终身成就奖。

者社交圈的跟屁虫，那就能找到属于自己的智性的情感生活。鉴于此，那个地方安静而可爱，温和而庄严，会给你独处的空间。当然，在你描述 ××× 的氛围中，这种地方绝对是最糟糕的。如果有时周末实在无处可去，就找个男孩子进城玩玩吧。

1940 年 6 月 12 日

如果你的分数都是 B 的话，我就赞成你的意见，而反对汤普森院长的意见。接下来我会说："因为你不打算做教师或者职业学者，就不要尝试去得 A 了吧——不要去选那些你可以得 A 的课，因为你都可以自学。尝试那些有新意、有难度的课程，努力学习，尽量获得高分。不过，你不会去冒这种会失颜面的风险，而且这种边缘的事会让你烦心。怀疑和担忧——会严重影响你，就像我在处理金钱上的无能或对过去的沉溺影响我一样。那是你的阿喀琉斯之踵①——阿喀琉斯之踵绝不会自己变硬。它只是越来越容易受伤害。我所取得的一点点成就都是最艰苦努力的结果。现在我希望，我从未放松或回头看过——不过，正如在《了不起的盖茨比》的结尾所说：'我找到了我的台词——从现在起，这是第一位的。这就是我刻不容缓的责任——没有它，我什么都不是。'"

1940 年 6 月 15 日

与此同时，我有一个可能带来好运的计划，但需要一周来完善，

① 阿喀琉斯之踵（Achilles' heel）：希腊神话中的阿喀琉斯，是凡人珀琉斯和美貌仙女忒提斯的儿子。预言里说，阿喀琉斯会在年轻时死去，他母亲忒提斯为了让儿子炼成"金钟罩"，在他刚出生时就将其倒提着浸入冥河，使其能刀枪不入。但遗憾的是，因冥河水流湍急，母亲捏着他的脚后跟不敢松手，致使脚后跟露在水外，所以脚踵是他留下的唯一"死穴"。长大后，阿喀琉斯作战英勇无比，却因被特洛伊城的帕里斯王子一箭射中脚后跟而身亡。现一般喻指"致命弱点"。

所以有一周无事可做，除了尝试让你妈高兴起来，以及向 ××× 小姐和她联盟中的笨蛋同事们解释施本格勒假设以求获得安慰。或许你可以在那儿写点什么。那是我很久前就发现的风景如画的乡下，福楼拜先生已经做过大量的描述。

1940 年 6 月 20 日

但愿今天下午我能陪你。此时我正坐在这儿郁闷地冥思苦想，因为我丢了一辆买了 3 年的旧福特车和一颗 33 年的老牙。警察说我可能会找回这辆福特车（抵押金很贵），因为小偷只是加州一带喜欢搞恶作剧的小男孩，他们偷了之后又丢弃了。可那颗牙，我已经对它有感情了……

老天补偿了我，让我在《运煤船》上找到了我自己的一个短篇。那是在 1936 年我摔坏肩膀前开始写的，在以后的几年间我断断续续地一直在写。我觉得它似乎很糟糕。我对是否能够重新流行起来的短篇小说艺术心存疑虑。眼下我正在为《骑士》杂志写一篇杰作，正等着看我的制片人是否能将《重访巴比伦》卖给秀兰·邓波儿。如果这事成了，一切都会变得非常光明了……

警察刚刚打来电话，告诉我他们找到了我的车。小偷用完了油，把车子丢在好莱坞大道中间了。那个可怜的小家伙明显害怕叫人帮他推到路边。希望他下次能搞到大制片厂的漂亮汽车，里面有很多油，两边储物袋里各有一把装有子弹的左轮手枪，可以正儿八经地走上犯罪道路。我不想看到任何教育半途而废。

1940 年 7 月 12 日

你有没有得到一本《纽约客》的复印本？我听说约翰·梅森·布朗是位非常讨人喜欢的讲师，我认为采用戏剧批评是很现代的方法，尽管它让我隐约想起罗克西·厄舍尔斯的学校。这似乎**真的**偏离戏剧本身。我认为关键是真正从主题中摆脱出来，而最终的摆脱将是一所教那些戏剧老师们如何写评论的学校……

世界不是个藏污纳垢的地方吗？——我刚看完了一份《生活》杂志，正赶着去看一场博里什·卡洛夫的电影，好振作一下。那是一部令人鼓舞的影片，名叫《早餐食物中的尸体》……

有一次，我以为福里斯特莱克[①]是世界上最美妙的地方。或许它以前的确是。

1940年7月18日

我想知道这个夏天你是否读过什么书——我是说像《卡拉马佐夫兄弟》或者《震撼世界的十日》或勒南的《基督生平》这样的好书。除了你在大学读过的那些要求你读的支离破碎的摘录外，你从未谈过你的阅读。我知道你读了几本我去年夏天给你的书——接着我就没听你谈起过读书的事了。比如，你读过《格里奥神父》、《罪与罚》、《玩偶之家》、《圣马修》、《儿子与情人》吗？除非你每年吸收半打一流作家的精髓，否则就不可能形成良好的写作风格。或者说即使形成了，也不是你所赞赏的所有作家下意识的集合，只是你刚刚读过的上一个作家的影射，一种打了折扣的新闻体。

1940年7月29日

这份工作让我有了为你付部分学费的钱，但这份钱挣得真不容易，我不喜欢看到你把钱花在一门像“十八世纪以来的英国散文”这类课程上。不能自己读现代英国散文的人都是低能儿——你懂的。你

① 美国伊利诺伊州湖区县一个城镇。

风格的主要缺点是缺少特点——它会随着你年龄的增长而增长。你曾有过特点——你的日记中有过——提升的唯一方法是**耕耘你自己的花园**。唯一能帮助你的是诗歌，它是风格最集中的表现形式……

例如，如果你去读“梅兰克莎”[①]——实际上是诗歌，但被当作短篇小说卖给了《纽约客》——如果你去读普通小说，你就会倒退到“基蒂–福伊尔日记”这类平铺直叙的水平。眼下对你唯一明智的课程应是“英语诗歌——从布莱克到济慈”(英语 241)。我不在乎其他教授有多聪明，一个人无法将对现代散文的讨论提升到餐桌的水平上。我会用 3 个小时的时间告诉你她在这方面知道的内容，而且向你保证我们**每个人**告诉你的大部分都是错的，因为对错与否完全取决于我们对这个问题的反应。这是一门为想要从丽贝卡和斯嘉丽·奥哈拉身上继续得到提升的女性俱乐部准备的课程……

《奇异的间歇》很不错。肖写完这本书并定名为《坎迪德》时，它就是本好书。另一方面，你现在生活的每一小时都直接受到易卜生《玩偶之家》所散发出的毁灭性光焰和气氛的影响。娜拉不是唯一走出玩偶之家的人——所有尤金·奥尼尔笔下的女人也都走了出去。只是她们穿着更迷人的衣裳……

好了，老法师累了——在我所了解的领域里，以上真的是很好的建议，馅饼。除非你中止一段时间的散文写作，否则它就会停留在报酬低廉的新闻体水平。再说，你可以做得更好。

1940 年 8 月 3 日

你独自一人开始做这件事确非易事。首先，你需要找个了解这件事怎么做的狂热者——约翰·皮尔·毕肖普在普林斯顿为我担任了这

① 美国女作家格特鲁德·斯泰因小说《三面夏娃》中的一部分。

个角色。我一直在涉足“诗歌”，但在几个月的时间里，他让我明白诗歌和非诗歌之间的区别。在那之后，我最初的一个发现是，几个教诗歌的教授真的憎恨诗歌，而且不知道诗歌是怎么回事儿。我跟他们发生了无休止的争吵，最后我完全放弃了英语……

诗歌要么是像火焰一样扎根于你的心中——就像音乐之于音乐家或者马克思主义之于于共产主义者——要么就什么也不是，一种空虚，形式上的乏味，学究们可以围绕它展开无休止的注释和解释。《希腊古瓮颂》绝美无伦，每个章节都如贝多芬的《第九交响曲》一样无与伦比，或者它只是你无法理解的东西。之所以会这样，是因为一种非凡的天才在历史的这一点上停顿下来，触碰到它。我想我读过上百遍了。在大约第十遍时，我开始理解了它的精髓，抓住了韵律和锤炼的内在机制。《夜莺颂》也是如此，每当我读它时，眼中都会浸满泪水；《伊莎贝拉》也是这样，其中关于两兄弟的伟大诗行：“他们为何骄傲，等等。”还有《圣亚尼节前夜》，其中包含英语中最丰富、最富感情的意象，比莎士比亚的还好。最后是他的三四首十四行诗：《灿烂的星》[①] 及其他……

一个人很年轻时就知晓这些事，并将之赋予耳朵，之后，几乎不可能分辨不出读到的内容是金子还是渣滓。那 8 首诗为真正想理解词汇的任何人提供了技艺的标尺——话语最纯粹的召唤力、说服力和魅力。过一阵子，如果你抛弃了济慈的诗，你会觉得其他诗歌只是哼哼唧唧的噪音而已。

1940 年 8 月 12 日

对穷人来说，工作会对人产生不同影响。如果你自己就是穷人，

① 以上几首诗均为约翰 · 济慈所作。

你理解他们的心理，这也是长见识的过程——比如，一个中产阶级的男孩子登上不定期货船，站在桅杆下，不得不忍受和海员们一样的贫困，他肯定会永远接受他们的观点。相反，本宁顿家族的一个女孩子在贫民窟工作一个月，周末在她老爸长岛的豪宅里度过，她除了沾沾自喜地觉得自己是“女慈善家”外，其他一无所获。

1940 年 8 月 24 日

我可以想象那种晚餐聚会。我想起了我和珊尔达刚结婚时，我带她去年轻的 ××× 家，那是一种很棒的冷餐会，尽管总体上说，我们去的地方从一开始就比普通商人家庭强多了。经商是一种无聊的游戏，为了挣钱他们要在人性方面付出巨大代价，他们是“一旦你了解了他们，他们还是不错的”那种人。我喜欢普林斯顿经商的一些年轻人，但我受不了耶鲁和哈佛的年轻商人，因为我们过去的背景都不同。女人们大都是空虚的俗人，很容易被引诱，很多方面都一无是处。我不是谈那些天生的社交名媛。比如，××× 和 ××× 以及其他把生活当成了选美比赛的人，几乎就像女演员。

不过，你似乎看到了 ××× 的观点中有某种东西，这一点算你聪明。大学让你出人头地，尤其是一个姑娘，人们并不急于用你的方式生活和思维。这是个比例问题：如果你嫁给一名军官，你半辈子都要对你的部下卑躬屈膝，直到你丈夫爬到顶峰；如果你有机会嫁给一个商人——因为眼下商界吸引了大多数有能力、有吸引力的年轻人——你就要在等级森严的商界小心出牌。这就是为什么我总是希望，生活会把你交给律师或者即将从政的人或一流的新闻界。他们的生活要广博得多。

广告业就是一种欺诈，就像电影业和经纪业一样。你要是诚实的话，就得承认它对人类建设性的贡献比零还要少。广告只不过是一种手段，对轻信的大众做出令人将信将疑的允诺。（但如果你把这封信给 ××× 看，一切就会很快完蛋，因为一个男人一定要有自己的骄傲，他越认识到这一情形，就越不愿承认它。）假如我在还是个广告人时就得到晋升，并有足够的钱在 1920 年迎娶你母亲的话，我的生活现在就完全不同了。但我不敢确定。人常常要经历千辛万苦才能满足自己的心愿——或许迟早我都会是一名作家吧。

1940 年 10 月 5 日

很高兴你喜欢《魂断威尼斯》[1]，我没看出它和《多里安·格雷的画像》之间有什么联系，只是两者都影射同性恋。《多里安·格雷的画像》比一个刺激青少年在 17 岁左右就从事智力活动而饱受争议的神话故事高明不了多少（它对你就像对我一样产生过作用）。有时候你要重读一遍，发现其本质是非常幼稚的。就像《飘》处在大众娱乐的上层一样，它处在“文学”参差不齐的较下部边缘。另一方面，《魂断威尼斯》是件艺术品，属于福楼拜之流——一点都不乏独创性。王尔德的《多里安·格雷的画像》有两个原型：巴尔扎克的《驴皮记》和于斯曼的《逆流》。

1940 年 12 月

我希望我的小说是个谜。我认为一条好的法则是某件事没做完先不要说出来。如果要说，你总会失去某些东西，它再也不会如此深刻地属于你了。

---

① 诺贝尔文学奖得主法国作家托马斯·曼（Thomas Mann）的小说。

未署日期的一些信件

社交上要想获得巨大成功，就要求漂亮姑娘出牌要谨慎得像相貌平平的姑娘一样。

我总觉得自己一生都缺少兴趣爱好，除了对我来说抽象的和学术的那些东西，比如军事战略和足球。植物学是一种脚踏实地、明白无误的东西。读过梭罗的著作后，我感觉，我把生活排斥在大自然之外是多么惨重的损失啊。

有许多作家，比如康拉德，得益于成长的环境完全与文学没有关系。这提供了丰富的素材，更重要的是，提供了观察世界的一种态度。如今大量的创作既受损于缺少一种态度，又受损于完全缺乏素材，除了在纯粹的社交生活中积累下来的那些。法则之一是：世界不在沙滩上，不在乡村俱乐部里。

我在普林斯顿上大二时，有一次，威斯特院长站起来，滔滔不绝地朗诵出贺拉斯的两行诗：

> 那真正无罪之人，
> 不要摩尔人的标枪和弓箭。①

我心里明白我的拉丁语很差，这让我失去了某些东西，就像和一

① 原文为拉丁文，出自贺拉斯《颂诗集》第 4 章第 2 节第 20—21 行。

个漂亮姑娘共度良宵。我拒绝的是一种伟大的人类经验，因为我慵懒，没有挥洒汗水去播种。

对我来说，具有讽刺意味的是，后来我买书学习我大学时学过的课程，对那些课程，我一点儿印象都没有了。有一次，我的一门关于拿破仑时代的课挂了科，现如今我的藏书中有超过 300 本这方面的书。那些得 A 的学生如今可能都记不得这档子事儿了。那是因为我在思想上把工作与不愉快的事，工作与需要避免的事，工作与需要拖延的事搅和在一起了。那些你谈到的聪明学生并不比你聪明，绝大多数并不比你反应敏捷，可能在记忆力和观察力方面还不如你，可是他们能把事物联系起来，所以在他们心中，一件事不是在成为既定目标的那一刻就僵死了。我确信这就是你的麻烦所在，因为你太像我，还因为对这件事经过长时间思考后，我断定那也是我的。我多么弱智，因为不好好学习失去了玩的资格，而那些能力远不如我的人却毫不费力就获得了高分。

我从不责怪失败——生活中有太多的复杂情况——但我对不努力是绝对不容忍的。

我卖出去的第一样东西是给《诗人传说》的一首诗，那时我20岁。

我的电影就要完工了，而制片人却打算先为勇敢的 ××× 拍一部片子，他要在好莱坞捍卫自己的国家（尽管被英国政府召回了）。这对爱国而无私的司各特 · 菲茨杰拉德的影响很深，以至于要到公司抽时间拍摄之后，我才能拿到报酬，所以我只好重回我的老候补——

《骑士》的怀抱了。

我不知道你怎么可能漏掉回答我的第一个问题，除非你跳过了《永别了，武器》的第160至170页。我的问题并非模棱两可，只是需要注意。我希望你寄给我第二个问题的答案。第三个问题是基于《圣经》中的《传道书》，长达15页，你房间里就有，你应该用四五天时间把它仔细读完。就我所知，你可以跳过第766、767和768页上的斜体俏皮话。那些是其他人写的，被塞进里面的。不过，要仔细阅读第754页上的简介，也要注意我不是指《道德训》，那完全不是一回事儿。读的时候要记住那是世界上顶尖的作品之一。注意，欧内斯特·海明威从第三段为他的书起了名。实际上，那里面充满了书名。第756页上的那段听起来像是一位电影制片人在对着游泳池忏悔。

很高兴你在读"二十世纪的智者"。这样的人你每天都会碰到。他们看着自己的世界正在分崩离析，也知道所有的答案，可并不打算采取任何行动。

《不忠》遇到了审查方面的障碍，令我们非常失望。它不再是琼的下一部影片了，我们要将它搁置一阵子，直到我们想出办法来糊弄笨蛋海斯和他体面的军团。1932年至1933年的电影需要净化，（还记得我不想让你看这些电影吗？）因为这些电影是挑逗性的、淫秽的。当然，如今的道德家们想把这玩意儿应用到所有重口味主题上——过去两年的收获太虚弱、太虚假，除非和孩子们打交道，不管怎样，我们正开始拍一个新的故事，一个安全的故事。

关于形容词：所有好的散文都基于动词来带动句子。动词可以让句子动起来。或许英语中技巧最好的诗就是济慈的《圣亚尼节前夜》，比如：

野兔颤抖着在冰冻的草丛中跛行，

这样的诗行是如此生动，以至于你快速掠过，很难察觉，它的运动给全诗增添了色彩——“跛行”、“颤抖”和“冰冻”就在你眼皮底下发生。你给我读一读那首诗，然后向我汇报，好吗？

别为你的故事不是一流而垂头丧气。同时，我也不打算为此鼓励你，因为，如果你想要达到一流，你毕竟要克服自己的障碍，从经验中学习。没有哪个人只要想成为作家，就能成为作家的。如果你有话要说，你觉得以前从未有人说过，你就能强烈地感受到你一定要找到某种别人没找到的方式去说，以便让你要说的事和你说话的方式浑然一体——仿佛孕育在一起、密不可分……

让我再说教一会儿：我的意思是你的所感和所想自身就会发明一种新风格，因此当人们谈论风格时，他们总是对其新颖感到吃惊，因为他们认为他们谈论的仅仅是风格，而他们所谈论的是尝试着表达一种新观点，表达的力量在于它具有思想的原创性。这是一件相当孤独的事，而且你知道，我从来都不想让你涉足，但一旦你真的打算踏进这一行的话，我想让你刚一踏进就懂得我花了多年才学到的东西。

优秀的作品都是**在水下游泳**，你要屏住呼吸。

结论是：它不会为你赢得经济独立，让你名垂青史。但把你的作品出版将是明智之举，如果你有能力——如果没有挣得稿费，只在学校杂志上登出。这会给你一种属于你自己的文学存在感，让你和其他人一起去尝试。在文学方面，超过这一点我就帮不了你了。我也许会说，我认为没有人能够写出简练的散文，除非他们曾经尝试过，写不出一首好的五步抑扬格十四行诗，而且读过布朗宁的短小戏剧诗，等等——不过，我个人就是这样接触散文的。你的方法可能不同，就像欧内斯特·海明威一样。除非我在你叙述的歌唱般调子下面，区分出司各特家族特有的真正节奏的蛛丝马迹，否则我就不会写这么长的信了。现在还缺少真诚——读者会说“那又怎样？”但在反常时刻，你想要写出是实情，不是丑闻，不仅仅是**被报道的**东西，而是在舞会上或舞会后所发生事情的**深刻**本质，此时，或许你会获得那种真诚——接下来，你就会明白，即使让一个孤立无援的拉普兰人**感受**到去卡特尔旅行的重要性也不是没有可能！

我的大多数同龄人在 22 岁时还没有开始写作，而通常是在 27 岁到 30 岁，甚至更晚，其间，有的当过记者，有的当过水手，有的教过书，有的参过军。早年就发展成熟的才能常常是填词作赋方面的，我自己在很大程度上也是如此。散文的天赋取决于其他因素——对题材的融合和精心的选择，或者更直白些：有话要说，而且是用一种有趣的、高度发达的方式来说。

我在这封信里塞的东西太多了，或许在瓦萨学院开学前不能再给你写这么长的信了。我读了《校园集市》上的故事，非常喜爱它。你在里面进行了一些很好的新尝试，唯一的缺点就是修改过多次的、与故事相伴随的急转。根据故事的长度，最好是一次写完或者分三次写完。三步跳的故事应该连续 3 天写完，然后花一天左右修改就完事儿。当然，这是理想状态——在很多故事中，作者会碰到必须要克服的障碍，但总体上，拖延下去或太难写下去的故事（我指的是构思拙劣造成的结构扭曲），读起来永远都不会流畅。

让我再重复一遍，也许你跟随科尔·波特、罗杰斯和哈特的步伐从事任何一种职业，都可能是不错的尝试。有时，我希望我支持那些人的观点，但我觉得自己打心眼儿里是个十足的卫道士，真的很想用某种可接受的形式向人们布道，而不是给他们带来娱乐。

我听从你的推荐，开始读托马斯·沃尔夫的书了。它似乎比《时间与河流》[①]要好。沃尔夫思维缜密，落笔如飞，饱含深情，尽管有不少无病呻吟和不准确，但每一条裂缝都显露出他可怕的秘密——他没有什么特别要说的东西！有关《美国至关重要的大心脏》的素材只不过是陈词滥调而已。

他非常精彩地回顾了沃尔特·惠特曼、陀思妥耶夫斯基、尼采和弥尔顿说过的大量内容，但他自己与乔伊斯、T. S. 艾略特和海明威不同，没有补充什么真正新的内容。得了——一切都很糟。这个人太糟了——那又怎样？大多数作家用可靠的金条为自己铺路，像欧内斯特的勇气或约瑟夫·康拉德的艺术或 D. H. 劳伦斯紧张的同居生活，可沃尔夫对此太“聪明”了，我是说最具蔑视和现代意义的聪明。聪明得如同《纽约客》上的法迪曼[②]，聪明得如同他自诩鄙视的批评家。然而，这本书还没有犯下大错：它依然是活生生的。不过，我想让你什么时候想一想，这本书比毛姆的《人性的枷锁》那种左拉式的自然主义更出色。如何出色？以何种方式出色？或者是否它就是很出

① 托马斯·沃尔夫（Thomas Wolf）的自传体小说，发表于 1935 年。

② 法迪曼（Clifton Fadiman，1904—1999）：曾经担任《纽约客》的编辑。

色呢……

我停止了一天的小说创作，去看牙医、医生，见我的代理人。去见代理人是为了讨论电影事宜：我是否能在 2 月份重返电影界以及具体的时间安排。

一旦人受困于物质世界，一万个人中没有一个人能找到时间，来形成文学品位，来亲自探索哲学概念的正确性，或形成（缺少更好的措辞）我或许可以叫做充满智慧的悲剧性人生意义。

我这么说的意思是，从莎士比亚到亚伯拉罕·林肯刚开始有书读的年代，一切伟大职业的背后都有一种感觉——即，生命的本质是一种欺骗，它的境况是失败的境况，拯救的东西不是“幸福与愉快”，而是从奋斗中得出的更深刻的满足。从理论上说，你已经从伟人的生活和总结中学到了这一点，你能够从降临到你身上的任何亮点中得到很大的快乐。

你提到你们这一代有多么好，但我认为你们和内战以来的美国人都有一种观念，那就是：准备接管这个地球。你听我以前说过，我认为大多数 30 岁以上的美国女性，脸上都挂着一副易怒、困惑、沮丧的表情。

“纽约那些初入社交界的聚会是一帮职业混混的约会——寄生虫、同性恋者、失败者、最蠢的大二学生、来自华尔街替证券经纪人拉生意的人以及食客们。纽约社交圈的这群乌合之众以阿谀奉承的手段利用像斯科蒂这样的孩子，将她像一块松软无色的破布一样挤出去。再过一年，她就能应付自如了。再过 3 年，她就会把他们甩到身后了。这一年她还太嫩，会为之目眩神迷。比起和那些人厮混，她和我一起待在这儿，情况要好得多。我宁愿花几个月时间去应付一个愤怒的小姑娘，也不愿用我的余生去应付一个心碎的神经质。”但我不必告诉你这点——你或许读过《生活》杂志上有关傻姑娘 ××× 的文章，《纽约客》上那些讽刺她的文章。

关于《了不起的盖茨比》的三封信

格特鲁德·斯泰因的来信

裴诺莱酒店

贝莱

（安河）

贝莱，192-［1925］，5月22日

亲爱的菲茨杰拉德：

我们读了你的书，是本好书。我喜欢你题献的旋律，它表明了你优雅温柔的背景，这令人欣慰。其次令人欣慰的是你的句子自然。你的句子如此自然，每一句都能读，这是令人欣慰的原因之一。正如萨克雷在他的《潘登尼斯》和《名利场》中所做的那样，你正塑造当代世界。这不是糟糕的奉承。你创造了一个现代世界，一场很奇怪的现代狂欢，在你的《人间天堂》之前还从未有人这样做过。我对《人间天堂》的看法没问题吧。这本书和那本书一样好，很不同，更久远，这就是作家所为，不是变得更好，而是不同，更久远，总能带来愉悦。一如既往地祝你好运，非常感谢你给我带来真正的快乐。我们一直期待秋天回来时看到你和菲茨杰拉德夫人。请代我向她致意，永远问候你。

格德·斯泰因

伊迪丝·华顿的来信

哥伦布馆

圣布利斯·苏·弗莱（S & O）

车站：萨赛勒[①]

1925年6月8日

亲爱的菲茨杰拉德先生：

我过去几周一直在到处游荡，几天前到家时发现你的小说——并附有友好的题词。

我很感动，你给我寄了一本，因为我觉得，在你们这一代飞跃进入未来的人看来，我在文学界一定是代表着起毛的家具和煤油吊灯。所以你会理解，正是带着这种真正歉意的心情，我才敢在几天后斗胆将我的新作寄给你。

同时，让我立刻告诉你我是多么喜欢"盖茨比"，或者说"他的书"。我认为，你这次实现了很大的飞跃——在你之前的作品上前进。我目前同你的争论只有一点：为了让盖茨比真正了不起，你应该告诉我们他早期的事业（不是从摇篮起——而至少从他拜访游船起），而不是一份简历。那将会赋予他社会地位，从而使他最终的悲剧成为真正的悲剧，而不是早报上的杂闻。

但你会告诉我那是以前的方式，而不是**你的**方式；同时，让这个读者开心地遇到你**完美的**犹太人和跛行的威尔逊，让他为布坎南公寓里粗鄙的狂欢出一份力，有眼花缭乱的花花公子们旁观，这就足够

① 法国巴黎北部的一个社区，曾是有名的贫民区。

了。每一个细节都写得很精湛——但和希尔德西姆[1]共进午餐以及他以后的每一次出场都让我顿时感到有更大的事！——再次感谢。

你真诚的

伊迪丝·华顿

我差点忘了，您和夫人这周能否找个时间来吃午饭或喝茶。给我打电话。

T. S. 艾略特的来信

费伯与格威尔出版有限公司

伦敦 W. C. 1

拉塞尔广场 24 号

1925 年 12 月 31 日

致 F. S. 菲茨杰拉德先生

纽约市查尔斯·斯克里布纳父子公司

亲爱的司各特·菲茨杰拉德先生：

在我遵照医嘱正准备匆忙动身去海上旅行的那天早晨，收到了带有你迷人而有力题词的《了不起的盖茨比》。因此先将它放起来，几天前我回来后才读的。不过，我已经读了 3 遍。可以说，它超过了我近几年读过的任何有趣和令我激动的小说，不论是英国还是美国的，应该说一点都没受你对我评价的影响。

等我有时间，我想给你写封更详细的信，准确地告诉你我为什么

① 名字应为沃富夏（Wolfsheim）。在《了不起的盖茨比》第一版中，“Hildesheim”被误拼为“Hildeshiem”。［原注］

对这本书给予这么高的评价。事实上，在我看来，它是美国小说自亨利·詹姆斯以来迈出的第一步……

顺便提一下，如果你写了你认为适合《标准》杂志的短篇，希望你能让我看看。

非常感谢，我是

非常真诚的

T. S. 艾略特

附：巧合的是，吉尔伯特·塞尔德斯①在1月14日发行的《标准》②中写的《纽约编年史》里专门提到了你的这本书。

① 吉尔伯特·塞尔德斯（Gilbert Seldes，1893—1970）：美国记者、作家、文化评论家。

②《标准》（*The Criterion*）：英国文学杂志，由文学评论家T. S. 艾略特创办并担任主编，1922年创刊，1939年停刊。除1927—1928年间发行月刊以外，其余均为季刊。

约翰·多斯·帕索斯的来信

［1936年10月？］①

特鲁罗，马萨诸塞州

哎呀，司各特——你这个可怜而又凄惨的浑蛋，你能给我写信，真他妈的太好了。听说了你肩膀的事，收到你来信时正打算给你写信，那一定疼极了，烦透了。告诉我们现在怎么样了。凯蒂向你致以爱的问候。我们经常谈到你，希望我们可以去看你。

我自然一直等着见你，与你争论你刊在《骑士》上的那篇文章②——主啊，老兄，在这种普遍的灾难面前，你是如何找到时间来为这事烦心的呢？如果你不想写自己的东西，为什么不在别处找份记者的工作干干呢？毕竟没几个人写得像你那么好。你花了40年来完善一种优雅复杂的机制（我本想说工具），下个40年就是使用它的时候了——或者只要历史有势不可挡的力量让你使用。该死，我自己都感到害怕——我

---

① 1936年9月24日是菲茨杰拉德40岁的生日，前一年夏天他摔断了锁骨，本信中提到这两件事。［原注］

② 指《崩溃》。［原注］

有了那种伊特拉斯坎人[①]的错觉，只是坐在家里，而某某人正向罗马进军——但我有两件耽搁的事情想去完成，我想上一门美国历史课程，大部分时间世界上事件的进展似乎太可怕了，我觉得完全瘫痪了——有种在大孩子们接近我们前要赶快将事情办完的感觉。我们生活在历史上最受诅咒的一个悲剧时刻——如果你想分崩离析，我想那绝对没问题，但我认为你应该就此写出一流的小说（你也许会的），而不是给阿诺德·金理奇[②]一些零零碎碎的东西——不管是否是零零碎碎的，我希望时不时能和你聊上个把小时，司各特，对你肩膀的事太难过了，原谅衣帽间里打气的话吧。

你的多斯

① 古代意大利西北部人。

② 阿诺德·金理奇（Arnold Gingrich，1903—1976）：时任《君子》杂志的编辑。

托马斯·沃尔夫的来信

1937 年 7 月 26 日

F. S. 菲茨杰拉德

由查尔斯·斯克里布纳之子转

纽约第 5 大街 597 号

亲爱的司各特：

我不知道你现在住哪里，如果我相信有人会住在“安拉的花园”[①]这么个地方，我就该死了，可你的信封上写的就是这个地址。我还是把这封信寄到我们两人都熟悉的老地址吧。

真想不到，你写的这封信太长了，搞得我头昏脑涨，收到你的信令我吃惊，可我不知道自己能不能说感到高兴。你的恭维话洋溢着玫瑰的芳香，却巧妙地掩藏着几句重量级贬责的话。不过，我没有耿耿于怀。几年前，我倒是耿耿于怀；像所有其他人一样，我有时被指责为“憎恨批评”，尽管我从来就不是那种当某人告诉

① 这是菲茨杰拉德的真实地址，在好莱坞的一座公寓旅馆。［原注］

我说你写的一切都很糟糕时，会热情地同意而开怀大笑的家伙，但我想我同现在活着的美国同龄人一样，见过许多平凡和精彩的变化。我不会总是微笑，和气地喃喃自语“说得太对了”，但我都听到了，尽力从中获益，不知何时、何地它会对我有所帮助。当然，我认为自己在这方面并不顽固。我也没有对它傲慢地不屑一顾，因为我最容易犯的错误之一，不管知不知道，就是对自己所做的事缺乏信心。

所以，我不会对你和你在信上所写的内容大动肝火。假如你信中所说有任何事实——只要对我是事实——你可以相信我会把它挖掘出来的。只是在我看来，你说的话里似乎没有那么多。你提到你反对我的事例，坦白地说，我相信你没有那么多事例，你说你写这些事情是因为你很钦佩我，因为你认为我的才能在国内外都无人能敌，因为你是我永远的朋友。那么，司各特，我不仅自豪而高兴地认为，所有这些都是真的，而且我非常尊敬和钦佩你的天赋和智慧。所以，我应该真诚地践行它们，不辜负它们，对于你对我作品的任何评论，我都给予最认真、最恭敬的重视。

我已经努力这样做了。我把你的来信读了好几遍。必须承认，信里似乎没什么东西。我不知道你的目的是什么，或者说我不明白你期望或希望我对此做何反应。虽然听上去有点死脑筋，但并不烦人。我可能错了，但我能从中得出的是，你认为如果我是一个跟现在的我完全不同的作家，我就会是个好作家。

你说的没错，但我不知道该怎么做，我相信你也没法告诉我该怎么做。再说，我也不明白福楼拜和左拉跟这事儿有什么关系，或者我跟他们俩有什么关系。我想知道，你是否真的认为他们跟这事有关，或者这只是你在大学里听到的或在某本书上看到的。这种非此即彼的批评似乎对我毫无意义。这种批评看上去无所不知，震撼人心，但没有什么实质内容。一个人写的书如果不像《包法利夫人》，就一定像左拉，为什么非要这么说呢？我可能很笨，不明白这一点。你说《包法利夫人》已经是不朽之作时，左拉还舞动在时代的浪尖上。这可能没错——但如果没错，那难道不是因为《包法利夫人》可能是一部伟大的作品，而左拉的作品可能不够伟大吗？说《堂吉诃德》或《匹克威克外传》或《项狄传》正迈入“不朽”而高尔斯华绥先生正处在时代的浪尖上，这难道不也是事实吗？我认为这样说是对的，那么你的论证就剩不了多少了，是吗？因为你的论证只是建立在一种**方式**上，是在一种方法之上而不是另一种方法之上。你有没有注意过，它多少次证明一个人真正做的只是将自己做事的方式合理化，他必须这么做，他的天赋和天性要求这么做。将这种方式合理化成了做所有事情的唯一必然的、正确的方式——一种阿波罗从奥林匹亚山传下来的古老和永恒的艺术形式。如今，你有你的做事方式，我有我的做事方式，有很多方式，你认为只有一种“方式”，这才是错误的。我想，我会认同你关于“选择性事件的小说”的说法，如果它有意义的话。我说如果它有意义的话，是因为每部小说理所当然是选择性事件的小说。对事件不加选择的小说是不存在的。你不能不作任何选择地描述电话亭内部。你可以把对一间房子的描述填满一千页的小说，然而，你的事件应该是有选择的。我向你提到过《堂吉诃德》、《匹克威克外传》、《卡拉马佐夫兄弟》和《项狄传》，是为了与《银匙》或《白猿》作对比，前者成为“不朽”作品的范例，后者成为“沸腾又倾泻”作品的范例。不要忘了，虽然你认为《包法利夫人》是一部伟大作品，《项狄传》无疑也是一部伟大作品，但伟大的原因截然不同。后者的伟大正因为其“沸腾又倾泻”——因为其选择具有非选择的特征。你说像福楼拜这样的伟大作家有意识地将张三或李四随时插入的内容舍弃。好吧，别忘了，司各特，伟大的作家不仅仅是会舍弃的人，也是个会插入的人。莎士比亚、塞万提斯和陀思妥耶夫斯基都是伟大的插入者——事实上，是比舍弃者更伟大的插入者，并会因此而被人们铭记在心——我斗胆说，只要福楼拜先生因他舍弃的内容被人铭记，他就会因插入的内容而被人铭记。

至于你信中的其他内容，关于培养第二个自我，成为一个更自觉的艺术家，我的欢乐或忧伤、精力旺盛或愤世嫉俗，在宽慰中怎么会没有东西脱颖而出，因为一切事物的情感基调都一样——这些东西应该由当今的书评大家来评论——如法迪曼和德·沃托——而你不是。因为你是艺术家，艺术家才真正具有批评的智慧。你得工作，还要呕心沥血，你知道写出活生生的词语或创造一种活生生的事物是怎么回事。所以，不要对我说精力旺盛，或成为自觉的艺术家，或不要将事情带入情感缓释之类的傻话。这种事还是让法迪曼和德·沃托去谈，而不是司各特·菲茨杰拉德。你拥有太多的理性，知道太多的东西。那些不了解的小人物可以将一个人描述为伟大的、精力旺盛的、六英尺六英寸高的、直接来自大自然的庄稼汉，一口咬掉半截苹果味烟草丝，端起玉米酒罐往喉咙里咕噜咕噜灌了半罐，用一只毛茸茸的手背抹抹嘴，向空中一蹦三英尺高，落地前将两个脚后跟互相击打 4 次，喊叫着“呵，孩子们，我就是来自布康特博县的能抢、能喝、能打枪的枪手之子”——“滚开，我来啦！”——然后填上三十多万字，加上封面，说：“这就是我的书！”现在，司各特，在纽约写书评的小伙子们也许认为就是那么干的；但写《夜色温柔》的人更了解。你知道自己从不那样做，你知道我也从不那样做，你知道任何写过一行值得阅读的文字的人都未曾那样做过，所以不要再跟我胡扯了，年轻人。不要认为我很恼火了。不过，我厌倦了胡扯——如果是来自一个傻瓜或书评者，我就接受了，但来自一个更了解事理的朋友，我就没法接受了。我想成为一个更好的艺术家，我想成为一个更挑剔的艺术家，我想成为一个更收敛的艺术家。我想利用我拥有的这种才能控制我可能拥有的力量，可以更干净利索、更准确地发挥这些能力。但是，不要用福楼拜的那一套来教训我，不要用包法利的那一套来指责我，不要用左拉的那一套来说服我，也不要让我去佯装精力旺盛。把这些东西留给兜售它的那些人吧，我恳求你，让我受益于你精明的智慧和高明的创造力，我对所有这些都真实深切地羡慕。我准备到森林中再待上两三年。我准备尽力写出我写过的最好的、最有分量的作品。我要独自一人完成。我准备失去我可能已经得到的那么一点名誉，再次静静地去聆听，去认识，去忍受所有的质疑、诽谤和嘲弄，以及还没等我死，他们迫不及待想读给我听的盖棺定论。我知道它意味着什么，你也知道。我们两个人以前都经历过。我们知道这就是平淡而又他妈的简单的事实。好了，我已经经历了一次，我知道我还能再次经历一次，我觉得我比以前知道的多了一些，我当然知道期待什么，我要努力不让它使我沮丧。这就是我这次要在一些朋友中寻求睿智理解的原因。我需要它，我并不为自己这么说而感到难为情。你在信件中说你永远是我的朋友。我向你保证我很乐意听到这话。如果你认为我需要它，就认真地告诉我，但不要哄我。如果你这样做，我就说你是虚张声势。

此时此刻，我正在乡下一间木屋里避暑，我很享受。我还在工作。我不知道你要在好莱坞待多久，你在那儿是否有工作，不过我希望不久就能见到你，希望你一切都好。我一如既往地认为《夜色温柔》是你写过的最好作品。我相信你在未来会超越它。无论如何，我都衷心祝福你身体健康、工作顺利、事业有成。找个时间给我回信。地址是北卡罗来纳州的欧亭，距阿什维尔只有几英里，你知道，哈姆·巴索住得离皮斯加森林不远，他不久要来看我，或许我们可以一起旅行去看舍伍德·安德森。就此搁笔吧——你看，像往常一样，不加选择。再见司各特，祝好运。

你永远的

托马斯·沃尔夫

F. S. 菲茨杰拉德[①]

保罗·罗森菲尔德

对 **F. S.** 菲茨杰拉德最大的指责可能是，他经常让好的素材从身边溜走。说到素材的价值，不存在任何争论。有些赛马纯粹是为了取乐才参加比赛的，而《漂亮冤家》和《爵士时代的故事》的作者就属于这一类。他是个天才作家，靠讲故事和临画自娱自乐。最后，除了天生的爱好外，对什么都没有兴趣。他以奔放的热情创作出来的作品，既辛辣又无味，既富有夸张的诗意又带有苦涩的讽刺性模仿。平淡无奇的段落充满了闪光的隐喻，循规蹈矩的描写中不乏睿智而深刻的变化。钻石般的思想不分青红皂白地与莱茵石思想和窗玻璃思想混杂在一起，但他的作品到处可见最纯洁的靓丽色彩。这一切肯定是在梦中从某个神秘的藏身之处突然蹦出来，附在这位甘为骗子和“飞女郎”当旗手的人身上，在他笔下微笑着望着他，着实把他吓了一跳。诚然，他那些随性写成的作品着实吓了尚

① 本文选自保罗·罗森菲尔德（Paul Rosenfeld，1890—1946）《看人间：24 位当代作家》，前言标注的日期为 1925 年 2 月 14 日，也就是《了不起的盖茨比》出版前。[原注]

无精神准备的读者一跳，因为作品中所反映出的思想是如此成熟，如此切中要害，如此值得精雕细琢。

当代美国人没有谁能完全感受到后青春期美国特有的生活节奏的方方面面。而他就身处这种生活中，亲眼目睹了其所有的强硬和同样奇怪的软弱，目睹了外部的嘈杂、运动和大胆妄为。他的作品与其说反映了环境的表面现象，不如说反映了其怦然的心动。他了解话是怎么说的，舞蹈是怎么感受的，掷骰子游戏是怎么玩的。微不足道的细节表明，下意识的协调是多么完美：跳舞的时候一个小伙子从汽车油箱里抽出油来给一个女孩子清理缎面鞋的场景；一个年轻人泡过澡后身穿 BVD 内衣悠闲地坐在那里用手挠自己裸露皮肤的场景；早上六点钟，参加完舞会的两个浮浪子弟把垃圾随手扔在幼儿之家旁的场景。没有谁能像《漂亮冤家》里那些令人诧异的人一样，从那些长发年轻至交的精神中得到心灵之光。无情面对当时在美国社会普遍存在的粗野的行为、无聊的欺骗、堕落的理性，没有谁能无动于衷。

然而，从写作素材上看，菲茨杰拉德的小说和他的绝大多数短篇都低于其最佳素材表现出来的程度。他的素材中有很多凄美的东西，而这一点他一直视而不见。某些先入为主的成见似乎挡在他和素材之间，影响了他正确判断素材的能力。因此，摆在我们面前的，不是他名副其实讲述的故事，而是巧妙的浪漫情事和令人不爽的大团圆结局。由于菲茨杰拉德的这种成见，罪魁祸首似乎是这样的错觉：其视野基本上是“青春”的视野。为此，要否认作者对穿透视装的那些细腻人物以及苗条、入时的伙伴始终带着成见是愚蠢的，要否认他对欢快主题缜密的观察、精神的坦直表白、结构的完美超群也是愚蠢的。总有某个地方舞会是永不停止的，而他们当时就占据了这个地方，并用适当的步态和手势占据了它。不管步态和手势的水平怎么样，谁能（哪怕是片刻）断言，这场舞会的水平比前一代人或两三代人的水平低呢？然而，我们断言，而且满怀信心地断言，《人间天堂》和《爵士时代故事》的作者虽没能一贯保持高水平地明察他笔下男男女女的本质，但仍想一丝不苟地让这些人物充满魅力，而这些人物也恰恰是哀婉动人、天真幼稚地赋予了自己这种魅力。菲茨杰拉德的第一部作品问世时，很显然，在某种程度上，在感情方面，应感谢康普顿·麦肯齐，他正是带着这种感情看待普林斯顿这座“梦幻尖塔”[①]的。此后，很显然，他便过分小心地按照欧洲的经历来看待一切了。他开始用永恒 5 月时光的魔眼观察自己的主人公，在摩托车和掷骰子游戏中观察春天清爽的花浪，观察黄白相间的蜉蝣鼓翼扬翚。就连在描写客体的无情和卑鄙、堕落和下流时，他也倾向于过分依赖总体魅力，而不是细节。虽然《漂亮冤家》中那对美丽、标致的夫妻很恐怖地被作者刻画成不负责任的自恋癖，但作者仍要求我们把他们看成肉体和灵魂都熠熠生辉的人物。

菲茨杰拉德笔下的美国青少年实际上并不是那种鲜活的、有滋有味的、无礼的、举止随性的形象。表面上也许是这样。可是，欧洲人把年轻人称为“森林绿”，这难道不是一种鼓励吗？这个世界缺少保护精美物质的全副甲胄，所以愿意面对这个世界的人毕竟是少数。据说，在美国南方，淑女们接受精心训练，目的就是要了解求婚者的收入和前途，并把有可能让自己倾心于不配之人的任何激情都消灭在萌芽状态。不过，这种说法的真实性值得怀疑，因为这种做法基本上属于多此一举。在现实生活中，如果一个男性没有按照伍沃斯大厦的标准摆出精神姿态，一个真正漂亮的女子，无论是南方的还是北方的，根本不可能对一个男性的欲望做出回应。通过外在的劝诱或内在的理想主义，哪一点我们不知道，无疑二者兼有，有自尊心的少女很早就

---

① 牛津被称为“梦幻尖塔之城”。

坚信，增加物质财富主要是男人的活儿，离开了金钱谈婚论嫁是对女性生性脆弱的灵魂最大的侮辱。那些受过高等教育、身材魁梧、穿着考究的年轻人同样持有这种美好的固有理念。没有巨额财富做靠山，他们似乎也无颜面对生活。在他们眼里，一个男人如果不功成名就，无论如何都没办法补偿一个女人因没有裘皮大衣和外国跑车而承受的痛苦。因此，商业精神在豆蔻年华到来之前就已经牢牢扎根，商业精神就是妥协，它并不完全表现为青春活力。

菲茨杰拉德作品中最轻微的讽刺都足以证明这种状况的流行程度。道德家可以从他小说中的青年主人公身上找到严厉谴责资产阶级美国的证据。但是，“亲爱的祖国，您放心。”[①] 这句话并不是指一般意义上的伤风败俗。如果我们从道德层面上把这句话看成是对服从群族道德观念的恪守，那么菲茨杰拉德笔下的那些“飞女郎”和油腔滑调的男人就不能说是放荡不羁的。透过他描写的搂脖子亲嘴的派对以及豪饮斗酒，我们看出，共和体制还是维系的。一个人的商业帝国便是建立在这些元素之上的。但人们可能会把伤风败俗看成是对理想精神生活的背叛，从此意义上说，美国是催生堕落的温床。菲茨杰拉德潜意识地向我们展示了那种贫困金发青年的形象，他们肤浅得根本没有灵性，但装出一副有灵性的样子，认为女孩子很清楚，离开了钱和那些抱着酒瓶子找安慰的男人，她们根本无法生活。人们不再年轻，他们只是自恋而已。生活知识可以从书本中得到，天真烂漫也并不可爱。一切都好，我们实在找不到有什么可以挑剔的；生活是干净的，一点也不像激情平时表现的那样一团糟，但为什么要把生活叫做春天呢？有时候，菲茨杰拉德会丢下手中的吉他，用冷漠残忍的生硬对生

① 原文为德语“Lieb Vaterland，magst ruhig sein”，它是德国军歌《保卫莱茵河》中的一句歌词，意为“亲爱的祖国，您放心”。

活指手画脚。《五月节》也许是他所有的短篇中最成熟的，它带给我们的是又苦又咸又干的堕落味道。菲茨杰拉德以冷静客观的态度描写了心的奢华和糜烂相辅相成的奇妙场景。整个故事似乎讲的是，两个生性残忍的士兵藏在储藏室的水桶和拖把当中，等待有人偷点儿烈酒给他们送来。在其幻想作品《一颗像里茨饭店般大的钻石》中，菲茨杰拉德也许无意中进一步弹出讽刺的调子：布拉多克·华盛顿先生是世上最富有、最没有同情心的人，其外表极像爵士时代美国之父的一幅肖像画。

但是，菲茨杰拉德的素材世界依然存于他的内心，等着他拿来不断地与这个世界分庭抗礼。这些素材具有极高的价值，正因如此，他无法拿这些素材对抗高度的文明，然后平静地下断论：就是它了。因此，由于缺少哲学元素，同时又像其他美国人一样不费吹灰之力可以拥有的过度热望，他只好屈服于他身处那个社会中最受欢迎的妄想，沉溺于构筑壮观的美梦，却丢掉了凄美的鲜花。他似乎是靠某种朦胧感强迫自己动手写作的，每当他那些启人心智的段落出现时，其来势犹如火山喷发到梦幻海洋的表面。无论从什么角度看，《漂亮冤家》都应该是悲剧，因为受害者得到了惩罚。但在结尾，菲茨杰拉德却逃避责任，让那对可怜的夫妇得到3000万美元的慰问金，他的主人公告诉读者他最后获得了成功。当然，这位有趣的作者内心深处的某种东西正趋于成熟。他早期写作方式中令人发笑的狂野让位于更大胆、更尖锐、更不带个人色彩的抨击。《五月节》描写的是街道的景象、德尔莫尼科酒店的喝酒场面、“进”先生和“出”先生的种种历险，写得都相当精湛。其幻想的真正天赋是在《本杰明·巴顿奇事》表现出来的。《漂亮冤家》中甚至有劳伦斯式的浓情时刻。然而，尽管《五月节》中的描写非常精彩，但菲茨杰拉德仍没有跨越艺术的界线。他从自己的立场审视写作素材，完全是从视之为无物的角度来看待这些写作素材的。但他从未步其他艺术家之后尘，那就是：从内部和外部同时审视这些素材，去爱这些素材，并对其加以甄别。因为，《五月节》缺少焦点，只不过是几个小片段的拼凑而已。如果菲茨杰拉德最终会打破自己的模式，把自己从他土生土长的文明桎梏中解放出来，这会极大地影响他的名气。接下来，他要讲给我们听的，是一个哀婉动人的故事，一轮永远没有升起的月亮的传说，而这种故事完全是美国人不愿意听的。可是，我们很想听。菲茨杰拉德是很少让自己的粉丝失望的。

司各特·菲茨杰拉德的是与非[①]

格兰威·威斯考特

F. S. 菲茨杰拉德去世了，享年 44 岁。愿逝者安息，为我们祈祷。在二十多岁的巅峰时代，他就基本上成了美国年轻人心目中的帝王。当他的死讯出现在报纸上时，出现了一系列奇怪的巧合。其他几个人——一个多少属于他那一派，也像他一样不幸将自己的才能献给好莱坞的年轻作家，还有他那漂亮而喜怒无常的妻子，以及另一位著名的年轻女驯马师，一个流行爵士乐队的年轻领队——都在那一周突然辞世。这让我想起了燔祭，原始的统治者要让护卫、用人、美女和好友陪葬，一起走进永恒。二十年代就是天堂，通常都这么说。天堂不如二十年代好吗？如果真的是这样，在一两个细节上，司各特·菲茨杰拉德一定会感到遗憾，再一次遗憾。

他的身体在 5 年前就垮了，大脑和心灵都被一种古怪的阴影和重负占据了。后来，在一篇题为《崩溃》的精彩散文中，他审视了自己，追溯了过去 20 年中他

① 本文发表于 1941 年 2 月 17 日的《新共和国》上，此时，菲氏刚刚去世。[原注]

的缺点，以及在那个年代、那个年龄段，它们都有哪些害处，又是如何造成的。正因如此，我们才不用凭借流言蜚语，而是有的放矢地讨论他的弱点。于是，我就这么做了，请求大家对他抱有宽容和明确的态度。有一点也是为了我自己，同时也是为了让某些天真幼稚的美国作家受益。

像往常一样，我关注的是个性而不是审美，但这一次我的情趣不是个人层面上的。除了我们都出生在中西部，都在国外逗留多年，你基本上找不到像我们这样生活在同一时代却迥然不同的两个人。美德也好，罪恶也罢，我们基本上没有什么共同点。我没有赢得其友谊的殊荣。我只记得跟他进行过一次深入交谈。那是在地中海的一处海滩。穿过天使湾，经过一无是处的尼斯城，阿尔卑斯的一段山脉像洋葱头一样悬在空中，绽放出珍珠般的光芒。那空气，那微波荡漾的大海，随着温暖的季节一起悸动。那是1925年或1926年的夏天，《太阳照样升起》尚未出版，他只想同我谈论海明威。他突然到来，把我从亲朋好友中拉出来，走到一处岩石的阴凉里。

当时，海明威已经在巴黎通过小而精的渠道发表了几个短篇。有趣的是，我与文艺圈的人都发现了他。我们回到纽约之后，便开始像传播上帝福音一样宣扬他小说中的新风格和独特感受。但是，用这种方式开创伟大的职业生涯太慢了，根本不对菲茨杰拉德的胃口。他说，虽然欧内斯特很显然是我们这代人中真正的天才，但被忽视和曲解了。更重要的是，所得到的稿酬远远不够。他以为我会认同《瞳孔》和《了不起的盖茨比》的市场价值当时被夸大了。为什么我不帮忙助推海明威呢？为什么我没写文章为他唱赞歌呢？菲茨杰拉德有时一边不耐烦地抓住我的胳膊摇晃，一边问这样的问题。

关于这一点，有某种超越寻常意义上艺术崇拜的东西，但另一方面，不仅仅是打心眼儿里喜欢海明威的问题，这种喜欢是如此大胆，如此不知羞耻，如此缺少幽默感。我说话尖酸刻薄，我的熟人们常常低估我的好脾气。所以，菲茨杰拉德对那么多事都觉得理所当然，让我又感动，又受宠若惊。他根本没有觉得，要是我不友好或心胸狭窄，我便不可能对一位艺术圈的新同事和对手表示热情。事实上，我的热情与他的热情不同。现在回想起来，对我来说，我要为这种差异感到高兴。他只是没说，我相信，他打心眼儿里觉得海明威是无与伦比的，绝对高人一等。海明威的作品出版以后，他本人写了什么，没写什么，都已经不重要了。为了赚钱，他随性写作，没准儿活着就是为了享乐。海明威本可以背上更重大的责任，进而得到更大的回报，比如：荣誉与永恒。我认为，这种极端的崇拜——这是在为病态的自我蔑视和自我放弃找借口——对菲茨杰拉德是有害的。总之，他很快便开始在各种雇佣写作中浪费了自己的精力。

去年，有人告诉我，我们另一位才华横溢的同龄人在赚钱方面已经变得很谦虚了，从年轻时代的巨大成功掉落下来，摔得很远，以至于他会在朋友创作的作品上签上自己的名字，以分得稿酬。如果署他朋友的名字，稿酬只有几百元，但如果签上他的名字，稿酬就是一千元，甚至数千元。也许这是毫无根据的八卦，但这倒是个很好的典型案例，很具有代表性。这让我直起鸡皮疙瘩。在签名者自己的心目中，带有如此羞辱性的签名恐怕以后再也不会和以前一样了。一般来说，文学家脆弱的大脑，饱受折磨的创作灵魂，是无法容忍此类事情的。进一步说，一个作家还不如把自己想象成弥赛亚，与写作或生活每况愈下的日子作殊死相搏。这不仅仅是审美诚信的问题。因为如果藐视使他对自己的看法产生了分歧——懦弱、耻辱、愤世嫉俗——那么，他经常会发现，自己挣钱的能力以及满足感会逐渐消失。广大读者表面上没有什么品位，但如果有人用轻蔑的口气与之说话，他们还是能感觉出来的。那些大腕儿级雇佣文人愚昧无知，却心安理得地把自己划归托尔斯泰和狄更斯的行列。他们是否能与 P.G. 沃德豪斯或赞恩·格雷相提并论，可能取决于人们善良的误读。

也许菲茨杰拉德从未让自己的名誉陷入上述同僚那样不明智、不健康的境地。在我们看来，他的生活准则的确很高。二十世纪二十年代的出版商们大力推崇有声望的小说家，但到了三十年代，菲茨杰拉德风光不再时，电影开始加上了声音，也就为文学创作打开了一个赚钱的新门路。当然，他近年写了太多言不由衷的东西。他把心不是装进了口袋，就是放进了靴子。1936 年，他对电影竞争力和吸引力的看法，如他所说，是“一种更光彩夺目、更全面直观的力量”。电影的这种力量让上帝赐予的小说这种形式变得陈旧过时了。对小说家来说，这的确不是好兆头。

现在不是重读和赞扬他现存作品的最佳时刻。我们心中一片茫然，就像一只闷鼓——自我一如既往地被死亡点燃——我们可能会夸大其作品的优点或缺点。我记得，在他早期最优秀作品出版时，我认为他的风格有点过于自由，过于悠闲。当时我也是个爱吹毛求疵的文体家。他的句式几乎总是活灵活现、魅力四射；他的文辞几乎总是高人一筹。他很少用俚语或者我称之为“婴儿式的牙牙学语”（他之后许多美国当代作家都落入的陷阱）。但由于其他原因——情感的隐晦、诙谐滑稽——从阅读材料的可读性本身而言，他的大部分作品可能经不起时间的考验。但作为珍贵的档案材料，起指导作用的范例，他的大部分作品是珍贵的。虽然这并不是作家希望到达的那种永恒，但论其成就，已经远远超过大多数小说家。

《人间天堂》像一首流行而又完美的歌，回荡在整个二十世纪二十年代。它就像现在看来有点褪色、有点风蚀的一面旗帜，高高地挂在整个青年运动的上空。虽然风从这面破旗中穿行而过，但对真正想读书的大学生们来说，它还是不该被弃之一旁或在严肃认真时刻才想起来的一件稀世珍宝。此外，还有几十个短篇，有些精雕细琢，有些草率马虎。有一篇题为《头与肩膀》的短篇就非常诡异。我喜欢《了不起的盖茨比》，它虽然于1925年及时出版，但几年后却被蒙上了老调守旧的阴影。本周我又重读一遍，发现还好，每一页都充满了快乐和悲悯。杰作常常会暂时被视为流行作品，接着便从阁楼里走出来，再一次产生影响，永久流传。关于他的最后一部小说《夜色温柔》，赞誉者和反对者都大有人在。总体上说，我是持赞同态度的。精神正常还是精神错乱，这是一个崇高的话题，但让我们产生所谓"启智兴趣"的寥寥无几。这本小说却做到了，而且还生动地描绘了一幅享受移居海外生活的画面。

1936年，在第3期《骑士》上，他发表了自传体散文《崩溃》，仿佛那就是天鹅的哀歌。我是在理发店第一次读到它的，根据那家杂志的编辑设计，那大概是男士成衣广告的手段。这样的作品在世界文学中少之又少：马克斯·雅各布[①]的《塔图菲的辩护》；或许是《七根智慧柱》[②]的神秘章节；沃尔特·雷利爵士[③]被砍头前写的诗体使徒书，在某种意义上都属于这一类。菲茨杰拉德的主题似乎更加令人不快，一笔一画都平淡而又小资。当然，他的处理手法缺少老派作家的那种优雅和稳重，时不时略显小家子气，但究其原因应归咎于经济拮据，而非粗鲁或缺乏勇气。或许菲茨杰拉德在写作时对随着杂志出版而来的一切太敏感：玩笑、小资女子、男式服饰用品店。他一直受困于一种极端的环境意识。不过，时至今日，《崩溃》仍然是上乘的散文，也是他自我剖析和葬礼说教最为及时的作品。在某些方面，《崩

---

① 马克斯·雅各布（Max Jacob，1876—1944）：法国诗人、画家、作家兼评论家。

② 作者为T. E. 劳伦斯（T. E. Lawrence，1888—1935），即"阿拉伯的劳伦斯"。该书讲述的是作者在1916—1918年间阿拉伯起义军反抗奥斯曼土耳其战争中做联络官的亲身经历。

③ 沃尔特·雷利爵士（Sir Walter Radeigh，1554—1618）：英国贵族作家、诗人、政治家。

溃》也在以一种天真的口气严肃地控诉了我们天真的理想主义，我们共同的准则，我们的大学教育。总体上说——无论是对令人痛苦的文明，还是对已经故去的那个菲茨杰拉德而言——这是一个愤怒的时代。

他从一场貌似致命的疾病中奇迹般地康复过来，接着便发现一切都在他心中死了，或者快要死了，他的思想全面崩溃了，对世界上的一切都没了胃口。他说，虽然不是酒精所为，事实上，他已经6个月未沾酒精了，甚至连啤酒都没碰。对此番辩解，我们也许会持怀疑态度，因为辩解的确是酗酒者的潜意识习惯。对那些能要我们命的东西而言，6个月根本算不了什么。酒精实际上从不会引起什么后果，正如它会增加快乐体验一样，它只会主要以疲惫的方式让车辙或陷坑越来越深。当心爱的人因患重感冒或脑血栓面临死亡的时候，谁会在乎他是酒鬼，还是已经改邪归正的酒鬼呢？——没错，我知道，那个垂死之人自己在乎！但当菲茨杰拉德写《崩溃》时，他还能再活5年，这个时间并不算短。所以，这并不是健康不佳的问题，当然他神智健康得像个天使。他当时的麻烦以及所面对的问题只不过是想象力的枯竭，饱受摧残的神经，丧失意志力的自我催眠。除了内省和自厌，他的悟性已经所剩无几。为什么，他大声疾呼，为什么我“对自己恐惧和怜悯的对象感同身受”？他说这是“太多的愤怒和太多的泪水”造成的。这是他一时性急做出的判断，完全是年轻人或曾经是年轻人的人耿直的多愁善感。但他毕竟是个讲故事的人，他并没有停下来，而是继续讲述过去的故事，但这些故事表现出异乎寻常的神秘感。

《崩溃》从未以书籍的形式出版，或许是因为《骑士》上漂亮的插图挂在墙上太令人兴奋了，以至于过刊上很难找到。因此，我蠢蠢欲动，想尝试对它作个总结；不过还是算了，《崩溃》必须出版。尤其是前半部分写得无懈可击：简短、轻松、激情四射的短语——被他比作“神秘大卡车的开动”和“鲁莽歹徒的感受”的思想——一个又一个明快、透彻的段落。没有一点羞愧，没有一点特别着重的语气，以至于让我怀疑，他是否知道自己在表达什么。

他依然在为自己运气不好，1918 年没能作为一名军官到外国的战场上去而唏嘘感叹，甚至为自己 1913 年或 1914 年橄榄球比赛中的失败唏嘘感叹。在他年轻时倒霉运的某一天，他感到与 1936 年一样糟糕，而且方式也是一模一样。对这种相似性，他特别在意。或许早期危机最糟糕的是在他大学三年级，当时他失去了普林斯顿社团会长的位子。紧接着，作为不顾一切寻求安慰的举动，他第一次做爱了。也是在那一年，直到那时，他才转向文学创作，作为摆脱蚀本生意的最佳出路。凶兆！也是神奇的，一位垂死之人或者至少厌倦生活的人——一个几乎拥有世界所能提供的一切的人，名誉和财富、工作和游戏、爱情和友谊，而且几乎又失去了一切的人——居然还能认真思考少年时代那些无聊的废话！菲茨杰拉德的整个生命蕴藏着非常高贵的信仰，并以高贵的方式来诠释自己的信仰。但当他讲到幻灭时，也隐含着学生气的想象。他的理想与“在普林斯顿新生橄榄球场上佩戴的肩垫和在外国从未戴过的外国帽”一起被丢进了垃圾堆。这很奇怪，而且带有巴洛克的风范，就像出现在十七世纪建筑上、头盔和铠甲上以及交叉摆放的枪炮上，雕刻在兵营门梁和墓穴盖上的战服饰物。那些饱受诟病、过度军事化、过度在乎荣耀和壮烈牺牲、老态龙钟的欧洲社会比这似乎怪不到哪里去：一种如何痛苦地终结大学的国民意识，而大学似乎也是一个国家不稳定的基础。

暂且撇开其文学才能不说——无师自通的文学天才——我认为菲茨杰拉德一定是全世界所受教育最糟糕的人。他从来不知道自己究竟有多大能量，所以没有什么能敦促他一定要保存或节省能量。他刚上大一时，高年级的学长们教过他如何像个男子汉一样喝酒，以及过度饮酒会带来什么样的代价和惩罚吗？如果他们教过，饮酒就不会像一个含糊而致命的道德问题那样让他兴奋了。作为他写作的朋友和对手，我们都认为他具有本世纪最出色的叙事天赋。普林斯顿的英语系是否设法培养他对自身这一点加以赞赏，是否让他感到这种天赋所带来的快感和重负？很显然，他们只教给他如何欣赏这个或那个作家的作品，而这正是他所厌恶的。过了某个节点，想为赚钱而写作也赚不了钱了；生意做不好就意味着艺术上表现糟糕，这一点有没有什么老成练达的评论家提醒过他呢？还有一件事：我的印象是，在他创作《夜色温柔》时，或者在此之前，他就发现了精神疾患的某些原因和程度。时至今日，一个男孩子一旦弄懂了生活的方方面面，我们就应该教给他这一点。

就连部队也没能教会菲茨杰拉德少尉做一个好军人所必须遵守的一条原则：在部队里，个人英雄主义只是第二位的。如果上级军官还没有拿定主意菲茨杰拉德是否适合上前线，他就是想上也没门儿。从戎的意义在于杀戮敌人，而不仅仅是甘愿马革裹尸。时至今日，这一点似乎很重要，因为我们又在为可能爆发的必要战争做准备了。自我牺牲的精神和备战的意义再次被夸大，但取得胜利的手段却没有得到足够的重视。文学也是如此，由于菲茨杰拉德从我们本就缺乏人手的小军团掉队了，所以大家尤其埋怨他那彻头彻尾的理想主义。不管他为何而死——如果他**确实是**为何而死的话——但死得也太匆忙了。死在他这个年龄，不值得。

在菲茨杰拉德的几个讣告上，我发现了一小行道德说教上的错误，我认为这并不稀奇；他的楷模和他的小说可能起到了推波助澜的作用。他们似乎将所有反叛精神同糟糕的健康状况等同起来。这种攻击是不公正的。另一方面也是太容易找到的托词。不良行为并不一定是软弱无力、值得怜悯、命中注定的东西。恶毒的思想、迥异的风格、带有攻击性的题材并不一定源于心理变态或者身体虚弱。邪恶未必是软弱，软弱也未必是邪恶，因为人性是有意志力的。只是在漫长的过程中，它才显现出来；但是，有了知识，它就有了最终的话语权。现代心理学并不否认这一点。一个人具备道德与否——是日复一日做个像韦斯特布鲁克·佩格勒先生一样报复心重的说教者，还是像我一样偶尔唱唱反调、发发牢骚，还是做个安分守己的普通公民——这些细微差别必须予以澄清才行。

菲茨杰拉德是软弱的，他的死让我们找到了他软弱的证据。身为二十世纪二十年代促使我们中产阶级分化的那场小小战争——道德解放对抗道德自负，激情似火的年轻人对抗卫道士的战争——中的杰出斗士，菲茨杰拉德无疑让他的阵营失望了。冠军已彻底死去。那些沾沾自喜的卫道士们可以像乌鸦一样，如愿以偿地站在他的尸体上“呱呱”乱叫了。

在他的墓旁必定会有人表现出些许愤怒，在我们的书面或口头悼词中夹杂着咒语。所有去了法国的那帮小说家都多少受到诽谤，而无产阶级小说家和政治评论家们则赢得了大众的掌声。我们一些人口无遮拦，毫无疑问我们互相诋毁，同时诋毁了自己。在巴黎沙龙里第一次把我们称为“迷惘的一代”的正是美貌动人、天资聪颖的斯泰因小姐。正是海明威采纳了这一主题，使之成为流行的叠句。实际上，二十年代是一个非常繁荣和自由的年代，一个挥霍无度和无拘无束的年代，尤其是在法国，如果你头脑机灵，你完全可以发挥手里美元的价值。不过，我仍然怀疑，在狂欢和纵情方面，我们是否比国内外的普通美国人偏离正道太远。我认为，我们有点特别的倾向，那就是：推动年轻人的反叛，轻率地追求欢乐或野心，因为这对我们的弟弟们来说稍微容易一些。天知道到我们儿子那辈又会怎样。

不管怎么说，时间才是真正的道德家，许多所谓“迷惘的一代”

仍然活着，而且非常活跃，声名显赫：毕肖普、海明威、布罗姆菲尔德、卡明斯、V. 汤姆森、泰特、戈登、波特、弗兰纳，等等，他们都是美国奇特外国军团的成员。事实上，我们是一帮不可战胜的硬汉，这或许是对我们的最好评价。相比而言，我觉得我们在安享晚年，也给“韧性”的褒义增添了证据：坚韧、顽强，有一种无需经常改变立场的处世本领，怀疑中掺杂着勇气，磨练勇气，同时使勇气长存。有时候，我们仍被称作“年轻的”、“有点年轻的”或“比较年轻的”作家，但不管叫什么，只不过想说明我们这帮人缺乏竞争力，此外毫无意义，因为我们中最年轻的都已经 40 岁了，而这正是向稚嫩而又有文学潜力的下一代提供建议的年纪。为了他们，为了不让他们把我们的话当耳旁风，似乎有必要对扣在我们头上的稀奇古怪的恶名提出抗议。

无论如何，我们是了解菲茨杰拉德的。他是我们的最爱，我们的天才，我们的傻瓜。让年轻人心怀崇敬地把他当成小众型楷模吧，但要小心谨慎，要怀着内疚和对命运的尊重，而不是从宿命论的角度去看他。他英年早逝。他像替罪羊一样生活和写作，如今又像替罪羊一样走了。你可以说，他就是盖茨比，了不起的盖茨比。为什么不能呢？福楼拜曾经说：“包法利夫人，就是我！”圣诞前夜，《纽约时报》在一篇伤感哀痛的讣告里援引了《崩溃》中的一段话，其中菲茨杰拉德将自己比作一只盘子。“不过，有时候，破裂的盘子还得留在餐具室里，作为家庭必需品静待使用。不过，它再也不能放在炉子上加热，也不能与其他盘子一起放在洗碗盆里，也不能随身带出家门，但它可以在深更半夜盛点饼干什么的，或者盛点残羹剩菜放在冰箱里。”一首要命的小散文诗啊！毫无疑问，菲茨杰拉德在大学和部队里树立的理想——在长岛、阿尔卑斯山沿海地区、好莱坞，经受了考验——总带有一点二手的味道，布满了裂缝。这种裂缝你可以称之为“崩溃”。但是，他忠实地记录了理想和考验，他轻盈光滑的陶器般风格的的确确使它身价倍增！

别人描写他的风格却是迥异的。圣诞节后的那天，韦斯特布鲁克·佩格勒先生在《纽约世界电讯》他那受人追捧的专栏上写道："菲茨杰拉德的死让人想起一帮行为古怪、举止散漫、自我放纵的捣蛋鬼，他们打定主意在划船时不尽全力，还要让全世界抛弃一切，跟他们一起坐下来大喊大叫。更需要当头棒喝和大声斥责的恰恰是他们……"带着专家特有的斯文和礼貌，佩格勒先生在《纪念》一文中没有对逝者本人作出公正的评价。他抱怨的是那些无名无姓的人：菲茨杰拉德的交际圈、甘受其影响的读者，以及他笔下的男女主人公。"他之所以写敏感的年轻人，跟他们一起赴汤蹈火，不是因为他可以利用他们出书赚钱，而是因为他发现他与他们臭味相投……"佩格勒先生的专栏八成也很赚钱。要是我了解和喜欢被剥削者的话，我肯定会觉得更轻松，对目标的把握也会精确。玩笑归玩笑，他的这种观点当然与我记忆中快乐的三十年代毫无相似之处。当然，如果三十年代那些敏锐的青年男女相信佩格勒，他们就再不会赞赏菲茨杰拉德，也再不会喜欢我们这些人了。

太糟糕了，现在一代人与一代人之间应该和平共处，至少在文学界应该如此。不论受欢迎与否，我们都没有很多愿意帮忙的朋友。在世界大战期间，或许会有恐慌、保守主义、心不在焉以及一般人对文学的漠视。当普通人开始大面积感到害怕，于是痴心妄想，想采取行动时，暗藏的轻微报复行为就司空见惯了。文学界和新闻界也不应该再争吵了。它们都在孕育现代，而且表现出色——作家坚守真理，而记者运用想象——二者关系密切，互相支持、互相激励。在一个面临严肃题材的时代，两大阵营应该相互依赖才行。

不管怎么说，佩格勒先生的时代和我们的时代一样过去了，勤奋工作的三十年代和狂野的二十年代过去了。四十年代已经到来。我们这些年轻了太久的人——我觉得这才是他批评的重点——现在一定认识到我们已人到中年，已经没有多少闲情逸致去混日子，也已经没有多少精力可以浪费了。这就是战争对想象力造成的普遍效应：时间一旦被看成道德因素，那么其表现方式和节奏立刻就会发生变化。所有人突然都有了猝死的幻觉。

从普通人的角度来看，又有什么区别呢？每个人都只死一回，没有谁会死两次。不过，既然人总是要死的，死再次成为世界的头号忧虑，那么死也就没那么复杂了。我们看得一清二楚，斗牛场上的公牛并不比屠宰场里的菜牛更受宿命的支配。满肚子都是子弹、恶贯满盈的匪徒并不比死于恶性贫血的普通小伙子更该死。为了不让绝望的军队看出来他的疾病和恐惧，拿破仑三世在色当战役中往脸上涂抹胭脂。一个失业的年轻男演员，我朋友的朋友，最近在一家时髦的殡仪馆谋得一件差事，给有钱人的尸体化妆。所有这一切——还有在光天化日之下无数的其他事物——都逃脱不了死亡。美丽的死和丑陋的死，区别在于旁观者的眼睛里，在于哀悼者的内心里，在于生者的头脑中。

菲茨杰拉德的死极其凄凉，令人哀叹，但其寓意却很好，有战争硝烟的味道。他的死启发了军团里的其他人。我说的绝不仅仅是勒紧裤腰带、咬紧牙关的问题，也不仅仅是庆幸我们还活着，可以在坟墓上跳舞，在浩劫发生的间歇跳舞的问题。因为我们知道——他最好的作品记录并预言到了自己的死，报纸在报道当天的其他新闻时也对他的死给予了评论——他的死是知识的深呼吸，是新鲜空气，是对特定文学价值的激励。

至于个人生活和公共生活、文学生活和现实生活，如果你从死亡——现在已经像火焰一样守候在地平线上——的角度看，其实是一回事儿。这涉及文学批评的另一种观点，这里我就不赘述了。菲茨杰拉德的伟大之处是他的坦直、说话的勇气、简洁。虽然他只是具有洞察力的小人物，但他所说的一切都是客观的，即便是在自己陷入低潮时，也是如此。只有当他想清楚地表达什么时，只有这时，他才会变得傲慢十足。我认为，最近一些批评家最不喜欢他的一点就是他那种揭露隐私的自传体、个性化的口气、面对面或人对人的写作风格，以及单数第一人称。他本人在《崩溃》中也说过："在有些人眼里，自曝隐私都是贱骨头。"

不过，我对此持由衷赞赏的态度，并加以模仿，因此我建议所有的作家都应该去认真思考这个问题。这可能成为美国文学下一个审美主题和全新的表现方式。这种写作形式已充满了美国味。我们最伟大的同胞，富兰克林、奥杜邦、梭罗和惠特曼等人，都是对自己了解多少就表达多少。这是一个充满更伟大知识的时代，不然就是充斥着更糟糕知识的时代，像文艺复兴时期一样打上邪恶烙印的时代：兴风作浪的政治歪才、移民、仿佛被巨大搅蛋机搅和在一起的各色种族、急不可耐的性爱、刺激而残忍的爱情、抢劫、烧杀、瘟疫，等等，不一而足。在这种鱼龙混杂中，美好的东西就像文艺复兴时期那样，最终可能会脱颖而出。为此，我提议，在我们这个时代，人要像自己站在镜子面前一样自曝隐私——不要装腔作势——就如同修复一件物品。用明明白白的英语说，就是把人性赤裸裸地暴露出来。

在文艺复兴时期，人们就已经懂得了人体解剖：巴黎的维萨利①午夜来到绞刑架下，在与狗争抢绞死的尸体时被狗咬了，因为狗要吃死尸体，而他却要解剖尸体。当时的人懂解剖学，而我们懂心理学。在当今世界，掷骰子游戏——至少骰子被赋予对我们不利的一些意

① 维萨利（Vesalius，1514—1564）：比利时医学家，现代解剖学之父。

义——是个道德问题。除非摊到自己身上，或在私下里，所有人对此都知之甚少。无论是在公共场合，还是在国家层面、国与国层面或反国家层面，一个人总是像一头不会说话的畜生一样承受着他人的道德重量。更重要的是，现在是一个欺诈的世纪。文学如同落后于现代史一样落后于现代生活习惯。谦谦外表、说话含蓄、乐观主义把民主政治风范全给糟蹋了。那些不能践行民主的国家最终在蓄意撒谎的基础上建立起了至高无上的霸权。现在到了该结束的时候了，或者说现在到了重新开始的时候了。

美国作家可以充当实话实说的小小楷模，给自己的同胞留点思考的空间，培养他们在关键时刻辨别真伪的能力。无论是在公共利益方面，还是在私人利益方面，这一点显得越来越重要。即便是消遣小说也有助于社会团结起来，统一语汇，为了构筑和谐的乐章，即便要敲击音叉，也要轻一点为好。为了表达清楚，我们还是使用并且支持使用单音节词汇吧。最短、最有力的词就是人称代词“我”。受尊敬的牧师知道这一点，他说：“我相信。”可信赖的外科医生只表达自己的看法，而不会开出灵丹妙药。法庭的证人不会满足于那个带有社论味道的“我们”。法官和律师也决不会允许，而且如果是大案、要案，事关人命和自由，甚至一大笔钱，就连假定或道听途说都不允许作为证据。而我们这桩波及全球的案子就是大案、要案。

不仅仅是盎格鲁-撒克逊王国为了维护其习以为常的权力和繁荣，以及为了言论自由、出版自由、信仰自由等精神奢侈品，而与全世界开战。此时此刻，美国是保护地中海、法国美术和写作理想最合适的地方，这就对我们这些曾经移居海外的人赋予了一种新的特殊使命。自由的土地应该成为而且正在成为一座避难所，但就连这一点也存在文化危机。法国是在不经意间将自己的传统传播给我们的，而从德国流亡到我国的却是最权威的教授和才华横溢的作家。也许后者注定要给我们现在的文学注入一点神秘主义的哲学和晦涩的科学模式，这种模式或多或少地误导或者背叛了他们的民族精神。因此，我们应该比以往更加严格、更加热情地维系我们民族所特有的怀疑一切的思维习惯，维系更加平铺直叙、因而更加安全的文风。

每当我掂量一件艺术品和文学作品的分量时——在任何严肃的场合，比如，像司各特·菲茨杰拉德这样优秀作家去世的场合——我都会想起浮士德，他在双目失明和行将就木之际所梦想的工作，连魔鬼都在等着呢。这是一项抽干腐臭的海沼、构筑坚固海堤的工程。绿地永远处于围困我们的大海之中：供一百万人生活的空间，虽然缺少安全感——歌德明确排除了我们现代人一直渴望的那种安全感——却能让我们自由自在地尽自己所能。将已故畅销书作家与那个虚构之人（曾经是朝气蓬勃的德国半神）进行比较是不是有点儿荒唐？文学总是需要矫揉造作，否则就没人会承受其痛苦和失望。在本文中，我通篇融合了矫情与凄美、玩笑与柔情，为的是到处唤起更高尚、而不是现在司空见惯的文学艺术诉求。我可是一本正经的。事实上，糟糕的作品是一潭恶臭、狂热而无用的泥淖。优秀的作品则是一道堤坝，在那里为我们每只疲惫的手留下了一条裂缝。老实说，我的确看到了那个俯视全球的魔鬼，在即将到来的岁月里，肯定会抓住我们中的一些人。我知道，我对菲茨杰拉德近几年来所遭遇的悲剧有点夸大其词了。以上都是以他 1936 年的自白为依据的，但当时他并没有想到他会这么快离开人世。但是，怕死是永远不会失灵的预兆。现如今，他的力量只存在于纸上了，他的弱点已无关紧要，除非我们从中汲取教训。

简议菲茨杰拉德

约翰·多斯·帕索斯

报纸上关于司各特·菲茨杰拉德英年早逝的报道让读者产生一种奇怪的感觉，就好像你和一个人就某一话题聊了一小时后，才突然发现彼此根本不懂对方在说什么。写那些报道的先生们显然基本了解如何用英语遣词造句，按理说，他们应该懂得如何阅读才对。但是，他们一直标榜自己是依靠评论他人作品谋生的人，这难道不进一步证明了他们承认在写作这门艺术中存在某些标准吗？如果没有固定标准，就不可能有评论。

好书就是好书，不管它是写于路易十三时代，还是写于约瑟夫·斯大林时代，或是写在埃及法老的墓墙上，所以说，指出这一点似乎没有什么必要。一部作品之所以是好作品，源于其与所处时代保持距离，同时又将所处时代涵盖在内的特质。如果有哪位评论家在研究了司各特·菲茨杰拉德的作品后，说他认为菲氏的作品没有与它所处的时代保持距离，我就不会与之争辩了。我的回答是：我持不同观点。关于菲茨杰拉德之死的文章充斥着一种奇怪的味道，那些作者似乎觉得无需读他的作品。为了把他的作品铲进垃圾桶，他们所需要的是给他的作品贴上这样的标签，即：这些作品写于某某人已经逝去的年代。这让我们不可避免地得出这样的结论：除了第五大街商店橱窗里展示的服饰风格外，这些先生根本不知道还有其他标准。这就是说，他们讨论文学时，只考虑一本书当前的销售排名，而这与一部文学作品的最终价值毫无关系。对靠写评论谋生的评论家来说，评论司各特·菲茨杰拉德又不提《了不起的盖茨比》，那就意味着他根本不懂行。用谈论去年夏天女士帽时尚的方式去讨论像《了不起的盖茨比》的作者这么重要的作家，只能说明他根本不懂《了不起的盖茨比》在说什么，而对于关注写作艺术的人来说，这简直是骇人听闻的。幸运的是，他留给后世的小说足够多，足以平息这些愚蠢的叫嚷。名人虽死，小说家还在。

很不幸，司各特·菲茨杰拉德生前没能完成《末代大亨》。即便如此，我也认为它将成为不时出现在文明大潮中，并对未来发展走向产生深远影响的文学残篇。他在这部小说的开篇中所取得的独一无二的成就在于，他第一次成功地树立了坚定不移的道德姿态，去面对我们所生活的这个世界，面对这个世界中那些短命的标准。这种态度正是让任何文学作品富有强大生命力的基本要素。

在历史上的大部分时期，我们的作家都受困于双重道德标准的各种表现形态。十九世纪初，我们的大多数伟大作家都受困于那个时期的“体面情结”，使得在美国本土要比格兰蒂女王[①]在自己的岛上更令人痛苦。自德莱塞旗下的现实主义作家反叛成功后，窘境虽有不同，但同样严峻。一个美国青年如果打算写书，那就既要面对世界、肉体和魔鬼，又要面对欧洲那些自视清高却心胸狭促的讲堂及其自命

---

① 格兰蒂女王（Queen Grundy）：虚构的僵尸国女王。

不凡的宗派主义态度。既有通俗小说和明快的命运之轮，又有长发男子和短发女子稀奇古怪的抱负。根据当时的民间传说，这些人依靠各种主义、俄国茶、苦艾酒和小诗刊生活。过去20年间，每天困扰着每个作家的问题，是写满足自己良心的“好”作品，还是写满足自己“钱包”的廉价作品。由于价值标准从未真正确立，人们很难判断好坏。结果，除了那些追随隐居的缪斯的狂热信徒，所有人都在脚踏两只船，或者至少是轮流脚踏两只船。这种努力，以及随之而来的两种目的都没能达到的后果，导致了道德和知识昏迷的大发作。菲茨杰拉德本人的大部分生活就毁于这类精神分裂，最后导致意志力以及身体和大脑所有功能的崩溃。无论是写给青年人看，还是写给老年人看，一个精神分裂的人是写不出不朽之作的。要想发明好东西，哪怕是微不足道的东西，需要一个人身心和智慧的共同努力。为在写作方面出人头地，人格分裂者付出了种种痛苦的努力，但其结果是：在经济方面，不得不蹒跚着去迎合可以想象到的、低俗的大众品位和偏见；在文学传统方面，得到的却是鉴赏家无人问津，使得“好”作品就像名酒佳酿和古董椅子一样，成为富裕文人把玩的玩意儿。

这种奇怪的两面派作风大行其道，这种作风导致这个国家努力从事文学创作的人劳动低效，究其原因，是我们很少有人真正面对谁将读我们的作品这个问题。我们大多数人带着一种模糊的观念出发，相信一个由跟我们平辈和比我们更优秀的作家组成的组织会最终筛选出最优秀的作品。为此，马克思主义者还添加了这样一幅振奋人心的画面，即：大步前进的无产阶级复仇大军会围坐在篝火旁阅读你的作品。但随着岁月的流逝，十八世纪贵族文学共和国和人们普遍追怀的五朔节的梦想都离我们的现实生活越来越远了。只有那些依靠广告收入、大批量发行的期刊编辑们提出的简单要求，就像好莱坞公共妓院的要求一样，还基本保持稳定。在好莱坞，已经退了休的作家，装神弄鬼地对他们所谓“真正”的玩意儿发表几句评论，借此平复自己的良心，然后就开动脑筋，靠迎合大众的口味而去大把大把地捞钱。这些人似乎随时随地都容易捞到钱。

他们极力让我们相信，这种状态并非建立在有头脑的人的天生堕落之上，而是建立在这样一个事实之上：不论是为了和平，还是为了战争，工业技术已经把旧世界闹了个天翻地覆。今天的作家面临着“不识字”的新问题。50年前，你要么学读和写，要么就不学。成千上万的普遍家庭平时都读《圣经》，这保障了在整个文学环境和英语环境下基本识字的能力。那部汇集古代希伯来文明的巨著，展现了各种优秀的文风，涉及很多相对复杂的思想以及了解古希伯来文化精髓所必需的道德准则。这就要求在阅读和向孩子们解释时必须进行一番脑力活动，还需要为贫穷阶层提供富家子弟研究希腊语和拉丁语所需要的同等文化基础。已经习惯于《旧约》和《新约》的人可以轻而易举地理解莎士比亚和整个维多利亚时代的作品：诗歌、小说、历史和科学散文，直到一个人的智力达到饱和。今天，英语国家的人已经没有了这种普遍意义上的古典基础教育。今天的底线是电影所带来的视听文化，而非真正意义上的文学。在此背景下，出现了不同程度的文盲——有的人虽在学校里学过阅读，却只能勉强写出图画边上的说明文字；有的人可以借助图片看懂日常小报上的几个简单句子；还有千百万真正识字的人可以读懂《星期六晚邮报》和《读者文摘》，并能理解其中每个词。这是不争的事实。美国近来针对读写能力开展的各种统计调查得出了最难以置信的结果。如果有什么东西超过了12岁孩子的智力接受水平，那么，能读懂一页的美国人，不仅在减少，而且很可能在迅速减少。我们必须面对这一事实。在我看来，这种情况所给出的暗示，对那些满腔热情下定决心要当作家的年轻人来说，在很大程度上可谓是釜底抽薪。对生活在这个动荡不安世纪里的那些思路敏捷者来说，旧的标准已经不灵了。他们在扪心自问，文学是写给谁的？理所当然，他们会去迎合大众市场的简单需求，同时又沽名钓誉，这种名誉即便不能够长久，至少在公开场合是受人追捧的吧。

司各特·菲茨杰拉德就是这种名誉的发明者之一。作为一个人，他不幸被自己的发明摧毁了。作为一个作家，他的成功在于他在《了不起的盖茨比》以及很大程度上在《末代大亨》中将分开的两半再度合二为一，将那个创作者不可能真正杀死的正直劳作者与那个将自己的读者群定位在12岁孩子的大名鼎鼎的有钱人融为一体。在《末代大亨》中，他甚至将一些人类尊严融入到好莱坞的皮条客身上。此时此刻他写作，既不是为文化人，也不是为没文化的人，而是为掌握了足够英语基础知识能看懂一页小说的人。

施塔尔，好莱坞某电影制片厂的主要发起人和核心人物，被描述成一个集亲密和疏远于一身的混合体，这种处理真正超越了继德莱塞和弗兰克·诺里斯以来所有故事中的这类人物。描述中没有妒忌和谄媚的痕迹。菲茨杰拉德没有把施塔尔写成一个专写有钱有势者的故事的穷人，也没有写成嘲笑已在美国建立声望、无力再往上冲的犹太暴发户的人，而是冷静地将他写成一个专写其熟知同事的故事的人。一个照应框架很快便搭起来了，以一种亲切而理性的方式全面理解好莱坞巨头、工地上的劳工，以及那些生活在积满灰尘、日晒雨淋的洛杉矶平房里的人。在这个照应框架中，对普通人一举一动的描写，可以在一个广阔而又多多少少不带个人感情色彩的平台上进行。

为普通人构筑照应框架是写作的主要成就和主要作用，在其他时代、其他地方已被称作“伟业”。这不仅需要必要的技巧和工具，也需要可靠的评判准则，而这种标准只能称之为“道德”。《末代大亨》所描写的主题是好莱坞，这或许是我们这个时代最重要、最难写的主题。不管我们喜欢与否，正是在5分钱和一毛钱欲望和梦想的大甩卖中，创造出我们这个文化的新底层。在历经了世俗的辉煌和成功以及接踵而来的系列灾难之后，在生命的尽头，司各特·菲茨杰拉德出色地投身于这样一部重要作品的创作，这一点证明了他是朋友们眼中的那种一流小说家。在《末代大亨》中，他尝试塑造一组从全方位都能看到的人物，而不是只能被令人羡慕的聚光灯从上面或下面照到的人物。《了不起的盖茨比》仍然是这类手法在早期更偏重轶事、更具浅浮雕阶段特点的完美范例，但在《末代大亨》的残篇中，我们可以看到，一种真正宏大的风格已经开始显现。即使在现在这种未完成状态下，我相信，这些残篇也足以将美国小说提升到新的水平，就如同马洛的无韵诗将伊丽莎白时代的诗歌提升到新的水平一样。

时　光

约翰·皮尔·毕肖普

> 在灵魂的真正暗夜里，时间
>
> 永远是凌晨三点。
>
> ——F. S. 菲茨杰拉德

一

一整天，知道你已死去，
我坐在窗户敞亮的房间里，
凝视着大海，惆怅于凡世的悲伤，
想着，头脑却一片空白，
重现那你我共度的时光——
那时青春就像反叛的太阳
在漫无目的的空气中播撒雄心，
预示着幻灭的时光，
如今已无人与我共享的时光，
自你死后，我独自生活其中。

二

在普通不过的一天，在现在的每一天
我们等待着死亡。天空阴云密布，
如雪向岸边袭来，寒气逼人。
沼泽犹如一片迷失的大海，现在
海水溢出。正是在这一刻，
大海蕴含着动力，表面上却又平静。
陆地与大海相融。沼泽不见了。
而我的悲伤却在上涨。除了沙丘，一切都被淹没。
记忆洋溢，我找回了我们共度的时光，
但没有找到钥匙。
我找不到已经丢失的
打开你儿时藏身的银色壁橱的钥匙。

三

我在想你做过的一切，以及
你没来得及做的，
若非绝望，本可以做的事。
你的希望像春天般降临，
你的金发如长寿花般秀美。
如风一般充满灵感，当树木变秃
所有的沉默正等着吟唱。

那时没人比你更有希望，没人拥有

你顽童般的智慧，释人疑虑的雅量；
你像达那厄[①]之子一般勇敢，
像珀耳修斯[②]一样孕育金色梦想。
你年轻时，没有谁如此敏捷地
在反光盾牌中找到
戈耳工[③]时代的熠熠亮光。

爱情和幸运都无法抚平绝望……
这难道是你不幸血液酿成的错？
那是不幸神明的脉搏，还是
半途而废激情的衰退？
你躲避什么都不如躲避孤独，
缺少安静的保障，
被懊悔逐出悲伤的欢场。

那可是因为你一直凝视着
被砍下的时光头颅，蒙着眼睛高高挂起，
用被血染的头发高高挂起？
那可是你见到愤怒的盲眼上的鲜血，
你看上去很像，最终被变成
一个与盲眼一样紧张的恐惧者？
你看见了，却没有被变成石头。

---

① 希腊神话中欧律狄刻和阿克里西俄斯的女儿，珀耳修斯的母亲。

② 珀耳修斯（Perseus）是希腊神话中的人物。预言说阿尔戈斯国王阿克里西俄斯的女儿达那厄的儿子将对阿克里西俄斯不利，因此他将他的女儿锁在王宫下的一个地窖里（一说锁在一个铜塔里）。宙斯化为金雨与达那厄交配，珀耳修斯由此出生。

③ 希腊神话传说中的蛇发三姐妹，海神福尔库斯的女儿。

四

你躲过了黑夜的恐惧，
躲过了镜中空悬的头颅，
躲过了愁眉不展的时光。

可是，现在，你终于醉了。
终于在灵肉分离的墓穴中，
找到了你孜孜以求的那份羞辱。

五

我与你共度你受辱的时光。
我看见你夜里与人剑拔弩张，
悲伤的自厌
什么都掩饰不住，
听到你喊：**我沉沦了。但你沉得很深！**
你有那种权利。
被诅咒者配不上对他们的诅咒。

我曾与你共度夜晚的时光，
夜深时刻，
当灯光调暗，
夜深时刻，
当灯光熄灭，

夜晚的狂欢已然逝去。

无家可归、被人抛弃的妓女的时光，
时间已过三点，还未到四点——

敲诈惯犯在门后等候，
从排水沟伸出无情的双手，
一如从前要求你深感内疚。

赤贫的时光，
当灵魂知道失去它的恐怖，
知道这世界太贫困，
已不能恢复原位。
但还不到四点——
怜悯、自豪、勇气，
财富、友谊、被遗忘的苦役，
还有被遗忘的毒品都已失去效力。
因为一切皆尝试过，
一切都无法从深夜之中，
拯救出可识别的灵光。

死亡的时光永远是四点。
坟墓中永远也是四点。

六

听到你去世的消息，

一整天我都在这间高高的房间里徘徊。
锁在大海和乌云的光线里，
以大海的时光，想去照亮
你和我共度的时光
死亡不会非难、爱情不会臣服的时光。

我看见海光将波浪劈开，
以盐的队列不断涌向阴森的海岸，
海浪消失在迷失的沙滩，
看见海岸后退，沙滩臣服。

垃圾退却后，隐约的海岸得以恢复
不成比例的起伏；沙丘把
被淹没边界还给有争议的国度——
黑暗来临后，便是凄凉的征服。

黑暗已来临。海湾，我不能拯救你，
尽管海湾在这里野性十足。因为这些树叶
就像超越的名利一般无常，被海风磨损。
我为何要承诺我不能给予的东西？

我不能用呼吸向死亡张开的大嘴里
吹入生命的只言片语。
黑暗、黑暗。这海岸已习惯了光。
哦，黑暗！我将你留给被遗忘的夜晚！